녹색의 장원

휴머니스트 세계문학 008

녹색의 장원
GREEN MANSIONS

윌리엄 허드슨 | 김선형 옮김

차례

서문   007

제1장   015

제2장   038

제3장   053

제4장   067

제5장   076

제6장   093

제7장   110

제8장   124

제9장   147

제10장   159

제11장   176

제12장   198

제13장   216

제14장 231

제15장 240

제16장 258

제17장 269

제18장 291

제19장 304

제20장 323

제21장 344

제22장 363

부록 존 골즈워디의 서문 372

해설 | 두 겹의 이야기 —사랑과 모험이라는 꿈의 표층,

기실 아득한 악몽의 심층 382

일러두기

1. 번역 대본으로는 William Hudson, *Green Mansions*(Overlook Press, 2007)
   를 사용했다.
2. 주석은 모두 옮긴이 주다.
3. 본문 중 굵은 글씨는 원서에서 이탤릭체로 강조한 부분이다.

서문

예상과 달리 이 작업을 마무리하는 데 이토록 오랜 시간이 걸렸다는 사실이 안타깝고 후회스러울 따름이다. 조지타운에 편지를 써 서너 달 안에 아벨 씨와 관련된 진실의 전모를 밝히는 책을 출판하겠다는 의향을 밝힌 후로 **벌써 여러 달**, 사실 1년이 넘는 시간이 흘렀다. 가장 절친한 친구로서 그 정도는 당연히 해야 할 일이거니와 약속한 책이 나올 무렵에는 어찌 되었든 신문에서의 논쟁은 그쳤기를 바라는 마음이었다. 그러나 그렇게 되지 않았다. 기아나에서 멀리 떨어진 이곳에서는 매주 지역 언론에 얼마나 많은 추측성 기사가 올라오는지 실감하지 못했다. 그중에는 아벨 씨의 친구들이 읽기 괴로운 글도 있었을 것이다. 메인 스트리트의 그 익숙한 집 내부에 있으리라고 아무도 상상하지 못한 어두컴컴한 방, 가구라고는 흑단 받침대 하나뿐이고, 받침대 위에 표면이 꽃과 잎과 가시를 헤치고 구불구불 기어가는 뱀 그림으로 장식된 유골 단지가 놓여 있다는 방. 단지에는 글씨도 각인돼 있었다. 아무도 이해할 수 없고 제대로 해석할 수도 없는 일곱 개의 짧은 단어였다. 마지막으로 그 신비스러운 재의 처분. 이것이 한 남자의 생애에서 알려지지 않은 한 부분, 상상력이 끼어들 여지의 전부였다. 이제는 부디 온갖 황당무계한 소설을 써내는 행태에 종지부가 찍히기를 바라자. 하지만 사람들의 호기심이 그토록 강렬하게 발동했던 건 사실 너무도 자연스러운 일이었다. 누가 봐도 뚜렷했던, 정말 만인의 마음을 사로잡았던 그 남자의, 뭐라 형용할 수 없는 독특한 매력 탓이기도 하지만, 또한 그가 끝까지 침묵을 지킨 삶의 숨겨진 부분, 그 사막에서의 체류 때문이기도 했다. 그와 가까웠던 사람들은 막연히 느낄 수 있었다. 그때 그가 뭔가 비범한 체험을 했고, 그 체험에서 심오한 변화를 겪어 삶의 궤적이 영원히 변했다는 사실을. 하지만 그는 오로지 내게만 진실을 알려주었다. 그리고 이제 나는 최대한 간략하게, 그와 나의 위대한 우정과 막역한 친교가 어떻게 시작되었는지 말하려 한다.

1887년, 내가 조지타운에 돌아와 공직을 맡던 당시, 아벨 씨는 그 도시에 정착해 산 지 이미 오래된 부유한 지역 유지였고 사람들한테 인기도 좋았다. 그러나 그는 이방인이었다. 베네수엘라 사람이었고, 식민주의자들이 언제나 천적으로 여기던 국경 근처 사나운 종족의 일원이었다. 내가 들은 이야기로는, 그는 그로부터 12년 전에 내륙의 먼 오지 어딘가로부터 조지타운에 왔으며, 해안까지 대륙의 절반 이상을 도보로 횡단했고, 처음 나타났을 때는 누더기 차림에 무일푼인 젊은 이방인이었다고 한다. 열병을 비롯한 온갖 불행에 시달려 피골이 상접한 몰골로 오랫동안 햇빛과 바람에 노출되어 얼굴이 새까맣더라고 했다. 친구도 없고 할 줄 아는 영어도 없던 그에게 삶은 고단한 분투였다. 그러나 그는 어떻게든 견뎌냈고, 그러던 어느 날 카라카스에서 그에게 편지 한 통이 왔다. 그가 빼앗긴 재산의 상당액을 돌려받게 되었고, 다시 고향으로 돌아와 공화국 정부에서 일익이 되어달라는 내용이었다. 그러나 아벨 씨는 젊은 나이였음에도 정치적 열정이나 야심은 물론 애국심에서도 초탈한 후였다. 그래서 그냥 살던 곳에 머물기로 했다. 적이야말로 최고의 친구라고, 그는 입버릇처럼 말하곤 했다. 되찾은 재산의 첫 용처는 훗날 내게 집이나 다름없는 곳이 된 메인 스트리트의 주택 매입이었다.

내 친구의 본명이 아벨 게베스 데 아르헨솔라였다고 여기 밝혀두어야겠다. 그러나 조지타운에서 지내던 초창기에는 성을 제외한 이름으로 불렸고, 나중에는 간단하게 '아벨 씨'라고 불러주길 바랐다.

처음에는 베네수엘라인인 그가 이 영국 식민지에서 어떻게 이토록 높은 평판과 심지어 애정을 구가하는지 궁금했는데, 이런 마음은 친해지고 나서 금세 사라졌다. 그를 모르는 사람이 없었거니와 너나없이 다들 좋아했는데, 개인적 매력, 친절한 성정, 여자를 대하는 매너가 그 이유였다. 아벨 씨는 여자를 기쁘게 하면서도 남자의 질투를 사지 않는 매너의 소유자였다. 매우 젊고 예쁘고 경솔한 아내를 둔 늙고 성마른 농장주마저 기분 나빠 하는 법이 없었다. 그는 어린아이들을 예뻐했고, 야생의 존재라면 무엇이든 사랑했으며, 자연을 사랑했고, 순전히 상업적인 사회의 흔한 물질적 관심사와 까마득히 동떨어진 것이라면 무조건 좋아했다. 다른 남자들이 흥분하는 것들, 즉 정치, 스포츠, 수정의 가격에는 아예 관심도 없었다. 그 주변 남자들은 이런 여흥을 한철 즐기고 지겨워지면, 즉 사무실과 클럽 룸과 집 안에서 한차례 폭풍처럼 즐기고 좀 물리면, 그때 다시 아벨 씨를 찾아와 **그의** 세계, 즉 자연과 정령의 세계 이야기를 들으며 기분 전환을 했다.

아벨 씨가 조지타운에 있는 게 모두에게 좋다고, 다들 그렇게 느꼈다. 나도 그게 얼마나 좋은지 금세 알게 되었다. 그런 곳에서 내 취향을 공유할 사람이 있으리라고는 미처 생각지도 못했다. 내 삶에서 가장 큰 열정이자 기쁨인 시에 대한 사랑을 함께 나눌 사람이 있을 줄은 정말 몰랐다. 그러나 아벨 씨가 있었다. 에스파냐 문학을 자양분 삼아 자랐고, 영문학을 읽은 지는 불과 10년에서 12년밖에 안 되는 그가 현대 시에 관해 나만큼이나 해박한 지식을 가졌고 나에 못지않게 큰 사랑을 품고 있다니 놀라울 따름이었다. 이런 감정을 매개로 우리 둘은 가까워졌고(초조한 성정에 올리브빛 피부를 가진 열대 히스패닉계 미국인과 침착한 성정에 푸른 눈을 가진 차가운 북부의 색슨족) 하나의 영혼을 나누는 형제 같은 사이가 되었다. 우리는 낮의 무수한 시간을 함께 보내며 "수다로 태양을 지치게"

했다. 헤아릴 수도 없이 많은, 소중한 밤의 기나긴 시간들이 내가 거의 날마다 손님으로 가 있던 그 휴식 같은 집에서 흘러갔다. 내가 의도적으로 추구한 결과는 아니었다. 그 또한 뜻밖이었다고 자주 말했다. 우리의 우정은 깊어졌지만, 그럴수록 그의 숨겨진 과거에 대한 막연한 짐작, 뭔가 비상한 체험을 통해 심오한 변화를 겪고 삶의 궤적이 영영 달라졌을 거라는 짐작이 잦아들기는커녕 오히려 더 깊어지고 선명해졌다. 그런 궁금증은 종종 내 뇌리에 머물곤 했다. 종작없는 우리 대화가 원주민이라는 주제를 건드릴 때마다 그는 보는 사람이 괴로우리만큼 딴판으로 바뀌었다. 원주민과 함께 살거나 여행하면서 그네들의 성격과 언어에 대해 얻은 지식 이야기라도 나올라치면 아벨 씨는 정색했다. 대화를 흥미진진하게 만들던 모든 것이 삽시간에 사라졌다. 활기차고 호기심 넘치는 정신, 위트, 다정한 우울감이 살짝 물든 명랑한 영혼마저도 자취를 감추었다. 표정마저 딱딱하게 굳어버렸고, 그는 돌연 책을 읽어가듯 건조하고 기계적인 말투로 사실을 읊조리기 시작했다. 그런 눈치를 챌 때마다 나는 슬퍼졌지만, 그런 감정은 전혀 내색하지 않았다. 수년에 걸쳐 다진 깊은 우정에 금이 간 그때의 말다툼이 없었다면 끝까지 아무 말도 하지 않았을 것이다. 그때 나는 건강 상태가 나빠졌고, 아벨은 몹시 걱정했을 뿐 아니라 내가 아프다는 사실이 자신에 대한 푸대접인 듯 느꼈는지 짜증마저 냈다. 심지어 내가 마음만 먹으면 쾌차할 수 있으면서 그러지 않는다는 말까지 했다.

나는 별로 심각하게 생각하지 않았지만, 어느 날 아침, 그가 내 사무실로 찾아와서 비난을 퍼부었을 때는 나도 그만 머리 끝까지 화가 치솟았다. 그는 내가 게으르고, 자극적인 약물을 남용해서 건강이 나빠진 거라고 쏘아붙였다. 진심이 아니라 농담인 양 놀리는 투였지만, 감정을 온전히 숨길 수는 없었다. 그 비난에 상처를 입은 나는 아무리 농담이라도 내게 그런 식으로 말할 자격이 없다고 쏘아붙였다. 그러자 그는 정색하더니 아니라고, 자격은 충분하다고, 우리 우정이 자격이라고 말했다. 그런 문제에 침묵을 지킨다면 오히려 진정한 친구가 아닐 거라고 말이다. 바로 그때, 마음이 다급해진 나는 섣부르게 대꾸하고 말았다. 내 눈에는 우리 우정이 그가 생각하는 것처럼 완벽하고 온전하지 않다고, 우정의 조건은 서로 상대를 잘 아는 거라고, 그는 나의 삶과 마음을 펼쳐놓은 책처럼 훤히 알고 있지만, **그의** 삶은 내게 꼭 닫혀 자물쇠가 채워진 책과 같다고 말했다.

그의 얼굴이 어두워졌다. 그는 몇 분쯤 아무 말 없이 생각에 잠겼다가 불쑥 일어서더니 싸늘하게 작별 인사를 던지고 우리 사이에 관례가 된 악수도 없이 가버렸다.

그가 가버린 후 거대한 상실, 거대한 재앙이 내 머리에 떨어진 느낌이 들었다. 그러나 지나치게 솔직한 그의 질책에 상처 입은 마음은 여전히 쓰라리게 아팠다. 마음속 깊은 곳에서 진실임을 알기에 더욱 따갑고 아픈 비난이었다. 그날 밤 나는 내내 뜬눈으로 누워 잔인한 말대꾸를 후회했다. 용서를 구하고 장래 우리 관계의 향방은 그에게 온전히 맡겨야겠다는 결심도 섰다. 그러나 그가 나보다 한발 빨랐다. 날이 밝자마자 그가 보낸 편지가 도착했다. 내게 용서를 구하며 그날 저녁 함께 식사하자고 간절히 부탁하는 내용이었다.

우리는 단둘이었다. 식사를 하는 동안에도, 식사 후 베란다에 앉아 담배를 피우며 블랙커피를 홀짝이는 동안에도 내내 우리는 드물게 말이 없었다. 심각할 정도로 말이 없어 흰옷을 입고 시중을 드는 하인 두 명이(갈색 얼굴에 속을 알 수 없는 눈빛을 한 늙은 힌두교도 집사와 거의 푸른빛이 돌 정도로 검은 피부의 젊은 기아나 흑인이었다) 주인의 얼굴을 연신 몰래 흘끔거리며 눈치를 살폈다. 저녁 식사에 친구를 초대했을 때 훨씬 기분 좋아 하는 주인의 모습에 익숙했기 때문이다. 그러나 내 눈에는 그의 태도 변화가 놀랍지 않았다. 그의 얼굴을 보자마자 내가 일전에 말했던, 그 꼭 닫혀 자물쇠가 채워진 책을 열어젖혀 내게 보여주기로 마음먹었다는 사실을 알았기 때문이다.

제1장

　이제 우리가 화를 가라앉히고 서로 상처를 준 것을 후회하고 있으니 시비 자체를 유감스럽게 생각하지는 않아. 자네한테 비난받아 마땅했지. 야만인들 사이를 여행하며 모험한 이야기를 자네에게 모두 털어놓고 싶은 마음이 백 번은 넘게 들었지만, 그때마다 혹시 우리 우정에 불행한 결과를 초래할까 두려운 마음에 망설였거든. 우리 우정은 값진 것이기에 세상 무엇보다도 고이 간직하고 싶었네. 그러나 이제 더는 그런 생각을 하지 않을 거야. 내 이야기를 자네에게 어떻게 전하면 좋을까, 오로지 그 생각만 할 걸세. 이야기는 내가 스물두 살이었을 때부터 시작하려고 하네. 정치의 소용돌이에 휘말리기에는 젊은 나이였고, 내 자유를, 나아가 내 목숨을 구하기 위해서는 고향을 떠나 도망쳐야 할 정도로 심각한 곤경에 빠져버렸거든.

　누가 그랬지. 모든 나라는 수준에 어울리는 정부를 갖게 된다고. 베네수엘라는 확실히 그 수준에 맞고 가장 잘 어울리는 정부를 가졌다네. 우리는 그것을 공화국이라고 부르지. 실제로는 공화국이 아니라서 그렇기도 하지만, 모든 것은 이름을 가져야 하기 때문이기도 하다네. 좋은 이름, 세련된 이름을 갖고 있으면 아주 편리하거든. 특히 돈을 빌려야 할 때 편리하지. 130만제곱킬로미터의 땅에 드문드문 퍼져 사는 베네수엘라 국민은 대체로 글을 읽지 못하는 농민, 혼혈, 원주민이라네. 만일 그들이 교육받은 지식인들이었다면, 그래서 공공의 선을 열망했다면, 진짜 공화국을 가질 수도 있겠지. 그러나 그 대신 혁명으로 변형된 도당들의 정부를 갖게 되었지. 물론 아주 좋은 정부라네. 나라의 실질적 상태와 국민 기질에 잘 어울리기도 하고 말이야. 그런데 문제는, 상류층을 대표하는 지식인 수가 너무 적어서 소속된 정치집단의 유력 인사와 혈연이나 결혼으로 엮이지 않은 사람이 없어. 그러니 수권 정당(반대파의 도당)에 도전하는 음모와 반란을 자연스러운 순리로 바라보는 데 익숙해지는 일이 얼마나 수월하고 또 불가피했겠는가. 그런 모반이 실패하면 처벌받지만, 비윤리적이라는 비판은 받지 않는다네. 반대로 우리 중 가장 지적이고 덕망 높은 사람들이 나서서 이런 모험을 이끌곤 했어. 이런 상황이 내재적으로 잘못된 건지, 아니면 어떤 상황에서는 잘못이지만 불가피한 다른 상황에서는 괜찮은지 나로서는 도저히 결론을 내릴 수 없단 말이야. 이런 지긋지긋한 소모전은 자네가 나를 더 잘 이해할 수 있게 해줄 뿐이겠지. 흠잡을 데

없는 성격의 소유자, 직업군인도 아니고, 정치적 야심도 없고, 사교의 기쁨을 사랑하고, 책과 자연을 사랑하고, 최상의 동기에 따라 행동한다고 믿었던 젊은 내가, 친구와 친지에게 이끌려 얼마나 기꺼이 당시 정부를 전복하려는 음모에 가담하게 됐는지, 그래서 우리 같은, 더 훌륭한 자격을 갖춘 정부를 새로 세우려 했는지를 말이야.

우리 모험은 실패했지. 정부 측에서 미리 거사 정보를 입수했고 상황이 갑자기 긴박하게 돌아갔어. 당시 우리 지도자들은 주(州) 전역에 흩어져 있었고, 몇 명은 주 밖에 있었어. 그리고 때마침 카라카스에 있던 열혈 당원들이 체포가 두려웠던 모양인지 성급한 공격을 감행했어. 대통령이 길거리에서 습격당하고 부상을 입었지. 그러나 공격한 자들은 체포되었고 그중 몇은 바로 다음 날 총살당했어. 소식을 들었을 때 나는 수도에서 멀리 떨어진 과리코주(州) 케브라다온다강 부근에 있는 친구의 영지에 머물고 있었다네. 사라사 마을에서 24킬로미터에서 32킬로미터 정도 떨어진 곳이었어. 육군 사관이었던 내 친구는 음모의 주도자였지. 그리고 나는 국방부 장관이 눈엣가시처럼 생각하는 사람의 외아들이었으니 우리 둘 다 목숨을 구하려면 도망쳐야 했어. 아무리 나이가 젊다고 해도 죄를 사면받을 확률은 없었지.

우리가 처음 내린 결정은 해안으로 도주하는 것이었어. 그러나 라과이라는 물론이고 북방의 항구까지 가는 여정은 아무래도 너무 위험하다는 판단이 서서 반대 방향인 오리노코로 가서 하류에 있는 앙고스투라로 출발했지. 그런데 우리가 이 비교적 안전한 장소에 도착해 숨을 돌리던 중에(어쨌든 당시에는 안전했지) 난 이 나라를 떠나거나 떠날 시도를 한다는 것 자체를 다시 생각하게 되었어. 나는 어린 시절부터 오리노코 남쪽에 우리나라가 소유하고 있던, 탐사의 발길이 거의 닿지 않은 광막한 영토에 특별한 흥미를 느꼈거든. 지도에도 나오지 않는 강이 무수히 흐르고, 숲에는 길도 나지 않은 땅이지. 그곳에는 유럽인과 접촉하지 않아 고대의 관습과 성격을 그대로 간직한 야만인들이 살고 있었어. 이 야생의 원시 지역을 방문하는 건 내 오랜 꿈이었지. 그래서 베네수엘라 북부 주들의 인디언 방언을 하나 이상 익히면서 그런 모험을 어느 정도 준비하기도 했다네. 이제 광대한 강의 남쪽으로 넘어온 데다가 쓸 수 있는 시간도 무한히 많다보니 이 소망을 실행에 옮겨야겠다는 생각이 들더군. 동행하던 친구는 해안 쪽으로 떠났고, 나는 여행을 준비하며 내륙으로 여행해 야만인들과 상거래를 해본 사람들로부터 정보를 모으기 시작했어. 결국 상류로 돌아가서 과야나 서부에서 내륙으로 침투하기로 결론을 내렸네. 콜롬비아와 브라질에 인접한 아마존강 유역으로 가서 6개월 후에 앙고스투라로 돌아오기로 한 거야. 과야나 지방정부 당국은 카라카스에서 벌어지는 정치적 소요에 관여하지 않았으므로, 반은 독립적인 자치 지역이고 반은 야만인 구역인 내륙에서 체포될까 두려워할 필요는 전혀 없었네.

처음 피난하고 있던 도시를 떠나 과야나에서 보낸 첫 대여섯 달은 적당한 모험심을 충족할 정도로 그럭저럭 다사다난했어. 앙고스투라의 고분고분한 공무원 한 명이 만들어준 여권이 있었거든. 그 여권에는 (읽는 사람은 없었지만) 내 내륙 여행 목적이 원주민 부족, 그 지역에서 생산되는 채소를 비롯해 공화국에 이득이 될 만한 여러 정보를 수집하는 것이라고 쓰여 있었어. 필요할 경우 당국자들은 내 신상을 보호하고 지원을 아끼지 말라는 내용도 있었고 말이야.

나는 오리노코강을 타고 상류로 올라가면서 간간이 우측 강변에 있는 소규모 기독교도 정착지들과 인디언 마을들을 탐사했지. 이런 식으로 여행하며 많은 것을 보고 듣다보니 3개월 만에 메타강에 다다랐어. 이 시기에 나는 재미로 일기를 썼네. 개인적 모험담이며 그 지역과 거기 사는 사람들, 그러니까 반(半)문명인과 야만인 모두의 인상을 기록했지. 일기가 쌓이자 장래에 카라카스로 돌아가게 되면, 이 기록이 대중에게는 쓸모와 재미를 주고 내게는 명성을 가져다줄 수도 있겠다는 생각이 들더군. 그 생각을 하면 기분도 좋아지고 훌륭한 동기부여도 되어서 나는 만사를 더 상세하게 관찰하고 표현을 연구하기 시작했어. 그러나 그 책은 끝내 출판되지 못했지.

위대한 과비아레강이 다른 강과 함께 오리노코강으로 쏟아져 내리는 아타바포 정착지를 찾아가보고 싶어서 메타강 입구에서 계속 여행했어. 하지만 난 그곳에 갈 운명이 아니었나봐. 마나푸리라는 작은 정착지에서 미열이 오르더니 몸이 아프기 시작했거든. 여기서 내 방황의 첫 반년이 끝나버렸네. 여기에 대해서는 더 할 얘기도 없어.

미열로 앓아눕기에 마나푸리보다 더 형편없는 곳은 상상하기도 어려울 거야. 궁핍한 초가집들이 옹기종기 모여 있고, 진흙 집 아니면 나뭇가지를 엮어 회칠해서 야자나무 잎으로 이엉을 댄 좀 큰 집들이 몇 채 있었지. 사방이 물, 늪, 숲으로 에워싸였는데, 거기는 헤아릴 수도 없이 많은 개구리와 구름 같은 모기떼의 번식처였어. 완벽하게 건강한 사람이라도 살기 힘든 곳이었지. 거주민들은 대략 여든에서 아흔 명이 모여 살았는데, 소규모 교역 거점에서 흔히 볼 수 있는 유형의 타락한 인디언이 대부분이었지. 과야나의 야만인들은 말술을 마셨지만, 우리가 말하는 소위 주정뱅이는 아니었다네. 그 사람들이 마시는 발효주는 알코올 함량이 너무 적어서 취하려면 터무니없이 많이 퍼마셔야 했던 거지. 그래서 그런 정착지들에서는 훨씬 독한 백인의 독극물을 좋아하지. 그 결과 마나푸리처럼 작은 정착지에서는, 무대에서처럼 위대한 미국적 비극의 마지막 막이 연출되는 광경을 볼 수 있다네. 그 후로 여러 다른, 더 큰 비극들이 이어지리라는 사실이야 말해 뭐 하겠나. 그 고통스럽던 시절에 내 생각은 극단적인 비관주의로 치달았네. 반나절 내리 거의 쉬지 않고 비가 쏟아지던 날, 나는 외출해 아주 짧은 거리를 기다시피 간신히 다녀올 수 있었네. 몸은 거의 움직일 수 없을 지경이었고, 살고 싶은 마음조차 별로 없어서 오랜만에 한 번씩 오곤 하는 카라카스의 소식조차 전혀 관심이 없었지. 두 달이 다 되어갈 무렵 건강이 조금 나아지니 그나마 이런저런 사는 일에 관심이 돌아오더군. 그러자 일기장을 꺼내 마나푸리에서의 짧은 체재에 대해 글을 써야겠다는 생각이 문득 떠올랐어. 일기를 넣어두려고 베네수엘라 상인한테 작은 카드 상자를 빌렸었거든. 그 상인은 마을에 오래 산 사람이고 이름은 판탈레온(돈 판타라고들 불렀지)이었는데, 노골적으로 한집에 인디언 아내를 예닐곱 명 두고 살고 있었어. 정직하지 못하고 탐욕스러운 것으로 유명했고. 하지만 내게는 좋은 친구였다네. 그 상자는 내가 묵던 다 쓰러져가는 야자 잎 초가집 한 귀퉁이에 놓여 있었어. 하지만 일기를 꺼내 보니 몇 주일 동안 빗물이 스며들어 원고가 물에 흠뻑 젖은 흐물흐물한 펄프가 되어버렸더군. 난 욕설을 뱉고 침대에 벌렁 드러누웠어. 앓는 소리가 절로 나더군.

그런 절망적인 상황에서 나를 발견한 게 바로 내 친구 판타였네. 꾸준하게 나를 찾아 살펴주곤 했거든. 판타가 걱정스럽게 무슨 일이냐고 묻기에 나는 흙바닥에 놓여 있는 펄프 덩어리를 손으로 가리켰지. 판타는 발로 원고를 뒤집더니 폭소를 터뜨리며 걷어차 던져버리더군. 빗속에서 기어들어 온 무슨 파충류인 줄 알았다는 거야. 그러더니 원고 같은 게 없어졌다고 아쉬워하다니 믿을 수 없다는 시늉을 했어. 그 글은 다 실화 아니냐고 그가 말하더군. "집에 처박혀 있는 사람들이 읽을 책을 쓴다면, 실제 경험보다 훨씬 재밌는 거짓말을 수천 가지는 꾸며낼 수 있을 텐데! 그나저나 내가 제안을 한 가지 하러 왔는데 말이오. 나는 이곳에 20년도 넘게 살았고, 기후에도 익숙해졌지만, 선생은 살고 싶으면 여기 한시도 더 머물러선 안 되오. 당장 다른 지역으로 떠나야 한단 말이오. 탁 트여 있고 건조한 산 쪽이 좋겠소." 그러더니 이렇게 결론을 내리더군. "거기서는 퀴닌•이 필요하면, 남서풍이 불 때 바람 냄새를 맡아 숲에서 갓 날아온 퀴닌을 몸에 흡수할 수 있어요." 내가 마나푸리를 떠날 체력이 없다고 기운 빠지는 소리를 했더니 소수의 인디언 패거리가 지금 정착지에 와 있다고 대답하더군. 교역도 교역이지만 자기 부족 사람을 방문하러 왔다면서. 몇 년 전 아비한테 돈을 주고 사 온 아내가 그 부족 출신이라는 거야. "그때 치른 돈은 지금까지 한 번도 후회한 적이 없어. 좋은 아내거든. 질투도 안 하고." 그러더니 다른 아내들을 모두 욕하면서 말했어. 이 인디언들은 케네베타산맥에서 여기까지 먼 길을 왔고, 예쿠아나 부족 사람들이었지. 판타가, 아니 그 훌륭한 아내가 부족 사람들을 설득해서 넉넉한 보상을 해주고 천천히, 수월하게 단계를 밟아가며, 나를 데리고 자기네 지역으로 돌아가도록 해주겠다는 거였어. 나를 잘 돌봐주며 건강을 회복하게 해준다고.

그 계획을 곰곰 생각해보니 갑자기 어찌나 기운이 나던지 나는 흔쾌히 동의했을 뿐 아니라 바로 다음 날 힘이 좀 나서

● 남미산 기나나무 껍질에서 얻는 약물로, 말라리아 치료 약으로 쓰였다.

일어나 돌아다니며 짐을 꾸리기 시작했지 뭔가.

　약 여드레쯤 지난 후에 나의 너그러운 친구 판타에게 작별 인사를 했네. 그를 오래 지켜본 결과, 그 야만인이 비록 나를 덥석 덮치긴 했지만, 내 목숨을 끊는 게 아니라 죽음으로부터 구해주었다는 걸 알게 되었어. 우리도 알지 않나. 아무리 잔인하고 짐승 같은 야만인이나 사악한 인간이라도 가끔은 다정하고 친절하고 싶은 충동을 느끼기 마련이라는 걸. 그럴 때는 자기 본성을 거슬러 행동하게 되지. 마치 어떤 숭고한 힘의 수동적인 대행자가 된 것처럼 말이야. 쇠약한 몸으로 여행하자니 끝없이 고통이 엄습했고, 우리 인디언 부족의 인내심도 심히 시험을 받았지. 그러나 그들은 나를 버리고 가지 않았어. 드디어, 내가 대략 300킬로미터로 추산한 장정이 모두 끝났지. 마지막에는 실제로 몸도 훨씬 튼튼해지고 어느 모로 보나 출발할 때보다 상태가 좋아졌어. 이때부터는 빠르게 건강을 회복해 금세 완전히 나을 수 있었지. 까마득하게 먼 안데스 숲 기나나무에서 불어오는 바람에 의학적 효능이 있었는지 없었는지는 모르겠지만, 공기만으로도 강장 효과가 있었어. 인디언 부족 마을 위쪽 언덕으로 산책하러 가거나 나중에 정상에 등반할 수 있게 되었을 때는, 그 야생의 케네베타산맥에서 바라보는 세계가 유달리 광대해 보였고, 다채로운 여광으로 가득 차 있어서 영혼에 특별한 활력과 기쁨을 주었네.

　나는 예쿠아나 부족과 함께 몇 주일을 보냈네. 그리고 회복되는 건강의 달콤한 감각 덕분에 한동안 행복감을 느꼈어. 그

러나 그런 감각은 병이 낫고 난 후까지 지속되기 어렵지. 몸
이 다 낫자마자 내 안에서 스멀스멀 꿈틀거리는 불안감을 느
꼈네. 야만적인 삶의 단조로움이 견디기 힘들어졌어. 길고 무
기력하게 지낸 나날들 이후에 반작용이 나타나 오로지 격렬
한 활동과 모험만 갈구하게 되었네. 아무리 위험하다 해도 좋
았네. 새로운 풍경, 새로운 얼굴, 새로운 방언에 굶주렸어. 결
국 카시키아레강을 타고 가야겠다는 아이디어를 떠올렸지.
그 강을 따라가다보면 작은 정착지들을 찾을 수 있을 테고,
어쩌면 당국자들의 도움을 받아서 리오네그로에 갈 수 있을
지도 모른다고 생각했다네. 내 머릿속에는 이미 그 강을 따라
아마존으로 가서 파라로 내려가면 대서양에 닿을 수 있다는
구상이 섰기 때문이지.

　케네베타산맥을 떠나면서 두 명의 인디언을 안내자 겸 동
행자로 데려갔네. 그러나 그들의 여정은 내가 생각한 목적지
인 강까지 반도 못 가서 끝나버렸지. 오리노코로 흘러드는 쿠
누쿠마나강의 지류인 추나파이강 유역에서 친절한 야만인들
을 만나 함께 떠나버렸던 거야. 여기서는 남서쪽으로 이동하
는 인디언 무리가 올 때까지 기다렸다가 합류하는 것 말고는
선택의 여지가 없었네. 이때쯤은 마나푸리에서 장신구와 캘
리코 면직물로 바꿔 온 여행비가 바닥나서 인력을 살 수 없
었거든. 이쯤에서 내 소지품이 무엇이었는지 말하고 넘어가
는 게 좋을지 모르겠군. 한동안 나는 발을 보호할 샌들 말고
는 아무것도 신지 않았네. 내 의상은 단벌 양복과 플란넬 셔

츠 한 장뿐이었고, 자주 빨아 입었지. 빨래가 마르는 사이에
는 웃통을 벗고 다녔고. 다행히 훌륭한 파란색 천 케이프가
있었다네. 내구성도 좋고 보기에도 좋았어. 앙고스투라의 친
구한테 선물로 받은 옷이었지. 그 친구는 선물을 주면서 그
옷이 나보다 더 오래갈 거라고 예언했는데, 정말 하마터면 실
현될 뻔했지 뭔가. 밤에는 덮개로 쓰고 춥고 습한 날 여행길
에서 몸을 따뜻하고 편하게 덥히는 데는 그보다 더 좋은 게
없었지. 넓은 가죽 벨트에 리볼버 한 정과 금속 탄창을 걸고,
탄탄한 사슴뿔 손잡이에 23센티미터 길이의 묵직한 칼날이
달린 고급 사냥칼을 소지하고 있었네. 케이프의 호주머니에
는 예쁜 은빛 부싯깃 통과 성냥갑이 하나씩 들어 있었지. 이
물건들에 대해서는 앞으로 다시 이야기하게 될 거야. 그리고
한두 가지 사소한 물건이 더 있었지. 이런 물건들은 도저히
간직할 수 없을 때까지 갖고 다닐 작정이었어.

추나파이에서 따분하게 기다리던 시기에 마을 인디언들한
테서 기분 좋은 이야기를 들었지. 덕분에 원래 리오네그로로
가려던 여정을 포기하게 되었고. 이 인디언들은 거의 모든 과
야나 야만인과 마찬가지로 목에 작은 목걸이를 걸고 있었다
네. 하지만 특히 한 명이 걸고 있는 목걸이가 다른 것들과 전
혀 닮지 않아서 내 눈길을 끌었어. 호기심이 크게 동했지. 그
목걸이는 남자의 엄지손톱 너비에 모양이 불규칙한 얇은 금
판 열세 개를 섬유로 엮어 만든 것이었어. 허락을 구하고 살
펴봤더니 그 조각들은 야만인들이 얇게 두드려 편 순금이 틀

림없었네. 꼬치꼬치 캐물었더니 파라우아리 인디언들에게서 얻은 거라고 하더군. 그리고 파라우아리는 오리노코 서부에 있는 산악 지대라는 설명도 해주었어. 그곳에 가면 남녀 누구나 그런 목걸이를 걸고 있다고 장담하면서. 이 이야기에 내 마음은 큰불이 난 듯 뜨거워져서 밤낮으로 황금 꿈을 꾸느라 잠을 이루지 못했네. 그리고 어떻게 하면 문명 세계에 알려지지 않은 그 풍요로운 땅에 갈 수 있을지 밤낮으로 골몰했지. 인디언들에게 데려다달라고 부탁했더니 심각한 얼굴로 고개를 젓더군. 오리노코강도 여기서 멀리 떨어져 있는데 파라우아리까지 가려면 거기서부터 열흘, 열닷새는 더 가야 한다는 거야. 그 땅은 자기네도 잘 모르고, 친척도 없다고 했어.

여러 난항과 지연에도 불구하고, 고통과 위험한 모험을 여럿 감수하고, 나는 드디어 오리노코강 상류에 다다랐고, 반대편 유역으로 넘어가는 데 성공했다네. 목숨을 걸고 미지의 땅을 헤쳐 서쪽으로 나아갔어. 언제라도 별 볼 일 없는 내 소지품을 노리고 뻔뻔스럽게 내 명줄을 끊을 수도 있는 인디언들의 마을을 전전했지. 과야나 야만인들에 대해서는 해줄 만한 좋은 말이 별로 없다네. 그러나 이 말은 해야겠어. 이 기나긴 여정에서 내 목숨은 오로지 그들의 자비에 달려 있었는데, 그들은 나를 해치지 않았을 뿐 아니라 마을에서 쉴 곳을 내어주었고 배가 고프면 음식을 주었고 도저히 길을 돌아갈 수 없을 때는 여행할 수 있게 도움을 주었네. 그러나 괜히 섣불리 결론을 내리고, 그 야만인들의 성정에 문명인에게서나 볼 수 있는 다정함이나 인도적이고 자애로운 마음이 있다고 생각해서는 안 되네. 전혀 그렇지 않으니까. 지금도, 그리고 다행히 그때도 나는 그들을 맹수라고 생각했다네. 앞에서도 말했듯이 내 목숨을 쥔 맹수였지. 다만 그들은 짐승과 비교도 안 되게 교활하고 저열한 지능을 지니고 있었어. 단 하나의 윤리가 있다면 가족이나 부족 성원의 권리를 존중하는 것이었네. 그조차 없다면 아무리 조잡한 지역사회라도 연대를 유지할 수가 없으니까. 그런데 내가 어떻게 여행할 수 있었겠나? 어떻게 백인은 거의 볼 수도 없는 지역에서, 이방인과 평화로운 관계를 유지하거나 우호적인 태도를 보이지도 않는 부족들 사이에서 해를 입지도 않고 자유롭게 숙식하고 여행할 수 있었을까? 내가 그들을 너무 잘 알기 때문이었네. 언제나 쓸 수 있던 그 지식이 없었다면, 새로운 방언을 터득하는 뛰어난 능력이 아니었다면, 그 능력을 제2의 본능처럼 끝없는 연습으로 갈고닦지 않았더라면 예쿠아나 부족을 떠난 후로 그리 잘 지내지 못했을 거야. 사실 두세 번은 아슬아슬하게 위기를 벗어났지.

잠시 이야기가 곁길로 빠졌지만 다시 본론으로 돌아가면, 나는 마침내 유명한 파라우아리산맥을 보게 되었네. 직접 보니 놀랍게도 파라우아리산맥은 온통 언덕이었어. 그것도 별로 높지 않은 언덕. 그러나 나는 큰 인상을 받지 못했어. 파라우아리에 압도적인 풍광이 없다는 바로 그 사실이, 황금이 풍부히 묻혀 있다는 방증 같았으니까. 그렇지 않다면 그 보물의 이름과 명성이 쿠누쿠마나처럼 멀리 떨어진 곳에 사는 사람들에게까지 잘 알려졌겠는가?

그러나 금은 없었네. 33킬로미터쯤 되는 그 지역 전체를 샅샅이 뒤지고, 마을마다 찾아가서 인디언들과 이야기를 나누고 꼬치꼬치 캐물었지만, 금목걸이는 고사하고 어떤 형태의 금도 없었어. 파라우아리에 금이 있다는 사실도, 아니 다른 어떤 지역의 금 이야기도 들어본 적 없다지 뭔가.

비록 이제 희망은 버렸지만, 내가 찾던 주제로 대화를 나눈 최후의 마을 주민은 산맥의 서쪽 끝에서 5킬로미터쯤 떨어진 곳에 살고 있었네. 숲과 사바나와 여러 급류로 갈라진 고산지대였지. 그 급류 중에 쿠리카이강이라는 데가 있었는데, 바로 그 옆에 마을이 있었고, 성글게 흩어져 있는 키 낮은 나무들 사이에 커다란 건물 한 채가 있더군. 수렵기가 아니면 열여덟 명쯤 되는 사람들 모두가 여기 모여 시간을 보내곤 했지. 족장, 아니 추장은 루니라는 이름으로, 쉰 살쯤 된 과묵하고 잘생기고, 상당히 위엄 있는 야만인이었다네. 원래 무뚝뚝한 성격인지 백인이 갑자기 쳐들어와서 기분이 상했는지 알 수는 없더군. 그리고 한동안 나는 굳이 그와 화해할 시도도 하지 않았다네. 그런다고 무슨 득이 있겠는가? 그때까지 내가 그토록 오래 쓰고 있었고 또 효과도 좋았던 밝은 얼굴의 가면도 이제는 귀찮기만 했다네. 가면은 벗어버리고 내 원래 모습이 되고 싶었네. 나를 손님으로 맞는 야만인처럼 과묵하고 무뚝뚝하게 굴고 싶었지. 그 마음에서 어떤 악한 목적이 생겨난다면, 그러라고, 얼마든지 최악의 짓을 하라고 내버려두고 싶었네. 실패를 처음 똑바로 마주 본 사람은 실패의 얼굴이 너무나 어둡고 혐오스러워 불행을 가중할 만한 다른 어떤 것도 덧붙이기 싫어지거든. 더 두려운 것도 없고 말이야. 몇 주째 열에 달뜬 눈에 불을 켜고 온 마을, 암반의 틈새, 시끄러운 산개울을 샅샅이 뒤지면서, 내가 그토록 먼 길을 쫓아온 목적인 반짝이는 사금을 찾았었지. 그런데 이제 내 모든 아름다운 꿈들이, 앞으로 누리게 될 기쁨과 권력이 정오의 사바나에 걸린 한낱 신기루처럼 사라져버린 거야.

절망에 빠진 채로 이곳에서 하루를 보냈지. 비가 세차게 쏟아졌고, 난 온종일 실내에 앉아 우울한 상념에 빠진 채로, 앉은 자리에서 꾸벅꾸벅 조는 척하며 반쯤 감은 눈으로 다른 사람들을 곁눈질했어. 다들 유령이나 꿈속의 그림자들처럼 앉아 있거나 서서 돌아다니고 있었지. 그렇지만 그들에겐 신경도 쓰지 않았네. 사람 좋게 보이고 싶지도 않았지. 곧 음식을 받아먹게 될 텐데도 전혀 잘 보이고 싶지 않았어.

저녁 무렵이 되자 비가 그쳤지. 나는 일어나 짧은 거리를 걸어가서 근처 개울로 갔다네. 바위에 앉아 샌들을 벗어버리고 흐르는 찬물에 멍 든 발을 씻었지. 서쪽 하늘이 비 온 뒤 보이는 연하고 맑은 파랑으로 물들었더군. 그러나 잎사귀는 여전히 빗물로 반짝였고 젖은 나무줄기는 녹색 잎 아래서 거의 시커멓게 보였어. 그 풍경의 보기 드문 사랑스러움에 심장이 움직여 한층 가벼워지더군. 저 멀리 동쪽에 다시 파라우아리의 언덕들이 보였네. 지평선에 걸린 태양이 언덕을 환히 비추고 그쪽에서 흩어지는 회색 비구름이 대조를 이루어 이상하리만큼 화려하고 영광스러워 보이더군. 그 새삼스럽고 신비한 아름다움을 보니 바로 이 언덕들이 나를 그토록 지치게하고, 상처를 주고, 조롱했다는 사실이 일순 잊히는 느낌이었다네. 그 방향으로도, 또 북쪽과 남쪽으로도 탁 트인 숲이 펼쳐져 있었지만, 서쪽으로는 전혀 다른 조망이 내 눈에 들어오더군. 개울과 강가에 늘어선 좁은 녹지, 기슭 옆에 자라는 키작은 나무 몇 그루 너머로 갈색 사바나가 펼쳐져 길고, 낮고, 험준한 암반을 따라 올라갔고, 그 뒤로 외따로 우뚝 선 높은 언덕, 아니 산봉우리가 하나 있었어. 형태는 원뿔형이고 거의 꼭대기까지 녹음이 옷처럼 뒤덮고 있었지. 그 지역의 주요 랜드마크인 이타이오아산이었다네. 해가 사바나를 지나 암반 뒤로 떨어지자 서쪽 하늘 전체가 섬세한 장밋빛으로 물들어서, 먼 곳 어디선가 바람을 타고 장밋빛 연기가 날아와 머무르는 듯 보이더군. 그 얇고 찬란한 베일 사이로 저 너머 아득한 하늘이 파랗게, 이 세상 것 같지 않게 빛났어. 투르피알 종류로 보이는 새 떼가 내 머리 위로 날아갔지. 한 무리가 지나가면 또 한 무리가 잇달아 날아와 보금자리로 날아가면서 낭랑한 종소리처럼 지저귀었어. 그 구슬처럼 떨어지는 노랫소리에도 어쩐지 천국 같은 느낌이 있었지. 선율이 빗방울처럼 내 심장에 떨어져 흥건히 고였고, 싱그러운 천국의 물이 지상의 물과 섞여 들었지.

요동치는 호수 같던 내 심장에 신성한 빗물이 떨어진 게 틀림없었어. 지나쳐 날아가는 새들로부터, 이제 지평선 너머로 저문 그 진홍빛 둥근 해로부터, 어두워지는 언덕으로부터, 무한한 천국의 장밋빛과 파란색으로부터, 눈에 보이는 원형의 풍광 그 전체로부터 말이야. 깨끗하게 정화된 느낌이 들었네. 그리고 자연의 내밀한 순수와 영성이 감지되듯 이상한 감각이 덮쳐왔어. 어떤 경계, 아마도 가늠할 수도 없이 먼 곳에 있겠지만, 우리가 모두 나아가고 있는 어떤 목적지. 천국의 비가 우리의 흠결과 오점을 모두 씻어줄 어떤 시간. 그때 내가 찾았던 뜻밖의 평화는 이제 돌이켜보면 무한한 가능성을 주었고, 내가 찾았으나 찾지 못했던 노란 금속보다 무한히 더 값진 것이었지. 지금 내 소망은 그곳에서 휴식하며 한 철을 보내는 거야. 멀고 사랑스럽고 평화로운 곳. 그런 특별한 감정과 그토록 행복한 환멸을 경험한 그곳 말이야.

이렇게 과야나에서의 내 두 번째 시기가 끝났네. 첫 번째 시기는 언젠가 고향에 돌아가게 되면, 아니 어쩌면 유럽에서도, 내게 명성을 가져다줄 그 책의 꿈으로 가득했지. 케네베타산맥을 떠날 때부터 시작된 두 번째 시기는, 무한한 부의 꿈으로 가득했어. 프란시스코 피사로의 시절부터 수많은 사람의 마음을 사로잡았던 그 땅의 황금, 그 오래된 꿈 말이야. 그러나 그곳에 머물기 위해서는 저기 실내에서 우울하게 눈살을 찌푸리고 말없이 앉아 있는 루니를 달래야 했지. 입바른 말에 넘어올 사람처럼 보이지는 않았어. 아무리 듣기 좋은 소리를 해도 말이야. 딱 하나 남은 내 소중한 소지품과 헤어져야 할 시기가 온 거지. 문양이 새겨진 내 은제 부싯깃 통 말이야.

집으로 돌아가서 모닥불 옆 통나무에 앉았어. 음울한 족장을 마주 보는 자리였어. 그는 담배를 피우고 있었는데, 아까 내가 나간 후로 꼼짝도 하지 않은 것 같더군. 나도 담배를 말아서 부싯깃 통을 열었지. 강철이 부착된 부싯돌이 두 줄의 은사슬로 통에 연결되어 있었네. 호기심 섞인 눈길로 내 동작을 지켜보는 추장의 눈이 조금 반짝이는가 싶더니, 그가 말없이 내 발밑에서 이글이글 타는 숯을 가리켰어. 나는 고개를 젓고 철로 부싯깃을 때려 눈부신 불꽃을 일으킨 후 부싯돌을 후후 불어 담배에 불을 붙였지. 그러고 나서는 통을 다시 호주머니에 넣는 대신 케이프의 단춧구멍에 사슬을 끼워 장식품처럼 가슴에서 달랑거리게 매달았다네. 담배를 다 피우고 나서는 정석대로 헛기침하고 루니를 가만히 응시했네. 그러자 루니도 몸을 슬쩍 움직여 내가 하려는 말을 들어줄 의사가 있다는 표시를 하더군.

내 이야기는 길었지. 족히 반 시간은 이어졌는데, 말하는 내내 깊은 침묵이 깔렸어. 나는 주로 과야나에서 방황했던 일을 이야기했는데, 사실 내가 갔던 곳들의 지명과 내가 접촉했던 모든 부족과 추장 이름을 줄줄이 나열한 거나 다름없었지. 나는 끊임없이 이야기할 수 있었고, 그래서 새로 터득한 방언이 아직 낯설고 서투르다는 사실을 덮을 수 있었다네. 과야나의 야만인은 지구력으로 인간을 평가하거든. 새를 지켜보면서 한두 시간 청동상처럼 꼼짝하지 않고 서 있는다든가 반나절을 앉거나 서 있는다든가. 자초한 고통이라도 움츠리지 않고 고통을 견디는 힘. 이야기할 때는 엄청난 수량으로 쏟아지는 물살처럼 쉬지도 않고 숨도 쉬지 않고 말이 막히거나 걸리지도 않고 유창하게 해야 한다네. 그래야 남자다움을 입증할 수 있는 거야. 동등한 상대이고, 친구가 될 가치가 있는 남자라는 사실을 입증하는 거지. 내가 정말로 하고 싶은 말은, 솔직히 거의 의미 없는 웅변의 결론에 나오는 몇 마디면 충분했지. 나는 말했어. 어디를 가나 나는 인디언의 친구였고, 지금도 당신의 친구가 되고 싶다. 다른 마을과 친족의 추장들과 그랬듯 파라우아리에서도 그와 함께 친구가 되어 살고 싶다. 다른 추장들이 나를 백인이나 이방인으로 보지 않고 친구로 보았으니 당신도 나를 친구로, 형제로, 인디언으로 보아주기를 바란다.

내가 말을 마치자 방 안에 살짝 웅얼거리는 소리가 퍼졌지. 폐 속에 오래 갇혀 있던 숨이 갑자기 방출되는 듯이 말이야. 루니는 여전히 미동도 없이 그저 작게 신음하더군. 그때 내가 일어섰어. 그리고 케이프에서 은제 장식품을 풀어 그에게 선물로 주었다네. 루니는 그 선물을 받았어. 아주 고마워하는 눈치는 아니었어. 이 사람들에게 나는 여전히 이방인이었으니 말이야. 하지만 나는 만족했지. 좋은 인상을 남겼다는 확신이 생겼으니까. 잠시 후에 그는 그 통을 옆에 앉은 사람에게 넘겨주더군. 그 사람이 통을 살펴보고 다시 세 번째 사람에게 넘겼고, 이런 식으로 통은 한 바퀴 빙 돌아 다시 루니에게 돌아왔어. 그러자 루니는 술을 가져오라고 했어. 알고 보니 거기 카사바 술이 대량으로 저장되어 있었어. 여자들이 며칠 동안 바삐 만들었을 양인데, 이렇게 빨리 마셔버리게 될 줄은 몰랐겠지. 커다란 술통이 나왔지. 루니는 예의 바르게 첫 잔을 단숨에 마셔버렸어. 나도 따라 마셨고, 다른 이들도 단숨에 비웠지. 여자들도 마셨어. 남자가 석 잔 마실 때 여자가 한 잔 정도 마시더군. 그러나 술을 제일 많이 마신 건 루니와 나였다네. 거기서 가장 중요한 귀빈으로 품위를 유지해야 했기 때문이었어. 이제 혀가 다 풀려버렸지. 이 순한 곡주에 든 얼마 안 되는 알코올이라도 이젠 뇌까지 취기가 돌 정도로 마신 거야. 나에겐 그 사람들처럼 고기와 술을 무한정 집어넣을 수 있는 항아리 모양의 배가 없었지. 그래도 이 중요한 순간에 나를 대접하는 주인의 경멸을 사서는 안 된다는 생각에 결의에 차 있었어. 잘못하면 부리로 여섯 방울의 물을 머금고 만족스러워하는 작은 새라는 말을 들을 테니까. 그래서 나는 루니와 힘을 겨루고, 필요하다면 정신을 잃을 때까지 마실 작정이었지. 그러다 결국 두 발로 제대로 서지도 못하는 상태가 되어버렸어. 그러나 산전수전 다 겪은 노련한 야만인도 이제는 만취해 있었다네. '인 비노 베리타스'●라고 옛사람들이 말했던가. 와인은 없고 순한 카사바 술뿐이어도 진리는

● '와인 안에 진리가 있다'라는 뜻의 라틴어.

여전히 통하더군. 이제 루니는 예전에 알고 지내던 백인이 있었다는 이야기를 털어놓고 있었어. 나쁜 놈이었기 때문에 백인은 다 나쁘다는 믿음을 갖게 됐다고 하더군. 다윗이 인간을 통틀어 거짓말쟁이라고 생각했던 것처럼 말이야. 그런데 이제 백인이 나쁜 건 아니라는 걸 알았다면서 날 보고 좋은 사람이라고 하더군. 얼큰하게 취기가 올라오면서 그는 점점 더 친절해졌어. 그러더니 아르마딜로의 원뿔형 꼬리로 만든 희한한 부싯돌 통을 내게 선물로 주면서 아까 그 통을 대신해 쓰라는 거야. 풀로 짠 해먹도 주고, 심지어 내가 마음 내키면 언제든 누울 수 있게 바로 그 자리에서 걸어주기까지 했지. 나를 위해서라면 무엇이든 해줄 기세였다니까. 그리고 마침내, 잔이 수없이 비워지고 술통이 세 통, 네 통째 나왔을 때, 루니는 가슴에 품고 있던 어둡고 위험한 비밀을 털어놓기 시작했다네. 눈물을 흘리더군. 이제는 과야나의 숲속에 살지 않는 "눈물 없는 남자"를 위해서, 오래전 배반당해 죽음을 맞은 사람들을 위해서, 트리피카에서 살해당한 친아버지를 위해서, 아직도 땅에 묻히지 못한 마나가의 아버지를 위해서. 그러나 그도, 그의 부족도 모두 루니를 조심해야 할 거라고 하더군. 예전에도 그들을 갈라 피를 뿌렸고, 그들의 살점을 여우와 대머리수리에게 먹이로 주었고, 마나가가 우리타이에서 자기 부족과 사는 한 한시도 마음 편히 쉬지 못할 거라고 하더군. 우리타이의 다섯 언덕은 파라우아리에서 이틀 꼬박 여행해야 갈 수 있는 거리라고 했어. 오랜 숙적에 대해 이야기하면서 그는 점점 일종의 광란으로 빠져들었다네. 가슴을 치고 이를 갈았어. 그러다 급기야 창을 들고 진흙 바닥에 촉을 깊이 꽂았지. 그랬다가 다시 뽑아서 땅속으로 깊이, 더 깊이 푹푹 찔러넣었어. 자기가 언젠가 마나가를 만나면, 아니 남자든 여자든 아이든 마나가의 부족을 만나면 자기가 어떻게 하려는지 한번 보라고 하더군. 그리고 휘청거리며 일어나서 문 밖으로 나가더니 맵시를 부리며 창을 휘둘렀지. 북서쪽을 바라보며, 마나가에게 입버릇처럼 협박했듯 어디 한번 와서 우리 부족을 다 죽이고 집을 다 태워보라고 고래고래 악을 썼어.

"와보라고 해! 마나가한테 어디 와보라고 하라고!" 나도 그의 뒤를 비틀비틀 따라 나가며 외쳤지. "난 추장님의 친구입니다. 형제입니다. 창도 없고 화살도 없지만 내게는 이게 있습니다. 이게 있어요!" 그리고 리볼버를 뽑아 멋들어지게 휘둘렀지. "마나가는 어디 있습니까?" 난 계속 외쳤어. "우리 타이의 언덕들은 어디 있습니까?" 그러자 루니가 남서쪽에 낮게 뜬 별 하나를 가리키더군. "그럼, 이 총알이 마나가를 찾아갈 겁니다. 자기 부족에 에워싸여 모닥불가에 편안히 앉아 있는 마나가를 이 총알이 찾아가서 쓰러뜨리고 저 땅에 그 피를 쏟게 할 겁니다!" 그리고 나는 그가 손가락으로 가리킨 방향으로 총을 발사했네. 여자와 아이들은 공포의 비명을 내질렀지만, 내 곁에 있던 루니는 강렬한 기쁨과 경탄에 휩싸인 나머지 돌아서서 덥석 나를 포옹했어. 벌거벗은 남자 야만인으로부터 받은 처음이자 마지막 포옹이었다네. 까탈을 부릴 때는 아니었지만, 그래도 땀투성이의 뜨거운 몸뚱어리에 안긴 건 불쾌한 체험이었네.

이 법석에 이어 카사바 술잔이 또 여러 순배 돌았다네. 그리고 이제 도저히 더는 버틸 수 없게 되었을 때, 나는 휘청거리며 내 해먹으로 갔지. 해먹에 못 들어가서 어쩔 줄 모르고 있었더니 친절을 주체 못 하던 루니가 나를 도와주러 왔는데, 그 바람에 우리는 같이 떨어져서 바닥에 한 몸으로 구르고 말았어. 결국 다른 사람들이 나를 일으켜줬고, 나는 흔들리는 잠자리에 간신히 털썩 드러눕자마자 꿈도 없는 깊은 잠 속으로 빠져들어 다음 날 아침 해가 뜰 때까지 깨지 않았다네.

제2장

 카사바 술이 아주 느리게, 고생스러운 방식으로 빚어진다
는 게 얼마나 다행이었는지 몰라. 술을 빚는 여자들이 먼저
어금니로 재료(카사바 빵)를 으깨 펄프 상태로 만들고, 물로
희석한 후 구유에 넣어 발효시켜야 했거든. 이 자발적인 노예
들은 대단히 부지런했어. 그러나 아무리 열심히 일해도 폭음
을 사랑하는 주인의 욕구를 아주 간헐적으로만 충족시킬 수
있었지. 나도 일익을 담당한 그날의 주연 같은 경우는, 말하
자면 매우 참을성 있는 저작 운동과 소리 없는 발효의 결과
라네. 오래 가꾼 식물이 피워낸 연약한 꽃 한 송이인 셈이지.
 좀 불쾌한 감각과 따끔거리는 자기혐오를 대가로 치르긴
했지만, 이제 가족의 일원으로 자리를 굳히고 나니 파라우아
리에서는 괜한 걱정으로 골머리 썩지 말고 백수답게 몸과 마
음이 편하게 살아야겠다는 마음이 들었어. 기분 내키면 사냥
이나 낚시에 따라가고, 안 그러면 친구들과 떨어져 고독한 장

소에서 야생의 자연과 대화나 나누면서 나 나름대로 존재를 즐겨야겠다고 말이지.

우리 작은 마을에는 루니 말고도 나이 지긋한 남자가 두 명쯤 더 있었네. 루니의 사촌 같은데, 아내들도 있고 장성한 자식들도 있는 사내들이었지. 또 다른 가족은 루니의 조카 피아케, 그의 형제 쿠아코(나중에 이 친구에 대해서는 할 말이 아주 많을 걸세), 그리고 누이 오알라바로 이루어져 있었어. 피아케는 아내와 두 자식이 있었고. 쿠아코는 열아홉 살에서 스무 살쯤으로 미혼이었어. 오알라바는 셋 중 가장 어렸네. 마지막으로, 아니 처음에 말했어야 할 것 같은데, 아무튼 루니의 모친이 있었네. 클라클라라고들 불렀는데, 무슨 새의 울음소리를 본뜬 이름 같았지. 이쪽 위도에서는 본명을 부르는 경우가 거의 없거나 아주 드물다네. 진짜 이름은 가까운 친족한테도 밝히지 않고 비밀로 간직했어. 태어났을 때 부모님이 지어준 이름을 아는 건 아직 살아 있는 사람 중에선 클라클라뿐이었지. 클라클라는 몹시 늙은 여인으로 삐삐 마른 몸에 볕에 그을린 낡은 가죽처럼 갈색 피부를 갖고 있었네. 온 얼굴에 짜글짜글 셀 수 없이 주름이 져 있었고, 푸석푸석한 긴 머리는 완벽하게 흰색이었다네. 그렇지만 놀랍게 기운찼고 공동체의 그 어떤 여자보다 더 일을 많이 하는 듯했어. 게다가 일과가 끝나고 다른 사람들은 할 일이 없을 때 클라클라의 밤일이 시작되곤 했지. 바로 다른 모든 사람을, 아니 적어도 남자들 모두에게 말을 걸어주고 잠을 재워주는 일이었다네. 마치 자동으로 제어하는 기계처럼 한 치의 틀림도 없었지. 저녁마다 문이 닫히고 밤 모닥불이 피워져 모든 사람이 해먹에 들면, 그녀는 정확히 시간을 맞춰 정말 끝없이 이어지는 이야기들을 늘어놓기 시작했다네. 마지막까지 듣던 사람이 깊이 잠들 때까지 말이야. 그러다가 밤중에 누군가 잠이 깨서 콧방귀를 뀌거나 앓는 소리를 내면 아까 중단한 지점부터 다시 이야기를 시작했지.

클라클라 할멈은 밤낮으로 내게 즐거움을 주었어. 땔감이 떨어져 불길이 잦아드는 건 용납할 수 없다는 듯 모닥불을 지키고 앉아 있는 그 부엉이 같은 얼굴은 아무리 오래 보고 있어도 지겹지 않았지. 할멈은 불에 올려놓은 냄비를 찬찬히 바라보며 동시에 다른 주변 사람들의 동작도 낱낱이 살피고 있었다네. 아주 작은 기미만 보이면 도우러 벌떡 일어나거나 길 잃은 닭이나 말 안 듣는 아이를 쫓아 뛰어나가곤 했지.

할멈의 의도는 아니었겠지만 내게 너무 큰 즐거움을 주었기에 나도 보답으로 즐거움을 주어야겠다는 생각이 들었다네. 하루는 칼로 펜싱 연습용 플뢰레 목검을 깎는 일에 몰두하고 있었지. 내가 일하면서 이런저런 옛 노래들을 휘파람으로 흥얼거리고 있었는데, 때마침 할멈이 속으로 킬킬 웃는 듯 굉장히 재밌어하는 모습을 보았어. 내 노래에 맞춰 고개를 끄덕거리며 손으로 박자를 맞추고 있군. 할멈은 토착민의 음악보다 훨씬 우월한 스타일의 음악을 감상하는 능력이 있었던 거야. 그래서 나는 잠시 목검을 깎던 일손을 놓고 기타를 만들기 시작했다네. 손이 굉장히 많이 가는 일이었거니와 생각도 못 했던 창의성을 발휘해야 했지. 나무를 적당한 두께로 얇게 깎은 후에 휘어서 나무못과 칼로 고정하고 암과 프렛과 키를 붙이고, 마지막으로 고양이 창자로 만든(다른 종류는 구할 수 없었다네) 현을 걸어야 했어. 한 며칠은 몹시 분주했지. 완성된 기타는 조잡한 악기였고 조율도 제대로 되지 않았어. 그래도 현을 퉁겨 신나는 곡을 연주하거나 내 노래에 반주를 붙일 때면 굉장히 소리가 잘 났고, 나는 옛 에스파냐 제국에서 가장 완벽한 기타를 가진 양 내 연주에 으쓱한 기분이 들었지. 나는 기타를 치면서 바닥을 경중경중 뛰어다녔고, 백인의 춤 중에서도 가장 활기찬 동작을 그들에게 가르쳐주었어. 연주자의 손가락에 맞춰 발도 빠르고 민첩하게 움직여야 했지. 솔직히 말하자면, 내가 춤 시범을 보일 때마다 어른들은 심각하기 짝이 없는 표정으로 쳐다보곤 했어. 그네들의 풍습을 잘 모르는 사람이었다면 풀이 죽어 알아서 그만뒀을 눈빛이었지. 하지만 나는 알고 있었네. 흡사 속이 텅 빈 청동 조각상들처럼 나를 바라보고 있었지만, 그들 내면에 살아 있는 동물의 본성이 내 노래, 기타 소리, 빙글빙글 도는 춤사위에 간질간질 꿈틀거리고 있다는 사실을. 하지만 클라클라 할멈만은 달랐어. 적잖이 추임새도 넣으며 나를 격려해주었거든. 그 소리는 반은 킬킬거리고 반은 끅끅거리는 웃음처럼 들렸지. 할멈은 다시 어린 시절로 돌아간 듯 가면처럼 무뚝뚝한 표정을 벗어버렸던 거야. 어린 과야나 야만인들은 열두 살 무렵부터 어른들을 모방해 무표정한 얼굴에 적응하고 몹시 취했을 때가 아니면 평생 그 표정을 지우지 않는다네. 하지만 아이들은 터놓고 기쁨을 표현해주었네. 물론 전반적으로 어른들이 근처에 있을 때는 감정을 억제하려고 애썼지만 말이야. 나는 아이들 사이에서 대단히 인기를 끌었다네.

얼마 후 나는 플뢰레 깎는 일로 돌아갔고, 아이들에게 펜싱을 가르쳐주기 시작했네. 가끔 제일 큰 남자아이들 두세 명한테 나를 동시에 공격해보라고 하기도 했지. 그냥 내가 얼마나 손쉽게 무장을 해제하고 죽일 수 있는지 보여주기 위해서 말이야. 특히 쿠아코가 펜싱 연습에 흥미를 보이더군. 원래 남달리 호기심이 많고 싹싹한 데다 부자연스러운 허세를 부리지 않는 친구였으니까. 그래서 나는 쿠아코와 가장 가까워졌네. 쿠아코와 펜싱을 하는 건 굉장히 재미있었어. 쿠아코는 플뢰레를 들고 위치를 잡자마자 내가 가르쳐준 것들을 모조리 허공으로 날려버리고, 자기가 아는 야만인의 방식대로 마구 공격하기 시작했거든. 그러니 당연히 내가 그 친구의 플뢰레를 쳐서 핑글핑글 돌며 10미터 이상 날려버리곤 했지. 그러면 쿠아코는 놀라서 꼼짝하지 않고 그 자리에 서서는, 입을 헤벌리고 날아가는 칼을 바라보곤 했다네.

별로 불쾌하지 않게 삼 주가 흘러갔네. 그런데 어느 날 아침 문득 개울을 건너가서 마을 서편의 황량해 보이는 사바나를 가로질러 걸어봐야겠다는 생각이 들더군. 개울은 길게 이어진 바위투성이의 야트막한 산줄기에서 끝났어. 마을에서 보면 그 방향으로는 눈길을 끄는 게 없었네. 하지만 나는 산인지 언덕인지 모르겠지만 크게 우뚝 혼자 솟은 이타이오아를 더 잘 보고 싶었고, 그 너머 저 멀리 구름처럼 보이는 봉우리들도 보고 싶었지. 개울로부터 땅은 완만하게 경사를 이루며 높아져서 산줄기의 가장 높은 부분까지 가려면 대략 두 시간쯤 걸리겠더군. 갈색으로 바싹 마른 평야에는 말라빠진 머리칼 덩어리 같은 텁수룩한 잡초 말고는 아무것도 자라지 않았어.

정상에 올라 그 너머 땅을 본 나는, 황량한 땅이 불과 2킬로미터도 남지 않았고 곧 숲이 시작된다는 걸 알고 기분 좋은 실망감을 느꼈지. 몹시 탐스러운 숲이 13~15제곱킬로미터에 달하는 타원형 분지를 뒤덮고 있었고, 북쪽으로는 이타이오아산 밑까지 이어지고 남쪽으로는 바위투성이의 야트막한 산맥에 인접해 있었어. 숲이 우거진 분지에서부터 좁고 긴 삼림이 문어발처럼 사방팔방으로 뻗어 있었는데, 그중 한 쌍의 숲 줄기가 이타이오아 산등성이를 휘감고, 훨씬 폭이 넓은 또 한 줄기가 산줄기를 수직으로 가르는 계곡을 따라 뻗어 시야가 닿지 않는 곳까지 이어져 있었지. 저 멀리 서쪽과 남쪽과 북쪽에는 머나먼 곳의 산들이 보였네. 흔한 산맥 형태가 아니라 무리를 짓거나 외따로 우뚝 솟아 있거나 지평선의 적운처럼 푸르게 보였다네.

집에서 이토록 가까운 데 이런 숲이 있다는 사실을 알게 되어 기뻤지만, 한편으로는 왜 나의 인디언 친구들이 한 번도 나를 여기 데려와주지 않았는지, 아니 이쪽으로 아예 나와보지도 않는지 궁금하기도 했네. 가벼운 마음으로 혼자서 숲을 탐사하려고 나서다보니 야생동물을 사냥할 무기를 제대로 갖추지 않고 나온 것 한 가지가 후회되더군. 산마루에서 사바나를 가로질러 가는 길은 수월했네. 돌투성이의 척박한 땅이 내내 완만한 내리막이었거든. 내가 있던 쪽의 숲 외곽 지역은 탁 트인 평지였어. 대체로 돌 많은 토양에서 자라는 키 작은 나무들이었고, 콩알처럼 생긴 노란 꽃들이 피어 있는 가시덤불이 듬성듬성 흩어져 있는 정도였지. 하지만 이윽고 나는 더 울창한 숲으로 들어섰지. 나무들이 훨씬 키가 크고 수종도 다양했어. 하지만 그다음에는 또 좁고 긴 불모지가 나오더군. 숲 외곽에 있던 불모지처럼 땅에 돌이 박혀 있고 노란 꽃이 핀 가시덤불 말고는 아무것도 없었지. 이 리본처럼 긴 황무지는 남북으로 꽤 길게 뻗어 있었고 폭은 50~100미터쯤 되어 보여 있었어. 이 황무지를 지나치니 다시 숲이 빽빽해졌고, 커다란 나무들 아래 덤불과 잡풀도 빽빽이 자라 시야를 가리는 바람에 앞으로 나아가기가 어려워졌지.

이 야생의 낙원에서 몇 시간을 보냈네. 그동안 과야나에서 많이 들어가봤던 광활하고 음산한 숲보다 훨씬 쾌적하고 즐거웠지. 여기는 그렇게 엄청난 거목은 많지 않았지만, 채소의 품종은 훨씬 다양했거든. 적어도 내가 들어간 깊이까지는 나무 밑이라도 컴컴하지 않았고, 사방에 사랑스러운 기생식물들이 숱하게 자라나는 것으로 보아 빛과 공기의 쾌적한 기운을 알 수 있었지. 나무들이 가장 크고 높이 자란 지점에서도 햇살이 투과해 내리비쳤는데, 녹음에 걸러져 차분해진, 초록빛 도는 황금색 빛은 아름다웠어. 덕분에 넓은 저지대 가득 반투명한 빛과 어렴풋한 회청색의 그림자가 너울거렸네. 똑바로 누워 하늘을 올려다보고 있자니 일어나서 다시 정처 없는 산책을 시작하기가 싫어지더군. 내 머리 위에 굉장한 지붕이 있었단 말일세! 지금 내가 그것을 지붕이라고 부르기는 하지만, 이건 마치 어휘력이 빈곤한 시인이 무한한 천국 같은 하늘을 지붕이라고 부르는 거나 다름없다네. 지붕이라면 비상하는 영혼을 거추장스럽게 가로막는 그런 지붕이 아니라 시시각각 모양과 색이 달라지는 저 높은 곳의 구름이나 혹독한 정오의 햇볕을 정화하는 잎사귀 같은 지붕이었어. 내가 하염없이 바라보던 그 구름 덩어리 같은 녹음이 얼마나 까마득히 멀게만 느껴졌는지! 우리도 알다시피, 자연이야말로 원경의 착시 효과를 주기 위해 열주를 고안한 건축가들의 첫 스승이지 않은가. 그러나 빛을 차단하는 지붕 때문에 앞서 내가 말한 것 같은 효과를 낼 수 없었지. 공기처럼 가벼운 초록빛 캐노피, 해를 품은 구름을 덮은 이곳의 자연은 감히 범접할 수 없이 멀었네. 구름 위에 구름이 겹쳐 제일 높은 구름층에 눈길조차 닿지 않았지만, 여전히 햇살은 투과해 들어와 그 아래 드넓은 공간을 비추었어. 방 다음에 또 방이 나왔고, 방마다 특별한 빛과 그림자가 드리워져 있었지. 내 머리 위 까마득히 높은 곳, 하지만 보이는 것보다는 멀지 않은 곳에서,

저 위쪽 잎사귀의 틈새를 가르고 떨어진 황금색 빛줄기 한 가닥이 그런 방의 어둠을 가르고 있었어. 빛이 건드리면 모든 사물이 이상하리만큼 화려하게 변모했지. 튀어나온 잎사귀들, 수염 같은 이끼 덩어리, 뱀처럼 꾸불꾸불한 열대 칡까지도. 그런데 그 활짝 열린 공간의 가장 탁 트인 지점에서, 눈에 보이지 않는 무언가에 걸린 듯 갑자기 빛살이 어지럽게 얽힌 은빛 실뭉치를 밝혔다네. 그건 커다란 나무거미의 그물이었어. 멀어 보이지만 형체가 또렷한 실 가닥을 보니 떠오르는 생각이 있더군. 인간 예술가는 규칙적으로 배치한 기둥과 아치의 단조로운 복제를 통해 수평의 거리를 확보할 수 있을 뿐이고, 이 질서에서 조금만 벗어나도 전체 효과가 무너지지 않나. 그러나 자연은 무작위성을 통해 미적 효과를 창출하거니와 오히려 무한히 다양한 꾸밈으로 아름다움의 착시 효과를 증폭시킨다네. 무한한 다양성을 한껏 즐기며, 나무와 나무를 굵은 칡으로 아나콘다처럼 칭칭 휘감는가 하면, 그 거대한 동아줄을 축소해 곤충의 날개바람에도 흔들리는 공기처럼 얇은 거미줄과 머리카락 같은 섬유를 짜내기도 하지.

이렇게 하릴없이 느긋하게, 이런저런 생각들을 벗 삼아 시간을 흘려보냈네. 야만인이든 문명인이든 내 곁에 인간이 아무도 없어서 다행이라고 생각했지. 화내지 않고 재잘거리는 원숭이들의 수다를 들으려면, 진지하게 그 나름의 생활을 영위하는 모습을 지켜보려면 혼자인 편이 나았다네. 푸른 구름, 신비로움으로 가득 찬, 신기루와 같은 허공의 방들, 원숭이들은 언어, 외양, 움직임에서 풍요로운 열대의 자연과 훌륭한 조화를 이루었어. 땅에서 한참 높은 곳, 천국에 반쯤 다가간 그들만의 세상에서 환상적인 삶을 살아가는 사기꾼 천사들이었지.

그날 아침에는 보통 때 일주일간 산책하며 본 것보다 훨씬 더 많은 원숭이를 보았어. 그리고 다른 동물들도 봤지. 특히 나 때문에 소스라쳐 달아난 아구티• 한 쌍이 기억나는군. 몇 미터 내달리다가 가만 서서 뒤를 돌아보더니 나를 친구로 여겨야 할지 적으로 봐야 할지 몰라 어리둥절해했지. 새들도 이상하게 많았어. 아무튼 전체적으로 내가 살면서 본 가장 풍요로운 사냥터였다네. 그런데도 마을의 인디언들이 이쪽으로 다니지 않는 것 같아서 심히 놀랐어.

오후에 마을로 돌아와서 그날의 산책을 열성적으로 설명했네. 내 영혼을 움직인 것들이 아니라 과야나 인디언의 영혼을 움직이는 것들을 중점적으로 말했지. 그들이 갈구하는 동물 먹거리 말일세. 솔직히 자연은 인디언의 영혼을 채워줄 생각이 없는 눈치였어. 자연을 쥐어짜내 넉넉한 먹거리를 얻어내는 것은 인디언에게 너무나 어려운 일이었거든. 그런데 놀랍게도 그들은 고개를 저으며 내가 하는 말에 불편한 표정을 짓는 거야. 그러더니 마침내 추장이 내게 넌지시 귀띔해주더군. 내가 갔던 숲은 위험한 장소라고. 사냥하러 그 숲에 가면

• 중남미에 서식하는 들쥐.

크나큰 해를 입게 될 거라고 말이야. 다시는 가지 말라는 조언으로 말을 맺더군.

사람들 표정과 노인의 모호한 말을 미루어보니 숲을 두려워하는 건 미신 탓인 듯했어. 호랑이나 아나콘다, 혼자 돌아다니는 살인자 인디언처럼 정말로 위험한 생물이 거기 산다면 그냥 그렇다고 말해주었을 걸세. 하지만 내가 질문 세례를 퍼부었는데도 그냥 "뭔가 나쁜 것"이 있다고만 하는 거야. 짐승들이 거기 그렇게 많은 건 목숨을 소중하게 여기는 인디언이라면 아무도 그 숲에 발을 들이지 않기 때문이라고만 하더군. 그래서 나는 더 확실한 정보를 주지 않는다면 반드시 다시 가서 그토록 두려워하는 게 뭔지 꼭 보고 말겠다고 대꾸했지.

그들 눈에는 무모한 용기로 보였겠지. 퍽 놀라는 기색이었어. 그러나 이미 자기네 미신이 내게는 효과가 없고, 내 귀에는 어린아이를 즐겁게 해주려고 꾸며낸 이야기나 다름없이 들린다는 걸 이미 알아차리고 있던 차였지. 그래서 일단 더는 나를 말리려고 애쓰지 않았어.

다음 날 나는 사악하다는 그 숲에 돌아갔다네. 그랬더니 오히려 그 숲의 매력은 새삼스럽게, 훨씬 더 강렬하게 느껴졌어. 알지 못하는 것, 신비로운 것의 매력이었지. 그래도 받은 경고가 있으니 처음에는 아무래도 불신하게 되고 조심스러워지더군. 아예 뇌리에서 떨칠 수는 없었네. 그들이 기나긴 삶의 시간을 숲에서 보냈고, 우리가 고향 마을의 길거리를 알

듯 숲을 속속들이 알고 있다는 걸 생각해보면, 이 야만인들이 모든 숲에 미신적인 공포를 품고, 심지어 환한 대낮에조차 그토록 무서워한다는 사실이 믿기지 않을 정도였지. 흡사 머릿속에 귀신 이야기의 기억이 가득한 아이가 어두운 방을 무서워하는 것과 같았어. 하지만 암실의 어린아이처럼 원주민들도 혼자 있을 때만 숲을 무서워했다네. 이런 이유로 그들은 언제나 둘씩 짝을 짓거나 무리를 지어 사냥했어. 그렇다면 이토록 먹거리가 매혹적으로 풍부한데도 이 특정한 숲을 찾지 못하는 이유는 무엇일까? 이 질문은 나를 적지 않게 괴롭혔다네. 동시에 그런 불안감이 부끄럽기도 해서 애써 물리치려했지. 그러다 마침내 전날에 왔을 때 그토록 오래 쉬었던 그 한적한 지점에 다다랐다네.

그곳에서 나는 새로운 것을 보고 이상한 체험을 했네. 커다란 나무 그늘 밑 땅바닥에 앉아 있는데, 다가오는 폭풍에 새된 비명과 울부짖음이 뒤섞인 듯 혼란스러운 소음이 들리기 시작했어. 그 소리는 점점 가까워지더니, 마침내 온갖 종류의 새가 어마어마한 떼를 지어 나타나더니 나무 사이를 까맣게 메웠네. 대체로 작은 새들이었어. 줄기와 큰 가지에서 뛰어다니기도 하고, 잎사귀를 가르며 재빨리 날기도 했지만, 대부분 날갯짓하며 허공에 떠 있다가 이리저리 쏜살같이 치달아 날아갔어. 다들 분주하게 벌레를 탐색하고 쫓아다니며 동시에 이동했고, 몇 분도 채 지나지 않아 내 근처의 나무들을 다 뒤졌는지 사라져버렸어. 하지만 방금 본 광경만으로 만족하지 못한 나는 벌떡 일어나 새 떼를 시야에 잡아두려고 뒤쫓기 시작했다네. 새의 군단에 흥미가 동한 나머지 신중함도 내팽 개치고 인디언들이 했던 말도 까맣게 잊고 말았어. 하지만 새 들이 쉬지 않고 이동했기에 나는 금세 뒤처지고 말았고, 덤불 과 넝쿨과 땅줄기를 따라 굵은 동아줄처럼 뻗어 있는 고목의 뿌리가 도저히 헤치고 지나갈 수 없을 정도로 뒤엉켜 있어 앞길도 막혔지. 이 녹음의 미로 한가운데에서, 나는 튀어나온 뿌리에 걸터앉아 끓어오른 피를 식히고 나서 다시 원래의 위 치로 돌아가려 했지. 폭풍 같은 움직임과 혼란스러운 소음이 지나고 나자 숲의 적막이 굉장히 깊게 느껴지더군. 얼마 쉬지 도 못했는데 금세 기막히게 아름다운 새의 선율이 나지막하 게 들려왔네. 환상적으로 순수하고 표현이 풍부해서 이전에 들어본 그 어떤 음악 소리와도 달랐지. 그 소리는 내가 앉은 자리에서 불과 몇 미터 거리에 있는 넝쿨의 넓은 잎사귀들이 두툼하게 뭉친 지점에서 나오는 것 같았어. 그 녹색의 은닉처 에서 눈길을 떼지 않은 채 나는 숨을 참으며 그 소리가 되풀 이되기를 기다렸지. 문명 세계에 그런 노래를 들어본 사람이 과연 있을까 궁금했어. 그럴 리가 없지. 나는 확신했다네. 그 랬다면 이토록 신성한 선율의 명성이 이미 시끌벅적하게 퍼 졌을 테니까. 풍금새나 피리새라고들 하는 그 유명한 리알레 호 새가 생각나더군. 그 새소리를 들으면 사람마다 각양각색 으로 깊은 영향을 받는다네. 어떤 사람한테는 그 지저귐이 아 름답고 신비로운 악기 소리로 들렸고, 또 다른 이들은 높고 낭랑한 목소리를 지닌 어린아이의 노래 같다고 했네. 과야나 숲에서 리알레호 새소리를 여러 번 즐겨 들었지만, 이 노래는, 아니 악절이라고 해야 할까, 이건 성격이 전혀 달랐네. 순수하고, 표현이 더 풍부하고, 더 부드러웠어. 너무나 나지막해서 40미터만 떨어져 있어도 거의 안 들릴 정도였어. 그러나 가장 큰 매력은 인간의 목소리를 닮았다는 점이었다네. 맑게 정화되고 밝아져서 천사에 가까운 존재가 된 인간의 음성. 그러니 상상해보게. 온 감각을 벼리고 거기 앉아 있으면서 내가 얼마나 조바심을 냈겠는지. 그런데 그 소리가 다시 나지 않아서 내가 얼마나 깊이 낙심했겠나! 정말 내키지 않았지만, 나는 간신히 일어나서 느릿느릿 되돌아가기 시작했다네. 그러나 30미터쯤 갔을 때, 다시 그 달콤한 소리가 내 등 바로 뒤에서 들려왔다네. 재빨리 뒤돌아서 꼼짝하지 않고 기다렸지. 음성은 같았지만, 노래는 달랐네. 그 악절이 아니었어. 음정들도 달랐네. 노래를 부르는 그 무엇이 흥분한 것처럼 훨씬 다채롭고 빠른 발성이었지. 귀를 기울이고 듣는데 피가 심장으로 쏠렸어. 이상하고 새로운 기쁨으로 신경이 짜릿짜릿했고, 신비감으로 고양된 음악이 자아내는 황홀경에 휩싸였지. 몇 초 지나지 않아 또 그 소리가 들렸어. 이번에는 빠르지 않았고, 처음보다 더 낮은 저음의 부드러운 지저귐이었는데, 한없이 다정하고 상냥하다가 혀 짧은 소리처럼 작아져서 곧 들리지 않게 되었지. 그 곡의 전체 길이는 내가 열 마디쯤 되는 문장을 말하는 시간 정도였어. 노래하는 이가 내게 던지는 작별 인사 같았어. 한 번 더 들으려고 기다렸지만 허사였거든. 나는 처음 출발했던 자리로 돌아와서 혹시라도 한 번 더 들을 수 있을까 바라며 한 시간 남짓 앉아 있었다네!

내리쬐는 뙤약볕에 지쳐 결국 숲을 나설 수밖에 없었지만, 이미 나는 다음 날 아침 돌아와서 그 마술 같은 경험을 한 자리를 찾아야겠다고 마음먹고 있었지. 숲속에 있는 그 비좁고 긴 황량한 불모지를 지나면 사바나 경계에 쓰러진 나무와 덤불이 죽어가고 있는 탁 트인 평지가 나오지. 숲 외곽으로 들어서기 바로 직전, 그 신비로운 선율이 다시 들려왔을 때 나는 얼마나 기뻤는지 몰라! 바로 곁에 있는 덤불숲에서 나오는 소리 같았어. 그렇지만 이때쯤 나는 이 숲의 목소리가 복화술을 쓰고 있다는 결론을 내리고 있었다네. 그래서 내가 정확히 위치를 파악할 수 없는 거라고. 하지만 이제 한 가지만은 완전히 확신하고 있었네. 노래하는 이는 분명히 나를 줄곧 따라다니고 있었어. 내가 서서 귀를 기울이고 있는 동안, 이제는 너무 희미해지고 너무 멀어져서 잘 들리지도 않는다 싶으면 또 갑자기 바로 몇 미터 옆에서 맑고 낭랑하게 소리가 울려 퍼지는 일이 거듭되었지. 그 수줍고 작은 존재가 갑자기 대담해진 것처럼 말이야. 그러나 멀든 가깝든 노래하는 이의 모습은 보이지 않았고, 결국 그 감질나는 선율도 완전히 그치고 말았다네.

제3장

다음에 숲을 방문했을 때도, 연이어 몇 번 찾아갔을 때도 나는 실망하지 않았네. 그렇다면 이 이상하고 아름다운 노랫소리가 새나 다른 존재가 아니라 한 사람한테서 나온다는 내 믿음이 옳다는 뜻 같았어. 아직도 모습을 드러내지 않았지만, 언제나 내가 나타나는지 망을 보고 있다가 어디로든 나를 따라다녔지. 이 생각이 오히려 내 호기심을 건드렸어. 나는 끝없이 그 생각에 골몰하다가 결국 인디언 한 명을 데리고 숲속으로 들어가야겠다는 결론을 내렸다네. 혹시 내게 자초지종을 설명해줄 수도 있을지 모르니까 말이야.

항상 내 소지품을 안달복달 탐내는 이 자연의 아이들과 함께 살면서도 이때까지 지켜낸 보물 하나는 작고 예쁘게 꾸며진 금속 성냥갑이었다네. 용수철로 열리는 물건이었지. 유달리 쿠아코가 이 장난감을 탐내며 바라보던 기억이 나서(그들의 탐욕스러운 눈길이 그 물건에 원래 있지도 않은 가치를 부여했어)

나는 그걸 뇌물로 주고 내가 즐겨 찾는 장소로 같이 가자고 유혹하려 했지. 그런데 용감한 젊은 전사는 거듭 거절했네. 그리고 그럴 때마다 상자에 값할 뭔가 다른 서비스를 제공하겠다면서 다른 제안을 하는 걸세. 급기야 나는 동행하겠다고 처음 나서는 사람이 있으면 무조건 성냥갑을 주어버리겠노라고 말해버렸지. 그러자 쿠아코는 포상을 받아낼 만큼 용감한 다른 사람이 먼저 나설까 두려워 없던 용기까지 그러모았던 모양이야. 다음 날 산책하러 가는 나를 보고는 느닷없이 자기도 따라가겠다고 하더군. 그는 교활하게도 출발하기 전에 성냥갑을 달라고 했어. 나이도 어린 주제에 잔꾀나 부리는 불쌍한 녀석 같으니! 녀석의 속내가 훤히 들여다보이더군. 나는 우리가 가게 될 숲에는 그 어디서도 본 적이 없으리만큼 초목과 새들이 풍부하다고 했지. 그 초목과 새들에 대해 이름을 비롯한 모든 걸 알고 싶으니 내가 원하는 정보를 얻으면 그때 성냥갑을 주겠다고, 그 전에는 안 된다고 못을 박았네. 드디어 우리는 출발했어. 그는 여느 때처럼 자라바타나로 무장하고 있었어. 나는 그 독 바른 화살촉으로 그가 보통 때보다 훨씬 많은 사냥감을 잡을 줄 알았지. 그런데 막상 숲에 도착해서 보니 쿠아코는 불편한 기색이 역력하더군. 아무리 설득해도 절대로 깊은 오지에 들어가지 않으려 했어. 사방이 탁트이고 밝은 곳인데도 끊임없이 덤불이며 그늘진 곳들을 살피는 거야. 자신을 덮치려고 도사리고 있는 무시무시한 무언가와 맞닥뜨릴 거라 믿는 사람처럼 말이야. 그런 두려움은 순전히 미신이며 내가 날마다 걷는 산책길에 위험한 동물은 없다는 확신이 없었다면, 그런 행동거지를 본 내 평정심마저 흔들렸을 거야. 일단 내 계획은 초연한 태도로 이리저리 정처 없이 배회하는 것이었네. 가끔 흔치 않은 나무나 덤불이나 넝쿨을 가리키거나 멀리서 들리는 새 울음에 쿠아코의 주의를 돌려 새 이름을 묻곤 했지. 그러다 혹시나 그 신비스러운 존재가 소리를 내면 그가 뭔가 설명해주길 바랐거든. 그러나 거의 두 시간이 다 되도록 숲속을 돌아다녔는데, 흔한 새소리 말고는 아무 소리도 들을 수 없었네. 그런데 그동안 내내 쿠아코는 내 곁에서 1미터도 떨어지지 않고 딱 붙어서 아무것도 잡으려 하지 않았어. 마침내 우리는 숲 경계 근처의 탁 트인 공터의 나무 아래 앉았다네. 그는 몹시 꺼림칙하게, 마지못해 앉았고, 그 어느 때보다 더 마음이 심란해 보였어. 눈으로는 한시도 쉬지 않고 주위를 살피면서 들려오는 소리 어느 하나 허투루 듣지 않았네. 동물이 워낙 많았기 때문에 들려오는 소리도 적지 않았지. 특히 내가 좋아하는 그곳에는 새 종류가 워낙 풍부했거든. 나는 우리 귀에 들려오는 새 울음 몇 가지에 대해 쿠아코에게 묻기 시작했지. 어떤 음정과 울음은 내게 수탉 울음소리만큼 친숙했거든. 앵무새의 비명과 큰부리새의 낑낑거리는 소리, 맘과 두라콰라의 곡소리, 이 나무에서 저 나무로 뛰어다니는 커다란 나무발바리의 새된 폭소 같은 소리, 장식 새의 빠른 휘파람, 양철 북을 두드리는 피그미족처럼 이상하게 쿵쿵 울리며 흥분을 고조시키는 소리, 살금

살금 숨는 피타스러시 소리가 들어도 잘 알 수 없는 여러 다른 소리와 섞여 어우러졌네. 그런데 우듬지에서 흘러나오는 소리가 하나 있었어. 영원히 그 우듬지 잎새 속에서 배회할 요량이었지. 나지막한 음정이 몇 초 간격으로 반복되는데, 어찌나 가녀리고 구슬프고 벅차게 신비스러운지, 나는 구천을 떠도는 죽은 새들의 영혼에서 나오는 소리라는, 뭐 그런 설명이 나올 거라고 반쯤 기대하고 있었다네. 하지만 웬걸. 쿠아코는 그냥 '작은 새' 소리라고만 하는 거야. 너무 작은 새라서 이름도 없다면서. 바로 옆의 나무에서는 짤랑거리는 지저귐이 들려왔다. 작은 만돌린의 현 두세 줄을 연주자가 아무렇게나 켜는 소리 같았어. 쿠아코는 그 소리가 나무에 사는 작은 초록색 개구리 소리라고 하더군. 이런 식으로 내 무례한 인디언은(아마 그렇게 하찮은 질문을 받아서 짜증이 났던 모양이지) 내마음이 그 숲 지대의 고독에서 짜낸 어여쁜 환상을 쏙쏙 치워버렸어. 나는 이 짤랑이는 음악을 여러 번 들었는데, 그때마다 왠지 요정 같은 음유시인 원숭이들이 자주 이곳을 찾는다는 상상을 하게 되었거든. 내가 눈썰미가 좋기만 하다면 언젠가 그 음유시인을 볼 수 있을지도 모른다고 생각했어. 아마 초록색 가운 같은 옷을 걸치고, 어디 저 높은 곳, 흔들리는 나뭇가지에 양반다리를 하고 앉아 노란 리본으로 목에 건 만돌린을 아무 근심 걱정 없이 켜고 있겠지.

이윽고 새 한 마리가 커다란 꽁지를 부채처럼 활짝 펼치고는, 낮고 빠르게 날아가서 우리로부터 30미터 거리도 채 못

되는 노출된 나뭇가지에 홰치며 앉았네. 몸이 온통 빨간빛 도는 밤색이었고, 커다란 비둘기만 한 크기에 몸통이 길었지. 몸짓을 보니 호기심이 크게 동한 눈치였어. 좌우로 홱홱 움직이면서 먼저 한 눈으로 우리를 보고 다음에 반대쪽 눈으로 흘겨보면서 신중한 방식으로 꽁지를 올렸다 내렸다 했거든.

"저것 보게, 쿠아코." 나는 속삭여 말했어. "저기 자네가 잡을 만한 새가 한 마리 있는데."

하지만 쿠아코는 여전히 경계를 풀지 않고 고개만 저었어.

"그럼 그 바람총을 차라리 나한테 줘." 나는 웃으며 총을 달라고 손을 내밀었지. 하지만 내가 뭘 잡아보려 했다가는 괜히 화살만 하나 버리는 셈이라는 걸 아는 그는 거절하더군.

그 새를 잡아보라고 내가 고집스럽게 부추기자 쿠아코는 결국 내 귓전에 입술을 대고 반쯤 속삭이듯 말했어. 마치 누가 엿들을까 겁내는 사람처럼 말이야. "여기서는 아무것도 죽일 수 없어요. 저 새를 쐈다가는 디디의 딸이 손으로 화살을 잡아서 내게 다시 던져 바로 여기를 맞출 겁니다." 그러면서 심장 바로 위 가슴을 손으로 만져 보이더군.

나는 왠지 재밌어져서, 다시 웃으면서 혼잣말로, 쿠아코와 같이 다니는 것도 뭐 그리 나쁘지 않다고, 상상력이 없지는 않은 친구라고 말했어. 하지만 껄껄 웃어넘기긴 했어도 사실 그가 한 말은 내 흥미를 자극했지. 내가 궁금해하는 그 목소리를 인디언들도 들었고, 그게 나만큼 그들에게도 커다란 수수께끼라는 속뜻을 품고 있었으니까. 그들이 아는 그 어떤 생물과도 다른 소리이므로, 미신으로 가득한 그들의 마음은 그 소리가 모든 숲, 모든 샛강, 모든 산에 존재하는 숱한 악마나 반인반수 중 하나라고 믿게 되었겠지. 그게 두려워 그 숲에는 발도 들이지 못하게 되었고 말이야. 만약 일이 그렇게 된 거라면, 내 동행인의 말로 미루어보아 그들은 미신의 형태를 좀 바꾸어서 물의 정령의 딸이라는 존재를 꾸며내 두려움의 대상으로 삼았던 거야. 그때 내게 떠오른 생각은, 저 빠르고 훈련된 눈을 가진 인디언들도 이 휙휙 날아다니는, 음악적 영혼을 지닌 숲의 생명체를 보지 못했다면 나 역시 실패할 확률이 높다는 것이었지.

나는 쿠아코에게 이것저것 따져 묻기 시작했지만, 쿠아코는 이제 더 입을 열기 싫어했고 오히려 전보다 더 심하게 겁에 질린 기색이었어. 내가 뭐라 말하려 할 때마다 경고의 몸짓으로 재빨리 내 입을 막았고, 눈을 크게 뜨고 주위를 쳐다보느라 정신이 없었지. 그런데 갑자기 쿠아코가 겁을 먹고 사색이 되더니 벌떡 일어나 전속력으로 달리기 시작하는 거야. 공포에 감염된 나도 펄쩍 뛰어 전력으로 그를 따랐다네. 하지만 목숨을 걸고 달리는 쿠아코는 이미 나보다 한참 앞서가고 있었지. 나는 40미터도 못 가서 그만 땅바닥을 따라 뻗은 넝쿨에 발이 걸려 납작 엎어지고 말았네. 갑작스레 덮쳐온 엄청난 충격에 잠시 정신이 없었지만, 후딱 일어나 주위를 둘러봤지. 아무리 둘러봐도 바로 그 자리에서 나를 죽이겠다고 달려드는(쿠루피라라든가 뭐 그런) 무시무시한 괴물은 없었네. 그래서 왠지 겁쟁이 같은 내가 좀 부끄러워졌지. 그래서 결국 방향을 돌려 방금 떠나온 그 자리로 걸어가 앉았다네. 그 한심한 인디언에게서 옮은 공황에서 완전히 회복되었다는 걸 나자신에게 입증해 보이려고 콧노래를 흥얼거리기까지 했어. 그렇지만 아무리 해도 그런 상황에서 금세 평정심을 찾을 수는 없더군. 한동안 막연한 의혹이 계속 내 마음을 괴롭혔어. 아득한 새소리를 경청하며 반 시간쯤 거기 앉아 있었더니 그제야 예전의 자신감이 천천히 돌아왔고, 심지어 숲속 더 깊이들어가보고 싶은 마음마저 들더군. 그런데 느닷없이, 그 신비스러운 선율이 별안간, 그 어느 때보다도 더 크게, 훨씬 더 가까운 곳에서 터져 나왔네. 너무나도 급작스러워서 하마터면 놀라 펄쩍 뛸 뻔했어. 분명히 전에 들었던 것과 똑같은 목소리였다네. 그런데 오늘은 소리의 성격이 좀 달랐어. 훨씬 빠르고, 침묵의 간격이 훨씬 짧았고, 여느 때와 달리 다정한 기미가 전혀 느껴지지 않았거니와 내 귀에 바람의 정령이 음절과 발화로 낮은 한숨을 실어 보내는 듯했던 그 나지막한, 흡사 휘파람 같은 말소리로 잔잔히 가라앉지도 않았지. 지금은 그저 시끄럽고, 빠르고, 쉬지 않고 울려 퍼지는 소리였어. 여전히 음악 같긴 했지만, 속에 서슬 퍼렇게 날 선 심지를 품고있었어. 마치 나를 원망하는 듯 날카로운 음조가 뼈아프게 감각을 때렸지.

인간은 아니라도 지성을 지닌 존재가 내게 분노해 말을 거는 느낌이 내 마음을 단단히 휘어잡았고, 예의 공포가 되돌아와 점점 더 커졌어. 나는 숲에서 빠져나가려고 발걸음을 재촉해 도망치기 시작했네. 그 목소리에 내 마음이 격렬하게 동요했어. 흡사 그 음성이 나와 함께 움직이는 것만 같아서 더욱 빨리 걸었다네. 그러다가 막 뛰기 시작하려는데, 문득 목소리의 성격이 다시금 바뀌었네. 이제 중간중간 음이 끊기더니 침묵의 간격이 길게 또 짧게 이어졌고, 그럴 때마다 내 귀에 들려오는 음성이 한층 더 차분하고 감미로운 소리를 냈어. 전에 들었던, 녹아내리는 듯한 플루트 소리가 훨씬 더 많이 섞여 들었지. 이 부드러운 음색은 말소리 같은 발성과 어우러져 이제 분노를 누그러뜨리고 평화로운 기운으로 내게 말을 거는 존재를 연상시켰네. 조곤조곤 나를 설득해 무의미한 떨림을 가라앉게 해주고, 자기와 함께 숲속에 있자고 간청하는 듯했지. 몸이 없는 이 목소리는 이상하기도 했거니와 알 수 없는 신비로움 탓에 늘 약간 불편한 감정을 자아냈는데도, 이 순간만큼은 분명 순수한 호의와 우정으로 다가오고 있었고, 그 사실을 도저히 의심할 수 없더군. 평정심을 되찾고 나니 그 소리를 듣는 기쁨이 새삼스레 감격스러웠어. 바로 얼마 전에 겪은 공포심 탓도 있고, 그 존재에 지성이 있다는 느낌이 즐거움을 배가시켰던 거지. 나는 세 번째로 같은 자리에 다시 앉았고, 그 음성은 한동안 간헐적으로 그곳에서 내게 말을 걸어왔다네. 내 상상인지 모르지만, 내가 거기 있어줘서 만족스럽고 기분이 좋다는 표현도 한 것 같아. 그렇지만 얼마 후, 우호적 음조는 사라지지 않았지만, 음성이 또다시 바뀌었어. 멀찌감치 멀어졌다가 상당한 거리에서 휙 다시 돌아와서는, 한참 간격을 두고, 다시 다가와 새로운 소리를 냈지. 어쩐지 명령이나 간청이라고 해석하게 되더군. 나를 보고 따라오라는 걸까? 순순히 따라가면 어떤 기쁜 발견을 하게 될까, 아니면 무서운 위험에 맞닥뜨리게 될까? 내 호기심은 그 존재가 우호적이라는(나는 새가 아니라 그 존재라고 불렀네) 굳은 믿음과 손잡고 소심한 경계심을 모두 물리쳤고, 자리에서 일어나 숲 안쪽으로 들어가는 길을 무작위로 골라 걷기 시작했다네. 그 존재는 내가 따라오기를 원한다는 사실이 금세 자명해졌어. 이제 그 음성에 새로운 기쁨의 음정이 나타났고, 걸어가는 내곁에 계속 가까이 있었거든. 간헐적으로 너무 가까이 바짝 다가와서 나는 불쌍한 겁쟁이 쿠아코처럼 주변의 그늘진 곳들을 한참 응시하곤 했다네.

이번에도 또 새로운 상상이 나래를 폈네. 나는 그런 감각을 환상이나 착각이라고 간주하리라 마음먹고 있었다네. 그건 아주 발이 빠른 존재가 내 근처의 땅을 밟고 걷고 있다는 환상이었어. 아주 가끔 희미하게 바스락거리는 가벼운 발소리가 귓가에 들리는 듯도 했고, 잎새와 고사리와 지표면 가까이 드리운 실 같은 넝쿨 촉수가 움직이는 것 같기도 했어. 지나치는 어떤 육신에 닿아 파르르 떠는 것처럼 말이야. 한두번은 깊은 그림자 속에서, 그리 멀지 않은 거리에서 이동하는 회색의 안개 같은 물체를 일별하기도 했지.

이리저리 배회하는 이 꾀 많은 존재의 안내를 따라 엄청난 거목이 무성하고 덤불이나 잡초가 거의 없는 축축하고 어두운 땅에 다다랐네. 여기서 목소리가 그치더니 들리지 않았어. 한참 참을성 있게 귀를 쫑긋 세우고 기다리던 나는 살짝 불안한 마음으로 주위를 둘러보기 시작했다네. 여전히 해넘이까지는 두 시간 여유가 있었어. 다만 이곳은 어마어마한 거목의 그림자가 드리워 영원한 황혼이었다네. 게다가 이상하게 적막했어. 아주 먼 곳에서 들려오는 새 울음소리 몇 마디만 내게 닿았지. 나는 그 목소리의 뜻을 어느 정도 읽을 수 있다고 으쓱하던 참이었다네. 그 분노의 우짖음은 분명 내가 비겁하게 인디언을 따라 도망쳤기 때문이었고, 다시 호의를 되찾은 노래는 돌아오라고 나를 유인했어. 그리고 마지막으로, 따라오라는 뜻을 전달했고. 그런데 그 존재가 나를 이 그림자와 심오한 적막이 깔린 장소로 데리고 온 지금 아무 말도 없고 안내도 하지 않고 있었지. 그러자 어쩐지 이곳이야말로 내 목적지였고, 어떤 의도가 나를 여기로 데려왔다고 생각하지 않을 수 없었네. 이 외딴 야생의 은신처에서 뭔가 어마어마한 모험이 내게 닥쳐올 거라는 예감이 들었어.

침묵이 깨지지 않고 이어졌기에 이 생각을 깊이 파고들 시간이 있었지. 내 앞의 풍경을 바라보며 거의 숨도 쉬지 않고 귀에 온 신경을 집중했어. 긴장감이 고통스러울 지경이 되었지. 견딜 수 없이 괴로워져서 나는 이제 발길을 돌리고 숲 경계로 돌아가야겠다는 생각으로 한 발을 내디뎠어. 그때 가까운 곳에서, 은 종처럼 낭랑하게, 그 음성이 다시 울려 퍼지는 거야. 그런데 아주 잠시뿐이었어. 내 움직임에 반응하듯 두세 음절을 내뱉고는 다시 조용해졌지.

그래서 또 나는 가만히 서 있었어. 명령에 복종하듯 똑같은 긴장감에 휩싸인 채로. 그 변화가 실제인지 아니면 내 마음속 상상일 뿐인지는 나도 잘 모르겠어. 그러나 침묵은 시시각각 점점 심오해졌고 어둠도 점점 깊어졌네. 상상 속의 온갖 공포가 나를 습격했어. 아름다운 형상과 낭랑한 미성에 홀려 파멸을 맞은 남자에 관한 고대 설화들이 갑자기 무섭게 의미심장해지더군. 인디언들의 믿음도 몇 가지 기억났어. 특히 흉측한 식인 괴물이 인간의 음성을 흉내 내거나 이상하고 아름다운 선율을 노래해 희생자를 속이고 어두운 숲속으로 유인한다는 이야기들이 떠올랐지. 가끔은 곤경에 처한 여자의 목소리를 낸다고도 들었어. 나는 무서워서 차마 돌아보지도 못할 지경이 되었다네. 돌아보면 커다란 초록색 송곳니를 드러내고 끔찍한 입으로 으르렁거리며 발가락이 뒤쪽에 달린 발로 내게 몰래 다가오는 괴물을 맞닥뜨릴 것만 같았거든. 이 외딴 야생의 숲속에서 그런 상상을 한다는 것만도 괴로운 일이었어. 야만인의 정신이 만들어낸 근거 없는 망상일 뿐이라는 걸 알면서도 나를 짓누르는 그 힘을 느낀다는 게 끔찍하게 싫었지. 그러나 이 초자연적 존재들이 실재하지 않는다고 해도 이 숲속에는 비무장 상태로 혼자서 맞닥뜨리기에는 너무나 위험한, 너무나 현실적인 괴물들이 살고 있었다네. 그런 적을 만나면 리볼버는 장난감 권총과 다를 바 없이 무력하거든. 뭐리를 틀어 몸을 옥죄면 내 뼈를 가녀린 나뭇가지처럼 단번에 으깨버릴 수 있는 아나콘다가 이 근처 그늘에 숨어 있다가 검은 땅에 검은 몸을 숨기고 살금살금 다가올 수도 있었지. 아니면 재규어나 검은 호랑이가 덤불이나 나무줄기를 가면처럼 둘러쓰고 내게 몰래 다가오거나 부지불식간에 급습할 수도 있고 말이야. 아니, 더 나쁜 상황이라면, 발 빠르고, 차마 형용할 수 없이 끔찍한 사냥 표범들이 떼 지어 이쪽으로 몰려올 수도 있었어. 표범 떼를 만나면 숲속에 살아 있는 모든 것은 공포의 비명을 지르며 도망치거나 팔다리를 움직이지도 못하고 그 앞길에 서서 즉시 온몸이 찢어발겨지고 잡아먹히지.

머리 위 잎새들 속에서 자그맣게 바스락거리는 소리가 나서 나는 소스라쳐 올려다보았지. 저 높은 곳, 걸러진 햇살이 잎사귀 사이로 파리하게 흘러들어오는 곳에, 기괴한 인간 형상의 얼굴이, 흑단처럼 검고 커다란 붉은 수염으로 장식된 얼굴이 나를 빤히 내려다보고 있었네. 그러더니 잠시 후 사라져버렸어. 그냥 커다란 붉은고함원숭이 한 마리였어. 짖는원숭이라고도 하지. 하지만 나는 이미 마음이 너무 불안해진 나머지 단순한 원숭이가 아니라는 생각을 떨칠 수 없었어. 나는 다시 움직이려 했지. 그런데 발을 옮기는 순간, 또렷하고 날카로운 명령조로, 그 음성이 소리를 냈어! 이제는 그 의미를 의심하려야 의심할 수 없었지. 내게 가만히 있으라고 명령하고 있었어. 기다리라고, 지켜보라고, 귀 기울여 들어보라고!

'잘 들어! 움직이지 마!'라는 외침보다 오히려 그 의미가 더 뚜렷하게 이해되었어. 견디기 힘든 긴장감에도 불구하고, 이제 나는 도망칠 기력마저 다 빠진 느낌이었어. 굉장히 무서운 일이 이제 곧 일어나리라는 확신이 들었어. 그리하여 내가 파멸을 맞거나 나를 붙잡은 이 주문이 깨어지리라는 확신이.

이마에 식은땀이 송골송골 맺힌 채 내가 이렇게 땅바닥에 못 박혀 서 있는 사이, 별안간 내 곁에서 울음소리가 났네. 처음에는 섬세하고 맑았지만, 끝내는 너무나 시끄럽고 꿰어 찌르듯 이승의 것 같지 않은 새된 비명으로 바뀌어 나는 혈관의 피가 다 얼어붙는 느낌에 휩싸였어. 나도 모르게 하늘을 향해 절망의 울부짖음을 내뱉고 말았다네. 그런데 그 기나긴 비명이 끝나기 전, 천둥 같은 굉음의 합창 소리가 내 주위에서 터져 나왔네. 이 끔찍한 소리의 폭풍에 갇혀 나는 한 장의 나뭇잎처럼 발발 떨었다네. 나무의 잎사귀들도 태풍을 만난 듯 마구 흔들렸고, 발밑의 지축마저 흔들리는 듯했네. 그 순간 내가 느낀 감각은 말로 설명할 수 없이 무서웠다네. 귀가 먼 것 같았어. 때마침 무슨 기적처럼 머리 위 나뭇가지에서 입을 벌리고 목구멍과 가슴을 한껏 부풀린 채 포효하는 커다란 붉은고함원숭이를 보지 못했다면, 아마 그 자리에서 미쳐버리고 말았을 거야.

그토록 나를 공포에 질리게 만든 건, 그저 짖는원숭이 무리의 콘서트였던 거지! 그러나 그 상황에서 내가 느낀 극도의 공포는 이상하지 않았네. 그 순간까지 차근차근 이어진 모든 요소가, 어둠과 침묵, 긴장감과 과열된 상상의 시간이 내 마음을 극도의 흥분과 기대감으로 몰아갔던 거니까. 보이지 않는 내 안내자가 일부러 그 지점으로 나를 이끌었다는 짐작은 옳았던 거야. 나를 붉은고함원숭이 떼 한가운데로 데려가서 그 비할 데 없는 발성의 힘을 처음으로 온전히 감상하라는 의도였던 거지. 언제나 멀리서만 들었거든. 여기서는 수십 마리가, 어쩌면 수백 마리가 떼 지어 모여 있었어. 어쩌면 그 숲에 서식하는 붉은고함원숭이가 전부 모였을지도 몰라. 그것도 바로 내 곁에 말이야. 이 동물이(영어로는 '짖는원숭이'라는 잘못된 이름을 갖고 있지) 아프리카 황야의 메아리를 일깨웠던 그 어느 힘찬 사자의 포효라도 위압할 수 있다고 말하고는 있지만, 그런 표현으로는 그들의 합쳐진 발성이 내는 그 무시무시한 권능과 끔찍한 공포감을 희미하게 포착하는 것조차 불가능하다네.

삼사 분 정도 이어진 이 포효의 콘서트가 끝나고 나서 나는 그 자리에 몇 분 더 머물렀고, 다시 음성이 들려오지 않기에 숲가로 돌아와 마을을 향해 걷기 시작했지.

제4장

아마도 방금 벌어진 일을 앞뒤 맞추어 생각할 수 있게 된 건 숲 그늘을 한참 벗어나 멀찌감치 밖으로 다시 나온 후였던 것 같아. 맑고 환한 대낮의 햇살로 나오면 사물이 본래 모습으로 보이고, 상상력은 속임수를 들켜 조롱당하는 길거리 마술사처럼 다급히 도망쳐버리거든. 집으로 걸어오다가 황막한 산마루에 서서 내가 떠나온 풍경을 되돌아보았지. 그러자 방금 겪은 모험이 내 마음속에서 어쩐지 반쯤 우스꽝스러운 면모를 띠기 시작하더군. 구구절절한 준비 과정, 들어본 적도 없고 상상할 수도 없는, 과거와 현대의 모든 설화와 비극을 뛰어넘는, 어떤 대사건을 예고하던 모든 전조가 결과적으로 짖는원숭이의 콘서트로 끝나버리다니! 물론 콘서트는 참으로 장엄했어. 자연에서 가장 경이로운 광경이라 해도 과언이 아니었지. 그러나 아무리 그래도 나는 바위에 주저앉아 너털웃음을 터뜨렸다네.

숲 너머로 해가 떨어지고 있었네. 제일 높은 잎사귀들을 뚫고, 붉고 넓고 둥근 해가 여전히 시야에 들어왔어. 우듬지 꼭대기는 초록색 불길처럼 녹색 광채를 발하며 파들파들 떠는 불꽃 부스러기들을 흩뿌리고 있었지만, 더 낮은 쪽 나무 아랫부분은 짙은 그림자에 물들어 있었지.

이 풍경을 바라보는 내 마음은 날아갈 듯 가벼웠어. 바로 얼마 전의 이상한 체험을 떠올리니 얼마나 기분이 좋아지던지. 나는 이렇게 안전하게 살아 나왔고, 어떤 인간도 내 약점을 보지 못했고, 나를 매료하는 수수께끼도 여전히 존재하고 있었어! 김빠지는 결말은 돌아보니 우스꽝스러웠지만, 이 모든 사태를 불러온 원인, 그 음성만은 그 어느 때보다 더 경이롭기만 했어. 그 소리가 지적인 존재한테서 나온다는 확신은 굳어졌지. 내 사고방식이 워낙 물질주의적이라서 한순간도 초자연적 존재라고 인정할 수는 없었지만, 그래도 쿠아코한테서 들은 디디의 딸 이야기에 처음 내 생각보다는 중요한 의미가 있을 것 같았지. 인디언들은 그 신비로운 목소리에 대해 많은 걸 알고 있고, 굉장히 두려워하고 있다는 것만은 분명했어. 그러나 그들은 야만인이었고, 그들의 방식은 나와 달랐지. 우월한 종족의 일원인 내게 아무리 그들이 우호적인 태도를 보여도 그 관계에는 항상, 반쯤은 의심에서 촉발된 저열한 잔꾀가 말과 행동의 저변에 깔려 있기 마련이거든. 백인이 정신적 수준을 그들의 수준으로 떨어뜨릴 수 없듯이 그들이 백인을 어린아이처럼 해맑게 터놓고 대하는 것도 있을 수 없는 일이야. 문을 열고 맞아들인 백인이 흥미를 보이면 그들은 말수를 줄였어. 과묵함은 쉽게 꾸며내는 거짓말이나 바보 시늉으로 위장하지만, 오히려 어김없이 정보를 갈구하는 이방인의 욕망을 자극해 키우게 되지. 내가 범상치 않은 흥미를 갖고 그 숲으로 향했다는 사실이 그들 눈에는 훤히 보였을 테고, 그러니 그들이 그 문제에 대해 뭔가 아는 게 있다고 해도 내게 무슨 말을 해줄 거라는 기대 자체를 버려야 했어. 그리고 디디의 딸 이야기도, 새에게 바람총 화살을 쏘면 그녀가 무슨 짓을 할 것인지 발설한 것도 쿠아코가 흥분해서 실수로 내뱉은 게 틀림없었어. 그러므로 그들에게 물어봤자 아무것도 얻을 수 없었고, 오히려 그 문제가 얼마나 내 관심을 끄는지만 들킬 뿐이었지. 게다가 난 두려울 게 없었어. 독자적인 조사로 내린 결론이었지. 그 음성은 몹시 장난기 많고 잔꾀를 부리는 생물의 소리였어. 환상적인 유머 감각을 갖추고 있었지만, 더 나쁠 건 없었지. 내게 호의를 갖고 있다는 데는 확신이 있었어. 반면 인디언들에게는 그리 우호적이지 않을 수도 있었어. 그날도 내 동행인이 도망친 후에야 소리를 냈으니까. 그리고 나에게도 화가 많이 난 것 같았는데, 아마 야만인을 데려왔기 때문이었을 수도 있었지.

　그게 나를 손님으로 받아준 주인의 지붕 아래 돌아와 친구들 가운데 앉아 내가 내린 결론이었다네. 나는 대가족의 냄비에서 새고기와 생선 스튜를 먹으며 기운을 차렸지. 친절한 여인이 내게 냄비 안에 손가락을 넣으라고 손짓으로 말해주더군.

쿠아코는 자기 해먹에 누워 있었어. 책을 읽고 있을 리는 없었고, 담배를 피우는 것 같았어. 내가 들어가자 고개를 들고 나를 빤히 바라보더군. 내가 살아 있고, 무탈하고, 평온해 보인다는 사실에 놀랐을 거야. 나는 그 표정을 보고 웃었고, 쿠아코는 다소 심기가 불편한지 다시 고개를 숙이더군. 일이 분쯤 지난 후에 나는 금속 성냥갑을 그의 가슴에 던져주었네. 쿠아코는 그걸 움켜쥐더니 소스라쳐 놀라 벌떡 일어나서는 혼이 쑥 빠진 표정으로 나를 바라보더군. 제 행운이 믿기지 않았던 게지. 계약을 이행하지 못했으니 탐내던 물건은 체념하고 있었을 테니까. 쿠아코는 바닥으로 획 뛰어내려 서서는 득의양양하게 성냥갑을 치켜들었어. 기쁨이 흘러넘친 나머지 평상시의 무뚝뚝한 표정이 확 누그러졌지. 그러자 다른 사람들이 모두 그 주위로 모여들어 너나없이 성냥갑을 손에 쥐고 그 아름다움에 찬탄을 보이고 싶어 했어. 이미 다들 수십 번 본 적이 있었는데도 말이지. 하지만 이제는 이방인의 물건이 아니라 쿠아코의 것이 되었으니 달라 보였을 거야. 금속의 광택도 더 찬란해 보이고, 훨씬 아름다워 보였겠지. 뚜껑에 달린 그 멋진 에나멜 수탉은, 아마 파리에서 만든 것이겠지만, 과야나의 수탉과 꼭 닮은 모습이었거든. 그들은 우리가 고양이나 레몬색 카나리아를 대하듯 수탉을 반려 조류로 생각하고 잡아먹을 생각도 하지 않아. 그러니 이제 그 진홍색 볏과 아랫볏, 윤이 나는 붉은 몸통과 아치 모양의 진녹색 꽁지 깃털이 얼마나 더 용감하고 수탉다워 보였겠는가 말이야. 하지만 쿠아코는 그들의 감탄과 칭찬을 묵묵히 들어주면서도 결코 손에서 놓지 않고, 그들이 만질 물건이 아니라고, 언제까지나 자신, 쿠아코의 것이라고 허풍을 떨었어. 열등하고 마음 약한 그들은 감히 발도 들여놓지 못하는 그 사악한 숲에 나를 따라간 대가로(용감한 전사답게!) 획득한 전리품이라고 말이야. 그가 한 말을 정확히 번역한 건 아니지만, 요지는 아주 똑똑하게 이해할 수 있었다네. 난 내심 굉장히 재미있었어.

　흥분이 한차례 휩쓸고 가라앉자 내내 품위 있게 차분한 태도를 지키던 루니가 몇 마디 우회적으로 내게 말을 걸더군. 악명을 떨치는 그 숲에서 내가 무엇을 보고 들었는지 나를 떠보려는 심산이 분명했어. 나는 아무렇지도 않게 엄청나게 많은 새와 원숭이를 보았다고 했네. 원숭이들이 너무나 온순해서 바람총만 있었다면 한 번도 그 무기를 다뤄본 적 없는 나라도 한 마리 잡아 올 수 있었을 거라고 했지.

　온순한 원숭이가 엄청나게 많이 살더라는 말에 그들은 관심을 보였어. 처음 듣는 말은 아닌 것 같았지만. 하지만 이곳의 풍습에 익숙지 않은(벌거벗지도 않고, 갈색 피부도 아니고, 스라소니 같은 눈을 가진 것도 아니고, 부엉이처럼 소리 없이 움직이지도 못하는) 이방인이 그렇게 가까이서 볼 수 있었다면 굉장히 온순한 원숭이들이 틀림없었지! 루니는 내 말을 듣더니 그리로 사냥하러 갈 수는 없다는 말만 했어. 그리고 내게 세상에 무서운 게 없냐고 묻더군.

　"없습니다." 나는 태연하게 말했지. "당신들이 두려워하는 것들은 백인에게 이것만큼도 해를 끼칠 수 없거든요." 그러면서 나는 흰 나뭇재 조금을 손으로 집어 휙 불어 날려버렸지. "그리고 다른 적들이 나타나면 내게는 이게 있어요." 리볼버를 손으로 만지며 한마디 덧붙였지. 붉은고함원숭이 사건을 방금 겪은 마당에 참 용감하기 짝이 없는 발언이었지. 하지만 그 말을 하면서 나도 남몰래 얼굴을 붉히기는 했다네.

루니는 고개를 절레절레 흔들더니 그건 어떤 적들 앞에서는 형편없는 무기라고 말했어. 옳은 말이었지. 그리고 스튜 냄비에 넣고 끓일 새나 원숭이를 잡는 데도 전혀 쓸모가 없다고 하더군.

다음 날 아침, 내 친구 쿠아코가 자라바타나를 들고 와서 같이 밖으로 나가자고 하더군. 왠지 불길한 예감이 들었지만 따라나섰네. 미신의 공포를 극복하고, 숲속에 사냥감이 풍성하다는 내 말에 들떠서 같이 가자고 하려는 게 아닌가 생각했지. 전날의 경험으로 미루어 앞으로는 혼자 가는 게 낫겠다는 판단이 섰거든. 그러나 알고 보니 내가 젊은 친구를 과대평가했더군. 그 무서운 미지의 세계를 다시 만날 의향은 전혀 없었던 거야. 우리는 다른 방향으로 가서 새도 별로 없고 그나마 작은 새들만 몇 마리 있는 숲속을 몇 시간씩 터벅터벅 걸어 다녔어. 그러다 내 안내자가 두 번째로 나를 놀라게 했지. 자라바타나의 사용법을 가르쳐주겠다고 제안하지 뭐가. 그렇다면 이게 바로 내가 그 성냥갑의 대가로 받게 된 보상이었어! 나는 기꺼이 동의했고, 내 손으로는 그냥 들고 있기도 어색한 그 긴 무기를 들고, 내 동행인의 소리 없는 움직임과 신중하고 조심스러운 태도를 그대로 따라 했지. 내가 태어날 때부터 받은 인위적인 사회적 신분을 까맣게 잊고 나는 단순한 과야나 야만인의 일원일 뿐이며 먹고살기 위해서는 내 기술과 독화살 한 통에 의지할 수밖에 없다고 상상하려 애썼지. 의지력을 발휘해서 내 삶의 경험과 지식을 내 안에서 할 수 있는 최대한 비워냈다네. 그리고 오로지 내 죽은 선조들의 무수한 세대만 생각했지. 콜럼버스 이전의 어둡고 잊힌 세월로 거슬러 올라가 이 숲속을 누비던 상상 속 나의 선조들을 머릿속으로 그렸어. 그런 상상에서 누린 쾌감은 유치했을지 몰라도 그 덕분에 하루는 쏜살같이 흘러갔네. 쿠아코는 계속 내 팔꿈치를 잡고 도와주며 조언했지. 나는 그 긴 대롱으로 수없이 화살을 쐈지만 새 한 마리 맞히지 못했네. 뭐, 맞혔는지는 하늘만 알 걸세. 화살은 사방팔방으로 날아갔고 다시는 볼 수 없었거든. 그나마 내 눈 밝은 동행인이 끝까지 따라가서 몇 개를 되찾았다네. 그날 우리 사냥의 결과는 쿠아코가 쏴서 잡은 새 한두 마리, 쿠아코가 예리한 눈으로 발견한 주머니쥐 한 마리가 다였어. 주머니쥐는 높은 나무 위 낡은 둥지 속에 몸을 말고 누워 있었는데, 부주의하게도 둥지 옆으로 뱀 같은 꼬리를 늘어뜨리고 있다가 들키고 말았지. 사실 내가 허비한 수많은 화살은 상당히 큰 손실이었을 텐데 쿠아코는 크게 마음 쓰지 않는 것 같았고, 별말을 하지도 않았네.

이튿날 쿠아코가 두 번째 교습을 해주겠다고 자원하는 바람에 나는 놀랐다네. 또다시 함께 사냥을 나갔지. 이번에 쿠아코는 화살을 큰 꾸러미로 한 다발 가져왔지만(현명한 친구 같으니!) 독을 발라 오지는 않았더군. 그러니 좀 낭비해도 큰 문제가 없었지. 이날은 그래도 내 솜씨가 약간 진전을 보인 것 같네. 어쨌든 스승한테서 곧 새를 맞힐 수 있겠다는 말을 들었으니까. 이 말에 웃음이 나서 나는 작은 사람만 한 크기의 새를 20미터 거리 안에 놓아주면 화살로 건드려볼 수는 있겠다고 대답했다네.

이 말이 전혀 예상치 못했던 굉장한 효과를 가져왔어. 길을 걷던 쿠아코가 발길을 멈추더니 눈을 휘둥그레 뜨고 날 빤히 보다가 씩 웃음을 지었어. 그러더니 급기야 울부짖다시피 폭소를 터뜨리는 거야. 짖는원숭이 연주를 따라 하는 것으로 보면 썩 나쁘지 않았지. 쿠아코는 맨 허벅지를 엄청난 힘으로 철썩철썩 치며 홍연대소하더군. 마침내 정신을 추스르고 일어나서는 작은 남자만 되고 작은 여자는 안 되느냐고 내게 물었어. 그래서 괜찮다고 했더니 두 번째로 미친 듯 웃어대기 시작했어.

쿠아코의 기분이 이렇게 좋은 김에 좀 간질간질 장난을 쳐야겠다고 생각한 나는 떠오르는 대로 형편없는 농담을 마구 주워섬겼다네. 형편없다고는 하지만, 처음에 그토록 큰 즐거움을 유발했던 농보다 나쁜 것도 없었지. 그 친구가 보통 때와 다르게 행동하는 게 보기 좋았기 때문이야. 그러나 다른 농담은 전부 실패하고 말았네. 두 번째로 과녁을 정통으로 맞히는 행운은 끝내 없었어. 쿠아코는 멍하니 날 쳐다보고 페커리•처럼 끙끙거리다가(전혀 기분 좋은 소리가 아니었지) 계속 걷곤 했어. 그래도 간헐적으로 아주 큰 새를 맞힐 수 있다는 아까의 내 농담으로 돌아와서는 또 포효하듯 웃어대곤 했네. 이 환상적인 농담의 효력은 쉽게 떨어지지 않는다는 듯이 말이야.

　사흘째 또다시 우리는 함께 외출해서 새 사냥을 연습했네. 죽이지는 못해도 겁을 줄 수는 있었지. 그러나 정오가 되기 전에 쿠아코가 더 멀리 나가서 큰 사냥감을 잡고 싶어 한다는 걸 눈치채고, 나는 그와 헤어져 마을로 먼저 돌아왔다네. 바람총 연습은 처음처럼 재미있지 않았고, 날마다 온종일 사냥을 하고 싶지도 않았어. 그보다 이토록 오래 발걸음이 뜸하다보니 어서 **나의** 숲을 다시 찾고 싶어 조바심이 났지. 나는 이제 그 숲을 **나의** 숲이라고 부르기 시작했거든. 어서 가서 그 신비스러운 선율을 듣고 싶었어. 나는 그 노랫소리를 사랑하게 되었고, 하루라도 듣지 않으면 그리워하게 되었던 거야.

● 중남미에 서식하는 멧돼지의 일종.

제5장

집에서 황급히 끼니를 챙겨 먹고 나는 기분 좋은 기대감에 휩싸여 숲으로 출발했다네. 그 숲은 정말이지 너무나 쾌적한 장소였거든! 세상 모든 숲을 능가하는 야생의 아름다움과 향기와 선율을 지니고 있었지. 내 마음을 이끄는 그 신비로운 수수께끼 덕분이었어! 그리고 그 숲은 내 것이었네. 진실로, 절대적으로 내 것이었어. 지표면의 땅이 인간의 소유가 될 수 있다면, 그 땅과 그 땅에서 나는 것들은 분명 내 것이었네. 그 숲의 귀한 목재와 과일과 향기로운 수액은 반출되어 밀매될 리 없었고, 그 숲의 야생동물은 인간의 박해를 받지 않을 테고, 시기심에 찬 야만인이 내 소유권을 문제 삼거나 자기네 사냥터라고 우기는 일도 없을 터였어. 사바나를 지나가는 내내 이런 공상의 유희를 즐겼지. 그러나 험준한 마루에 다다라 다시금 나의 새 영토를 내려다보니 허황한 공상들이 심장을 꿰어 찌르는 벅찬 감정으로 바뀌더군. 치열하고 강렬한 감정이 차라리 고통 같아서 갑자기 눈물이 차올랐어. 아무도 없었기에 굳이 내 감정을 나 자신에게도, 또 나를 내려다보던 하늘에게도 숨기고 싶지 않았지. 이거야말로 고독이 우리에게 주는 가장 달콤한 선물이라네. 고독 안에서 우리는 자유롭고 그 어떤 관습에도 얽매이지 않거든. 나는 무릎을 털썩 꿇고 돌투성이의 땅에 키스하고는, 눈을 들어 하늘을 올려다보며 나를 창조하신 조물주에게 감사를 올렸어. 저 야생의 숲, 내가 이토록 크나큰 행복을 찾은 녹색의 장원을 선물로 주셨으니!

이런 감정에 한껏 고양되어 숲에 다다랐을 때는 정오가 지난 시각이었네. 그러나 노래하는 목소리는 내 기대와 달리 친숙한 선율을 불러주지 않았어. 보이지 않는 나의 동행인도 그날은 종일 기척을 들려주지 않았지. 아니, 적어도 보통 때같이 새처럼 지저귀는 언어로 말을 걸어오지는 않더군. 그러나 이날 나는 희한한 작은 모험을 만났고 아주 특별하고 신비로운 소리를 들었다네. 어쩔 수 없이 내 마음속에서는, 내 배회하는 산책길에 자주 뒤따르던 보이지 않는 지저귐의 주인을 연상할 수밖에 없었지.

유난히 청명한 날이었어. 구름 한 점 없었지만 바람이 많이 불었지. 숲 가장자리에서 가까운, 사방이 꽤 트인 지점에 다다르자 산들바람을 느낄 수 있었어. 좀 쉬려고 커다란 가지의 야트막한 부분에 걸터앉았어. 가지는 반쯤 부러져 있었지만 여전히 줄기에 붙어 있었고, 죽은 나뭇가지들을 땅에 드리우고 있었어. 내가 앉은 자리 바로 앞에, 낮고 넓게 퍼지며 자라는 식물이 있었는데, 폭이 넓고 둥글고 반들거리는 잎으로 뒤덮여 있었지. 맨 위의 잎들이 완벽하게 둥글고, 빳빳하고, 완벽하게 수평을 유지하고 있어서 작은 단상이나 원형 탁자들을 거의 비슷한 높이로 배치한 듯 보였어. 발등 높이 정도, 아니 그보다 조금 더 높이 자라난 잎들 사이로 가느다란 죽은 가지가 튀어나와 있었고, 그 가지 위쪽으로 찢어진 거미줄 하나가 대롱대롱 매달려 있었어. 거기 아주아주 작은 죽은 잎 한 장이 축 늘어진 거미줄 한 가닥에 붙어 작지만 또렷한 그림자를 저 아래 판판한 잎에 드리우고 있었지. 그 작은 잎새가 한 줄기 바람에 파르르 떨며 흔들리자 검은 반점이 함께 전율하거나 재빨리 환한 초록색 표면 위를 스쳐 날아다니며 한시도 가만있지 않았지. 나는 내가 뭘 보고 있는지조차 생각지 않고, 그저 앉아서 하염없이 그 잎들과 춤추는 작은 그림자를 바라보고 있었어. 바로 그때, 몸통이 판판하고 다리가 짧은 작은 거미 한 마리가 조심스럽게 잎사귀 위쪽 표면으로 내려가는 모습이 눈에 들어왔어. 처음엔 검은 벨벳 줄무늬가 그려진 연한 빨간색에 관심이 갔지. 참으로 보기 좋은 아름다운 형태였거든. 보아하니 거미줄을 짜내는 정주성 거미가 아니라 유랑하는 사냥 거미더군. 고양이처럼 몸을 숨기고 목표물에 몰래 다가가거나 마지막 순간 와락 덮쳐 먹이를 잡는 거미 말일세. 획획 움직이는 그림자가 거미를 끌어들인 거야. 나중에 알았지만, 잎사귀 위에서 노닐며 이리저리 날아다니는 파리로 잘못 본 거지. 이제 거미는 가상의 파리를 포위하기 위해 기가 막힌 작전을 수행하기 시작했다네. 이 특별한 사례에 딱 들어맞게 설계된 행동처럼 보였어. 이렇게 별나게 움직이는 벌레는 아마 그 전에도 후에도 한 마리도 없을 거야. 그림자가 스쳐 지나갈 때마다 거미는 재빨리 같은 방향으로 이동해 이파리 밑에 몸을 숨기고, 먹잇감을 놀라게 하지 않고 접근하려 애썼지. 그림자는 작은 원을 그리며 빙글빙글 돌고 있었고, 사냥꾼은 새로운 전략적 조치를 내놓아야 했지. 나는 이 신기한 광경을 몹시 흥미진진하게 보고 있었네. 그림자가 일이 초라도 좀 가만히 있어서 사냥꾼에게 기회를 주면 좋겠다는 생각이 들기 시작했어. 그러다 내 바람이 이루어졌네. 그림자가 움직임이 거의 없이 가만히 서자 거미가 곁으로는 움직이지 않는 척하며 가까이 다가갔어. 그리고 조금 더 가까이 기어갔는데, 나는 왠지 줄무늬가 진 그 작은 몸통이 흥분으로 바들바들 떨리는 것만 같았다네. 바로 그때 최후의 장면이 벌어졌어. 사냥꾼이 파리 같은 그림자를 화살처럼 빠르고 곧게 덮치더니 이빨과 발톱으로 먹잇감을 움켜쥐려는 듯 빙글빙글 꿈틀거렸지. 그런데 제 몸 아래 아무것도 없다는 걸 깨닫더니 파리의 환각을 찾아 주위를 둘러보려는 듯 몸의 윗부분을 수직으로 홱 들어 올리는 거야. 아니, 어쩌면 그냥 경악을 표현하는 움직임이었을지도 모르겠어. 난 하마터면 그때까지 꾹꾹 참고 있던 폭소를 자유롭게, 커다랗게, 시원하게 터뜨리고 말 뻔했는데, 그때 내 바로 뒤에서, 내 어깨너머로 그 광경을 줄곧 지켜보며 나만큼이나 재밌어 어쩔 줄 모르고 있었던 것처럼 까르르 명랑한 웃음소리가 또렷하게 울려 퍼졌지. 나는 소스라쳐 일어나서 황급히 주위를 둘러보았지만 살아 있는 생명체는 어디에도 없었네. 내가 응시하던 풍성한 잎사귀들이, 방금 어떤 몸이 밀치고 들어간 듯 심하게 흔들리고 있었지. 잠시 후 잎들과 고사리들은 다시 고요해졌어. 물론 작은 돌풍이 흔들고 간 게 아니라는 보장도 없었지. 하지만 나는 바로 곁에서 진짜 인간의 웃음소리가 들렸다고 믿어 의심치 않았어. 아니면 인간의 웃음소리를 정확히 흉내 낸 소리를 어떤 생명체가 내고 사라졌거나. 그래서 조심스럽게 내 주변의 땅을 탐색하며 어떤 존재를 찾게 될 거라고 기대했어. 그러나 아무것도 찾지 못했지. 늘어진 가지의 내 자리로 돌아가 상당히 오랜 시간 앉아서 시간을 보냈다네. 처음에는 그냥 듣기만 하고, 다음에는 그 달콤한 트릴 같은 웃음소리의 수수께끼를 곰곰이 생각했네. 그러다 내가 그림자를 쫓던 거미처럼 착각에 빠져서 소리가 아닌 것을 소리로 들은 건 아닐까 고민이 되더군.

다음 날 나는 다시 숲에 왔고, 두세 시간 정처 없이 숲을 걸어 다녔네. 하지만 걸으면서도 아무 소리도 듣지 못했어. 잘 아는 장소들만 가봤자 소용없다는 생각이 들어서 남쪽으로 방향을 잡고 빽빽한 숲속으로 더 깊이 들어갔지. 낮은 잡풀과 덤불 때문에 앞으로 나아가기가 영 힘겨웠어. 길을 잃는 건 두렵지 않았어. 해가 머리 위에 떠 있으니 언제나 훌륭한 내 방향감각이면 출발 지점으로 돌아갈 수 있었지.

반 시간도 넘게 이 방향으로 결연히 헤치고 나아갔는데, 이쪽저쪽으로 계속 경로를 벗어나지 않고 내가 원하는 길로 쭉 걷는 게 보통 어려운 일이 아니더군. 그러다 어느새 훨씬 앞이 트인 대지로 나왔네. 상당히 가파른 내리막이었는데, 이쪽 땅에 돌이 많다보니 나무들이 키도 작고 듬성듬성 자라고 있었어. 하지만 흙은 촉촉했고 이끼, 고사리, 넝쿨식물과 낮은 덤불은 무성하게 땅을 덮고 있더군. 눈부시게 생기 넘치는 초록색이었어. 덤불숲과 키 큰 고사리 이파리들이 시야를 가려 불과 몇 미터 앞을 내다보기가 어려웠지. 하지만 이윽고 내 귀에 낮고 끊임없이 이어지는 소리가 들리기 시작했어. 20~30미터 더 앞으로 나아가보니 졸졸 흐르는 물소리더군. 때마침 정신을 차려보니 목구멍이 바싹 마르고 손바닥에 열이 나 찌릿찌릿할 지경이었어. 나 자신에게 시원한 물을 마시게 해주겠다고 약속하며 발걸음을 다급히 재촉하는데, 갑자기 부드럽게 졸졸 흐르는 물소리 위로 또 다른 소리 하나가 포착됐어. 낮게 지저귀는 음정, 아니 일련의 음정들, 새가 냈을 법한 소리였어. 그래도 어쨌든 나는 화들짝 놀랐다네. 지저귀는 새 같은 소리는 내게 너무나 큰 의미를 띠게 되었거든. 그래서 발걸음을 가만 멈추고 귀 기울여 들었지. 그 소리는 다시 반복되지 않았어. 그래서 나는 신비로운 가수를 놀라게 하지 않으려 아주 조심하면서 살금살금 다가가서 뿌리 주위에 깃털처럼 가녀린 관목 잎이 무성하게 뭉쳐 있는 녹심목•에 다다랐는데, 나무 바로 뒤쪽으로 훨씬 탁 트인 공터가 펼쳐져 있는 걸 보았어. 하늘에서 햇빛이 환히 내리비치고 있었고, 내가 찾던 시냇물 줄기도 이쪽에 있었어. 아직 물이 보이지는 않았지만, 내 앞쪽으로 약 20미터 거리에서 흐르고 있었지. 그런데 뭔가 다른 게 또 있었어. 내 눈으로 똑똑히 보았지. 조심스럽게 다가가던 내 발걸음이 그 즉시 땅에 못 박혀버렸다네. 나는 가만히 선 채로 온 정신을 시각에 집중해 바라보았네. 혹시라도 겁을 주면 도망갈까봐 숨조차 제대로 쉬지 못했지.

인간이었어. 젊은 여자의 모습이었지. 고사리와 약초 가운데, 작은 나무 뿌리께에 자라난 이끼를 깔고 몸을 반쯤 기댄 채 누워 있었지. 한쪽 팔은 목 뒤로 굽혀 머리를 받치고 다른 팔은 앞으로 쭉 뻗어 손끝으로 닿을락 말락 하는 곳의 흔들리는 가지 위에 앉은 작은 갈색 새를 가리키고 있었어. 새와 함께 놀고 있는 것 같았는데, 손가락으로 가까이 오라고 새를 꼬드기는 일이 재미있는 모양이었어. 그 손끝이 새에게는 굉장히 유혹적이었나봐. 새는 계속 위아래로 폴짝폴짝 뛰면서 이쪽저쪽 바삐 방향을 바꾸며 날개와 꽁지를 감질나게 파닥거렸거든. 하지만 언제나 그 손끝에 내려앉으려는 찰나에 머무는 것 같았어. 내 위치에서는 도저히 그녀의 모습을 또렷이 볼 수 없었지만, 감히 움직일 용기가 나지 않았지. 작다는 건 알아볼 수 있었어. 키는 137센티미터에서 140센티미터를 넘지 않았고, 가녀린 몸매에 손발의 모양은 섬세했다네. 맨발이

● 남미에 서식하는 수목의 종.

었고, 옷이라고는 무릎을 덮는 길이의 슈미즈처럼 생긴 회백색 원피스뿐이었지. 실크 소재인지 희미한 광택이 돌았어. 머리카락이 정말로 환상적이었다네. 풍성한 머리를 길게 풀어 늘어뜨리고 있었는데, 물결치듯 곱슬곱슬한 머리카락이 어깨와 팔 위로 구름처럼 떨어졌지. 검은 머리 같았지만 정확한 색을 짚어 말하기는 어려웠어. 피부색도 그랬지. 갈색도 흰색도 아닌 것 같았거든. 전체적으로, 사실 퍽 가까운 거리에 있었는데도 그 형상은 어쩐지 아스라해서 흐릿하고 멀어 보였어. 전반적으로 초록빛 도는 회색이 지배적인 색조였지. 이 색조는 녹음을 통과해 그녀를 비추는 햇빛의 효과라는 걸 곧 깨달았지만. 그때 처음, 한순간, 그녀가 몸을 일으켜 손가락을 새에게 더 가까이 가져갔는데, 한 줄기 걸러지지 않은 찬란한 원광이 머리와 팔에 내리비쳤고, 그 순간 그 팔은 진줏빛 백색으로 보였고, 머리카락은 햇빛이 닿은 그 자리가 이상한 광택을 발하며 오색으로 영롱하게 빛났단 말일세.

삼 초쯤 지켜보고 있었을까, 그 새가 갑자기 놀라 날카롭게 끽끽 지저귀면서 날아가버렸네. 바로 그 순간 그녀가 고개를 돌려 가벼운 잎사귀의 차양 너머 나를 보았지. 그러나 이렇게 느닷없이 내 모습을 보았는데도 그녀는 그 새처럼 소스라쳐 놀라지는 않더군. 휘둥그레 크게 뜬 두 눈에만 놀라는 표정이 서려 미동도 없이 내 얼굴을 바라보고 있었어. 그리고 천천히, 눈에 잘 띄지도 않는 움직임으로 무릎을 꿇었다가 두 발로 일어서서 뒤로 물러났어. 얼굴은 여전히 내 쪽을 바라보며 시선을 내 눈에 고정한 채로 서서히 물러나다가 녹음 속으로 녹아들 듯 결국 자취를 감추어버렸지. 사실 나는 실제로 그 움직임을 잘 알아보지도 못했다네. 구름과 안개가 형태와 위치를 바꿀 때 육안으로는 알아보기 어렵듯이 그렇게 차근차근, 천천히 이루어진 동작이었거든. 무성한 잎들이 일 초전 그녀가 차지했던 위치를 뒤덮고 있었네. 아카시아 덤불의 깃털 같은 잎, 줄기, 수생식물의 화살 모양 활엽, 가늘고 축축 처지는 고사리, 하나같이 그 사이로 지나친 존재의 손길 따위 모른다는 듯 미동도 없었지. 그녀는 가버렸지만, 나는 허리를 푹 꺾어 숙인 채 방금 그녀를 본 자리를 응시하며 가만 서있었네. 마음이 이상했어. 날카롭게 느껴지는, 하지만 여전히 앞뒤가 맞지 않는 모순된 감각에 사로잡혀 있었어. 내 두뇌에 남겨진 심상이 너무나 생생해서 아직도 그녀가 내 눈앞에 있는 것만 같았지. 하지만 그녀는 없었어. 있었던 적도 없었고. 그건 꿈이었을 테니까, 환각이었을 테니까. 이런 더러운 세상에 그런 존재는 있지도 않고, 있을 수도 없었으니까. 하지만 한편으로 나는 그녀가 거기 있었다는 걸 알고 있었지. 무력한 상상력이 그토록 아름다운 형상을 소환해낼 리 없으니까.

나는 마음속의 심상으로 만족해야 했어. 몇 시간 내내 같은 자리에 머물렀지만 그녀의 모습은 더 볼 수 없었고, 친숙한 노랫소리도 들을 수 없었거든. 이제는 숲속에서 그토록 자주 나를 따라다니던 그 신비의 지저귀는 가수가 외따로운 그 소녀였다는 믿음을 확고하게 굳히고 있었거든. 시간이 너무 늦어져 나는 시냇물로 목을 축이고 천천히, 내키지 않는 발걸음을 돌려 숲에서 나와 집으로 갔네.

다음 날 일찍 즐거운 기대감을 한껏 품고 숲으로 돌아갔지. 나무들 속으로 조금 깊이 들어갔더니 즉시 그 부드럽고 지저귀는 소리가 귓전에 닿더군. 전날 고사리 속에서 그녀를 보기 직전에 들었던 소리와 같았어! 이렇게 빨리! 나는 마음이 들떴고, 신중한 발걸음으로 땅을 탐색하며, 나도 모르게 그녀를 다시 보게 되기를 바랐지. 그러나 아무것도 보이지 않았네. 특별한 소리는 애초에 들리지도 않았다고 나 자신을 의심하며 쉬려고 바위에 걸터앉았을 때, 비로소 그 소리가 되풀이되더군. 전과 마찬가지로 나직하고 부드러웠고, 또 아주 가깝고 또렷한 소리였어. 이 지점에서는 아무 소리도 더 들리지 않았지만, 한 시간 후 다른 장소에서 똑같은 신비의 음정이 내 근처에서 울렸지. 그 후로도 숲속에서 여러 번 비슷한 방식으로 같은 일이 이어졌지만, 아무것도 보이지 않았고, 그 음성에서 아무 변화도 느껴지지 않았어.

하루가 저물 때가 되어서야 나는 탐사를 포기했지. 뼈아픈 실망감이 엄습했어. 도저히 손에 잡히지 않는, 이 알쏭달쏭한 존재의 이런 행동은 숲 한가운데 가장 비밀스러운 은신처에서 그녀를 발견한 내게 화가 나 복수하려는 의도일지 모른다는 생각이 들었지.

다음 날도 다를 바가 없었어. 그녀는 이번에도 거기 있었고, 나를 따라다니는 게 분명했다네. 하지만 언제나 모습을 숨기고 있었고, 어제의 놀리는 듯한 음조에서 변화를 주지도 않았어. 두 번째로 자신을 찾아보라고 내게 도전하는 느낌이었지. 급기야 나도 짜증이 났고, 앙갚음으로 한동안 숲에 발길을 끊어야겠다고 결심했지. 내가 초연한 태도를 보이면, 앞으로 이렇게까지 나를 안달 나게 하지 않을지도 모르니까 말이야.

다음 날, 새로운 결심을 굳게 되새기며 나는 쿠아코와 다른 원주민 두 명을 따라서 과실이 익어가는 캐슈나무가 새 떼를 불러모으고 있다는 먼 곳까지 갔다네. 그러나 과실은 아직 파랗게 설익었고, 우리는 열매도 못 따고 새도 몇 마리 못 잡았어. 함께 돌아오는 길에 쿠아코는 내내 내 곁에 바짝 붙어 있었고, 이윽고 일행에 뒤처지자 내게 바람총을 잘 쐈다고 칭찬하더군. 사실 나는 여느 때와 다름없이 화살만 낭비했는데도 말이지.

"금세 맞힐 수 있게 될 거예요." 쿠아코가 말했어. "작은 여자만 한 크기의 새를 명중시킬 거라고요." 그러더니 그 해묵은 농담에 또 무절제하게 웃음을 터뜨리더군. 그러더니 마침내 비밀이라면서 내가 곧 나만의 자라바타나를 갖게 될 거라고 귀띔해주는 거야. 화살도 아주 넉넉하게 따라올 거라나. 화살은 자기가 직접 만들 것이고, 똑바른 각을 기막히게 분별하는 자기 삼촌 오타윈키가 대롱을 제작해줄 거라고 하더군. 나는 죄다 농담이라고 치부하고 넘겼지만, 쿠아코는 심각하게 진담이라고 우기더군.

다음 날 아침 쿠아코는 내게 그 악명 높은 숲에 갈 거냐고 물었어. 아니라고 했더니 약간 놀라는 기색이더군. 게다가 놀랍게도 실망한 눈치가 역력했다네. 심지어 가라고 날 설득하려고까지 했단 말이야. 전에는 그렇게 가지 말라고 말리더니. 그러다가 내가 가지 않는다는 사실을 확인하고는 같이 숲속에 사냥하러 가자더군. 한참 후 쿠아코는 같은 주제로 이야기를 돌렸어. 내가 왜 그 숲에 가지 않는지 이해가 안 된다는 거야. 그러면서 겁이 나기 시작했냐고 묻더군.

"아니, 두렵지는 않아." 내가 대답했지. "하지만 나는 그 장소를 잘 알게 됐고, 이제 좀 지겨워졌어." 그 숲속에 있는 건 다 봤다고, 새들과 짐승들, 그리고 온갖 이상한 소음도 전부 들었다고 했지.

"그래요, 들었겠죠." 그는 안다는 듯 고개를 끄덕이더군. "하지만 이상한 건 못 봤어요. 아직 그만큼 눈이 좋지 못한 거죠."

나는 깔보듯 웃으면서 그 숲속의 이상한 건 모두 봤다고, 그중에는 이상한 젊은 여자도 있었다고 했네. 그녀의 외양을 묘사하고, 설마 젊은 여자를 백인이 무서워할 줄 알았냐고 대꾸했지.

내 말에 쿠아코는 정말로 놀란 눈치였어. 그러더니 왠지 굉장히 기뻐하면서 전날보다 한층 더 내밀하고 너그러운 태도가 되더군. 그러면서 내가 머지않아 마을에서 가장 유력한 인사가 되어 크게 출세하게 되리라는 거야. 내가 허튼소리라고 웃어넘겼더니 기분 나빠 하면서 앞으로 내 것이 될 거라는,

아직 만들지도 않은 바람총 이야기를 정색하고 꺼냈어. 그게 뭐 굉장히 대단한 선물이나 된다는 듯 말하더군. 흡사 광활한 경작지나 오리노코 북부 주지사 자리를 선사하겠다는 말투 였지. 그러더니 넉넉한 화살을 갖춘 바람총의 약속보다 더 대단한 게 있다고 하더군. 자신의 어린 여동생 오알라바 이야기였어. 수줍고 말 없고 온순한 눈빛의 열여섯 살 소녀로, 깡마르고 좀 더러웠지. 못생기지는 않았지만, 그렇다고 귀염성 있는 것도 아니었어. 그런데 이런 황무지의 초라한 구릿빛 여자아이를 내게 신부로 넘기려 하다니! 주먹으로 한 대 치고 싶었지만, 간신히 근육을 통제하고 차분하게 물었네. 대체 무슨 권리로 여동생을 이처럼 아무렇지도 않게 처분하려는 건가? 아직 자기 아내를 살 만한 사회적 신분도 못 되는, 하찮은 젊은이에 불과한 자네가? 쿠아코는 어렵지 않을 거라고 대답하더군. 루니도 동의할 거고, 오타윈키, 피아케, 다른 친척들도 반대하지 않을 거라면서. 마지막으로, 하지만 이 위도 지역의 결혼 관습에서는 가장 중요한 오알라바 본인의 의사를 물어도 나 같은 훌륭한 신랑감한테 시집가는 것을(낡은 무화과 잎처럼 쓰이는 케요우●며 아구티 이빨을 엮은 목걸이를 다 갖추고) 싫어하지 않을 거라고 했어. 그러더니 이 혼사의 전망을 한층 밝게 만들려는 의도에서였는지 결혼이라는 정화의 상

● 과야나 지방 원주민이 국부를 가리기 위해 걸치는 것. 작은 앞치마처럼 생겼으며, 주로 나무껍질로 만든다.

태에 들어갈 자격을 얻고자 남성성을 입증하는 자발적 고문의 시험을 나는 치르지 않아도 된다고 덧붙이더군. 나는 정말이지 황송하고 사려 깊다고 말했지. 그리고 최선을 다해 진지한 표정을 지으며, 어떤 유형의 고문을 추천하고 싶냐고 물었네. 내게는(나처럼 용맹한 사람에게는) "고문은 필요 없다"라고 참으로 너그러운 대답이 돌아오더군. 그러나 쿠아코 자신은 이미 언젠가 치를 고문의 종류를 정해두었다고 했어. 커다란 자루를 준비해서 불개미를 넣고("이만큼이나 엄청나게 많이!" 쿠아코는 허리를 굽히고 모래를 양손 가득 푸면서 득의양양하게 외쳤지) 벌거벗은 몸으로 자루에 들어가 목께에서 자루를 단단히 묶고, 무수한 독개미가 살점을 찔러대는 지옥 같은 고통을 자기가 신음 한 번 내지 않고 표정 한 번 바꾸지 않고 얼마나 잘 참는지 구경꾼들에게 똑똑히 보여주겠다더군. 불쌍한 청년에게 독창성이라고는 없었지. 이건 과야나 부족 사이에서 가장 흔한 자발적 고문의 형태였거든. 하지만 그 말을 하면서 갑자기 얼마나 기적처럼 생기가 넘치는지, 늘 무뚝뚝하던 그 얼굴이 얼마나 악마 같은 기쁨으로 환해지는지 내 온몸에 돌연 혐오감과 공포심이 쫙 끼쳤다네. 얼마나 도착적인 악마성인가 말이야. 적이 아니라 자신에게 가하는 고문을 고대하면서 기뻐하다니! 차라리 남들에게는 온순하고 비폭력적이면서! 아니야, 그래도 나는 그들의 온순함을 신뢰할 수 없었다네. 그 온순함은 표면적일 뿐이었어. 야만적이고 잔인한 본능을 일깨울 만한 사건이 일어나지 않을 때만이지. 이 일을 통째로 웃어넘기고 싶었지만, 내 동행인의 얼굴에 떠오른 희열 때문에 이 화두 자체가 진저리가 나서 더는 얘기하고 싶지도 않았네.

그러나 쿠아코는 입을 다물지 않았어. 보통은 몇 마디 말하게 만드는 게 그렇게 어려운 친구였는데. 게다가 똑같은 이야기만 하지 뭔가. 마을에서 내가 자발적 고문을 당하는 모습을 보고 싶어 하는 사람은 한 명도 없다면서. 거대한 악으로부터 마을을 구해준 사람인데, 그 이상 무엇을 기대하느냐고.

나는 그게 무슨 말이냐고 물었어. 이제야 뭔가 자명해지고 있었네. 지금까지 했던 그의 말이 모두 아주 중요한 결론으로 흘러가고 있었던 거야. 당연히, 야만인이 내게 바람총과 인기 있는 처녀 여동생을 주겠다는데, 오직 순수한 동기에서일 리가 없지 않은가.

대답 대신 그는 내가 화살로 작은 여자만 한 새를 맞출 수 있다는 그 오래된 농담을 잊지 않고 다시 꺼냈네. 그러더니 조금만 연습을 더 하면, 숲속에서 봤다는 그 신비로운 여자가 내가 쏠 만한 표적으로 적당하지 않겠냐고 운을 떼더군. 그들이 내게 바라는 위대한 업적이 이것이었어. 야생 조류의 노래를 부르는 그 수줍고 신비로운 여자가 바로 그들이 자기네 대신 내가 가서 독화살로 죽여주길 바라는 악마였단 말일세! 그래서 내가 자주 그 숲에 가길 쿠아코가 바랐던 거고. 자주 가서 그녀가 출몰하는 곳과 그녀의 습관을 속속들이 알아내고, 그녀의 수줍음과 의혹을 모두 걷어내길 바랐던 거야. 그러다 적당한 순간이 오면, 표적을 놓치려야 놓칠 수 없는 그 순간이 오면 그때 죽음의 화살을 날리길 바란 거지! 아까 자 발적 고문 이야기를 할 때 내 마음속에 솟구쳤던 혐오감은 지금 내가 느끼는 이 감정에 비하면 미약하고 순한 것이었네. 나는 돌연 격노해 그를 돌아보았고, 하마터면 손에 들고 있던 바람총으로 그 머리를 때려 박살 낼 뻔했어. 하지만 내 얼굴 을 마주 본 쿠아코의 경악한 표정에 정신을 차리고, 나는 잠 시 숨을 돌렸지. 그래서 그토록 치명적인 무분별을 저지르지 않을 수 있었네. 그저 이를 갈면서 걷잡을 수 없는 증오와 분 노를 다스리려 안간힘을 썼어. 하지만 결국 바람총 대롱을 땅 에 던져버리고 쿠아코에게 가져가라고 말해버렸네. 과야나 야만인들의 여동생 모두를 신붓감으로 준대도 나는 바람총 에 다시는 손도 대지 않을 거라고도 했어.

쿠아코는 여전히 놀란 눈으로 나를 빤히 바라보았고, 나는 좀 신중해져서 지금 느끼는 이 격렬한 적의를 최대한 숨기는 편이 좋겠다고 판단했다네. 새건 인간이건, 내가 정말 바람총 으로 뭔가를 맞출 수 있으리라 생각하냐고. 냉소적으로 그에 게 물었네. "아니." 나는 거의 악을 쓰다시피 말했어. 어떻게 든 감정을 분출해야 했거든. 그래서 리볼버를 꺼내며 말했네. "이것이 백인의 무기야. 백인은 이것으로 남자들을 죽여. 자 기를 죽이거나 상해를 입히려 달려드는 남자들을. 하지만 이 것으로든 다른 무기로든 죄 없는 젊은 여자들을 속여 죽이지 는 않는다고."

그 후로 우리는 한참 말없이 걷기만 했네. 나중에 쿠아코는 내가 숲속에서 보고도 무서워하지 않은 존재는 죄 없는 젊은 여자가 아니라 사악한 디디의 딸, 악마라고 하더군. 그 여자가 그 숲에 사는 한 그들 부족은 그곳에 사냥하러 갈 수 없고, 다른 숲에서도 그녀와 마주칠까 두려워 한시도 맘 편히 사냥할 수 없다고. 더 말을 섞기에는 너무 심하게 염증이 나서 나는 그냥 묵묵히 걷기만 했네. 그리고 마을 근처 냇물에 다다랐을 때 옷을 훌렁 벗어 던지고 물속으로 풍덩 뛰어들었지. 마을로 들어가서 다른 사람들을 만나기 전에 그렇게라도 화를 식혀야만 했어.

제6장

그날 밤 잠을 이루지 못하고 숲속의 소녀를 생각하던 나는, 이만하면 그녀의 변덕스러운 행동을 내가 그리 달가워하지 않았다는 점을 충분히 알렸으니 더는 사랑하는 녹색의 장원을 멀리하며 나 자신을 벌줄 필요가 없다는 결론에 다다랐지. 따라서 다음 날, 오전에 몇 시간에 걸쳐 내리던 폭우가 그치자 정오쯤 숲을 향해 출발했다네. 머리 위 하늘은 다시 맑게 개어 있었지. 그러나 묵직하고 무더운 대기에는 아무 움직임도 없었고 서쪽 지평선 위로 짙푸른 적운이 뭉게뭉게 걸려 오후에 다시 비가 쏟아지리라 경고하고 있었어. 하지만 내 마음은 숲의 님프를 만날 수 있다는 기대감에 너무 들뜬 나머지 이런 불길한 징조들을 아예 신경도 쓰지 않았다네.

처음 나오는 숲 지대를 지나쳐 이어지는 돌 많고 황량한 땅까지 왔을 때 바로 근처 땅바닥에서 현란한 원색의 빛이 지나치는 모습을 흘긋 보게 되었지. 맨 흙 위를 기어가는 뱀이었어. 눈치를 못 채고 계속 갔다면 틀림없이 그 뱀을 밟았거나 위험할 정도로 가까이 갔을 거야. 더 찬찬히 자세히 살펴보니 산호뱀이더군. 아름답고 특이한 모습만큼 위험한 독성으로 유명한 뱀이야. 길이는 대략 90센티미터였고 아주 가늘었다네. 바탕색은 눈부신 주홍색이었고, 새카맣고 넓은 고리가 같은 간격으로 몸통을 감고 있었고, 얇은 노란색 띠가 각 고리의 한중간을 가르고 있었지. 대칭을 이루는 무늬와 그 선명한 원색의 대조라니. 똬리를 틀고 있는 몸뚱어리에 생명의 윤기가 흐르지 않았다면, 어느 상상력이 뛰어난 예술가가 만든 인공의 뱀이라 해도 믿었을 거야. 내게 시선을 못 박고 있는 눈 역시 살아 있는 보석과 같았고, 위험한 화살처럼 생긴 뾰족한 머리의 끝에서는 혀가 쉬지 않고 깜박거렸다네. 나는 바로 몇 미터 떨어진 거리에서 놈을 바라보고 있었고.

'진심으로 멋있으시다고 생각합니다, 독사 선생님.' 나는 말했어. 아니, 생각했어. "하지만 군대 고위 사령관들이 그러는데, 적군이나 잠재적인 적에게 등을 보이면 위험하대요. 그런 짓을 하는 사람은 형편없는 전략가거나 천재라고 하던데, 나는 둘 다 아니거든요."

몇 발짝 후퇴하던 나는 남자 머리만 한 돌을 하나 찾아서 주워 들었고, 곧 위험천만한 위용의 뱀 대가리를 으스러뜨릴 작정으로 힘껏 던졌다네. 그러나 돌덩어리는 표적을 약간 빗나가 돌투성이 땅에 부딪혔고, 부드러운 암석이었는지 박살이 나서 수백 개의 자잘한 파편이 사방으로 날았어. 괜히 뱀의 분노만 자극한 셈이었지. 이윽고 뱀은 고개를 치켜들고 빠르게 내 쪽으로 미끄러져 다가왔네. 이번에도 난 뒤로 물러섰지만, 아까처럼 느리지는 않았네. 마침 또 다른 돌멩이를 찾아서 높이 치켜들고 막 던지려는데, 덤불 속에서 날카롭게 공명하는 외침이 점점 가깝게 들려오더군. 곧 그 울음소리에 이어 숲의 소녀가 나왔어. 더는 그늘진 숲속에서 희미한 모습만 보여주면서 수줍게 도망치고 새침을 떨지 않았어. 대담하고 도발적으로 보란 듯 주의를 끌면서 정오의 강력한 햇살 아래 훤히 자기 모습을 드러냈지. 환한 햇빛을 받은 그녀는 비길 데 없이 화려하게 광채를 뿜으며 색색으로 빛났어. 이런 그녀를 보자마자 길에서 살아 움직이는 독사를 봤을 때 어김없이 우리 마음에서 꿈틀거리기 마련인 두려움과 혐오감의 감정들이 삽시간에 사라져버렸네. 빠르고 느긋하게 출렁이는 움직임으로 지금 내게 다가오는 저 찬란한 존재를 향한 경탄과 숭모의 마음만 남았지. 아니, 그녀는 내게로 오는 게 아니라 독사에게로 다가왔을지도 모르겠어. 뱀이 이제는 우리 사이에 가로놓여, 그녀가 다가오자 점점 더 느리게 움직였거든. 과거의 습관과는 너무나 다른, 이 갑작스럽고 놀라운, 대담무쌍한 변화에는 오해의 여지가 없었어. 그녀는 예전처럼 덤불 속 어딘가 은신처에 몸을 숨기고 내가 다가오는 모습을 지켜보고 있었던 거야. 여차하면 놀리는 목소리로 나를 데리고 숲속을 돌아다니며 춤을 이끌 생각이었겠지. 그러나 내가 독사를 공격하는 바람에 저토록 갑자기 격하게 분노를 터뜨린 거야. 급류처럼 쏟아지는 울림음, 나는 알아들을 수 없는 미지의 언어, 빠른 손짓과 몸짓, 무엇보다 커다랗게 뜬 반짝이는 눈과 빨갛게 달아오른 얼굴, 그걸 다 보고도 감정의 본질을 오해할 수는 없었지.

그 순간 내가 받은 인상을 묘사할 어휘나 표현을 굳이 찾아본다면, '말벌 같다'는 뜻의 'waspish'나 더 좋은 예로, 에스파냐어 'avispada'를 생각하게 돼. 똑같은 뜻이기는 한데 에스파냐어에서는 약간 어감이 다르고 절대로 비하의 뜻으로 쓰이지 않거든. 하지만 다시 생각해보면 금세 둘 다 맞는 말이 아니라는 결론을 내게 된단 말이야. 아무튼, 그래도 짜증이 난 말벌의 이미지로 돌아가는 게 가장 좋은 설명이 될 것 같군. 커다란 열대의 말벌이 화가 나서 내게로 다가오는 느낌, 나는 수백 번도 넘게 봐서 알거든. 정확히 날아온다고 할 수도 없고, 땅 위를 반쯤 뛰고 반쯤 날아서, 시끄럽고 성난 윙윙 소리를 내며, 반짝이는 날개를 활짝 펴고 크게 동요하면서, 날카롭지만 우아한 선, 반들반들 윤이 나는 표면, 다채롭고 화려한 색채, 그 모습에 너무나 잘 어울리는, 그래서 오히려 더 빛나 보이게 만드는 그 무서운 분노.

그녀의 기이한 미모와 격정에 홀려 넋을 잃고 있던 나는, 그녀가 내 앞 5미터 거리쯤에 멈춰 설 때까지 접근하는 뱀을 까맣게 잊고 있었네. 그러다 정신을 차려보니 끔찍하게도 그 뱀이 그녀의 맨발 옆에 있는 게 아닌가. 이제는 내 쪽으로 다가오지 않았지만, 고개는 여전히 공격 태세로 높이 치켜들고 있었어. 하지만 얼마 못 가 그 분노의 기세가 뱀에게서 스르르 빠져나가는 것 같았네. 치켜들었던 머리가 좌우로 살랑살랑 흔들리더니 점점 더 낮게 가라앉더니 소녀의 맨 발등을 베고 누웠어. 미동도 없이 누워 있는 치명적인 독사가 흡사 방금 그녀의 다리에서 떨어져 내린 화려한 색의 실크 가터처럼 보이더군. 그녀는 뱀을 전혀 두려워하지 않는다는 걸 보기만 해도 명백하게 알 수 있었지. 원래 온 세상 모든 나라에 자석 같은 매력을 가진 비범한 사람들이 있다고들 하지 않나. 그런 사람들은 세상에서 가장 유독하고 신경 거슬리는 파충류라도 진정시킬 수 있다지. 그녀가 바로 그런 사람이었던 거야.

내 눈길의 방향을 따라서 그녀 역시 아래를 바라보았지만, 발을 움직이지는 않았어. 그리고 다시 음성을 들려주었지. 여전히 크고 날카로운 소리였지만, 이제 분노는 드러내지 않았다네.

"겁내지 말아요. 뱀은 해치지 않을게요." 나는 인디언 말로 말했어.

그녀는 내 말은 개의치 않고 갈수록 원망이 커지는 말투로 계속 뭐라고 말했어.

나는 고개를 흔들며 그 언어를 모른다고 답했지. 그리고 수화를 써서 그 뱀은 이제 괴롭히지 않겠다는 뜻을 전달하려고 애썼다네. 그러자 그녀가 화를 내면서 내 손에 들린 돌덩이를 가리켰어. 그만 까맣게 잊고 있었지 뭔가. 당장 돌덩이를 내던졌더니 금세 변화가 생겼네. 원망은 사라지고 상냥한 서광이 미소처럼 그녀의 얼굴을 밝혔지.

　나는 조금 더 가까이 다가섰어. 다시 한번 인디언 언어로 말을 걸면서. 그러나 내 말을 못 알아듣는 게 틀림없었어. 이제 그녀는 서서 발치에 누워 있는 뱀과 나를 번갈아 바라보고 있었거든. 그래서 나는 또 수화와 몸짓을 동원했지. 앞으로는 그녀를 위해서 유독한 파충류 모두와 친구가 되겠다고, 그러니 그녀도 그들을 대하는 친절한 마음을 내게도 베풀어 달라고 말하려고 안간힘을 다했다네. 내 마음을 이해했는지 아닌지는 몰라도 다시 숨어버리려는 생각은 없어 보였어. 계속해서 말없이 나를 바라보는 눈빛이 드디어 이렇게 나와 얼굴을 마주 보게 되어 기쁘다는 속내를 표현하는 것 같았어. 나는 기분이 좋아져서 천천히 더 가까이 다가갔고, 드디어 그녀와 나란히 서게 되었네. 내가 보고 상상했던 모든 인간의 얼굴을 훌쩍 능가하는 이 어여쁘고 사랑스러운 얼굴을 무한한 기쁨으로 내려다보고 있었지.

　이보게, 친구, 자네가 보기에는 물론 그녀가 그렇게 아름답게 느껴지지 않을지도 몰라. 안타깝게도 내게 있는 어휘라고는 우리가 더 흔하고, 더 조잡한 것들을 미화할 때 쓰는 말들뿐이거든. 그래서 그 섬세한 빛, 그림자, 시시각각 변하는 색과 표정을 온전히 전달할 수단이 없단 말일세. 게다가 보잘것없는 묘사를 통해서는 낯설고 들어본 적 없는 것을 아름답게 표현할 수 없는 법 아닌가? 원래 가장 새로운 면은 과도한 관심을 끌어서 전체 그림에 어울리지 않고 도드라지기 마련이거든. 그러면 낯섦의 효과로 어떤 자질은 사라지게 돼. 이를 테면 부분들의 완벽한 균형과 전체의 조화를 놓치게 된단 말이야. 예를 들어, 북부 사람들의 파란 눈을 검은 눈동자를 지닌 따뜻한 지방 사람들에게 처음으로 설명해주면, 아름답기는커녕 괴물 같다고 느낄 걸세. 그 마음속의 눈으로는 자신들이 들어본 적도 없는 파란 눈을 생생하게 떠올릴 수 있지만, 그 파란 눈과 조화를 이루는 피부색과 머리카락까지 그토록 생생하게 상상하지는 못하기 때문이지.

그러니 내가 말로 그려내는 그림은 좀 잊고, 원본이 내게 자아낸 감정에 집중해보게. 처음으로 그 희귀한 사랑스러움을 가까이서 자세히 보게 되었을 때, 기쁨으로 몸을 떨며 나는 마음속으로 외쳤다네. '아, 어째서 자연은 그토록 많은 전형과 헤아릴 수 없는 개별성을 창조했으면서 이 세상에 이런 존재를 하나밖에 만들지 않았을까?'라고 말이야.

하지만 그 생각이 구체화되자마자 나는 말도 안 되는 헛소리라고 치부해 던져버렸어. 아니야, 이 아름다운 존재는 이 대륙의 잘 알려지지 않은 이 후미진 지역에서 수천 세대에 걸쳐 존재해온 종족의 일원이 틀림없었어. 비록 지금은 사라져가고 소수만 남았겠지만 말이야.

그 몸매와 생김새는 유달리 섬세했지만, 가장 인상적인 건 그녀의 피부색이었지. 다른 그 어떤 인간과도 달랐어. 그 피부색은 묘사하는 게 거의 불가능하다네. 기분이 달라질 때마다 너무 크게 변했거든. 그녀의 기분은 다채롭고 변덕스럽고 무상했다네. 그리고 피부색은 햇빛이 떨어지는 각도와 빛의 조도에 따라서 시시각각 변했어.

일전에 나무 밑에서, 멀리서 봤을 때는 다소 어두운 흰색이나 연한 회색처럼 보였었어. 그런데 이제 더 가까운 곳에서 강한 햇빛을 받은 모습을 보니 흰색이 아니라 설화석고처럼 반투명한 빛깔이어서 살결 아래 장밋빛 색조가 비쳐 보였고. 직사광선을 받으면 이 홍조가 더 반짝이며 빛을 발했지. 우리가 강렬한 모닥불 빛에 손가락을 비추어보면 발갛게 빛나듯 말이야. 그러나 그림자가 진 부분의 피부색은 더 어두운 백색이었고, 살결 아래 색조도 어두운 장밋빛 보라색에서 어두운 파랑까지 다채롭게 변했어. 피부색과 함께 눈동자 색깔도 완벽하게 조화를 이루어 달라졌네. 처음에 분노로 타오를 때는 불길처럼 붉었었지. 그런데 이제는 그 홍채가 독특하게 부드러운, 아니 좀 어둡고 차분한 빨강이었어. 가끔 꽃들에서 그런 색조를 볼 수 있지 않나. 그렇지만 이 오묘한 색조는 자세히 봐야만 구별할 수 있었어. 회색 눈이 가끔 그렇듯 눈동자가 아주 컸고, 길고 짙고 숱 많은 속눈썹이 그늘을 드리워서 눈이 전체적으로 검은색으로 보였거든. 그러니까 밝은 햇빛에 노출된 상태로, 싱그러운 초록빛 잎과 어우러진 붉은 꽃을 생각해서는 안 돼. 오로지 반쯤 가려진 홍채에 서린 붉은 색조만 떠올리게. 깊은 눈의 심도, 눈망울의 물기로 찬란하게 반짝이는 홍채는 맑고 아름다운 영혼이 드러나 보여 화려하게 아름다웠지. 하지만 무엇보다도 더 다채롭게 변화하는 건 머리카락의 색채였어. 머릿결은 한없이 섬세하고 광택이 서려 있었고, 건강하고 탄력이 넘쳐 머리, 어깨, 등으로 풍성하게 늘어져 있었지. 바깥쪽 머리칼이 더 자유롭게 풀어 헤쳐져 있어서 표면이 찬란하게 반짝이는 구름을 얹은 것 같았어. 그토록 변화무쌍하게 사랑스러운, 희귀한 얼굴에 참으로 어울리는 배경이고 왕관이었다네. 자세히 보면, 그림자가 드리우면 전반적으로 먹색으로 보였지만, 군데군데 짙은 보랏빛으로 색조가 깊어지곤 했어. 하지만 심지어 그늘에서 봐도 풀어 헤친 잔머리가 원광을 이루고 풀솜처럼 파슬파슬하게 창백한 광휘로 더 짙은 검은 머리를 반쯤 덮고 있었지. 몇 미터 떨어져서 보면, 머리카락 전체가 모호하고 아스라해 보였어. 햇빛 속에서는 색이 더 다채롭게 변해서 먹색으로 보였다가, 어떤 때는 칠흑처럼 새카맣다가, 깃털에 윤기가 도는 새들에게서 간혹 볼 수 있듯 잔머리 흩날리는 표면이 영롱한 오색으로 반짝여 뭐라 짚어 말할 수 없는 색조가 되기도 했지. 햇빛이 똑바로 머리 위에 내리쬘 때 가까이서 보면 정오의 구름처럼 새하얗게 보이기도 했어. 구름 같은 색조가 이 세상 것 같지 않게 아련하고 워낙 변화무쌍해서 다른 인간의 머리 색은 모두, 밝은 금발이든 붉은빛 도는 금발이든, 아무리 아름다운 황금빛이라도 그에 비하면 무겁고 둔하고 죽은 색처럼 보였어.

그러나 모양과 색채와 그 매혹적인 다양성보다 더 아름다운 건 그 지적인 표정이었지. 그 지성은 그녀 얼굴에 떠오른

초롱초롱한 경계심, 모든 걸 보고 듣는 경계심을 보완하면서 하나로 어우러졌어. 야생동물은 두려울 것 없이 휴식을 취할 때마저 경계심을 풀지 않지. 하지만 그런 경계심은 인간에게서는 찾아볼 수 없다네. 특히 지적이고 학문적인 남자에게서는 결코 볼 수 없을 걸세. 그녀는 숲속에서 혼자 살아가는 야성의 소녀였고, 내가 말을 걸어도 그 지역의 언어를 알아듣지 못했지. 그런 존재가 지닌 내면, 또는 정신적 삶이라는 것이 과연 같은 조건에서 살아가는 야생동물과 다르면 얼마나 다르겠나? 그런데도 그 얼굴을 보고 있으면 지성을 의심할 수 없었다네. 그녀에게서는 이처럼 서로 모순되는 두 자질이 하나로 어우러졌어. 우리한테는 있을 수 없는 일인데 말이야. 그 조합은 너무나 새로웠지만, 내게는 소녀의 가장 큰 매력으로 여겨졌다네. 왜 자연은 이런 작품을 예전에 만들지 않았을까? 어째서 다른 모든 피조물은, 총명한 정신을 준 대신 야생동물이 지닌 아름다운 신체적 빛을 흐리게 만들었을까? 그러나 내게는 그 어떤 인간도, 그 어떤 남자도 본 적이 없고 찾을 꿈조차 꾼 적 없는 존재가 여기 있다는 사실만으로 충분했다네. 그리고 그 야생의 생경한 휘광을 뚫고, 우리를 같은 존재로 묶어주는 정신의 영적인 빛살이 새어 나오는 것으로 만족할 수 있었어.

이런 생각들이 정신없이 뇌를 스쳐가는 사이 나는 그대로 서서 그 환하고 짜릿한 얼굴을 한껏 음미하고 있었지. 그녀도 내 눈길을 되받아 나를 응시하고 있었는데, 그 시선에는 겁

없는 호기심뿐 아니라 의심의 여지 없는 이 우호적인 만남을 기뻐하고 즐거워하는 태가 역력하게 서려 있었다네. 힘을 얻은 나는 손으로 그녀의 팔을 잡으면서 조금 더 가까이 다가섰어. 그 순간 소스라친 표정이 쏜살같이 그녀의 눈길에 떠올랐네. 흘긋 아래를 보더니 눈을 들어 다시 내 얼굴을 바라보았어. 입술이 파르르 떨리더니 살짝 벌어지며 간신히 들릴 정도로 나직한 말투로, 뭔가 서글픈 소리를 중얼거리는 거야.

그녀가 경계심을 발동해 내 손에서 빠져나가려 한다고 생각하고, 무엇보다 이렇게 금세 그녀를 다시 보지 못하게 될까 봐 더럭 겁이 나서 나는 한쪽 팔로 그 날씬한 몸을 감싸 안아 붙잡으려 했어. 동시에 한 발을 내디뎌 몸의 균형을 잡으려 했지. 그 순간 약한 타격이 느껴지더니 뜨겁게 타오르는 감각이 다리로 흘러들어왔어. 갑작스럽고 강렬한 아픔에 팔을 내리고 고통의 비명을 올렸다네. 그러면서 한두 발 그녀에게서 움츠리듯 물러났지. 그러나 손을 놓았는데도 그녀는 움직이지 않았어. 눈길로 내 움직임을 뒤쫓다가 문득 제 발치를 보더군. 그 시선을 따라간 나는 공포에 질리고 말았다네. 그곳에서 내가 까맣게 잊고 있던 뱀을 본 거야. 찌르는 듯한 그 날카로운 아픔에도 기억해내지 못했다니! 거기 그 뱀이 도사리고 있었어. 똬리를 튼 몸을 그녀의 발목에 걸치고 머리를 30센티미터 이상 높이 치켜들고는 좌우로 천천히 흔들거리고 있었지. 한시도 쉬지 않고 끝이 갈라진 혀를 날름거리면서 말이야. 그때, 그때야 비로소 나는 무슨 일이 벌어졌는지 깨달았네. 그리고 그녀의 얼굴에 느닷없이 떠올랐던 경계심의 이유, 그녀가 입 밖으로 낸 중얼거림의 의미도 깜짝 놀라 아래로 떨구던 시선의 뜻도 알았지. 그 두려움은 오로지 나를 위한 걱정이었고, 그녀는 내게 경고해주었던 거야! 하지만 너무 늦었어! 늦어버렸어! 움직이다가 나도 모르게 발로 독사를 밟거나 건드려서 그것이 내 발목 바로 위를 물어버린 거지. 몇 초가 지나서야 내가 처한 이 무시무시한 상황이 실감 나더군. '죽는 건가! 죽어야 하는 건가! 아, 하느님, 그 무엇도 날 구해줄 수는 없나요?' 마음속으로 외치고 있었어.

그녀는 여전히 미동도 없이 같은 자리에 서 있었네. 그 눈길이 내게서 다시 뱀으로 옮겨갔지. 서서히 그 흔들리던 머리가 다시 낮아졌고, 발목을 감고 있던 똬리도 풀렸어. 그리고 뱀은 멀어져가기 시작했지. 처음에는 천천히, 머리를 조금 치켜든 채, 그러다 더 빨라져서 보이지 않는 곳으로 사라져버렸다네. 가버렸어! 그러나 내 핏속에 남은 독은 그대로였지. 아, 저주받을 파충류 같으니!

그 후퇴를 바라보던 내 눈길도 다시 그녀에게 돌아왔어. 이제 그 얼굴은 근심으로 오묘하게 흐려져 있었네. 나보다 그녀가 먼저 눈길을 내리깔았지. 두 손바닥을 꼭 맞대고, 손가락으로 깍지를 끼었다 풀었다 하고 있었어. 이제는 또 얼마나 달라 보이던지. 환하게 빛나던 얼굴이 너무나 창백하고 흐릿해 보였어! 그러나 그녀의 가슴을 찌르는 아픔은 우리 만남이 이토록 비극적으로 끝났기 때문만은 아니었네. 서쪽의 구름이 점점 커져 이제 광활하고 섬뜩한 수증기 덩어리가 하늘을 반 이상 뒤덮어 태양을 지워버리고 말았던 거야. 이제 대지에는 깊은 어둠이 깔려 있었네.

그 돌연한 황혼과 밀어닥치는 천둥이 야산에서 메아리치는 소리가 내 불안과 절망을 증폭했지. 그 순간 죽음은 너무나 철저히 끔찍하게만 느껴졌어. 삶을 소중하게 만들어준 모든 것의 기억이 내 존재의 핵심을 관통했지. 내게 자연이 의미했던 모든 것, 분별과 지성의 기쁨, 내가 품었던 희망. 번개가 내리꽂히듯 그 모든 것이 눈앞에 펼쳐졌어. 무엇보다 쓰라린 건 고독 속에서 발견한 이 아름다운 존재에게 영원히 작별을 고해야 한다는 사실이었지. 찬란한 디디의 딸, 그녀의 수줍음을 극복하고 드디어 호감을 샀는데, 저주받은 죽음의 암흑으로 사라져 그녀 삶의 수수께끼를 영원히 알 수 없게 되다니! 내 마음이 크게 동요했고, 다리가 덜덜 떨리며 이마에 굵은 땀방울이 맺혔어. 그러다가 내 핏속에 들어간 독이 벌써 신속하고 치명적인 효과를 내고 있다는 생각이 들었지.

불안하게 비틀거리며 1~2미터 거리에 놓인 돌을 찾아 주저앉았네. 그때 자연과 이토록 친밀한 이 소녀가 혹시 나를 구해줄 중화제를 알 수도 있다는 희망이 생기더군. 다리를 만지면서, 다른 손짓 발짓을 써가면서 다시 인디언의 언어로 물었네.

"뱀에 물렸어요. 어떻게 하죠? 저를 죽음에서 구해줄 잎이나 뿌리를 알고 있나요? 도와주세요! 살려줘요!" 나는 절망적으로 울부짖었지.

말은 몰라도 내 손짓 발짓은 이해했을 거야. 하지만 아무 대답도 하지 않더군. 여전히 손가락 깍지만 풀었다 끼었다 하면서 그 자리에 가만히 선 채 아련한 슬픔과 연민의 눈빛으로 나를 바라보고 있었어.

아! 그녀에게 호소해봤자 아무 소용도 없었지. 무슨 일이 벌어졌는지, 그 결과 어떤 일이 초래될지 알고 나를 불쌍하게 여겼지만, 나를 도와줄 힘은 없었던 거야. 그때 독이 온몸에 퍼지기 전에 인디언들의 마을로 돌아가면, 그들이 뭔가 조치를 취해서 나를 구해줄 수도 있다는 생각이 퍼뜩 떠올랐어. 아, 왜 이렇게 오래 지체했을까. 소중한 시간을 몇 분씩이나 허비하면서! 이제 커다란 빗방울이 뚝뚝 떨어지기 시작했고, 사위는 더 시커멓게 어두워지고 천둥이 거의 끊임없이 울리고 있었네. 괴로움의 비명을 내지르며 벌떡 일어나 서둘러 마을로 달려가려는데, 눈이 멀 듯이 내리꽂히는 번개에 그 자리에 잠시 발길이 멎어버렸지. 섬광이 사라질 때 마지막으로 그녀를 바라보았는데, 그녀의 얼굴은 죽음처럼 파리했고, 머리카락은 밤보다 더 검었네. 그녀는 나를 바라보더니 내 쪽으로 두 팔을 쭉 뻗으며 낮고 비통한 울음소리를 냈어. "영원히 안녕!" 나는 중얼거리고 다시 돌아서서 미친 사람처럼 숲속으로 달려 들어갔어. 그러나 혼란스러운 마음에 방향을 잘못 잡았던 모양이야. 몇 분 후면 탁 트인 경계 지대를 지나고 사바나가 나와야 하는데, 오히려 시시각각 나무들 사이로 더 깊이 들어가고 있었지. 영문을 알 수 없어 일단 멈춰 섰지만, 애초에 올바른 방향으로 출발했다는 확신을 도저히 버릴 수 없더군. 그래서 100미터 정도만 더 가보고 공터가 나오지 않으면 그때 방향을 바꿔 왔던 길로 다시 돌아가자는 판단을 내렸어. 그러나 그렇게 쉬운 문제가 아니었지. 나는 금세 울창한 잡목과 수풀에 발이 얽혀버렸고, 도저히 갈피를 잡지 못하게 되어버렸어. 이 숲에 들어와서 처음으로 나는 가망 없이 길을 잃었다고, 절망적인 자인을 하고야 말았네. 게다가 상황은 또 얼마나 끔찍했는지! 간헐적으로 번쩍이는 번개가 생생하게 푸르른 빛줄기를 숲속에 내리꽂으면 구름 없는 날 한낮에도 앞으로 나아가기 힘든 곳에서 길을 잃었다는 사실만 절망적으로 확인할 뿐이었어. 게다가 그 빛은 찰나에 머무를 뿐 곧 짙은 어둠이 잇따랐지. 맹목적으로 마구 찢듯 헤치며 나아가는 수밖에 없었어. 한 발 디딜 때마다 온몸이 멍들고 살점이 찢겨나갔고, 쓰러지고 또 쓰러졌지만, 다시 일어나 고군분투 헤쳐나갔어. 쓰러진 나무와 가지 위로 높이 기어 올라갔다가 다음에는 빗물 웅덩이나 격류에 빠져 허리까지 잠기곤 했지.

희망이 없었어. 내 모든 미친 노력은 다 철저히 가망이 없었어. 그리고 잠시 멈춰 설 때마다, 기진맥진해서 숨을 헐떡이며 서 있으면, 쿵쿵 뛰는 심장이 내 목을 죄는 느낌이었어. 물린 다리에서 둔탁하게 끊임없이 느껴지는, 사람을 놀리는 듯한 고통이 이제 살 시간이 얼마 남지 않았음을 날카롭게 상기시켰지. 처음에 지체하는 바람에 유일한 구원의 가능성을 그만 놓쳐버린 거야.

이 울창한 검은 숲에서 얼마나 오랜 시간 사투를 벌였는지 그건 모르겠네. 아마 두세 시간쯤 되었겠지만, 그 몇 시간이 내게는 몇 년에 걸쳐 끝없이 이어지는 고난의 세월 같았네. 그런데 별안간, 마침내 나는 빽빽한 잡풀에서 풀려나 평탄한 땅 위를 걷고 있었어. 하지만 세상에서 가장 칠흑 같은 밤보다도 더욱 시커멓고 어두웠지. 드디어 번개가 내리쳐 머리 위 울창한 녹음의 지붕을 뚫고 번득였을 때, 나는 다다른 곳의 풍경이 굉장히 이상하다는 걸 알아차렸네. 나무들은 엄청난 거목이었고 폭도 넓게 자라나 있었지만, 땅에는 진행을 방해하는 잡목이나 수풀이 하나도 없었지. 여기서 숨을 돌리고, 나는 달리기 시작했네. 한참 달리다보니 커다란 거목들은 이미 등 뒤에 있었고, 이제 낮은 나무와 덤불이 자라는 훨씬 트인 땅으로 나와 있더군. 드디어 숲의 경계에 다다른 모양이라고 잠시 희망을 품을 수 있었어. 그러나 헛된 희망이었지. 곧 또다시 빽빽한 잡풀과 덤불을 헤쳐 나아가야 했거든. 그러다 마침내 앞이 트인 오르막에 다다랐고, 이번에도 두꺼운 먹구름을 뚫고 내리꽂힌 섬광에 의지해 주위를 바라보아야 했네. 터벅터벅 꼭대기로 올라섰을 때, 그 너머로 펼쳐진 사바나의 초원이 보였지. 한순간 드디어 숲에서 빠져나왔다고 기뻐했다네. 그러나 몇 발짝 앞으로 더 갔을 때, 내가 강기슭의 끄트머리에 서 있다는 걸 알았네. 줄잡아도 15미터가 넘는 벼랑 끝이었어. 그런 강가의 벼랑은 한 번도 본 적이 없었으니 숲을 빠져나왔다고 해도 올바른 방향일 리 없었지. 그러나 이제 내 유일한 희망은 나무들을 완전히 등지고 마을을 찾는 데 달렸어. 그래서 내려가는 길을 찾아 강기슭을 따라 걷기 시작했다네. 하지만 틈새를 찾을 수 없었어. 그러다 빽빽한 덤불숲에 앞이 가로막히고 말았네. 왔던 길을 되밟아 가려는데, 벼랑 아래쪽에 키 크고 가녀린 나무 한 그루가 눈에 띄었어. 초록색 우듬지가 내 발밑으로 2~3미터가 못 되는 거리에 있어서 탈출 도구가 되어줄 것 같았지. 추락해서 으스러져 죽는다 해도 훨씬 느리고 고통스러운 죽음을 피할 수 있으리라고 생각하며 각오를 다졌어. 나는 발밑에 걸린 녹음의 구름에 몸을 던졌고, 떨어지면서 필사적으로 나뭇가지를 붙잡았지. 한순간 몸무게를 받쳐주는 것 같았어. 그러나 결국은 나뭇가지들이 하나, 하나, 모조리 하중을 못 이기고 부러져버렸고, 그다음에는, 의식을 잃기 전, 빠른 속도로 허공을 가르던 기억만 아주 희미하게 떠오르네.

제7장

의식이 돌아오고 나서 처음에는 내가 움직일 수 없이 다친 몸으로 어딘가에 누워 있다는 막연한 인상만 받았네. 밤이었고, 거의 끝없이 번쩍이는 생생한 번갯불에 눈이 멀 것만 같아서 두 눈을 꼭 감고 있어야만 했어. 몸을 다친 데다 온몸이 쓰렸지만 따뜻하고 건조했네. 몸은 확실히 말라 있었어. 눈이 부신 것도 번개 탓이 아니라 모닥불의 빛 때문이었지. 아주 조금씩 주위 사물을 알아차리기 시작했네. 모닥불은 내가 누워 있는 곳에서 조금 떨어진 진흙 바닥에서 타오르고 있었어. 불 앞의 나무 장작 위에 인간의 형상이 걸터앉아 쭈그리고 있더군. 노인이었어. 턱을 가슴에 괴고, 굽힌 무릎 위에 꼭 맞잡은 손을 올려두고 있었지. 내게는 이마와 코만 아주 약간 보일락 말락 했어. 거친 잿빛의 직모와 짙은 갈색 피부를 보아하니 인디언이라는 생각이 들더군. 내가 있는 곳은 커다란 오두막이었어. 하지만 해먹도 없고, 활도 창도 없고, 가죽도 없었네. 내 밑에도 깔려 있지 않았어. 나는 짚으로 엮은 깔개 위에 누워 있었지. 아직도 밖에서 노호하는 폭풍우 소리가 들려왔네. 무섭게 쏟아지며 튀기는 빗물 소리 사이사이로 아득한 곳에서 천둥이 으르렁거렸어. 바람도 많이 불고 있었네. 나무 사이에서 흐느끼는 바람 소리가 들려왔고, 가끔 한 줄기씩 틈새를 찾아 집 안으로 불어 들어오면, 노인의 발치에 떨어진 하얀 재를 불어 허공에 날리고 노란 불길이 깃발처럼 타오르게 만들곤 했지. 이제 그 폭풍우의 시작이 기억났네. 그 야성의 소녀, 뱀에 물린 일, 숲을 빠져나가려던 사투, 마지막으로 강기슭에서 뛰어내린 일, 기억은 거기서 끊겼지. 독이빨에도, 그 무서운 추락에도 죽지 않고 살아남은 건 기적 같았지. 그 외딴 야생의 장소에서, 의식을 잃은 채로, 거센 폭풍우와 어둠 속에서도 같은 인간에게 발견되어(물론 야만인이었지만, 착한 사마리아인이 틀림없었어) 목숨을 구했다니! 온몸에 타박상을 입은 상태라서 통증이 두려워 꼼짝할 엄두도 내지 못했어. 게다가 끔찍한 두통이 엄습해왔네. 하지만 그런 모험과 위험을 겪은 지금, 이 정도는 사소한 불편일 뿐이었지. 뱀의 독성으로부터는 몸이 이미 회복했거나 회복하는 중이라는 걸 느낄 수 있었어. 이제 나는 죽지 않고 살 것이다. 살아서 내 고향으로 돌아갈 것이다. 그런 실감이 심장 가득 벅차게 흘러넘쳤고, 그러자 감사와 행복으로 눈에 눈물이 차올랐어.

그럴 때 사람은 자애로운 감정에 젖기 마련이야. 자신에게 흘러넘치는 행복감을 나눠주고 다른 인간의 심장을 가볍게 해주고 싶어지지. 그리고 내 앞의 이 노인, 십중팔구 내 생명을 구해준 장본인은 흥미와 연민을 자극했어. 늙은 나이에, 걸친 누더기를 보니 몹시 가난한 듯했고, 그렇게 무릎을 끌어당기고 쭈그려 앉아 있는 것이 참으로 외롭고 실의에 차 보였거든. 커다란 갈색의 맨발은 주변에 흩어진 흰 나뭇재와 대조되어 까맣게 보였다네! 내가 그를 위해 해줄 수 있는 일이 뭘까? 친절한 마음을 표현할 단어가 아예 없거나 몹시 적은 인디언의 언어로, 무슨 말을 해야 그의 기운을 북돋워줄 수 있을까? 더 좋은 말이 생각나지 않아서 결국 느닷없이 버럭 외쳐버리고 말았네. "담배를 피우세요, 할아버지! 왜 담배를 피우지 않으세요? 담배를 피우면 좋아요."

노인은 소스라쳐 놀라더니 고개를 돌리고 눈길을 내게 고정했어. 그제야 나는 그가 순수한 인디언이 아니라는 사실을 알았지. 낡은 가죽처럼 갈색 피부였지만 콧수염과 턱수염을 기르고 있었거든. 신기한 얼굴을 한 노인이었어. 젊음과 늙음이 전투를 벌이는 전장 같았지. 이마는 대체로 매끈했지만, 한가운데에 이마 끝에서 끝까지 가르는 주름이 두 줄 나 있어서 영역이 나뉘어 있었어. 아치 모양의 눈썹은 잉크처럼 새카만 색이었고, 작고 검은 눈은 무슨 야생의 육식동물처럼 반짝였고 교활해 보였다네. 얼굴의 이 부분에서는 젊음이 진을 치고 아주 잘 버텨주고 있었지. 특히 눈은 젊고 생기가 넘쳤어. 그러나 아래쪽으로 내려오면 늙음이 승리를 거두어 그의 피부에 주름으로 온통 빽빽하게 낙서를 해두었더군. 콧수염과 턱수염도 엉겅퀴의 관모처럼 완연한 백색이었고.

"아하, 시체가 다시 살아났군!" 그는 킬킬 웃으면서 말했어. 이건 인디언 언어였지. 그러더니 에스파냐어로 덧붙여 말하는 거야. "하지만 나한테는 제일 잘하는 언어로 말하시지요, 세뇨르. 베네수엘라 사람이 아니면 날 부엉이라고 불러도 좋소."

"할아버지는요?" 내가 물었지.

"아, 내가 옳았다니까! 아니, 나야 이렇게 얼굴에 자명하게 쓰여 있는 대로지요. 설마 내가 이교도라고 생각했을 리는 없고! 아프리카 흑인이라 해도 좋고 영국인이라 해도 좋은데, 인디언이라니, 설마! 하지만 방금 나한테 친절하게도 흡연을 권하지 않았소? 아니, 담배도 없는 가난한 노인이 어떻게 흡연을 한다는 거요?"

"담배가 없다고요? 과야나에요?"

"믿기지 않죠? 하지만 선생, 내 탓은 하지 마시오. 어느 날 밤에 와서 딱 베기 좋게 자란 잎을 다 망치고 간 짐승이 호박과 고구마를 가져갔으면, 그 짐승한테도 차라리 좋았을 거요. 내 저주에 효력이 있다면 말이지만. 게다가 담배는 아주 천천히 자란다오. 하루 만에 쑥쑥 자라는 악마의 잡초가 아니란 말이오. 그리고 숲속의 다른 잎으로 말하자면, 뭐 말아서 피울 수는 있지. 그러기도 하고. 하지만 그런 연기는 피워봤자 허파에 아무 위로가 되지 않아."

"제 담배 주머니는 가득 차 있어요." 내가 말했어. "제가 잃어버리지 않았다면, 코트 안에 있을 겁니다."

"이런 맙소사!" 노인이 외치더군. "우리 손녀 리마야, 담배 주머니가 다른 소지품하고 같이 있더냐? 나한테 다오."

그때 나는 처음으로 오두막 안에 다른 사람이 있다는 걸 깨달았네. 날씬한 젊은 여자였는데, 모닥불 반대편 벽에 딱 붙어 앉아 있었고, 그림자에 모습이 반쯤 가려져 있었지. 그녀가 총집에 든 리볼버와 사냥칼이 붙어 있는 내 가죽 벨트, 내 주머니에 들어 있던 몇 가지 물건을 무릎에 놓아두었더군. 그녀가 건네주는 주머니를 노인은 이상하게 열렬히 반기며 움켜쥐었어.

"금세 돌려주마, 리마야." 노인이 말하더군. "이제 담배 한 대만 먼저 태울게. 그리고 또 한 대만."

이 말로 유추해보건대 이 선한 노인은 이미 내 소지품을 탐냈던 것 같았지. 그리고 손녀가 나 대신 소지품을 지켜주고 있는 것 같았어. 어떻게 저 말 없고 수줍은 소녀가 할아버지한테서 소지품을 지켜줬는지는 수수께끼였지. 노인은 정말 담배를 한껏 만끽하는 듯 보였거든. 연기를 실컷 폐로 들이마시고는 십 초에서 십오 초쯤 머금었다가 코와 입으로 파란 연기를 세게 뿜어내거나 구름처럼 뭉게뭉게 내뱉었단 말이야. 그러면서 표정이 눈에 띄게 누그러져서는 점점 인심 좋고 수다스러워지더니 어쩌다가 이런 외딴곳에 오게 됐냐고 내게 묻더군. 그래서 이웃인 인디언 루니와 함께 머물고 있다고 대답했지.

"하지만, 세뇨르." 그가 말했어. "주제넘은 소리일지 모르지만, 이렇게 뛰어난 용모의 청년이, 그것도 베네수엘라 사람이 어쩌다가 그런 악마의 자식들과 함께 살게 된 거요?"

"이웃을 사랑하지 않으시는군요?"

"나는 그들을 알아요. 어떻게 사랑할 수가 있겠소?" 그는 이제 두 대째, 아니 세 대째 담배를 말고 있었다네. 나는 그가 담배를 필요한 양보다 훨씬 많이 집어서 그때마다 남는 가루를 누더기 속 비밀의 수납 장소에 슬쩍 흘려 넣는다는 걸 눈치채지 않을 수 없었지. "사랑하다니요! 저들은 배교자들이오. 그러니 훌륭한 기독교인이라면 당연히 증오해야지. 저들은 도둑이라오. 수치라는 게 아예 없으니 사람을 바로 앞에 두고 노골적으로 도둑질을 하거든. 그리고 살인자이기도 하지. 저들은 용기만 있다면 내 머리 위 이 초라한 이엉에 기쁘게 불을 지르고, 나와 내 외로운 삶의 동반자인 내 불쌍한 손녀를 죽일 테니까. 하지만 저들은 다들 순전히 겁쟁이라 무서워서 내 근처에 오지도 못해요. 심지어 이 숲에 들어오는 것도 무서워하지요. 저들이 무엇을 무서워하는지 들으면 선생도 웃을 거요. 어린아이라도 웃음을 터뜨린다니까."

"무엇을 무서워하는데요?" 나는 그의 말이 굉장히 흥미로웠네.

"아니, 선생, 믿어지시오? 저들은 이 아이가 무섭답니다. 내 손녀, 선생 앞에 앉아 있는 저 아이 말이오. 열일곱 해의 여름을 난 불쌍하고 죄 없는 아이, 교리문답을 외우는 기독교인, 하느님이 창조하신 피조물이라면 아무리 작은 것이라도 해치지 못하는 우리 손녀. 그럼요, 작고 하찮아서 아무도 중히 여기지 않는 파리 한 마리도 못 죽인답니다. 아니, 선생이 이 비바람 부는 밤에 문밖에 버려지지 않고 이렇게 안전히 보호 받고 있는 것도 다 저 아이의 다정한 마음 덕이지요."

"그러니까, 이 소녀 말인가요?" 나는 놀라서 대꾸했네. "설명해주세요, 할아버지. 제가 어떻게 목숨을 구했는지 모르겠습니다."

"오늘, 세뇨르, 선생이 부주의한 짓을 해서 독사한테 물린 겁니다."

"네, 그건 맞습니다. 어떻게 알게 되셨는지 모르겠지만요. 하지만 그럼 저는 왜 시체가 되지 않은 거죠? 맹독에서 목숨을 구할 만한 조치를 하셨나요?"

"아무것도 안 했소. 물린 지 그렇게 오랜 시간이 지났는데, 내가 뭘 어떻게 할 수 있었겠어요? 외딴곳에서 독사에 물리면 사람 목숨은 하느님 손에 맡기는 거지. 하지만 그래도, 숲에서 선생이 뱀에 물릴 때 우리 불쌍한 손녀가 함께 있던 기억은 나겠지요?"

"소녀가 거기 있었습니다. 예전에 숲속을 거닐 때, 보고 들은 적이 있는 이상한 소녀였어요. 하지만 이 아이는 아니었습니다. 이 아이가 아니에요!"

"바로 그 애요." 노인은 조심스럽게 담배를 한 대 더 말면서 말하더군.

"그럴 리가 없습니다!"

"그 애가 거기 없었으면 선생은 화를 당했을 거요. 물리고 나서 선생은 숲에서 가장 울창한 지역으로 뛰어들었고, 거기서 미친 사람처럼 같은 데를 돌고 또 돌았단 말이오. 얼마나 오래 그러고 있었는지 아무도 몰라요. 하지만 저 애가 곁을 떠나지 않고 지켜봤다오. 언제나 선생 바로 곁에 있었소. 선생도 모르는 사이 손으로 만졌을 수도 있어요. 그러다 어느 선한 천사가 선생을 지켜보고 있었는지 질주하는 선생을 멈추려고, 선생이 아예 미쳐서 냅다 절벽에서 뛰어내리게 했다지요. 그래서 선생이 떨어지자마자 우리 아이가 선생 옆으로 내려간 거요. 대체 어떻게 내려갔는지는 나도 모르오! 선생을 강기슭에 눕혀놓고는 나를 부르러 왔더군요. 다행히 선생이 떨어진 곳과 가까웠어요. 우리 집에서 500미터도 되지 않는 거리였으니까. 그래서 나도 나름대로 선생을 구하는 데 힘을 보탠 거요. 추락한 사람이 인디언은 아니라는 걸 알았으니까. 우리 아이는 인디언을 좋아하지 않고, 또 그 사람들도 이리로는 오지 않으니까요. 쉬운 일은 아니었어요. 선생은 무게가 꽤 나가니까. 하지만 우리 둘이서 집 안으로 데리고 들어왔지요."

그가 말하는 동안 소녀는 처음 봤을 때처럼 기운 없이 앉아 있었어. 손을 포개 무릎에 얹은 채 눈은 내리깔고 바닥만 보고 있었지. 숲속에서 나로부터 독사를 보호해주고, 독사의 분노를 잠재운 그 찬란한 존재를 떠올려보니 여전히 그의 말이 믿기지 않아서 아직도 좀 의심하고 있었네.

"리마…… 당신 이름이 맞지요, 그렇죠?" 내가 물었어. "여기 와서 내 앞에 좀 서볼래요. 내가 자세히 볼 수 있게?"

"시(Si), 세뇨르." 소녀는 온순하게 대답하더니 무릎의 물건들을 치우며 일어서더군. 눈은 여전히 땅바닥에 떨구고 있었어. 겸손의 현신 같은 모습이었지.

숲속 소녀의 몸매 그대로였지만, 지금은 빛바랜 면 옷 쪼가리를 걸치고 있었어. 구름처럼 풀어 헤쳤던 머리카락은 둘로 갈라 땋아서 등 뒤에 늘어뜨리고 있었고. 얼굴도 똑같이 선이 섬세했지만, 다채로운 색채와 표정의 눈부신 생동감은 흔적도 없이 사라져버렸어. 거기서 말없이, 수줍게, 생기 없이, 내 앞에 서 있는 그녀 얼굴을 바라보니 훨씬 환한 그녀의 모습이 마음속에 생생하게 떠올랐고, 이런 대조에 놀라 정신을 차릴 수 없었지.

꽃들 가운데서 노닐며 공중에서 춤추는 벌새를 관찰해본 적이 있나? 위치를 바꿀 때마다 색채가 휙휙 달라지는, 그야말로 살아 있는 프리즘 보석이지. 벌새가 빙글 돌 때면 반들거리는 목과 화려한 깃털이 빛을 받아 초록과 금빛과 불꽃 같은 붉은색으로 변하는데, 햇살이 떨어지면서 빛의 부스러기로 부서져 무(無)로 돌아가면, 또 다른 빛줄기들이 연이어 내리는 걸 아나? 그 정교한 형태, 변화무쌍한 광채, 신속한 움직임과 간헐적인 공중에서의 멈춤, 벌새는 정말 동화 속 요정처럼 어여뻐서 그 어떤 표현도 우스갯거리가 될 뿐이지. 그런데 그 요정 같은 새가 문득 그늘 밑 나뭇가지에 앉은 모습을 보면 말이야. 안개 같은 날개와 부채 같은 꽁지를 접고, 오색

영롱한 아름다움도 사라지고, 새장에 기운 없이 앉아 있는 평범하고 따분한 새처럼 보이거든? 내가 숲에서 본 소녀와 연기 자욱한 오두막에서 모닥불 빛을 받으며 나타난 이 여자아이의 차이는 그만큼이나 컸다네.

잠시 그녀를 지켜보다가 내가 말했네. "리마, 당신 몸은 정말 연약해 보이는데, 사실은 힘이 대단한가보군요. 나를 좀 일으켜주겠어요?"

그러자 리마는 한쪽 무릎을 꿇고 팔로 나를 안아 내가 앉을 수 있게 부축해주었어.

"고마워요, 리마. 아, 이런!" 나는 신음을 냈지. "불쌍한 내 몸에 과연 성한 뼈가 있기나 한 건가?"

"부러진 데 없소이다." 노인이 외쳤어. 그 말과 함께 담배 연기 구름이 뭉게뭉게 피어올랐네. "내가 꼼꼼하게 진찰했어요. 다리, 팔, 갈비뼈. 그러니까 이렇게 된 거요, 세뇨르. 아까 떨어진 가시덤불 덕에 바위에 부딪혀 납작해지는 신세를 면한 거라니까. 그래도 멍은 들었지요, 세뇨르. 시커멓게 멍이 들었다니까. 그리고 가시에 찔린 자국이 책장에 쓴 글보다 빽빽하게 피부에 남았을 테고."

"긴 가시에 뇌를 찔렸을 수도 있어요." 내가 말했어. "안 그러면 이렇게 아플 리가 없습니다. 내 이마 좀 만져보겠어요, 리마? 아주 뜨겁고 메마르게 느껴지나요?"

리마는 내 부탁을 들어주고, 작고 서늘한 손으로 내 이마를 짚었지. "아뇨, 세뇨르, 뜨겁지 않아요. 따뜻하고 촉촉해요."

"정말 다행이군요!"내가 말했네."불쌍하게도! 그 끔찍한 폭풍우 속에서 나를 따라 숲속을 그렇게 돌아다녔다니! 아, 멍든 팔을 들어 올릴 수만 있다면, 이런 은혜를 베푼 당신 손을 잡고 감사의 키스라도 할 텐데. 다정한 리마, 당신은 내 생명의 은인이에요. 이토록 큰 빚을 어떻게 되갚을 수 있을까요?"

노인이 재미있다는 듯 킬킬 웃었지만, 소녀는 시선을 들지도 말을 하지도 않았어.

"말해줘요, 상냥한 리마." 내가 말했어. "아직도 난 실감이 안 나거든요. 정말로 내가 죽일 뻔한 뱀을 구해준 사람이 당신인가요? 발치에 뱀을 두고 숲속에 서 있던 게 정말 당신인가요?"

"네, 세뇨르." 그녀가 부드럽게 대답했어.

"그러면 지난번에 내가 숲에서 보았던, 땅에 누워 작은 새와 함께 놀던 사람도 당신인가요?"

"네, 세뇨르."

"그러면 나무 사이로 그토록 자주 내 뒤를 쫓아다녔던 것도, 나를 부르면서도 항상 보이지 않게 몸을 숨기고 있던 것도 당신인가요?"

"네, 세뇨르."

"아, 정말 멋져요!" 나는 탄성을 질렀고, 노인은 또 킬킬거렸네.

"하지만 이 말만 해줘요, 다정한 아가씨." 나는 계속 말했지. "내게 에스파냐어로 말을 건 적이 없잖아요. 그때 내게 말했던 그 이상한 노래 같은 언어는 뭐죠?"

그녀는 내 얼굴을 소심하게 슬쩍 한 번 보더니 그 질문에 마음이 괴로운 듯 아무 대답도 하지 않았어.

"세뇨르." 노인이 말했어. "그건 우리 아이가 대답을 못 하더라도 양해해줘요. 온순하고 순종적인 아이니 말하기 싫어서 그런 건 아니고, 내가 말해줄 수 있는 이상의 답은 없기 때문이오. 이건, 선생, 그러니까 인간이든 새든 모든 생명체에는 하느님이 내려주신 목소리가 있단 말이오. 그런데 어떤 사람들은 노랫소리에 더 가까운 목소리를 가진 거고, 또 안 그런 사람들도 있는 거고, 그런 거지요."

'잘 알았습니다, 할아버지.' 나는 마음속으로 생각했지. '이 문제는 당분간 이대로 두도록 하지요. 그러나 내가 죽지 않고 살 운명이라면, 그런 단순한 설명에 만족하고 참는 날이 그리 길지는 않을 겁니다.'

"리마." 내가 말했어. "많이 피곤하겠어요. 이렇게 오래 세워두다니 내가 생각이 짧았군요."

그녀의 얼굴이 조금 환해졌고, 그녀는 허리를 굽히고 나지막한 목소리로 대답하더군. "피곤하지 않아요, 선생님. 이제 뭐 좀 드실 걸 갖다드릴게요."

그녀는 재빨리 모닥불 쪽으로 가더니 곧 구운 호박과 고구마가 담긴 토기를 들고 돌아왔어. 내 곁에 무릎을 꿇고 앉아 작은 나무 숟가락으로 능숙하게 내게 음식을 먹여주었지. 고기나 인디언들이 좋아하는 자극적인 양념이 없어서 아쉬운 마음은 들지 않았다네. 심지어 채소에 소금도 뿌리지 않았는데도 아무 말 하지 않았어. 나를 돌봐주는 그녀의 그 아름답고 섬세한 얼굴을 하염없이 쳐다보느라 정신이 없었거든. 그녀의 향기로운 숨결은 세상에서 가장 맛있는 고기보다 더 훌륭한 진미였어. 그녀가 숟가락을 들고 내 입으로 가져올 때마다 순간적으로 눈을 마주치는 것도 크나큰 기쁨이었지. 이제는 그 눈동자가 와인처럼 진하게 보였어. 우리가 술잔을 들어올릴 때 보라색 와인 속에서 일별하는 루비색의 빛 말이야. 그러나 그녀는 한순간도 그 과묵하고 온순하고 절제된 태도를 버리지 않았다네. 내게 찬란한 분노를 터뜨리며 신비스러운 언어로 격류처럼 쏟아지는 따가운 비난을 퍼붓던 그녀를 기억하는 나로서는, 이 놀라운 변화와 이중의 인격이 감탄스러울 따름이었지. 내 허기를 채워주고 나자 그녀는 재빨리 멀찍이 가버렸네. 지푸라기 깔개를 들더니 자기만의 침소로 모습을 감춰버렸지. 내가 있는 방과는 칸막이 하나로 구분된 공간이었네.

노인의 침소는 방 건너편의 목제 간이침대 혹은 받침대 같은 것이었는데, 노인은 서둘러 잠자리에 들 생각이 없었어. 리마가 우리를 떠나자 노인은 불에 새 장작을 넣고 담배를 한 대 더 꺼내 불을 붙였다네. 이제는 대체 몇 대나 피웠는지 헤아릴 수도 없었어. 그는 굉장히 수다스러워졌고, 이윽고 개 두 마리를 곁으로 불러서 내게 보여주었지. 나는 그 방 안에 개가 있는 줄도 몰랐어. 이름이 굉장히 재미있었네. 수시오와 골로소였어. 더러움과 탐욕. 둘 다 뚱하게 생긴 짐승들로 털도 거칠고 노랗더군. 나는 그리 정이 가지 않았지만, 노인의 설명에 따르면 웬만한 개들의 미덕은 갖춘 모양이었어. 노인이 줄곧 그 주제로 수다를 떠는 사이 나는 잠들어버렸네.

제8장

아침이 밝았지만 나는 몸이 너무 뻣뻣하고 쓰라려서 움직일 수 없었어. 이튿날이 되어서야 간신히 기어 나와 나무 그늘 밑에서 쉴 수 있었지. 나를 손님으로 받아준 노인 누플로는 개들을 데리고 나가버렸고, 손녀만 남아 내 시중을 들어주고 있었어. 그날만 해도 음식과 마실 것을 두세 번 내게 갖다 준 것 같은데, 처음 오두막에서 본 저녁처럼 아직도 말이 없고 태도가 조심스러웠지.

오후 늦게 누플로 노인이 돌아왔지만 어디 다녀왔는지는 말해주지 않았어. 곧 리마도 다시 모습을 드러냈지. 평소처럼 빛바랜 면 원피스를 걸치고 구름 같은 머리칼을 길게 두 갈래로 땋아 내렸지. 내 호기심은 최고조에 달했고, 그녀 삶의 수수께끼를 끝까지 파헤쳐보겠다고 다짐했지. 소녀는 별로 반응을 보이지 않았지만, 누플로가 돌아왔으니 이제 수다라면 나도 원 없이 들을 수 있었어. 그는 수많은 주제를 논했지만 내가 듣고 싶어 하는 내용은 쏙 빠져 있었어. 그렇지만 그가 가장 즐겨 말하는 화두가 신이 다스리는 세계("신의 정치학")와 그 불완전한 현현, 바꿔 말해 가끔 이 세계에 침투하는 여러 가지 불의의 형태라는 건 알겠더군. 노인은 독실한 신자였지만, 우리 고향에서 그와 같은 계급 사람들이 대체로 그렇듯 상위의 권력을 아주 자유롭게 비판하는 걸 즐겼어. 천국을 다스리는 하느님부터 달력에 이름이 나오는 미미한 성인까지 말이야.

"이런 일들이 말이지요, 세뇨르." 그가 말했어. "제대로 관리가 되고 있지 않아요. 내 신세를 생각해보세요. 내 죗값을 치르느라 이렇게 불쌍한 손녀와 야생에서 살고 있지 않습니까."

"손녀가 아니지 않습니까!" 내가 불쑥 끼어들었어. 그를 놀라게 하면 사실을 시인하리라 생각했거든.

하지만 그는 잠시 시간을 두고 신중하게 대답하더군. "세뇨르, 세상에 확신할 수 있는 건 아무것도 없어요. 절대적으로 확신할 수 있는 건 없다니까요. 그러니까 언젠가 선생도 결혼하게 될지도 모르고, 그 아내가 때가 되면 아들을 낳을지도 모르지요. 선생의 재산을 물려받고 선생의 이름을 후손에게 이어줄 아들 말입니다. 하지만요, 세뇨르, 이 세상에서는, 그 아들이 정말 선생의 아들인지 확신할 길은 없다 이 말이오."

"하던 말씀 계속하시지요." 나는 품위를 지키며 말했지.

"내 처지가 이렇다 이 말입니다. 어쩔 수 없이 이 땅에 살면서 이교도들에게서 제대로 보호받지도 못하고 말이에요. 선생, 이거야말로 정말 부당한 처우 아닙니까. 참된 신앙을 지키고 전능하신 주를 충실히 섬기는 하인이지만 아주 겸손하게 주님의 잘못을 지적할 수도 있지 않아요? 주님께서 뭔가 실수하고 계시고, 그 특권을 상당히 잃고 계시는 마당에 말이에요. 게다가 이 사태의 진짜 문제가 뭔지 아십니까? 편애예요. 숭고하신 주님이라도 세상 모든 곳에서 온갖 하찮은 허드렛일들까지 직접 처리하고 다니실 수는 없지요. 주님이 눈길을 주실 가치도 없는 일들 말이에요. 그러니까 주님께서는 베네수엘라 대통령이나 브라질 황제처럼 각 구역에서 당신의 일을 지상에서 봐줄 대리를 임명하시는 거 아니겠습니까. 그런데 이 과야나 지역에서는 제대로 된 대리자가 없다는 게 자명해요. 온갖 악행이 자행되는데 해답이 없어요. 그리고 기독교인도 이교도나 마찬가지로 신경도 쓰지 않지요. 자, 세뇨르, 오리노코 근처의 어떤 마을에서 대천사 미카엘의 상을 본 적이 있어요. 인간 두 배 크기의 석상이었는데, 카이만 악어처럼 생긴 괴물을 밟고 선 형상이었지요. 아니, 괴물이 악어처럼 생기긴 했는데 박쥐 날개가 달리고 머리와 목은 독사와 같았다오. 이 괴물에 미카엘 대천사가 창을 꽂고 있었지요. 이 위도의 지역을 다스리도록 파견될 대리인은 그런 사람이라야 해요. 확고한 결단력이 있어야 하고, 손목에 힘도 있어야 하지요. 그런데 아무래도 이런 사람, 성 미카엘 같은 사람은 궁전 주위에 어슬렁거리면서 엄지나 흔들고 약속이나 기다리고 있고 다른 유약한 인간들만, 참 이런 말씀 드려 죄

송하지만 뇌물에 약한 인간들이나…… 이 지역의 지배자로 파견되고 있어요."

이 주제만 가지고도 그는 삼십 분을 너끈히 떠들 수 있었어. 외로운 삶 속에서 오래 숙고한 숭고한 주제였던 거야. 자신의 한을 풀고 정치적 견해를 설파할 기회가 와서 진심으로 기뻤던 거지. 처음에는 에스파냐어를 듣는 것이 순수하게 기쁘기만 했다네. 문맹이기는 하지만 이 노인이 말을 아주 잘했거든. 그러나, 이렇게 말해도 될지 모르겠는데, 이런 일이 우리 고향에서는 흔하게 일어나곤 하네. 농부의 높은 지능과 시적 감정이 교육의 부족을 보완하곤 한단 말이야. 새롭지는 않아도 견해 자체도 흥미로웠고. 하지만 듣다보니 지겨워지더군. 그래도 여전히 귀 기울여 들었어. 동의하기도 하고, 추임새도 넣어주면서 하고 싶은 말을 실컷 하도록 해주었지. 내내 그가 결국은 개인적 이야기를 털어놓고 자기 삶과 리마의 기원을 설명해주길 바랐지. 그러나 헛된 희망이었어. 아무리 잔꾀를 써서 유도해도 내게 도움이 될 만한 말은 한마디도 하지 않더군.

'좋아. 그럼 할 수 없지.' 나는 생각했어. '교활하게 나오신다면 나도 교활하게 대하는 수밖에 없지. 참을성 있게. 모든 결실은 기다리는 자가 따는 법이니까.'

노인은 나를 서둘러 보내려 하지 않았어. 오히려 인디언들보다는 자기네 집에 함께 있는 게 나한테 더 안전할 거라고 은근히 흘리곤 했지. 그러면서 한편으로는 고기를 대접하지 못해 미안하다고 하더군.

"그런데 왜 고기를 안 드십니까? 이 숲처럼 야생동물이 풍부하고 온순한 곳은 평생 본 적이 없어요." 노인이 미처 대답하기 전에 리마가 샘에서 떠 온 물 단지를 들고 들어왔지. 그러자 노인은 내게 슬쩍 눈짓하며 손가락을 치켜들어 그녀 앞에서는 그런 얘기를 한마디도 꺼내지 말라고 신호를 주더군. 그리고 리마가 방에서 나가자마자 다시 말하기 시작했어.

"세뇨르, 뱀과 겪었던 모험을 벌써 잊었소? 만에 하나 내가 살아 있는 생물을 잡으려고 손을 치켜들기만 해도 우리 손녀는 하루도 더 나와 같이 살지 않을 거라오. 우리는 매일매일 금식 주간이오. 생선도 못 먹는 금식 주간. 옥수수, 호박, 카사바, 감자가 있으니 그걸로 족해요. 이렇게 땅에서 경작한 채소라도 저 아이는 집 안에서 많이 먹지 않는다오. 여기저기 다니면서 숲에서 따 먹는 야생의 딸기류나 수액이 입맛에 더 맞는지 훨씬 잘 먹어요. 그리고 나는 원래 입맛과 상관없이 저 아이를 너무나 사랑하니까, 피를 볼 생각도 없고 살점을 먹지 않소이다."

나는 믿기지 않는다는 듯 웃으며 그를 보았지.

"그럼 할아버지의 개들은요?"

"내 개들 말이오? 선생, 그 개들은 긴코너구리가 눈앞을 지나가도 거들떠보지 않아요. 그 왜 악취를 내뿜는 동물 말이오. 개는 주인을 닮는 법이지요. 베네수엘라 사람들은 이런 정서를 잘 이해하지 못하지만, 그래도 거기서도 풀만 먹는 개들이 가끔 보이지 않습디까? 고기가 없을 때는(고기가 금지되면) 이 현명한 짐승들도 채소만 먹는 데 익숙해지기 마련이라오."

노인이 거짓말할 때는 쉽게 알아보기 힘들었어. 별로 좋은 방법은 아니었을 거야. 그래서 그냥 넘기기로 했지. "그러실 거라 믿습니다. 중국에도 고기를 안 먹는 개들이 있다고 하던데, 그런 개들은 쌀밥을 먹여 살을 찌워서 주인들이 잡아먹는다면서요. 그런데 저는 저 개들의 고기로 배를 채우고 싶지는 않네요, 할아버지."

노인은 개들을 못마땅하게 쳐다보며 대답하더군. "확실히 말라빠진 녀석들이긴 하지요."

"말라빠진 게 문제가 아니라 냄새가 나서 드린 말씀입니다." 내가 대꾸했어. "근처에 올 때 나는 냄새가 감미로운 꽃향기는 아니라서요. 살코기를 먹는 다른 개들 냄새와 비슷하더라고요. 카라카스의 응접실에 있을 때도, 제 예민한 후각에는 그게 영 거슬리더군요. 풀을 뜯고 돌아온 소들의 향기로운 냄새와는 다르거든요."

"동물마다 자기 종의 독특한 냄새가 다 따로 있는 거죠." 반박할 수 없는 사실이라 뭐라 더 할 말이 없더군.

팔다리의 유연성이 충분히 돌아와서 수월하게 걸을 수 있게 되자 나는 숲을 산책하기 시작했네. 리마가 함께 가주지 않을까, 나무들이 우거진 곳에 가면 리마가 집 안에서 늘 보이는 그 인공적인 절제와 수줍음을 떨쳐버리지 않을까 하는 바람에서였지.

바로 내 예상대로 되었네. 리마가 내 산책에 함께해주었거든. 그러니까 늘 내 근처에, 아니 가청 범위 내에 있었다는 뜻이야. 그리고 이제는 더 바랄 나위 없이 자유롭고 모든 구속을 떨쳐버린 태도를 보여주었지. 하지만 그런 변화로 내가 얻은 이득은 별로 없었다네. 아예 없다고 해도 과언이 아니었지. 또다시 그녀는 내가 처음 유랑하는 노랫소리로 알게 되었던, 사람을 감질나게 하고 손에 잡히지 않는 신비스러운 생명체로 변해 있었어. 유일한 차이라면 그 음악 같은, 뜻 모를 소리는 이제 그리 자주 들리지 않았고, 내게 두려움 없이 모습을 드러냈다는 점뿐이었지. 짧은 순간은 이것만으로도 행복했어. 그보다 어여쁜 존재는 본 적도 없었거니와 아무리 자주 봐도 그 매력이 덜해지지 않을 듯한 아름다움도 처음이었으니까.

그러나 그녀를 언제나 내 곁에, 그것도 보이는 곳에 두는 건 불가능했어. 그녀는 바람처럼 나비처럼 자유롭기를 원했기에 제멋대로 왔다가 마음대로 가곤 했어. 그래서 한 시간에도 열두 번씩 모습을 감추곤 했지. 내 곁에서 차분히 걷거나 같이 앉아서 대화를 나누자고 유도하는 건 불같은 심장을 지닌 작은 벌새를 길들이는 것만큼이나 터무니없는 생각이었어. 벌새는 섬광처럼 획 시야에 들어왔다가, 몇 초쯤 얼굴 앞에서 가만히 공중에 떠 있다가 번개처럼 빠르게 사라져버리지 않나.

결국 나는 내가 숲에서 그녀를 따라다닐 때 그녀가 가장 행복해하며, 새 같은 야성에도 불구하고 상냥하고 쉽게 감동하는 인간의 심장을 지니고 있다고 확신했지. 그래서 약간 순진한 전략을 써서 내 가까이 끌어당기기로 마음먹었지. 아침에 외출하면서 나는 아무 의미 없이 몇 번 그녀의 이름을 큰 소리로 부른 후에 통증을 느끼거나 슬픔으로 우울한 듯 힘없이 걸었어. 그러다가 마침 나무 아래 뿌리가 드러난 곳이 있기에 흙도 마르고 노란 모래가 이리저리 흩뿌려진 좋은 자리를 골라 앉아 더는 가지 않았다네. 그녀는 언제나 내 앞에서 나를 계속 이끌며, 내가 멈춰 설 때마다 돌아와 모습을 보여주거나 신비스러운 말로 격려해주었거든. 하지만 이번에는 그녀가 온갖 어여쁜 술수를 써도 소용이 없었지. 나는 손으로 뺨을 괴고, 바닥에 흩어진 노란 모래만 바라보고 앉아 있었거든. 이제 햇빛이 비쳐 작은 모래 입자들이 다이아몬드 가루처럼 반짝이고 있었어. 이런 식으로 한 시간이 꼬박 흘러갔지. 그사이 나는 마음속으로 계속 되새기며 결심을 다졌어. '이건 우리 둘의 시합이야. 가장 참을성 있고 의지력이 강한 사람이, 그러니까 남자가 이기게 되어 있어. 내가 이 시합에서 이기면 앞으로는 훨씬 더 쉬워질 거야. 내가 알아내겠다고 마음먹은 진실을 파헤치기도 쉽겠지. 저 여자아이는 진실을 말해줄 거야. 노인은 아무리 해도 말해줄 것 같지 않으니 말이야.'

그사이 그녀는 왔다 가고 다시 왔어. 마침내 내가 꿈쩍도 안 할 요량이라는 걸 깨닫고 다가와서는 내 곁에 서더군. 슬쩍 쳐다보니 약간 걱정스러운 표정이었어. 걱정스럽기도 하고 호기심도 동하는 표정이었지.

"이리 와요, 리마." 나는 말했어. "잠깐만 나와 함께 있어요. 지금은 내가 리마를 따라갈 수 없어요."

한두 발짝 주저하며 내딛더니 그녀는 다시 가만히 섰어. 그러다 마침내 천천히, 내키지 않는 걸음으로 내가 있는 곳에서 1미터 반경 안으로 들어왔지. 그때 나는 앉아 있던 뿌리에서 몸을 일으켰어. 그녀 얼굴을 더 잘 보고 싶어서였지. 그러고는 손으로 나무의 거친 껍질을 짚었어.

"리마." 나는 낮고 달래는 목소리로 말했네. "여기 조금만 더 나와 같이 있으면서 이야기를 좀 해줄래요? 당신의 언어가 아니라 나의 언어로, 내가 이해할 수 있게요. 내가 말하면 들어주고, 대답해줄래요?"

그녀의 입술이 달싹였지만 아무 소리도 나지 않았어. 이상하게 동요한 기색이었지. 늘어뜨린 머리칼을 흔들어 뒤로 넘기고, 작은 발가락으로 발밑의 반짝이는 모래를 이리저리 흩뜨리면서 한두 번 내 얼굴을 흘긋 훔쳐보곤 했어.

"리마, 아직 대답 안 해줬어요." 나는 우겨보았지. "좋다고 대답해주지 않을래요?"

"좋아요."

"할아버지는 개들을 데리고 나가면 어디서 시간을 보내세요?"

리마는 고개를 살짝 저었지만 입을 열지 않았어.

"어머니는 없어요, 리마? 어머니 기억해요?"

"우리 엄마! 엄마!" 그녀는 나직하게 말했지만, 갑자기 놀랍게 생기가 돌기 시작했어. 고개를 숙여 조금 더 가까이 다가오면서 계속 말하는 거야. "아, 돌아가셨어요! 엄마의 육신은 땅에 묻혀 먼지로 돌아갔어요. 저렇게……." 그러더니 발로 모래를 흩뜨리더군. "엄마의 영혼은 저 위에 있어요. 별들과 천사들과 함께. 할아버지가 그러셨어요. 하지만 나한테는 그게 뭘까요? 나는 여기 있잖아요. 안 그래요? 그래도 난 엄마한테 말을 걸어요. 보는 것마다 손으로 가리키고, 모든 걸 다 이야기해요. 낮에는 숲에서 엄마와 함께 있어요. 그리고 밤에는 누워서 가슴에 성호를 긋고, 이렇게요. 그리고 말해요. '엄마, 엄마, 이제 엄마는 내 품에 안겨 있어요. 그러니까 같이 자요.' 가끔은 '아, 내가 이렇게 말하고 또 말하는데 엄마는 왜 한 번도 대답하지 않아요?' 하고 말할 때도 있어요. 엄마…… 엄마…… 우리 엄마!"

그녀의 목소리가 높아지더니 서러운 울음으로 변했고, 이내 푹 가라앉았다가 마지막에는 같은 말의 반복이 나직한 속삭임이 되었어.

"아, 불쌍한 리마! 어머니는 돌아가셔서 대답할 수 없는 거예요. 어머니는 리마의 말을 듣지 못해요! 내게 말해요, 리마. 나는 살아 있으니까 대답해줄 수 있어요."

하지만 이제 구름이, 돌연 그녀의 심장에서 걷혀 잠시나마 그 신비로운 깊이를, 너무나 어린아이 같은 공상과 강렬한 감정을 잠시 일별하게 해준 그 구름이 다시 내리깔려 있었네.

내 말은 아무 반응도 끌어내지 못했어. 오히려 예의 괴로운 표정이 다시 떠올라 있었지.

"아직도 말이 없네요?" 내가 말했지. "그럼 내게 어머니 이야기를 해줘요, 리마. 언젠가 어머니를 다시 뵙게 된다는 건 알고 있어요?"

"그래요, 내가 죽을 때요. 신부님이 말해줬어요."

"신부님이요?"

"네, 보아에서. 아세요? 내가 어릴 때 어머니가 거기서 돌아가셨대요. 그곳은 너무 멀어요! 그쪽 강변에는 집이 열세 채 있어요. 바로 여기, 이쪽에는…… 나무, 나무들."

이건 중요한 사실이고, 내가 원하는 정보로 이어질 수 있다는 생각이 들었지. 그래서 방금 말한, 하지만 이름도 들어본 적 없는 그 정착지에 대해 좀 더 말해달라고 그녀를 다그쳤어.

"이미 다 말했는걸요." 방금 한 몇 마디로 그 주제에 대해서는 이미 다 말했는데 왜 몰라주냐는 듯 놀란 기색이었어.

어쩔 수 없이 전략을 바꿔야 해서 대담하게 물었지. "그럼 말해줘요. 성모 마리아님 그림 앞에 무릎을 꿇으면 뭘 빌어요? 할아버지가 리마의 작은 방에 성모님의 그림이 있다고 말씀하셨어요."

"알고 있군요!" 번개처럼 돌아온 그 대답은, 어쩐지 원망처럼 들렸지. "거기 다 있어요. 저기 안에." 그녀는 오두막을 손짓해 가리켰지. "여기 바깥 숲에 나오면 다 없어져요. 이렇게." 그러더니 재빨리 허리를 굽혀 노란 모래 한 줌을 움켜쥐더니 손가락 사이로 흩뿌려버리는 거야.

그러더니 그 그림이 보이지 않는 곳으로, 집 밖으로 나오는 순간 자기가 배운 모든 가르침이 마음속에서 휙 사라지는 시늉을 했어. 잠시 뜸을 들이고는 다시 말했지. "여기에는 엄마만 있어요. 항상 나와 함께 있어요."

"아, 불쌍한 리마!" 나는 말했어. "어머니도 없이 혼자서 늙은 할아버지만 모시고 살고 있군요! 할아버지는 연로하셔요. 할아버지가 돌아가시고 어머니가 계시는 저 별빛 총총한 나라로 날아가버리면 어떻게 할 생각이에요?"

그녀는 의아한 듯 나를 바라보더니 나직한 목소리로 대답했어. "당신이 여기 있잖아요."

"하지만 내가 가버리면요?"

그녀는 아무 말도 하지 않았어. 괜히 마음 아픈 이야기를 길게 끌기 싫어서 내가 말했지. "그래요, 지금은 내가 여기 있어요. 하지만 리마는 내 곁에 남아서 허심탄회하게 이야기하지 않잖아요! 내가 당신과 함께 남으면 늘 이렇게 할 건가요? 왜 항상 집 안에서 그렇게 말이 없는 거예요? 할아버지한테 그렇게 냉랭하게 대하고? 너무 달라요. 숲에서 혼자 있으면 새처럼 이렇게 생기 넘치는데? 리마, 말을 좀 해줘요! 내가 늙은 할아버지처럼 당신한테 중요하지 않은 사람인가요? 내가 말을 거는 게 싫어요?"

리마는 내 말에 이상하게 마음이 불편해 보였어. "아, 할아버지랑은 달라요." 불쑥 대답하더군. "온종일 할아버지는 모

닥불가에 앉아 계세요. 온종일, 내내. 골로소와 수시오가 그
옆에 누워 있고. 자고 또 자고. 아, 당신을 처음 봤을 때 나는
당신 뒤를 따라다녔어요. 그리고 말하고 또 말했죠. 그래도
대답이 없었어요. 당신은 왜 내가 부르면 대답하지 않아요?
나한테요!" 그러더니 내 목소리를 놀리듯 흉내 내더군. "리마,
리마! 이리 와요! 이걸 해요! 이 말을 해요! 리마! 리마! 그런
건 아무것도 아니야. 아무것도 아니죠. 당신이 아니에요." 내
입을 가리키며 말하더니 자기 말뜻이 또렷이 전달되지 않았
을까 겁이 난다는 듯 갑자기 자기 손가락을 내 입술에 갖다
대는 거야. "왜 당신은 내게 대답하지 않아요? 나한테 말해요.
이렇게, 나한테 말해요!" 그리고 조금 더 내 쪽으로 몸을 돌렸
는데, 나를 흘긋 바라보는 눈길이 금세 딴판으로 바뀌어 있었
네. 구름이 낀 듯 흐리던 표정이 한없이 상냥하게 바뀌었고,
그 입술에서는 나를 처음 사로잡았던 그 신비스러운 소리가
흘러나왔지. 빠르고 낮고 새소리 같은데, 그 어떤 새의 노래
보다 훨씬 더 고고하고 훨씬 더 영혼을 꿰어 찌르는 듯한 노
랫소리. 아, 내게는 생소했던, 그 달콤한, 헛되이 소모된 상징
들 속에 어떤 감정과 공상이, 어떤 미묘한 표현들이 담겨 있
었을까! 나는 영영 알 수 없겠지. 그녀가 불러도 갈 수 없었
고, 그 영혼에 응답할 수도 없었어. 내게는 언제나 아무 뜻 없
는 소리에 불과했어. 부드러운 영적 음악이 그렇듯 내 마음을
움직였을 뿐이지. 말이 없는 언어, 말보다 영혼에 더 울림을
주는 언어.

그 신비스러운 말은 잦아들어 혀 짧은 소리로 변했지. 나무 꼭대기 녹음이 구름처럼 우거진 우듬지에서 내려온 작은 새의 희미한 노래 같았어. 동시에 새로운 빛이 그녀의 눈을 스쳐 지나갔지. 그녀는 실망했다는 듯 고개를 돌렸어.

"리마." 나는 그제야 입을 열었어. 도움이 될 만한 새로운 생각이 떠올랐거든. "내가 여기 없는 건 사실이에요." 그녀가 했던 대로 난 내 입술을 건드렸지. "내 말들이 무의미하다는 것도 알아요. 하지만 내 눈을 봐요. 그럼 그곳에 내가 보일 거예요. 내 심장에 있는 것 다, 다 볼 수 있어요."

"아, 거기서 뭘 보게 될지는 이미 알고 있어요!" 그녀는 재빨리 대꾸하더군.

"무엇을 보게 될까요?"

"당신 눈 한가운데 작고 검은 공이 있어요. 그 안에서 요만큼 작은 나 자신을 보게 될 거예요." 그러더니 작은 손톱의 8분의 1 정도를 가리키는 거야. "숲속에는 물웅덩이가 있어요. 그 웅덩이를 내려다보면 내가 보여요. 그게 나아요. 원래의 내 크기만큼 잘 보이거든요. 작은, 아주 작은 파리처럼 작고 까만 내 모습이 아니라요." 약간 경멸조로 이 말을 던진 후, 그녀는 내 곁에서 멀어져 햇빛으로 들어갔어. 그러더니 반쯤 내 쪽으로 몸을 돌리고, 처음엔 내 얼굴을 살피고 다음에는 위쪽을 바라보며, 손을 들어 위쪽의 무언가로 나의 주의를 돌리려 하더군.

저 멀리 위쪽에, 제일 높은 나무의 꼭대기에 커다란 파란 날개의 나비 한 마리가 느긋하게 유랑하듯 탁 트인 허공을 유유히 날아가고 있었어. 몇 초 후 나무 위로 올라가 사라졌지. 그때 그녀가 다시 나를 바라보더니 잔물결 같은 웃음을 터뜨렸어. 내가 처음에 들었던 웃음소리였지. 그리고 외쳤어. "이리 와요. 이리요!"

그때는 기뻐서 따라가고 싶었다네. 그 후로 두 시간 동안 우리는 함께 숲속을 정처 없이 돌아다녔어. 그녀의 방식대로 함께했다는 뜻이네. 그녀는 언제나 근처에 있었지만 대체로 내 눈에 보이지 않는 곳에 있었거든. 이제는 누가 봐도 기분이 좋아져서 명랑하고 장난기도 많아 보였어. 나를 부르는 소리가 나서 넓게 퍼져 자라는 덤불을 자세히 보거나 나무 뒤를 흘끗 살펴보면, 까르르 물결처럼 퍼지는 그 웃음소리가 어딘가 다른 곳에서 나는 경우가 한두 번이 아니었어. 그러다 급기야 숲 한가운데 어딘가에서, 그녀는 나를 어마어마하게 거대한 모라나무로 이끌었어. 혼자 따로 자라다시피 하는 거목이었는데, 그 그림자가 드리운 광활한 땅에는 잡풀과 덤불이 거의 자라지 않았지. 이 지점에서 그녀가 갑자기 자취를 감췄어. 나는 한동안 귀를 기울이며 지켜봤지만 헛수고였지. 그래서 그녀를 기다리려고 거대한 나무줄기 옆에 앉았지. 금세 나직하게 지저귀는 소리가 들려왔는데, 아주 가깝게 느껴졌어.

"리마! 리마!" 내가 불렀더니 즉시 그 소리는 메아리처럼 되풀이되었어. 또다시 불렀는데, 여전히 그 말은 내게 곧장 다시 날아왔지. 메아리인지 아닌지를 분간할 수 없더군. 그래서 부르는 걸 포기했어. 그랬더니 낮게 지저귀는 소리가 또 반복되더군. 그래서 리마가 어딘가 내 근처에 있다는 걸 알았지.

"리마, 어디 있어요?" 내가 외쳤어.

"리마, 어디 있어요?" 대답이 돌아왔어.

"나무 뒤에 있군요."

"나무 뒤에 있군요."

"내가 잡을 거예요, 리마." 그러자 이번에는 내 말을 되풀이하는 대신 그녀가 대답했어. "아, 안 돼요."

나는 벌떡 일어나 나무 둘레를 돌며 달렸네. 찾을 수 있다는 확신이 있었지. 10~12미터쯤 되는 둘레를 두세 바퀴 돌고 나서 뒤돌아 반대 방향으로 달렸지만 그녀의 흔적조차 볼 수 없었고, 결국 나는 다시 주저앉고 말았네.

"리마, 리마!" 내가 앉자마자 놀리는 목소리가 들려왔어. "어디 있어요, 리마? 내가 잡을 거예요, 리마! 리마를 잡았나요?"

"아니, 리마를 잡지 못했어요. 지금은 리마가 없어요. 무지개처럼 희미하게 사라져버렸어요. 햇빛을 받은 이슬처럼 말이에요. 나는 리마를 잃어버렸어요. 잠이나 자야겠어요." 그리고 나는 나무 밑에 몸을 쭉 뻗고 드러누워 이삼 분 정도 조용히 있었어. 그러자 작게 바스락거리는 소리가 들렸지. 나는 그녀를 찾아 열심히 주위를 둘러보았어. 그러나 그건 머리 위 공중에서 나는 소리였다네. 어마어마하게 넓은 나뭇잎 캐노피로부터 산사태처럼 내게로 떨어지기 시작한 나뭇잎 소리였어.

"아, 꼬마 거미원숭이. 작은 초록색 나무뱀. 거기 있구나!"

하지만 녹색과 구릿빛 잎새의 어두운 커튼이 치렁치렁 늘어진 그 거대한 공중의 궁전에서 그녀가 보일 리 없었어. 하지만 어떻게 거기 올라갔던 걸까? 저 까마득한 나무줄기에는 원숭이라도 기어 올라가지 못했을 텐데. 드넓게 수평으로 뻗어 있는 나뭇가지에는 땅으로 축축 늘어진 칡넝쿨도 없었거든. 그렇지만 더 멀리까지 살펴봤더니 낮은 가지 중에서 제일 길게 뻗은 나뭇가지가 인접한 나무들의 짧은 가지들과 얽혀 있는 걸 볼 수 있었지. 위를 올려다보니 그녀의 낮고 잔물결처럼 퍼지는 웃음소리가 들렸고, 곧 훤히 드러난 나뭇가지 위를 똑바로 서서 달려가는 그녀가 보이더군. 공포심에 내 심장이 싸늘하게 얼어붙었어. 그녀는 땅에서 족히 15~18미터 높이에 서 있었네. 그런가 하면 어느 순간은 구름 같은 녹음 속으로 모습을 감춰버렸고, 십 분쯤 내게 모습을 보이지 않았네. 그러다 별안간 모라나무의 줄기를 빙 돌아 내 곁에 불쑥 나타나지 뭔가. 그 얼굴에는 환하고 기쁜 표정뿐 피로나 불안은 찾아볼 수 없었네.

나는 그녀의 손을 잡았어. 섬세하고 예쁜 작은 손이었네. 벨벳처럼 부드럽고 따뜻했지. 진짜 인간의 손이었어. 이렇게 손을 잡으니 비로소 그녀가 온전히 인간처럼 느껴졌네. 나를 놀리는 숲속의 정령, 디디의 딸이 아니라.

"내가 당신 손을 잡아서 좋아요, 리마?"

"네." 그녀는 무심하게 말하더군.

"이 손은 내가 맞아요?"

"네." 이번에는 순수하게 육체적인 나의 면면을 알게 되어 작게나마 만족감이 느껴진다는 말투였어.

이렇게 가까이 있다보니 항상 숲속에서 입고 다니는 그 가볍고 광택이 나는 옷을 찬찬히 살펴볼 기회가 생기더군. 부드러운 공단 같은 촉감이었고, 적어도 눈에 보이는 솔기나 옷단은 없었어. 누에고치처럼 이음 없이 통으로 짠 옷 같았지. 내가 그녀 어깨의 옷을 만지며 실눈을 뜨고 열심히 보자 그녀는 눈에 놀리는 듯한 웃음을 띠고 내게 흘끗 눈길을 던졌어.

"이건 실크예요?" 내가 물었지. 그녀는 말이 없었어. 그래서 나는 계속 말했지. "이 드레스는 어디서 구했어요, 리마? 직접 만들었어요? 말해줘요."

그녀는 말로 대답하지 않았어. 내가 던진 질문에 대한 반응으로 그 눈동자에 새로운 표정이 떠올랐지. 한시도 가만있지 않고 시시각각 표정이 변하던 그녀는 이제 석고상처럼 꿈쩍 않고 가만히 서 있었지. 실크 같은 머리카락 하나 파르르 떨리지 않았다네. 눈은 커다랗게 뜬 채로 자기 앞만 뚫어지도록 바라보고 있었어. 그 눈을 들여다보니 나를 보면서도 보지 않는 것 같았네. 흡사 맑고 빛을 발하는 새의 눈 같았지. 기적의 거울처럼 눈에 보이는 만물을 투영하지만, 우리 눈길을 돌려주지도 않고, 우리를 보더라도 전체 그림을 구성하는 수천 가지의 미미한 세부 중 하나로만 바라보는 듯했어. 느닷없이 그녀가 번개처럼 손을 뻗어 예기치 못한 동작으로 나를 소스라치게 했어. 그러다 금세 손을 거두고 내 앞에 손가락을 하나

치켜들었지. 손가락 끝을 보니 핀의 머리 두 개 크기의 아주 작은 비단거미가 7~10센티미터 길이의 잘 보이지도 않을 만큼 가는 거미줄에 매달려 있었어.

"봐요!" 그녀는 환한 얼굴로 나를 보며 외쳤어.

그녀가 잡은 작은 거미는 자유로워지려고 버둥대다가 떨어지고 있었지. 땅으로 추락하던 거미는 지표면에 닿지 않았어. 그녀가 어깨를 살짝 앞으로 숙이며 손가락 끝을 거미에 닿을락 말락 대고 파닥거리는 나방 날개처럼 빠르게 파닥거렸거든. 그러자 거미는 여전히 실을 자아내면서도 공중에 매달린 채 땅과 비슷한 거리를 유지하며 올라갔다 내려갔다 했어. 잠시 후에 그녀가 외쳤지. "떨어져 내려가라, 작은 거미야." 그녀 손가락의 움직임이 멈추자 포로는 땅에 풀려나 그늘진 땅속으로 금세 사라졌어.

"안 보여요?" 그녀가 제 어깨를 가리키며 말했어. 손끝이 닿은 자리에 반짝이는 둥근 반점이 하나 생겨나 있었지. 옷에 놓인 은화 같았어. 그러나 내 손가락에 닿았을 때의 감촉은 그냥 원래 옷감의 일부처럼 자연스러웠다네. 방금 짠 거미줄이 싱싱해서 회색 바탕의 옷감보다 좀 더 하얗고 반짝거릴 뿐이었지.

그러니까 이 모든 희한하고 어여쁜 공연은 즉흥적인 기민함과 민첩함이 본능을 드러낸 듯했지만, 사실은 작은 비단거미가 짜내는 가느다랗고 공중을 떠다니는 거미줄로 어떻게 옷감을 만드는지 내게 보여주는 시범에 불과했던 걸세!

내가 얼마나 놀라고 감탄했는지 미처 표현하기도 전에 그녀가 또다시 외쳤다네. 이번에도 너무 급작스러워서 사람을 깜짝 놀라게 했지. "봐요!"

아주 작고 그늘진 형체가 쏜살같이 곁을 지나쳐 갔어. 희미한 줄처럼 보이는 무언가가 짙고 반들거리는 잎들을 가르고 지나쳐 저 멀리 좀 더 밝은 빛의 잎 무리에 안착했어. 그녀는 그 빠르고 휘어진 비행을 흉내 내듯 손을 흔들다 내리더니 외쳤어. "가버렸어. 아, 작은 짐승!"

"뭐였어요?" 새 같기도 하고, 새처럼 생긴 나방 같기도 하고, 벌 같기도 했어.

"못 봤어요? 그런데 나한테 당신 눈을 보라고 한 거예요?"

"아, 작은 다람쥐원숭이, 당신을 보면 그게 생각나요!" 나는 팔로 그녀의 허리를 감고 살짝 가까이 끌어당기며 말했지. "이제 내 눈을 보고 내가 눈이 멀었는지, 작고 작은 파리 같은 리마뿐, 아무것도 없는지 봐요."

그녀는 고개를 저으며 놀리듯 조금 웃었지만, 내 팔에서 빠져나가려 하지는 않았지.

"내가 언제나 당신이 원하는 대로 하면 좋겠어요, 리마? 오라고 부르면 숲속에서 당신을 따라다니고, 나무를 빙빙 돌며 술래잡기를 하고, 내 몸에 낙엽을 뿌리도록 누워 있고, 당신이 기뻐하면 기뻐하고요?"

"아, 그럼요."

"그럼 우리 동맹을 맺읍시다. 나는 당신이 기뻐하는 일이면 뭐든 다 할 테니 당신도 내가 기뻐하는 일을 다 해줘요."

"말해봐요."

"사소한 일들이에요, 리마. 나무를 돌며 당신을 잡으러 다니는 것만큼 어렵지 않죠. 당신이 내 옆에 서 있거나 앉아서 말 상대가 되어주면 난 행복할 거예요. 일단 처음에는 내 이름을 부르는 것부터 시작해요. 아벨."

"그게 이름이에요? 오, 진짜 이름은 아니죠! 아벨, 아벨…… 그게 뭐예요? 아무 말도 아니잖아요. 내가 당신 이름을 얼마나 많이 불렀는데요. 스무 개, 서른 개씩 불렀는데 답이 없었잖아요."

"그랬어요? 하지만 사랑스러운 아가씨, 사람은 모두 이름이 있어요. 단 하나의 이름으로 불리죠. 예를 들어 당신의 이름은 리마잖아요. 안 그래요?"

"리마! 그냥 리마뿐이에요, 당신에게는? 아침에, 저녁에…… 지금 이곳에서, 얼마 후에는 또 어딘가에서? 밤에 당신이 잠을 깨면 깜깜하고 깜깜할 텐데, 그래도 당신은 내가 똑같다고 생각하죠. 그냥 리마뿐이라니…… 아, 정말 너무나 이상하네요!"

"그럼 또 뭔데요, 어여쁜 아가씨? 당신 할아버지 누플로도 리마라고 부르잖아요."

"누플로?" 그녀는 마치 자기 자신에게 질문을 던지듯 말하더군. "숲속 어딘가에서 개 두 마리를 데리고 사는 그 노인 말인가요?" 그러더니 갑자기 뾰루퉁해져서 말했어. "그러면서 나한테 지금 말을 하라는 건가요?"

"오, 리마, 내가 뭐라고 해야 하죠? 내 말 좀⋯⋯."

"아니, 싫어요." 그녀는 재빨리 고개를 돌리고 손으로 내 입을 막았어. 돌연 명랑한 눈빛을 반짝이면서. "내가 말할 때는 잘 듣고, 내가 말하는 대로 다 하세요. 그리고 내가 당신을 기쁘게 해주려면 어떻게 해야 하는지 눈으로 말해줘요. 멀지 않은 당신 눈을 보게 해줘요."

그녀는 얼굴을 내게 가까이 대고 살짝 고개를 젖혀 모로 꼬고, 내가 바랐던 대로 내 눈을 똑바로 들여다보았어. 몇 초 후 그녀는 눈길을 돌려 저 멀리 나무들을 바라보았지. 그러나 나는 그 신성한 천체 같은 눈동자를 바라볼 수 있었고, 그녀가 특정한 대상을 보고 있는 게 아니라는 걸 알았어. 시시각각 변하던 표정은⋯⋯ 의문을 품기도 하고, 뾰루퉁했다가 심란했다가 수줍었다가 장난기 섞이기도 한 그 모든 표정은 그 고요한 얼굴에서 자취를 감추었어. 그 눈길은 내면을 바라보고 있었고, 흡사 새로운 행복이나 희망이 그녀의 영혼에 비춘 듯 이상하고 아름다운 빛으로 가득했지.

나는 말소리를 낮추어 속삭였어. "내 눈에서 무엇을 봤는지 얘기해줄래요, 리마?"

그녀는 대답으로 뭔가 노랫소리 같은, 뜻 모를 소리를 내고는 탐색하듯 내 얼굴을 흘끗 보았어. 하지만 짧은 한순간뿐, 곧 그 다정한 눈은 다시 축 늘어진 속눈썹에 가려져버렸지.

"들어봐요, 리마." 내가 말했어. "우리가 얼마 전에 본 게 벌새였나요? 당신이 꼭 벌새 같아요. 한때는 어두워서, 찰나에 보였다가 금세 휙 사라지는, 그림자 속 그림자 같고, 아, 작은 짐승처럼! 곧 또 햇빛을 받으며 가만히 서 있을 때는 얼마나 아름다운지! 그 벌새보다 수천 배는 더 아름다워요. 들어봐요, 리마. 당신은 숲속의 아름다운 것 모두를 합친 것 같아요. 꽃, 새, 나비, 녹색 잎, 고사리 잎, 나무 저 높은 곳에 매달린 털이 실크처럼 부드러운 원숭이. 당신을 보면 그 모든 게 보여요. 그 모든 것을 합친 것보다도 더 많이 보여요. 수천 배나 더. 리마 당신이 보이거든요. 그리고 내가 이해할 수 없는 언어로 말하는 당신의 목소리를 듣고 있으면, 숲속에서 속살거리는 바람이 들려요. 졸졸 흐르는 물소리, 꽃 속의 벌 소리, 저 멀리, 멀리 나무 그늘 속에서 노래하는 풍금새 소리가 들려요. 그 모든 소리가 들리고, 그 이상도 들려요. 리마가 들리거든요. 이제 나를 이해하겠어요? 당신에게 말하는 건 나인가요? 내가 당신에게 답을 했나요? 내가 당신에게 다가갔나요?"

그녀는 다시 내게 흘끗 눈길을 주었어. 입술은 떨고 있었고, 눈은 이제 뭔가 감춰진 고뇌로 흐려져 있었어. "그래요." 그녀는 속삭여 대답했지. 그러더니 말했어. "아니, 당신이 아니에요." 그다음 순간, 의심을 거두지 않고 말했지. "당신이에요?"

그러나 그녀는 답을 기다리지 않았어. 잠시 후 그녀는 모라 나무를 돌아 사라져버렸어. 그리고 내가 아무리 불러도 돌아오지 않았지.

제9장

　그날 오후 숲에서 리마와 함께 모라나무 그늘 밑에서 보낸 시간이 너무나 즐거웠기에 나는 그녀와 더 많이 산책하고 이야기를 나누고 싶었지만, 변덕스러운 꼬마 마녀는 그 후로도 계속 나를 끝없이 놀라게 했지. 야성적이고 자연스러운 그 명랑한 태도는 무슨 이유에서인지 그녀에게서 빠져나가 사라져버렸어. 내가 숲 그늘을 걸을 때 그녀는 거기 있었지만 예의 쾌활하고 환상적인 존재가 아니었다네. 천사처럼 찬란하고 아이처럼 순수하고 상냥하며 원숭이처럼 장난기 많던, 나와 술래잡기하던 그녀가 아니었어. 이제는 수줍고 말없이 내 시중을 들어주던 그때의 그녀가 되었어. 아주 간혹 모습을 보여주고, 그럴 때마저 고사리 속에 누워 있다가 안개처럼 내 눈앞에서 사라져버렸던 그 신비스러운 처녀 같았지. 내가 부르면 그녀는 전처럼 대답하지 않고, 대답 대신 나를 버리고 가지 않았다고 안심시켜주려는 듯 잠시 나타나 모습을 보여주곤 했어. 하지만 몇 초 지나면 회색 그림자 같은 그녀의 형상은 다시금 나무 사이로 사라져버렸다네. 그녀가 자신감을 키우고 나와의 대화에 익숙해지면 자기 삶을 이야기해주리라는 희망은 당분간 버려야 했어. 그렇다면 정보는 어떻게든 누플로에게서 얻어내야 했지. 아니면 아예 무지한 채로 살든가. 노인은 날마다 개들을 데리고 상당히 오래 외출했다 돌아왔는데, 이런 원정에서 돌아올 때는 견과류와 과일 조금을 들고 올 뿐 늘 빈털터리였지. 담배를 말 때 쓸 얇은 나무껍질이나 저녁때 오두막에 향을 피울 로그우드 수액을 들고 올 때도 가끔 있었고. 리마의 불가해한 낯가림을 극복하려고 사흘을 허비한 후, 나는 한동안 리마의 할아버지에게 온전히 관심을 집중하기로 마음을 먹었어. 그래서 그가 어디에 가는지, 어떻게 시간을 보내는지 알아보기로 했다네.

리마가 아니라 누플로와의 새로운 술래잡기는 바로 다음 날 아침 시작되었네. 누플로는 교활했어. 하지만 나도 만만치 않았지. 밖으로 나가 수풀에 몸을 숨기고 오두막을 관찰하기 시작했어. 리마의 예리한 눈초리를 피할 수 있을 거라 자신할 수는 없었지. 그러나 크게 걱정하지는 않았어. 리마는 할아버지와 사이가 좋지 않았고, 내 계획을 엎을 만한 일은 하지 않을 테니까. 은신처에 숨고 얼마 되지 않아 누플로가 집에서 나왔어. 개 두 마리가 그를 따라 나오더군. 노인은 문 앞에서 꽤 멀리까지 가서 통나무에 걸터앉았어. 몇 분쯤 담배를 피우더니 일어나서 신중하게 주위를 살펴본 후 나무 사이로 슬쩍 들어갔어. 나는 그가 숲 남쪽 험준한 언덕들이 모인 산줄기 쪽으로 간다는 걸 알았지. 숲은 그 방향으로 멀리 이어지지 않는다는 걸 알고 있었기에 숲 경계쯤에서 그의 모습을 볼 수 있으리라고 생각했네. 그래서 수풀에서 나와 그를 앞질러 가려고 나무 사이를 전력으로 달렸지. 숲이 시원하게 트인 공터에 다다른 나는 그 너머에서 황량한 초원을 발견했네. 초원은 너비가 400미터 정도로, 숲과 산줄기를 갈라놓고 있었지. 노인이 이 평지를 건널 가능성이 있다고 판단하고, 근처 나무를 타고 올라가 지켜보기로 했네. 한참 후 노인이 나타났어. 잰걸음으로 나무 사이를 걷는 노인을 개 두 마리가 바짝 뒤따르고 있었어. 하지만 노인은 초원으로 가지 않았네. 숲의 경계에 다다르자마자 방향을 바꿔 서쪽으로 가는 것 같았어. 여전히 숲을 방호막으로 사용하면서 말이야. 그가 지나가고 오 분쯤 후에 나는 나무에서 내려와서 그를 추적하기 시작했지. 이번에도 나무 사이에서 노인의 모습을 발견했고, 이십 분쯤 더 시야에서 놓치지 않고 따라갈 수 있었지. 그는 언덕 줄기까지 뻗어 있는 넓고 아주 빽빽한 숲에 다다랐고, 이 지점에서 나는 그를 금세 놓쳐버리고 말았다네. 그래도 따라잡을 수 있기를 바라며 계속 전진했지. 하지만 나무 밑에서 자라는 울창한 잡풀과 씨름하며 힘겹게 좀 나아가다가 갈수록 숲이 점점 험해진다는 걸 깨닫고 결국 포기하고 말았어. 동쪽으로 틀어 숲 밖으로 빠져나오니 가파르고 험준한 야산 발치에 있더군. 숲이 우거진 계곡이 수직으로 가르는 그 산맥이었어. 그 야산에 올라가서 내가 노인을 놓친 폭 좁은 숲 지대를 조망하면 되겠다는 생각이 들었지. 많이 걷지 않고도 등반을 할 만한 지점을 찾아낼 수 있었지. 언덕마루는 주변 지형보다 90미터쯤 높아 보였고, 올라가는 데 오래 걸리지 않았어. 정상의 전망은 아름다웠고, 이제 저 아래 산맥을 수직으로 가로질러 뻗어 있는 좁은 숲 지대가 내려다보였네. 그리고 남쪽으로 망망한 숲이 펼쳐져 있었지. '저곳이 당신의 목적지라면, 늙은 여우 같은 영감, 당신의 비밀은 내가 잘 지켜주겠어.' 나는 마음속으로 생각했지.

아직 이른 시간이라 희미한 산들바람이 공기를 순화시켜 땀 흘려 운동하고 언덕마루에 서니 시원하고 쾌적했지. 숲을 헤치며 씨름했더니 좀 피곤해져 그 지점에서 몇 시간 쉬기로 마음먹고 둘러보며 편히 쉴 만한 자리를 찾았다네. 똑바로 세워진 바위 서쪽으로 그늘이 져서 이끼를 침대 삼아 누워 있기 좋았지. 그 바위에 어깨를 기대고 앉아서 나는 숲에 혼자 있을 리마를 생각했어. 그 생각 속에 왠지 희미하게 원망 섞인 마음이 서려서 내가 그녀를 그리워하는 만큼 그녀도 나를 보고 싶어 하길 바라게 되더군. 그러다가 그만 잠이 들고 말았지.

잠에서 깼을 때는 정오가 지난 시각이었고, 햇빛이 똑바로 내리쬐고 있었어. 일어나서 한 번 더 아래의 풍경을 내려다보던 나는 발밑의 숲 지대 가운데쯤에서 작은 꽃다발처럼 흰 연기가 피어오르는 모습을 보았다네. 그 즉시 누플로가 거기서 불을 피웠다는 걸 알아차렸지. 그래서 그의 비밀 장소를 급습해 놀라게 해야겠다고 생각했어. 언덕 밑으로 내려가니 연기가 보이지 않았지만, 위에서 이미 그 지점을 잘 봐두고 숲 끄트머리의 커다란 등걸을 출발점으로 잡아놓은 후였지. 그래서 반 시간 정도 탐색한 끝에 노인의 은닉처를 찾아낼 수 있었지. 먼저 나무 사이의 틈새로 연기가 보이더니 나뭇가지와 야자 잎으로 지은 작고 허름한 오두막이 나왔어. 조심스럽게 다가가서 틈새로 몰래 살펴보니 누플로 영감은 모닥불에 무슨 고기를 훈연하고 있고, 동시에 숯에 뼈다귀 같은 것도 굽느라 정신이 없더군. 수고양이보다 조금 큰 동물인 긴코너구리를 잡은 거야. 코와 주둥이가 길고, 돌돌 말린 긴 꼬리를 지닌 작은 짐승이라네. 개 한 마리가 그 짐승의 머리를 갉아 먹고 있고, 오래된 뼈다귀들과 쓰레기가 아무렇게나 널린 바닥에는 짐승의 꼬리와 발도 떨어져 있더군. 나는 살금살금 돌아가서 그의 소굴 입구에 불쑥 모습을 드러냈지. 개들이 얼른 일어나 으르렁거리고 누플로는 칼을 손에 든 채 벌떡 일어났어.

"아하, 할아버지!" 나는 웃으며 외쳤어. "채식으로 식사를 때우시는데 그만 제가 봐버렸네요. 게다가 풀만 먹는 개들도요!"

누플로는 크게 동요해 의심을 거두지 않았지만, 희귀한 파란 꽃이 핀다고 해서 야산에 올라왔다가 연기를 보고 쫓아온 거라고 설명했더니 자신감을 되찾고 구운 고기의 향연에 나를 초대했어.

이때쯤 나는 배가 고팠고 동물의 고기를 다시 먹게 된 게 그리 유감스럽지 않았다네. 하지만 고기를 먹을 때는 다소 혐오감이 들었어. 맛이 고약하고 악취가 났거든. 또 나와 동시에 악마처럼 생긴 개들이 야만적으로 짐승의 머리와 발을 씹어먹고 있는 게 불쾌하기도 했다네.

"알겠지요." 늙은 위선자는 수염에 묻은 기름을 훔치며 말했네. "그 아이 기분을 거스르지 않으려고 내가 이런 짓까지 해야 한다오. 우리 손녀는 이상한 애예요. 아마 선생도 봐서 알겠지만……"

"그러고 보니까……" 나는 그의 말허리를 끊었네. "손녀따님의 이야기를 들려주시면 좋겠네요. 말씀대로 이상하기도 하고, 언어와 능력이 우리와 다르던데요. 그러니까 우리와 다른 인종이라는 증거겠지요."

"아니요, 아니에요. 우리와 능력이 다르지 않습니다. 그저 더 날카로울 뿐이에요. 그게 다예요. 전능하신 우리 주께서는 마음이 내키시면 어떤 이에게 남들보다 더 많은 것을 내려주시지요. 한 손에 붙어 있는 손가락이라고 다 똑같은 게 아니고요. 기타를 들자마자 말하게 만드는 사람이 있는가 하면 나 같은 사람은……"

"그건 다 알겠어요." 나는 다시 불쑥 끼어들었지. "하지만 그녀의 기원, 그 사연을 듣고 싶은 거예요."

"바로 그걸, 내가 지금 얘기해주려는 거예요. 불쌍한 아이, 성인이 된 제 어미가 나한테 맡긴 아이랍니다. 내 딸은 젊은 나이에 일찍 죽었어요. 그런데 그 애가 태어나서 교리문답도 배우고 글자도 배운 고향이 건강에 영 좋지 못한 환경이었답니다. 덥고 습했지요. 언제나 습했어요. 인간이 아니라 개구리가 살기 좋은 지역이었지요. 아이가 워낙 창백하고 몸이 약해 산속의 건조한 공기가 훨씬 좋을 것 같아 이쪽 지역으로 내가 데리고 온 거요. 세뇨르, 이 일도 그렇고, 또 내가 그 애를 위해 해준 그 모든 일은 이 지상에서 보답받기를 바라고 한 게 아니에요. 우리 딸이 간 그곳에서라면 몰라도요. 문 앞까지 갔으면 다행이라고 생각하겠지만, 그 애는 제대로 천국 안으로 들어갔답니다. 천국을 관장하는 이들에게 작은 흠결은 있겠지만, 그래도 그들에게는 정의를 기대해야 하지 않겠습니까. 솔직히 말해서, 우리 손녀의 기원에 대해서는 이것이 사연의 전부랍니다.”

“아, 그렇겠죠.” 나는 대꾸했어. “그 이야기를 들으니 야생 조류를 불러 손에 앉게 하고 맨발로 맹독이 있는 독사를 건드려도 해를 입지 않는 이유를 알겠군요.”

“당연히 그 말씀이 옳습니다.” 늙은 사기꾼이 말하더군. “숲에서 혼자 살다보니 하느님의 피조물하고만 같이 놀고 친구가 되었지요. 야생동물도 호의를 가진 사람은 알아본다고 하더군요.”

“그런데 손녀따님 친구들을 이렇게 취급하시나요.” 나는 긴 코너구리의 긴 꼬리를 발로 차면서 말했어. 그의 만찬에 합석한 게 후회되더군.

"세뇨르, 우리는 천국에서 만들어진 대로 사는 겁니다. 이 모든 것이 창조되었을 때 말이지요." 그는 두 팔을 넓게 벌려 천지 만물을 가리켰어. "만물을 창조하신 조물주께서는 작은 새들이 먹고살 씨앗과 과일과 꽃의 꿀을 주셨지요. 그러나 우리는 새들처럼 입맛이 섬세하지 못해요. 강한 위장을 선사받은 인간일수록 고기를 갈구하는 법이지요. 아시겠습니까? 하지만 친구, 이런 얘기는 리마에게 한마디도 하지 마세요!"

나는 경멸조로 웃었어. "할아버지, 제가 아무것도 모르는 어린애인 줄 아십니까? 그 꼬마 요정 같은 리마가, 할아버지가 고기를 먹는 걸 모르겠어요? 리마는 제 모습은 보이지 않아도 숲 어디에나 있고 모든 걸 보고 있어요. 제가 뱀에게 손을 치켜드는 것마저 보고 있단 말입니다."

"하지만 주제넘은 소리를 좀 하자면, 선생은 말이 좀 지나치구려. 리마는 여기 오지 않고, 그러니 내가 고기를 먹는 걸 몰라요. 그 아이가 꽃 피우고 노래하는 그 넓은 숲에서는, 그 아이의 집이자 정원이고 그 아이가 만물을 관장하는 그 숲에서는, 색칠한 날개를 지닌 작은 나비 한 마리조차 그 애의 말을 듣는 그 숲에서는 난 동물을 한 마리도 잡지 않소이다. 거기서는 내 개들도 짐승을 쫓지 않고요. 짐승이 다리에 부딪혀 넘어져도 코를 하늘로 치켜들고 못 본 척 지나칠 개들이라는 말이오. 그 숲에서 법은 하나뿐이거든. 리마가 정하는 법. 그 숲 밖에서는 다른 법이 적용되고."

"이 이야기를 해주셔서 고맙습니다." 내가 대답했어. "리마가 근처에 있을지도 모른다고 생각하면 마음이 불편하거든요. 몸을 숨기고 어딘가에서 우리가 개들과 함께, 개처럼 살코기로 배를 채우는 모습을 봤다면 정말 마음이 괴로웠을 거예요."

그는 평소처럼 재빨리, 교활한 눈길로 나를 쓱 쳐다보았어.

"아, 세뇨르, 선생도 그런 감정을 느끼는구먼요. 우리와 얼마 같이 살지도 않았는데! 그러니 한번 생각해보쇼. 수액과 과일 쪼가리로는 영양분을 제대로 얻을 수 없고, 말벌이 꽃에서 만드는 단물 정도밖에 못 마시는데, 아이 기분을 상하지 않게 하려고 어쩔 수 없이 이렇게 멀리 와서 몰래 먹어야 하는 내 신세는 어떻겠소!"

물론 힘들겠지만, 불쌍한 마음은 들지 않았네. 허심탄회하게 다 말하는 척하면서 내게 진실을 털어놓지 않는 그에게 은밀한 분노밖에 느낄 수 없었거든. 더러운 식사에 합류한 나 자신에게도 혐오감을 느꼈지. 그러나 속내는 숨겨야만 했지. 그래서 관심 없는 화두로 약간 더 대화를 나누다가 환대에 감사하다고 인사하고, 연기를 풀풀 풍기며 계속 먹는 그를 혼자 두고 떠나왔다네.

악한 냄새를 풀풀 풍기는 누플로의 소굴과 식사가 내 몸에 조금이라도 오점을 남겼을까 두려워 나는 시냇물이 넓어져 깊은 웅덩이를 이루는 곳으로 돌아가 물에 풍덩 뛰어들었다네. 바람으로 몸을 말리고 옷을 탈탈 털고 두드려 냄새를 뺀 후 숲속의 그늘진 공터를 찾아 풀밭에 벌러덩 드러누워 저녁이 되기를 기다렸다네. 그때 집에 돌아갈 생각이었지. 그때쯤은 달콤하고 따뜻한 공기에 몸이 깨끗하게 정화되었네. 게다가 솔직히 나를 그렇게 대접한 리마를 아직 충분히 벌주지 않았다는 생각이 들더군. 리마는 내 안전을 걱정하고, 어쩌면 나를 찾아 숲속을 샅샅이 헤매고 있을지도 모르지. 사흘이나 나를 비참하게 만들었는데 하루 정도 고생시킨 것은 별일도 아니었어. 그녀가 없어도 나는 잘 살 수 있다는 사실을 깨달으면 나를 대하는 태도가 덜 변덕스러워질지도 모르고.

따뜻한 땅에 누워 쉬는 사이 그런 생각들이 뇌리를 흘러갔지. 위를 올려다보니 아래쪽 그늘진 부분의 어린 풀잎처럼 푸른 잎이 우거지고, 그 위쪽으로는 환한 햇빛이 광휘를 발하고, 곤충들이 윙윙거리는 소리가 가득하더군. 내 모든 행동, 말, 생각의 동기에 리마를 향한 나의 감정이 있었어. 나는 나 자신에게 묻기 시작했지. 리마가 내게 왜 이렇게 중요한 걸까? 그 질문에는 쉽게 대답할 수 있었지. 그보다 더 어여쁜 생명체는 이제까지 창조된 적이 없으니까. 자연 곳곳에 따로따로 흩어져 있는 조각난 아름다움과 선율과 우아한 동작이 모두 그녀 안에서 응축되어 조화롭게 어우러져 있었지. 얼마나 다채롭고, 얼마나 빛나고, 얼마나 신성했는지 몰라! 인간의 정신을 위한 존재였어. 아무리 경탄해도, 한시도 쉬지 않고 우러러봐도 매 시각, 매 순간, 기존의 매력에 덧붙일 우아함과 매혹을 새롭게 찾아낼 수 있었다네. 게다가 매혹적인 출생의 비밀까지 덧붙여져 그녀에 대한 내 관심은 뜨겁게 달아

올라 도무지 꺼질 줄 몰랐지.

그건 나 자신에게 던진 의문에 대한 손쉬운 해답이었네. 그러나 나는 또 다른 답이 있다는 걸 알고 있었지. 첫 번째 이유보다 훨씬 더 강력한 이유. 그리고 이제는 모른 척 뒤로 던져버릴 수도, 그 빛나는 얼굴을 단순히 지적 호기심이라는 칙칙한 납빛 가면으로 가릴 수도 없었네. **내가 그녀를 사랑하기 때문에.** 예전에 한 번도 사랑해본 적이 없는 것처럼, 다른 어떤 존재도 사랑할 수 없을 것처럼 나는 그녀를 사랑했네. 찬란하고 강렬한 그녀의 성정이 옮았는지, 과거의 열정을 모두 흐릿하고 평범하게 만들어버리는 격렬한 열정으로 사랑했다네. 모든 사람이 아는 감정, 그런 낡고 닳은 감정 따위는 생각만해도 따분하기 짝이 없었네.

깊은 생각에 빠져 있던 내가 정신이 번쩍 든 건 저녁 새의 처량한 세 음절 울음 때문이었어. 이쪽 숲에서는 흔히 볼 수 있는 쏙독새였지. 나는 이미 해가 졌다는 걸 알고 깜짝 놀랐어. 숲에는 벌써 어스름이 내리깔려 어둑어둑했다네. 벌떡 일어나서 다급하게 집 쪽으로 걷기 시작했어. 리마를 생각하면서, 한시라도 빨리 그녀를 보고 싶어 조바심치면서. 익히 잘아는 좁은 오솔길을 따라 집에 가까이 왔을 때 갑자기 그녀와 얼굴을 맞닥뜨렸어. 내가 오는 발소리를 들은 게 틀림없었지. 전날이라면 내가 자신을 못 보고 지나치도록 몸을 움츠려 길 밖으로 피했을 거야. 하지만 오늘은 오히려 펄쩍 뛰어나와 나를 반겼지. 나는 그녀의 경이로운 변화에 놀라 넋을 잃었어. 그녀는 날아가는 새처럼 신속하고도 수월하게 몸을 움직였어. 내 손을 꼭 잡으려는 듯 손을 앞으로 쭉 뻗고, 입술을 살짝 벌려 나를 환하게 반겨주는 미소를 띠고, 두 눈은 기쁨으로 반짝이고 있었지.

나는 앞으로 달려 나가 그녀를 맞이했어. 그러나 내 손길이 닿는 순간 그녀의 안색이 싹 바뀌었네. 따뜻한 피가 차갑게 식은 것처럼 파르르 떨면서 몇 걸음 물러서더니, 눈을 내리깔고 서 있더군. 어제의 모습처럼 파리하고 슬퍼 보였어. 왜 그렇게 변했는지, 무슨 일로 심경이 불편한지 제발 말해달라고 애원했지만 헛수고였어. 그녀는 마치 뭐라고 말할 것처럼 입술을 떨었지만 아무 대꾸도 하지 않았고, 내가 다가가려고 하자 움츠러들면서 멀어졌어. 그러더니 끝내 오솔길 옆으로 비켜서더니 어스름 내린 녹음 속으로 자취를 감추었지.

나는 혼자 계속 걸어가 늙은 누플로가 사냥에서 돌아올 때까지 바깥에 한참 앉아 있었지. 그가 집에 들어가서 모닥불을 활활 피운 후에야 리마가 나타났어. 그 어느 때보다도 말이 없고 부자연스러운 모습으로.

제10장

　다음 날 리마는 여전히 이해할 수 없는 성질로 일관했어. 나는 패배를 절감하고 다시 한번 부재의 효과를 시험해봐야 겠다고 생각했고, 이번에는 더 오래 떠나 있기로 했어. 누플로 영감처럼 나 역시 다음 날 아침 은밀하게 집을 나가서 그녀와 마주치지 않을 때까지 기다렸다가 더 깊은 숲속으로 덤불을 헤치고 들어갔지. 마침내 숲의 방호막을 떨치고 사바나를 건너 내가 예전에 머물던 숙소를 향해 걸었어. 그러나 놀랍게도 마을에는 사람이 한 명도 없었지. 처음에는 내가 악명 높은 숲에서 사라져서 공포에 빠진 그들이 고향을 버리고 떠난 게 아닐까 생각했어. 그러나 둘러보고 나서 내 친구들은 그저 이웃 마을에 정기적인 방문을 하러 갔을 뿐이라는 결론을 내렸지. 이 인디언들은 이웃을 한번 방문하면 철저하게 하거든. 식량, 조리 도구, 무기, 해먹, 심지어 반려동물까지 전부 챙겨서 떠나지. 다행히 이번에는 모든 살림을 가져가진 않왔더군. 내 해먹도 있었고, 작은 냄비도 한 개 있었고, 카사바 빵 조금, 보라색 고구마 몇 알, 옥수수도 몇 개 있었네. 아무리 봐도 내가 돌아올 경우를 대비해 남겨두고 간 것 같았어. 그들이 떠난 지 몇 시간 되지 않은 것 같았고. 재에 파묻힌 장작 하나가 아직 타고 있었거든. 그들은 집을 떠나면 아주 여러 날 돌아오지 않았기 때문에 내가 여기 머물고 싶으면 엄청나게 넓고 휑한 헛간처럼 생긴 집을 얼마든지 독차지할 수 있었다네. 먹을 것은 별로 없었지만, 앞날이 크게 걱정되지는 않았어. 음악으로 소일하며 보내기로 했지. 그래서 기타를 찾았는데 허사였네. 인디언들이 현을 뜯어 친구들을 즐겁게 해준다고 가져간 모양이었어. 지난 하루 이틀 사이 짬이 날 때마다 머릿속에서 작곡한 단순한 선율이 하나 있는데, 그걸 오래된 가사에 붙여보았거든. 그런데 악기의 도움을 받을 수 없어서 그냥 혼자서 나직하게 노래를 불러보았지.

세상에 하나뿐인 달보다도 맑게
너는 그토록 귀하게 태어나

음악을 즐기고 나서 모닥불을 피우고 저녁으로 옥수수를 하나 구웠지. 메마르고 딱딱한 낟알을 부지런히 씹으며 이렇게 튼튼한 어금니를 내려주신 하늘에 감사했네. 드디어 전에 내가 쓰던 귀퉁이에 해먹을 걸고, 제일 좋아하는 비스듬한 자세로 누웠네. 양손으로 뒷머리를 받치고, 한쪽 무릎을 굽혀 올리고 다른 다리는 해먹 밖으로 내놓고 덜렁거렸지. 그리고 이런저런 상념에 빠져들었네. 아주 행복한 기분이었어. 정말 이상하지. 나는 생각했어. 아주 조금 내 기분을 맞춰주었을 뿐인데, 지적인 남자와 매력적인 여자 들로 이루어진 점잖은 사교계와 책들에 익숙한 내가 여기서 이토록 완벽한 만족감을 느낄 줄이야! 그러나 역시 섣부른 자축이었네. 얼마 후 드디어 심오한 정적의 위압감이 나를 짓누르기 시작했거든. 숲속과는 달랐어. 숲속에서는 야생의 새들을 벗 삼을 수 있었으니까. 새들의 노래는 언어는 아니어도 의미가 있고, 고독에 매혹을 더해주었어. 녹음이 우거진 풍경과 푸른 잎들이 바람에 떨며 바스락거리는 소리는 지성과 공감을 발휘할 여지를 주지. 그러나 진흙 벽과 토기 냄비는 소통의 상대가 될 수 없지. 외로움이 너무 절실해서 리마를 떠난 게 후회되었고, 그녀 몰래 저지른 행동에 회한을 느꼈지. 할 일 없이 해먹에 누워 있는 지금도 그녀는 나를 찾아 숲속을 배회하며 내 발소리를 들으려고 귀를 쫑긋 세우고 혹시 내가 도와줄 사람이 아무도 없는 곳에서 변을 당하지는 않았을까 두려워할지도 모르지. 그런 그녀를 생각하니 마음이 아팠어. 한마디 말도 없이 몰래 숲을 빠져나온 나 때문에 그녀가 그런 고통을 겪어야 한다니. 나는 벌떡 일어나서 집 밖으로 달려 나와 시내로 내려갔어. 그곳이 나았지. 이제 무더위의 정점은 지났고, 뜨겁게 내리쬐던 태양도 오후의 아지랑이에 가려 커다랗고 붉고 빛살이 약해진 모습이었으니까.

맑은 물에서 1~2미터 떨어진 바위에 앉았네. 그러자 자연의 풍경과 따뜻하고 활기 넘치는 공기와 햇살이 내 영혼에 옮았고, 이제야 내 상황을 좀 더 차분하게, 심지어 희망을 품고 바라볼 수 있게 되더군. 내 처지와 관련해 며칠 동안 내 뇌리를 떠나지 않았고, 이제는 완전히 박혀버린 생각이 있었거든. 바로 이 사막이 내 영원한 집이 되리라는 예감이었지. 카라카스, 구세계의 악습과 유한계급의 정치적 열정과 공허한 유흥으로 가득한 아메리카 대륙의 파리로 돌아간다니 생각만 해도 참을 수 없었어. 나는 변했고, 이 변화는 너무나 거대하고 완전해서 옛날의 인공적 삶이 나의 심오하고 참된 본성과 조화를 이루는 진짜 삶이 아니었고, 앞으로도 그럴 리 없다는 증거였네. 자네는 그게 자기기만이라고 하겠지. 나도 스스로 그 말을 여러 번 되풀이했다네. 그건 자기기만이기도 하고 아니기도 했지. 여기서 논하기에는 너무 장황한 논제야. 하지만 그때 그곳에서는, 이제 나는 연회장의 뜨겁고 오염된 대기와 연을 끊었고, 나를 정화하고 고양한 천국의 공기야말로 마시기에 달콤하다고 믿었어. 친구와 친척 들은 내게 소중했지만, 잊을 수 있었네. 한때 내 것이었던 화려한 꿈들을 잊을 수 있었던 것처럼. 그리고 내가 사랑했던 여자, 어쩌면 내게 사랑을 되돌려주었던 그 여자도 잊을 수 있었지. 문명과 인위적 삶의 딸, 그녀는 나처럼 자연에 귀의해 이런 감정을 결코 느낄 수 없을 거야. 여자들은 근소한 차이로 남자들보다 융통성이 있기는 하지만, 영원히 등지고 떠나온 삶의 근원으로 우리를 다시 데려다주는, 더 큰 맥락의 적응력이 모자란단 말이야. 그녀가 느리게 흘러가는 몇 달 동안 스러져가는 희망에 심장의 아픔을 느끼는 쪽이 우리 둘 다를 위해 더 나았어. 그녀는 나를 만날 수 없음에 슬퍼하며 울겠지만 결국은 상실을 치유하고 옛 장소에서 옛 방식대로 사랑과 행복을 되찾을 테니까.

과거와 현재와 미래를 돌아보며 생각에 잠겨 앉아 있는 동안 슬프긴 했으나 절망에 빠지지는 않았네. 그런데 돌연 따뜻하고 고요한 공기에서 낭랑하고 멀리까지 뻗치는 방울새의 울음소리가 짤랑짤랑 들리는 게 아닌가. 2.5킬로미터쯤 떨어져 있는 녹음 울창한 봉우리에서 들려오는 소리 같았네. 짤랑짤랑, 그 소리가 간격을 두고 거듭, 거듭 들려왔어. 그 순간 그 소리가 나의 폐부를 찌르며 마음을 흔들었다네. 널리 퍼져 우리 마음속에 기독교의 경건한 예배를 알리는 소리로 새겨져 있는, 그 종소리와 너무나 흡사했거든. 그러면서 또 전혀 달랐네. 땅에서 파낸 더러운 금속이 아니라 형체 없이 우주에서 투명하게 떠다니는 천상의 숭고한 소재로 만든 종, 줄도 없이 허공에 떠 있는 살아 있는 종은 푸른 천국의 광활함, 자연의 더럽혀지지 않은 순수함, 태양의 영광과 조화를 이루었고, 첨탑과 종탑에서 울리는 소리보다 훨씬 신비하고 숭고한 메시지를 전달하고 있었어.

아, 제비와 비둘기, 케트살●과 나이팅게일, 신비로운 종소리를 울리는 천상의 조류들이여! 짐승 같은 야만인과 짐승 같은 백인이 그대들을 학살하러 오는구나. 전자는 먹잇감을 구하러 후자는 과학의 이득을 위하여. 이 시기는 흘러가리니 살아남기를, 살아남아서 우리가 죽은 후 도래해 이 지구를 차지할 순결하고 영적인 종족에게 그대들의 메시지를 전해주기를. 수천 년이 아니라 영원히, 영원히. 둔하고 탁한 내 영혼에도 이토록 드높은 것들을 말해줄 수 있는데, 몰개성적이며 만물을 아우르는 하나의 신이 내 안에 있고 내가 그 안에 있음을, 내가 그의 살 중의 살이며 영혼 중의 영혼임을 이토록 실감하게 해주는데, 그렇다면 훨씬 더 명징한 지혜를 지녔을 내 후손들에게는 얼마나 많은 이야기를 들려줄 수 있겠는가.

새소리는 멈추었지만 나는 여전히 반쯤 최면 상태에 빠진 사람처럼 냇물 건너편 키 작은 나무들이 흩어져 자라는 낮은 숲을 멍하니 바라보며 황홀하게 고양된 상태에서 벗어나지 못했다네. 그때 내게로 다가오는 기괴한 인간의 형상이 불쑥 내 시야 안으로 들어왔네. 나는 화들짝 소스라쳤지. 놀라기도 하고 경계심이 발동하기도 했어. 하지만 곧 클라클라 할멈이라는 걸 알아보았네. 어깨에 커다란 마른 나뭇가지 다발을 짊어지고, 무게 때문에 허리가 거의 절반으로 꺾어진 채 집으로 돌아오고 있었네. 할멈은 여전히 내가 있다는 걸 모르고 있었어. 할멈이 천천히 시냇물로 내려와 조심스럽게 징검다리를 밟기 시작했지. 10미터 거리에 들어왔을 때 비로소 할멈

● 중남미에 서식하는 새로, 과테말라의 국조이기도 하다.

은 자기 앞에 말없이 가만히 앉아 있는 나를 보았네. 할멈은 나뭇가지를 모두 땅에 떨어뜨리며 일어나더니 날카로운 경악과 공포의 비명을 지르며 도망치려고 돌아섰어. 아니, 적어도 도망칠 의도가 있었던 것 같아. 몸도 앞으로 숙이고 머리와 팔도 전력으로 달리는 사람처럼 허우적거렸거든. 하지만 다리가 마비되었는지 발이 같은 자리에 못 박혀 있었네. 나는 웃음을 터뜨리고 말았지. 그러자 할멈이 목을 돌려 주름투성이 갈색 얼굴로 어깨 너머의 나를 응시했지. 그래서 또 웃음이 나더군. 그러자 할멈은 반듯이 몸을 펴고 내게로 돌아서서 나를 찬찬히 보았네.

"이리 와요, 클라클라." 내가 외쳤네. "내가 귀신이 아니라 산 사람이라는 걸 모르겠어요? 남아서 내게 먹을 걸 구해줄 사람이 아무도 없는 줄 알았잖아요. 왜 다른 사람들과 함께 가지 않았어요?"

"아, 왜냐니!" 할멈은 비통하게 대꾸했어. 그러더니 내게 일부러 등을 돌리고는 숙녀다운 품위라고는 조금도 찾아볼 수 없이 방정맞게 등허리를 철썩철썩 때리며 외치더군. "여기가 아파서 그렇지!"

할멈이 한참 그렇게 제 등허리를 때리고 서 있는 동안 나는 또 웃음이 나서 설명해달라고 말했지. 할멈이 천천히 돌아서더니 내게서 눈길을 떼지 않고 신중하게 다가왔어. 그러다가 여전히 수상쩍은 눈으로 나를 보며 다른 사람들은 멀리 있는 다른 마을을 방문하러 갔다고, 처음에는 같이 출발했다고 하더군. 그런데 좀 걷다보니 목과 허리에 통증이 엄습했다는 거야. 급성 통증이 너무 심해서 한 발짝도 움직일 수 없었다는군. 할멈은 얼마나 심했는지 내게 보여준답시고, 쓸데없이 그 자리에 벌러덩 드러누웠어. 그러나 땅에 몸이 닿자마자 용수철처럼 벌떡 튀어 오르더군. 따가운 쐐기풀을 깔고 눕기라도 한 것처럼 부엉이 같은 얼굴에 소스라치는 불안감이 어려 있었어.

"우리는 댁이 죽은 줄 알았지." 아직도 내가 유령이라고 의심하듯이 조심스러운 말투였네.

"아니, 아직 살아 있어요." 내가 말했어. "할멈이 아파서 드러눕는 바람에, 저들이 버리고 간 덕분에 목숨을 구했다고요! 아니, 그건 됐고, 클라클라, 우리는 이제 단둘이니까 같이 행복하게 지내야 해요."

할멈은 이제 두려움을 극복하고 내가 돌아왔다며 몹시 기뻐하고 있었네. 나한테 줄 고기가 없어서 아쉬워했을 뿐이지. 내 모험담을 한시라도 빨리 듣고 싶다면서 왜 그렇게 오래 떠나 있었냐고 물었지. 할멈의 호기심을 채워줄 생각은 전혀 없었어. 아니, 적어도 진실을 말해주지는 않을 생각이었지. 디디의 딸이라면 할멈 역시 쿠아코만큼 순전히 야만적이고 악의적인 태도를 보일 테니까. 그러나 무슨 말이라도 해주긴 해야 했어. 그래서 이교도에게 하는 거짓말은 기록되지 않는다는 옛 에스파냐 속담에 힘을 얻어 뱀에 물린 이야기를 해주었지. 뱀에 물렸는데 끔찍한 폭풍우가 몰아닥쳐 숲속에 발이 묶였고 밤이 되는 바람에 빠져나올 수 없었다고. 그리고 다음 날은, 독사에 물리면 죽는다던 기억이 나서 내가 죽어가는 모습을 친구들에게 보여 짐이 되지 않으려고 숲속에 그대로 앉아 있는 쪽을 택했다고 말했어. 노래를 부르고 담배를 피우며 마음을 달랬는데, 며칠 밤낮이 지나도 죽지 않고 오히려 배가 고파져서 일어나 돌아왔다고.

클라클라 할멈은 굉장히 심각한 표정으로 열심히 고개를 흔들고 끄덕이며 혼잣말을 중얼중얼 읊조렸어. 그러더니 세상에 나를 죽일 수 있는 건 아무것도 없다고 하더군. 그러나 내 이야기를 실제로 믿었는지 믿지 않았는지는 그 할멈만 알겠지.

나는 늙은 야만인 집주인과 즐거운 저녁 시간을 보냈다네. 할멈도 통증은 떨쳐버렸고, 음산한 고독을 함께할 동행이 생겼다는 기쁨에 기분도 좋았고 말도 많았어. 다른 사람들이 있어서 체면을 지켜야 할 때보다 훨씬 잘 웃었지.

우리는 모닥불가에 앉아서 남은 음식을 구워 먹고 이야기를 나누고 담배를 피웠어. 그리고 내가 지은 선율에 에스파냐어 가사를 붙인 노래를 불러주었지.

달보다도 맑게

그러자 할멈은 새되고 끽끽거리는 음성으로 야만인의 구호를 외쳐 내게 보답해주었다네. 그래서 결국 나는 벌떡 일어나 그녀를 위해 폴카, 마주르카, 왈츠를 추고 휘파람을 불며 노래를 부르기까지 했지.

그날 저녁 할멈이 더 진지한 이야기를 꺼내려 애쓴 게 한두
번이 아니네. 내가 언제까지나 자기 부족과 함께 살아야 한다
면서 새를 쏘고 물고기 잡는 법을 배우고 아내를 구해야 한
다고 하더군. 그러더니 자기 손녀 오알라바 이야기를 꺼내더
군. 아이의 덕성도 덕성이거니와 육체적 매력은 한 번도 가려
진 적 없으니 말할 필요도 없다고 말이야. 할멈이 이 주제를
꺼낼 때마다 나는 가차 없이 이야기를 끊고 내가 결혼한다면
신붓감은 할멈밖에 없다고 다짐했다네. 그러자 할멈은 자기
는 늙어서 전성기가 지났다고 하더군. 그래서 카사바 빵을 만
들고 씩씩거리는 낡은 풀무로 모닥불을 활활 타오르게 만들
고 밤에 남자들을 재워줄 시간이 얼마 남지 않았다는 거야.
그러나 나는 할멈이 아직 젊고 아름답다고, 우리 후손들은 숲
속의 새들보다 더 많이 번창할 거라고 우겼어. 그리고 밖으로
나가 근처의 덤불숲으로 갔지. 그쪽에 시계초꽃이 만발해 있
기에 화려한 진홍빛 꽃을 줄기와 잎까지 몇 송이 따서 화환
으로 엮어 할멈의 머리에 씌워주었어. 그리고 소리를 지르며
버둥거리는 할멈을 일으켜 세워 함께 정신없이 왈츠를 추며
방 끝까지 갔다가 다시 모닥불가의 할멈 자리로 돌아왔지. 헐
떡거리고 웃어대며 할멈이 자리에 앉자마자, 나는 그 곁에 무
릎을 꿇고 앉아 적당히 열렬한 몸짓을 하며 콜럼버스가 바다
를 항해하기 전, 메나가 불렀던 과거의 그 섬세한 가사를 노
래했지.

세상에 하나뿐인 달보다도 맑게
너는 그토록 귀하게 태어나
낳기는커녕 견줄 이조차 없었지
요람에서부터
명성과 아름다움, 기품을 갖췄으니
행운을 타고났구나

그러면서 내내 다른 사람을 생각하고 있었네! 아, 불쌍한 클라클라 할멈, 그 노래가 무슨 뜻인지도 모르고 내 정신 나간 기쁨의 비밀도 모르고 있었지. 지금 그때 거기 앉아 있던 기억을 떠올리면 부엉이 같은 늙은 머리에 진홍빛 시계초 화환을 쓰고 모닥불에 발갛게 상기되어, 연기에 시커멓게 그을린 벽과 서까래를 등지고 앉아 있던 그 늙은, 불멸의 영혼이 선하게 눈앞에 돌아오네!

이렇게 우리 저녁은 그럭저럭 흥겹게 흘러갔어. 그리고 통나무로 밤새 꺼지지 않을 불을 피운 후 해먹에 들었지만, 잠은 여전히 오지 않더군. 가끔 계속해달라고 추임새를 넣어주긴 했어도 할멈이 해주는 옛이야기를 귀 기울여 들을 생각은 들지 않았네. 이미 오래, 오래전 흙으로 돌아간 다른 백발의 할머니들한테서 어린 시절에 들어 몸으로 흡수한 이야기라고 했는데. 내 두뇌는 그 나름대로 아주 바빴거든. 아득히 먼 베네수엘라에서 한때 내가 사랑했던 여자가 기다리고 흐느껴 울다가 꺾여버린 희망으로 병들어버리는 생각을 하고 또

하다가, 잠을 이루지 못하고 숲속의 신비스러운 밤소리에 귀를 기울이며 내가 돌아오는 발소리를 찾고 있을 리마를 생각하고 또 생각하느라.

　다음 날 아침이 되자 며칠 리마 곁에서 떨어져 있어야겠다는 결심이 흔들리기 시작했어. 저녁이 오기 전, 이제 저항조차 포기한 내 열정이 리마가 불안감에 사로잡혔을 텐데 그리 매정하게 떠나오지 말았어야 했다는 생각과 어우러져 물밀듯 밀어닥쳤고, 그래서 나는 돌아갈 채비를 했지. 미심쩍게 내 움직임을 지켜보던 할멈이 집을 나서는 내 뒤를 다급하게 따라 나오더니 폭풍우가 임박했다고, 멀리 가기에는 너무 늦었다고, 밤은 위험으로 가득하다고 악을 쓰더군. 나는 손을 흔들어 작별 인사를 하고, 어떤 위험도 나를 죽일 수는 없다고 하지 않았냐고 웃으면서 말했지. 내가 어떤 해악을 당하든 할멈이 무슨 신경을 쓰겠어. 나는 마음속으로 생각했어. 하지만 할멈은 혼자 남겨지는 걸 싫어했지. 아무리 지적 수준이 낮다고 해도, 심지어 할멈에게조차, 달랑 하나 남은 토기 냄비에는 '마음 재료'가 들어 있지 않았으니까. 그래서 옛날의 전설을 들려주며 잠재울 수도 없었으니까.
　산마루에 도달했을 때쯤 할멈의 예언에 진실이 담겨 있었다는 걸 알게 되었지. 자연에는 불길한 변화가 내리깔려 있었거든. 탁한 회색 수증기가 하늘의 서쪽 절반을 완전히 뒤덮고 있었어. 그 아래로, 숲 너머 하늘은 잉크처럼 검었고, 이 암흑 뒤로 해는 이미 사라져버렸지. 이제 너무 늦어 돌아갈 수도 없었어. 리마와 너무 오래 떨어져 있었고, 몸이 젖었건 말랐건 밤에 숲속에서 온전히 포위되기 전에 누플로의 오두막에 닿을 수 있기만 바랄 뿐이었지.

내 앞에 펼쳐진, 그림자가 덮인 풍경의 다소 기묘한 면면에 충격을 받은 나는 산마루에 몇 초쯤 더 가만히 서 있었어. 길고 좁게 뻗은 고른 녹색의 숲, 여기저기 늘씬한 종려나무가 다른 나무들 사이로 깃털 같은 왕관을 쓴 머리를 쑥 내밀고는 미동도 없이 서 있었어. 다가오는 암흑 바탕에 이상한 부조처럼 도드라진 모습이었지. 그리고 다시 출발해서 내리막의 도움을 받아 달리기 시작했어. 폭우가 터지기 전에 한참 전진해두어야 했으니까. 숲에 거의 다 왔을 때 번갯불이 번쩍였어. 창백하지만 눈에 보이는 온 하늘을 다 뒤덮은 섬광에 이어 한참 간격을 두고 우르릉거리는 천둥이 몇 초쯤 이어지다 깊게 쿵쾅거리는 울림으로 끝을 맺었지. 마치 자연의 여신이, 숭고한 고뇌와 방기로 바닥에 납작 엎드려 거대한 그 심장이 소리를 내며 박동하는 바람에 온 땅이 쿵쿵 울리는 것 같았다네. 천둥은 더 치지 않았지만 이제 비가 무섭게 내리쳐 굵은 빗방울이 음산하고 바람 없는 대기를 뚫고 직격으로 떨어지고 있었어. 삼십 초도 안 되어 속살까지 흠뻑 젖어버렸지. 그러나 잠깐은 오히려 비가 도움이 되는 것 같았다네. 떨어지는 빗물의 빛이 어둠을 덜어주고 먹색이던 대기를 연회색으로 바꾸는 듯했거든. 이 차분한 비의 빛은 오래 머물지 못했네. 숲속에 들어선 지 이십 분도 못 되어 두 번째 더 큰 어둠이 땅에 내리더니 아까보다 더 무시무시한 기세로 빗물이 퍼붓기 시작했어. 해는 이미 넘어간 것이 확실했고, 이제 하늘 전체가 두꺼운 구름에 덮여 있었지. 어둠이 진해지면서 나는 점점 불안해졌어. 상대적으로 탁 트인 숲 경계 근처에 붙어 있으려고 발길을 좀 더 남쪽으로 돌렸지. 그런데 길에서 벗어나기 전에 이미 나는 길을 잃은 모양이었어. 숲길이 좀 만만해질 줄 알았는데 갈수록 오히려 울창하고 험난해졌거든. 몇 분 지나지 않아 어둠이 너무 깊어져서 이제 눈앞에서 2미터 앞에 있는 사물도 분간할 수 없어졌어. 앞이 보이지 않는 채로 더듬거리며 나아가다가 빽빽한 잡풀에 몸이 얽혀버렸고, 어떻게든 헤치고 지나가려고 사투를 벌이며 나뒹굴다가 결국 순수한 절망에 빠져 그대로 서버렸네. 방향감각은 이제 완전히 사라졌어. 나는 두꺼운 암흑의 무덤에 매장되었지. 밤과 구름과 비와 우거진 녹음과 칡넝쿨과 덩굴식물이 정신없이 그물망처럼 얽힌 나뭇가지들의 암흑. 나는 그 거대한 초목의 식생 한가운데서 무슨 구멍이나 나무 같은 것 속으로 들어가게 되었어. 똑바로 서서 빙글빙글 돌아도 아무것도 걸리는 게 없었지. 손을 내밀면 넝쿨과 덤불만 만져지더군. 그 지점에서 움직이는 건 바보짓 같았어. 하지만 거기 그냥 남아 있어야 한다는 생각만 해도 얼마나 끔찍했는지. 빗물에 흠뻑 젖어 추위에 떨며 질척거리는 땅에 서 있어야 한다니. 시커먼 암흑을 밝히는 유일한 빛이라고는 야만적인 맹수들이 밝히는 안광뿐일 텐데. 하지만 그런 상황에서 하룻밤을 꼬박 보내야 한다는 불안, 극심한 신체적 불편과 위험도 내가 비밀리에 떠나옴으로써 부주의하게 리마에게 끼친 고통과 불안에 관한 생각에 비하면 아무것도 아니었다네.

바로 그때 그녀의 나직하게 지저귀는 표현이 아주 가까운 곳에서 들려오는 바람에 나는 소스라치고 말았네. 가슴이 찡하고 아려왔지. 착각일 리 없었네. 숲이 동물들 소리와 노래하는 새들 소리로 가득 차 있다고 해도 그녀의 목소리는 즉시 분간할 수 있었어. 그 끔찍한 암흑 속에서 들으니 얼마나 신비롭고 얼마나 무한히도 상냥하던지! 너무나도 음악적이고 어여쁘게 흔들리는 소리, 너무나도 서글픈 소리, 그러면서도 내 심장을 느닷없고 형용 못 할 기쁨으로 관통하는 소리.

"리마! 리마!" 나는 외쳤어. "다시 말해요. 당신이에요? 여기 나한테 와요."

다시 그 낮고 지저귀는 소리, 일련의 소리가 몇 미터 거리에서 나는 것 같았지. 그녀가 에스파냐어로 답하지 않는다는 사실이 기분 나쁘지는 않았어. 에스파냐어를 할 때는 언제나 다소 언짢은 기색이었고, 그나마 내 곁에 있을 때만 했으니까. 그러나 좀 먼 거리에서 내게 외쳐 부를 때는 본능적으로 자기만의 신비스러운 언어로 돌아가곤 했고, 새가 새를 부르듯 나를 부르곤 했지. 나는 그녀가 따라오라고 초대하는 걸 알았지만, 말을 듣지 않고 가만히 서 있었어.

"리마." 나는 다시 외쳤어. "여기 내게로 와요. 어디를 밟아야 할지 모르겠어요. 당신이 내 곁에 와서 당신 손을 느낄 수 있을 때까지는 한 발도 움직일 수 없어요."

아무 응답이 없었고, 잠시 후 불안해진 나는 다시 그녀를 외쳐 불렀어.

그런데 내 바로 곁에서 낮고 떨리는 목소리로 그녀가 대답했지. "나 여기 있어요."

내가 손을 내밀자 뭔가 부드럽고 젖은 것이 만져졌어. 그녀의 가슴이었지. 손을 위로 올리니 그녀의 머리카락이 손에 닿았어. 길게 늘어뜨린 머리카락에 물이 뚝뚝 흐르고 있었어. 그녀는 떨고 있었고, 나는 비 때문에 추워서 그런 줄 알았지.

"리마, 불쌍한 리마! 몸이 너무 젖었잖아요! 이런 데서 당신을 만나다니! 말해줘요, 소중한 리마, 나를 어떻게 찾은 거예요?"

"기다렸어요. 지켜봤어요. 온종일. 당신이 사바나를 건너오는 모습을 보고, 거리를 두고 숲속에서 따라왔어요."

"그런데 내가 당신을 그렇게 매정하게 대했다니! 아, 내 수호천사, 어둠을 밝히는 나의 빛, 당신에게 아픔을 준 내가 정말 미워요! 말해줘요, 다정한 사람, 내가 돌아와서 다시 당신과 살았으면 좋겠다고 생각했나요?"

그녀는 아무 답도 하지 않았네. 그때, 손가락으로 그녀의 팔을 쓸어내리고, 나는 그녀의 손을 잡았지. 열병에 걸린 사람처럼 손이 뜨거웠네. 나는 그 손을 들어서 내 입술에 대고 그녀를 끌어당기려 했지만, 그녀는 슬쩍 몸을 내려 내 품에서 빠져나가 내 발치에 주저앉았지. 허리를 굽혀 그녀의 몸을 두 팔로 감싸면서 그녀를 당겨 내 가슴에 바짝 붙여 안았는데, 그 심장이 미친 듯 뛰고 있는 게 느껴졌어. 다정한 말들을 수없이 속삭이며, 나는 제발 내게 말해달라고 간청하기 시작했어. 하지만 그녀는 그저 "와요. 오세요"라는 말만 하면서 내 품에서 또 슬쩍 몸을 빼고는, 내 손을 잡고 수풀 사이로 길을 안내하기 시작했어.

머지않아 우리는 탁 트인 길, 아니면 작은 공터 같은 곳으로 나왔어. 이곳의 어둠은 그렇게 짙지 않았지. 그녀는 내 손을 놓고 바삐 앞서 걷기 시작했어. 언제나 딱 내가 그녀의 회색빛 그림자 같은 형체를 알아볼 정도의 간격을 유지하며, 자신이 속속들이 알고 있는 자연의 오솔길이나 공터를 따라가려고 여러 번 가파르게 방향을 틀었지. 이런 식으로 우리는 거의 끝까지 걸었어. 한마디 말도 없이, 끝없이 내리는 빗소리뿐 아무 소리도 들리지 않았고, 귀에 익숙해진 빗소리는 어느 순간 소리의 효과를 상실했고, 땅을 흘러가는 무수한 빗물이 만들어낸 시냇물 소리만 졸졸 들려왔지. 느닷없이 더 시원하게 트인 장소가 나오고, 우리 앞에 한 줄기 환한 모닥불 빛이 나타났어. 누플로의 오두막 반쯤 열린 문틈으로 새어 나오는 불빛이었지. 그녀는 돌아서더니 딱 이 말만 했어. "이제 어디 있는지 알겠죠." 그러더니 황급하게 먼저 가버렸어. 나는 알아서 따라오라고 남겨둔 채 말이야.

제11장

　다음 날 일찍 일어나보니 반갑게도 날씨가 바뀌어 있었다
네. 하늘에는 구름 한 점 없고 대기에 수증기가 하나도 없을
때만 볼 수 있는 무한한 원근감과 파랗고 순수한 색조가 있
었지. 해는 아직 뜨지 않았지만 누플로 영감은 이미 잿더미
속에 무릎 꿇고 엎드려 두 손으로 찾아낸 불씨를 호호 불어
불길로 키우고 있었어. 그때 리마가 나타났지만, 재빠른 걸음
으로 방을 지나쳐 한마디 말도 없이, 아니 내 얼굴을 한번 쳐
다보지도 않고 문밖으로 나가버리더군. 노인은 몇 분쯤 문을
쳐다보더니 돌아서서 전날 밤 내 모험에 열렬히 관심을 보이
며 꼬치꼬치 따져 묻기 시작했어. 나는 숲에서 길을 잃고 엉
킨 잡풀에 발이 묶인 나를 리마가 발견했다고 대답했지.
　그는 무릎을 꿇은 채 손을 비비며 킬킬 웃었어. "세뇨르, 천
만다행이군요." 그가 말하더군. "우리 손녀가 당신을 그렇게
친구로 생각해주는 게. 안 그랬으면 아마 아침이 오기 전에

죽었을 겁니다. 일단 그 애가 당신 편에 서면, 해건 달이건 등불이건 빛이 하나도 필요 없어요. 깜깜한 밤 사막에서도 길을 인도해준다는 작은 기계도 필요 없지요. 그런 걸 믿을 수 있기나 한지!"

"그래요, 제겐 천만다행이지요." 내가 대꾸했네. "불쌍한 아이가 그런 악천후에 나와야 했다는 게 전부 제 탓이었으니 후회가 막심할 뿐이에요."

"아, 세뇨르." 그는 명랑하게 외치더군. "그런 걱정은 넣어두세요! 비와 바람과 뜨거운 태양을 피해 우리는 은신처를 찾지만, 그 애는 아무 해도 입지 않는다오. 감기에도 걸리지 않고, 말라리아건 뭐건 열병에 걸리지도 않아요."

조금 더 대화를 나눈 후 나는 노인이 제 볼일을 보러 몰래 빠져나가게 두고 리마를 만나 나와 말을 섞도록 설득할 수 있기를 바라며 산책하러 나왔지.

그러나 실패였어. 나무 사이로 오가는 그림자 같은 그녀의 가녀린 형체는 아예 보지도 못했지. 음악적인 입술에서 흘러나오는 음정 하나도 내 귀에 들려와 기쁨을 주지 않았어. 정오에는 집으로 돌아갔네. 이미 나를 위한 식사가 차려져 있었어. 그래서 내가 없을 때 그녀가 집에 왔고, 내게 필요한 것을 잊지 않았다는 사실을 알았지. "고맙다고 인사해야 하나요? 당신에게는 내 안에 존재하는 날개 달린 더 숭고한 영혼을 위한 단물을 부탁했는데, 삶은 고구마와 구운 호박고지, 그을린 옥수수 한 줌을 주다니요! 리마! 리마! 내 숲의 요정,

내 달콤한 구원자, 왜 나를 두려워하나요? 당신 안에서 사랑이 혐오와 싸우기 때문인가요? 맑은 영혼의 눈으로 내 안의 더러운 요소들을 분별해서 증오하는 건가요? 아니면 뭔가 거짓된 상상이 발동해 내 모습이 온통 어둡고 사악하게만 보이나요? 그런데 이미 사랑이라는 달콤한 질병이 당신을 감염시켜버렸고, 마음의 평화를 찾기에는 너무 늦어버린 건가요?"

그러나 그녀는 이미 자리를 떠나고 없었기에 대답할 수도 없었네. 그래서 한참 후 나는 다시 나가 집에서 그리 멀지 않은 데 있는 늙은 나무 뿌리에 힘없이 걸터앉아 있었지. 한 시간을 꼬박 앉아 있었더니 별안간 내 옆에 리마가 나타났어. 그녀는 허리를 굽혀 다가서더니 내 손을 만졌지만 내 얼굴 쪽으로는 눈길도 주지 않았지. "나하고 같이 가요." 그녀는 말했고, 돌아서서 재빨리 숲의 최북단을 향해 이동했어. 내가 당연히 따라온다고 생각했는지 뒤로 눈길 한번 주지 않고 빠른 걸음을 잠시도 멈추지 않더군. 그러나 나는 명령을 따르는 것만도 기뻤고, 벌떡 일어나 재빨리 그녀를 쫓아갔지. 그녀는 편한 길로 나를 이끌었어. 그녀는 속속들이 길을 알고 있었으니까. 잡풀과 덤불을 피하려고 여러 번 가파르게 방향을 꺾어야 했고, 울창한 삼림을 벗어날 때까지 한마디 말도 하지 않고 발걸음을 멈추지도 않았어. 정신을 차려보니 내가 처음으로 그 커다란 언덕, 아니 이타이오아산 발치에 와 있더군. 그녀는 잠시 슬쩍 뒤를 돌아보더니 한 손을 흔들어 정상을 가리켰고, 당장 산을 오르기 시작했어. 여기 역시 너무나 익숙한 땅처럼 보였지. 여기 산 밑에서 보면 양 측면 등성이가 굉장히 험준해 보였어. 어마어마하게 크고 들쭉날쭉한 바위들에 나무, 덤불, 넝쿨이 마구잡이로 뒤섞여 혼란스럽기 이를 데 없는 야생의 풍경이었지. 하지만 그녀를 쫓아 이리저리 가파르게 우회하다보니 올라가기에 충분히 수월한 길이었어. 다만 그녀가 너무 빨라서 따라가려니 굉장히 피곤했을 뿐이지. 산은 원뿔형이었지만 알고보니 정상은 납작하더군. 타원형 또는 배 모양의 땅은 평지나 다름없었고 부드럽게 바스러지는 사암에 좀 더 단단한 바위 몇 개가 흩어져 있었다네. 그리고 초목은 전혀 자라지 않았어. 회색의 산이끼 조금과 말라빠진 작은 덤불 몇 그루가 다였지.

여기서 리마는 나와 몇 미터 거리를 둔 채 몇 분쯤 가만히 서 있었어. 내게 숨 돌릴 시간을 주려는 듯했지. 나는 정말이지 바위에 앉아서 쉴 수 있게 되어서 얼마나 기뻤는지 모르네. 마침내 그녀는 대략 8000제곱미터 크기의 평지 한가운데로 천천히 걸어왔어. 일어서서 나도 그녀를 따랐고, 어마어마하게 큰 바위에 올라 내 앞에 펼쳐진 드넓은 풍광을 내려다보기 시작했네. 바람이 없고 청명한 날이었고, 엄청나게 높이 떠다니는 흰 구름 몇 점이 그 야생의 땅에 스치는 그림자를 드리우고 있었어. 숲과 늪지와 사바나는 흡사 지도 위에 그려진 회색과 초록과 노랑처럼 서로 다른 색깔로만 구분할 수 있었지. 까마득히 멀리 둥근 지평선은 군데군데 솟은 산봉우리들에 막혀 끊겨 있었지만, 우리 산과 인접한 언덕들은 모두 우리 발밑에 있었어.

몇 분쯤 사방을 둘러본 후 나는 올라섰던 바위에서 펄쩍 뛰어내려 돌에 기대선 채 소녀를 바라보며 말하기를 기다렸어. 그녀가 소통해야 할 아주 중요한 어떤 비밀을 (혼자) 품고 있고, 누플로가 아닌 사람, 자기 속내를 털어놓을 사람이 절실하게 필요할 때만 낯가림을 극복할 수 있다고 확신했거든. 그래서 그녀 나름의 방식으로 천천히 시간을 두고 말할 수 있게 기다리기로 한 거야. 그녀는 얼굴을 돌리고 한참 아무 말도 하지 않았지만, 작은 동작들이며 손깍지를 꼈다 풀었다 하는 걸 보니 초조하고 뭔가 생각이 많은 눈치였어. 갑자기 내게로 반쯤 몸을 돌리고는 열심히, 아주 빨리 말하기 시작했어.

"보여요?" 그녀는 둥근 지구 전체를 가리키듯 손을 흔들어 보였어. "얼마나 큰지? 보세요!" 이제는 서쪽의 산들을 가리키고 있었지. "저건 바아나예요. 하나, 둘, 셋. 제일 높은 봉우리. 모두 이름을 말해줄 수 있어요. 바아나차라, 추미, 아라노아. 저 물 보이세요? 과이페로라는 강이에요. 저 언덕들에서 내려오는데, 저 언덕들 이름은 이나루나라고 해요. 저기 남쪽에 보이죠. 멀리, 멀리." 그리고 이런 식으로 그녀는 눈에 보이는 모든 산과 강의 이름을 말해주었어. 그러다 갑자기 손을 허리께로 축 내리더니 말을 이었지. "그게 다예요. 그 너머는 우리가 볼 수 없으니까요. 하지만 세계는 저것보다 훨씬 크잖아요! 다른 산들, 다른 강들. 보아강가에 있는 보아 이야기를 하지 않았나요? 아주 옛날 옛날에 내가 태어난 곳, 엄마가 돌아가신 곳, 사제들이 나를 가르쳐준 곳? 그 모든 건 볼 수 없고, 너무 멀어요. 너무 멀어요."

나는 그녀의 소박함에 웃지 않았고, 미소를 짓지도 않았으며, 미소 짓고 싶은 마음조차 들지 않았네. 오히려 흐려진 그녀 표정을 바라보며 시리다못해 차라리 아픈 연민을 느꼈지. 그녀의 표정은 너무나 다채롭게 변화했지만, 모든 표정에 아련한 그리움이 섞여 있었네. 나는 그녀가 무슨 말을 하고 싶었는지 무엇을 알고 싶었는지 아직도 전혀 감이 잡히지 않았지만, 내 대답을 기다리느라 말을 멈췄다는 걸 알고는 대답했지. "세계는 너무나 커요, 리마. 그래서 어디든 한 지점에서는 아주 작은 부분만 볼 수 있을 뿐이지요. 이걸 봐요." 그리고 등반할 때 짚고 왔던 나뭇가지로 부드러운 바위 표면에 반경이 15~18센티미터쯤 되는 동그라미를 하나 그렸지. 그리고 원 한가운데 작은 자갈을 하나 놓았어. "이 돌이 우리가 서 있는 산이에요." 나는 자갈을 만지며 말했어. "그리고 이 원이 산꼭대기에서 볼 수 있는 전 지역이라고 생각해봐요. 알겠어요? 내가 그린 선이 우리가 그 너머를 볼 수 없는 파란 지평선이에요. 이 작은 원 밖에 세계를 표상하는 이타이오아의 납작한 정상이 있지요. 그렇다면 우리가 이 지점에서 볼 수 있는 지구의 일부가 얼마나 작은지 한번 생각해봐요!"

"그러면 당신은 그걸 다 알아요?" 그녀는 흥분해서 되물었어. "온 세상을?" 작은 돌 평지를 가리키느라 손을 흔들어대면서. "모든 산과 강과 숲을, 온 세상 사람을 다 알아요?"

"그건 불가능할 거예요, 리마. 얼마나 큰지 생각해보면요."

"그건 상관없어요. 어서요. 우리 같이 가요. 우리 둘하고 할 아버지하고. 그리고 온 세상을 다 봐요. 모든 산과 모든 숲을 보고, 모든 사람과 친해져요."

"지금 몰라서 그런 말을 하는 거예요, 리마. 그건 '우리 태양에 가서 그 안에 있는 모든 걸 다 알아봐요' 하고 말하는 거나 마찬가지라고요."

"자기가 무슨 말을 하는지 모르는 건 당신이에요." 리마는 대꾸했어. 반짝이는 눈이 한순간 내 시선과 마주쳤지. "우리는 새들 같은 날개가 없으니 태양까지 날아갈 수 없지요. 하지만 나는 땅 위를 걷고, 달릴 수 있지 않나요? 내가 수영을 못 하나요? 내가 모든 산에 오를 수 없나요?"

"아니, 못 해요. 당신은 모든 땅이 우리가 보는 이 작은 부분 같다고 상상하잖아요. 그렇지만 다 똑같지 않아요. 당신이 헤엄쳐 건널 수 없는 큰 강들, 당신이 오를 수 없는 높은 산들, 당신이 헤쳐나갈 수 없는 숲들도 많아요. 위험한 짐승들이 사는 어두운 숲, 너무나 광막해서 당신 눈이 바라보는 이 너른 공간이 상대적으로 작은 얼룩처럼 보이는 곳들 말이에요."

그녀는 흥분해서 귀를 쫑긋 세우고 들었어. "아, 당신은 그걸 다 알아요?" 그녀는 이상하게 환해진 얼굴로 감탄사를 내뱉었지. 그러더니 내게서 반쯤 고개를 돌리고는 갑작스레 뺘루퉁한 말투로 덧붙였어. "하지만 조금 전만 해도 세상에 대해서 아무 것도 모른다면서요. 너무나 커서요! 그렇게 앞뒤가 안 맞는 말을 하는 사람하고 얘기해서 무슨 득이 있을까요?"

내가 한 말이 앞뒤가 안 맞는 게 아니고, 내 말을 정확히 해석하지 않아서 그렇다고 설명해야 했지. 세계의 주요한 나라들의 중요한 특징을 조금 알고 있다고, 예를 들어, 제일 높은 산맥, 제일 큰 강, 제일 큰 도시들 같은 걸 알고 있다고. 그리고 야만인 부족들에 대해서도 조금, 하지만 아주 조금 알고 있을 뿐이라고. 그녀는 조바심치며 내 말을 들었고, 그래서 나는 아주 빨리, 아주 개략적으로 말해야 했어. 그리고 문제를 단순하게 설명하려고 세계를 우리가 사는 대륙으로 국한해야 했지. 한가롭게 그 이상 넘어가기 어려웠고, 그녀가 너무 열의를 보여서 어차피 그럴 수도 없었을 거야.

"아는 걸 전부 말해줘요." 리마는 내가 말을 마치자마자 말했어. "저기 뭐가 있어요? 또 저기, 또 저기는요?" 그녀는 사방팔방을 가리키며 말했어. "강과 숲은 나한테 아무것도 아니에요. 하지만 마을들, 부족들, 어디에나 사람들이 있지요. 말해줘요. 다 알아야겠어요."

"얘기하는 데 오랜 시간이 걸릴 거예요, 리마."

"당신이 너무 느리니까 그렇죠. 해가 얼마나 높이 있는지 봐요! 말해요, 말해봐요! 저기 뭐가 있어요?" 북쪽을 가리키며 그녀가 물었지.

"이 땅은 전부……." 나는 서쪽에서 동쪽까지 손을 휘저었다네. "과야나예요. 너무 큰 지역이어서 이쪽으로 가든 저쪽으로 가든 몇 달을 여행해도 과야나의 끝을 볼 수 없어요. 그래도 여전히 과야나일 테니까요. 강, 강, 강들이 끝도 없이 나오고 중간중간 숲이 있어요, 그다음에는 또 숲과 강이 나와요. 그리고 야만인들, 민족과 부족들이 있지요. 과이보, 아과리코토, 아야노, 마코, 피아로아, 키리키리포, 투파리토. 백 개쯤 더 말해줄까요? 어차피 아무 소용이 없을 거예요, 리마. 모두 야만인이고, 숲속에 널리 흩어져 살고, 활과 화살과 자라바타나 바람총으로 사냥하지요. 그러니 생각해봐요. 과야나가 얼마나 크겠어요?"

"과야나…… 과야나! 이 모든 땅이 과야나라는 걸 내가 모르겠어요? 하지만 그 너머, 그 너머, 그 너머는요?"

"그래요, 북쪽으로 가면 오리노코강에서 과야나가 끝나요. 어마어마하게 큰 강이지요. 어마어마하게 높은 산에서 내려와요. 그 산과 비하면 이타이오아는 우리가 방금 앉았던 바위가 땅에 놓여 있는 거나 다를 바 없어요. 과야나는 우리나라, 베네수엘라의 일부, 절반에 불과하다는 사실도 알아야만 해요. 이것 봐요." 나는 계속 말했어. 나는 손을 어깨 뒤로 넘겨 등 한가운데를 짚었지. "여기 내 척추를 따라 푹 파인 줄기가 내 몸을 똑같이 반으로 가르잖아요. 이렇게 거대한 오리노코강이 베네수엘라를 반으로 갈라요. 그리고 한쪽에는 과야나 전체가 있지요. 반대편에는 쿠마나, 마투름, 바르셀로나, 볼리바르, 과리코, 아푸레를 비롯해 많은 주와 준주가 있어요." 그리고 나는 나라의 북쪽 절반을 빠르게 묘사했다네. 한쪽에는 가축 떼로 뒤덮인 광막한 야노스 초원, 반대쪽에는 커피, 쌀,

사탕수수를 기르는 플랜테이션 농장들, 그 외 주요 도시들까지. 마지막으로 카라카스, 아메리카 대륙의 흥청망청하고 부유한 작은 파리를 설명했지.

그러자 좀 싫증을 내는 것 같았어. 하지만 내가 말을 맺자마자 마른 입술을 축일 사이도 없이 카라카스 다음에는 뭐가 나오냐고 묻더군. 베네수엘라가 다 지나면 다음에 무엇이 있냐고.

"대양이 나오죠. 물, 물, 끝도 없는 물." 내가 대답했어.

"거기에는 사람이 없어요. 물속에는 고기만 살죠." 그녀는 한마디 하고는 불쑥 또 말을 이었네. "왜 말이 없어요? 그럼 베네수엘라가 온 세상이에요?"

내가 자임한 일은 이제 시작인 모양이었네. 어떻게 진도를 나가야 할지 고민하면서 우리가 서 있는 평지를 훑어보았는데, 한쪽은 넓고 다른 쪽은 거의 뾰족한 모양의 이 작고 불규칙한 평원이 대충 남아메리카 대륙을 닮았다는 생각이 떠오르더군.

"이것 봐요, 리마." 내가 말머리를 꺼냈어. "여기 우리가 이 작은 자갈 위에 있잖아요. 이타이오아산. 그리고 이 둥근 줄이 우리가 갇혀 있는 경계예요. 이 이상은 우리 눈에 보이지 않지요. 그런데 그 너머를 볼 수 있다고 한번 상상해볼게요. 납작한 산마루 평지가 전부 보인다고 상상해봐요. 그럼요, 그게 온 세상인 거예요. 그러니까 내가 모든 나라와 주요 산과 강과 도시 이야기를 해줄 테니 잘 들어요."

내가 결정한 최종 계획에는 아주 많이 서성거리며 걸어 다니는 일과, 돌들을 이리저리 움직여 배치하는 일과, 국경과 다른 줄들을 긋는 등 힘든 노동이 포함되어 있었지. 그러나 나는 즐겁기만 했다네. 리마가 내내 내 곁에 있었으니까. 그녀는 나를 졸졸 따라다니면서 내가 하는 모든 말을 묵묵히, 하지만 깊은 흥미를 보이며 들어주었지. 평평한 산마루의 넓은 끄트머리에 베네수엘라를 표시해놓았네. 긴 줄을 그어 오리노코강이 나라를 어떻게 가르는지 보여주고, 그리로 흘러들어가는 큰 강들 몇 개를 더 표시했지. 그리고 카라카스와 여러 대도시의 위치에 돌을 놓아 표시했다네. 그리고 우리가 유럽인들처럼 위대한 도시 건설자가 아니라는 사실에 감사했지. 들어 옮기기에 돌이 너무 무거웠거든. 그리고 서쪽으로 콜롬비아와 에콰도르가 이어지지. 다음에는 페루, 볼리비아, 칠레, 마지막에 남쪽의 파타고니아로 끝이 나. 춥고 황량한 땅, 쓸쓸하고 적막한 땅. 나는 그쪽으로 서서히 나아가며 연안의 도시들을 표시했지. 땅이 끝나고 태평양이 시작되는 곳, 그리고 무한의 공간.

그러다 갑자기 분출한 영감에 사로잡혀 나는 코르디예라●를 설명하기 시작했다네. 세계의 길이를 아우르는 거대한 산들의 사슬. 바다 같은 티티카카호, 시리게 춥고 황량한 파라모, 그곳에 자리한 티와나쿠●●의 폐허는 테베보다도 오래되

● 낮은 지형을 포함한 산맥의 집합. 여기서는 안데스산맥을 말한다.

었다고. 그리고 안데스산맥의 주요 도시들도 짚고 넘어갔지. 안데스처럼 대단한 몸에 붙어 있다는 사실만으로 세간의 주목을 끄는, 곪은 여드름처럼 하찮고 볼품없는 도시들. 아이러니가 아니라 진심으로 그 주민들이 '화려하고 장엄한 도시'라고 부르는 키토, 지상에서 너무나 높은 곳에 자리하고 있어 천국에서 그리 멀지 않다는 그 도시. **"키토에서 하늘까지"** 라는 속담처럼 말이야. 그러나 그 도시들의 숭고한 역사에 대해서는 단 한마디도 하지 않았네. 왕들과 정복자들, 군왕 우아이나 카팍, 잉카의 제왕 우아스카르, 불행했던 최후의 잉카 제왕 아타우알파, 그런 이름은 입 밖으로 꺼내지도 않았어. 하지만 만년설이 하얗게 덮인 산 정상들에 대해서는, 비록 너무나 부족하지만 수많은 말을 했네. 이 세계의 배꼽 위에, 대지, 대양, 컴컴해지는 폭풍우, 콘도르의 비행보다 훨씬 더 높이 우뚝 솟아 있는 산봉우리들. 불길을 숨 쉬는 코토팍시산,••• 그 분노에 찬 중얼거림은 900킬로미터 밖에서도 들린다고, 침보라소, 안티사나, 사라타, 일리마니, 아콩카과, 흡사 신들의 이름처럼 우리를 벅차게 하는 그 산들의 이름, 흔들림 없는 파차카막과 비라코차, 영원한 화강암의 왕좌. 그리고 마지막으로 나는 리마에게 쿠스코를 보여주었지. 태양의 도시, 지구상의 인간이 거주하는 가장 높은 도시라는 쿠스코를.

●● 볼리비아 라파스 서쪽의 티티카카호 남쪽에 펼쳐진 고대 왕국의 유적.

●●● 에콰도르에 있는 세계 최고의 활화산으로, 해발 5897미터에 이른다.

나는 이토록 숭고한 주제에 그만 흥분해 절제심을 잃었네. 따지고 들 비판적 청자가 없다는 생각에 내 상상력에도 자유롭게 날개를 달고 말았지. 그리고 그녀가 이런 것을 묻는 배후에는 내가 알지 못하는 생각이나 감정이 있을지 모른다는 사실을 잠시 까맣게 잊어버렸어. 내가 산들에 대해 말하는 사이 그녀는 환한 얼굴로 내 발걸음을 관찰하며 한마디 한마디 귀 담아듣고 있었지. 흥분으로 온몸을 파르르 떨면서 말일세.

아직 안데스 동부의 상상할 수도 없는 공간이 남아 있었어. 강들, 그 대단한 강들! 바다와도 같은 초록색 평원들, 땅이 없는 곳에는 무한하게 펼쳐진 물, 그리고 삼림지대. 아마존 삼림은 생각하기만 해도 영혼까지 기운이 쭉 빠지는 것 같았지. 그녀를 휙 낚아채 돔 같은 침보라소산●에 데려다놓으면 1만 제곱킬로미터의 땅을 내려다볼 수 있을 텐데. 그 고도에서는 지평선이 어마어마하게 광활하니까 말이야. 그러면 그녀의 상상력은 그 땅을 모두 끊이지 않는 숲으로 가득 채울 수도 있겠지. 하지만 그렇다고 해도 그 땅은 압도적으로 거대한 전체의 아주 작은 부분일 뿐이지. 아마존 삼림의 넓이는 유럽 대륙 전체와 맞먹으니까! 사랑스러움, 우아함, 장엄함, 그 모든 게 거기 있다네. 그러나 우리는 볼 수도 없고, 차마 상상조차 할 수 없지. 그냥 빨리 말해버려야 했어! 현재 지구를 지배하고 있는 인종들과 그들이 표상하는 문명들이 오래된 티아우아

● 해발 6268미터로, 에콰도르에서 가장 높은 산.

나코의 석상을 깎은 그들처럼 철저히 멸종한 머나먼 훗날 새로운 국가들이 창생하고 우리처럼 직립한 존재들, 수천수만의 새로운 존재들이 와서 차지하게 될 이 광막한 무대로부터, 불멸의 신들도 아직 목격하지 못한 드라마를 위해 준비된 야자수의 극장으로부터 나는 황급히 달려 도망쳤어. 그리고 천천히 그녀를 대서양 연안으로 안내하고, 그 천둥 같은 파도의 굉음을 듣고, 가끔 발걸음을 멈춰 해안의 도시들을 조망했지.

늙은 노아 영감이 아들들에게 지구를 갈라 나눠준 이후로 아마 가장 규모가 큰 지리적 논의였을 거야. 설명을 다 마치고 나는 기진맥진해 주저앉아 이마의 땀을 훔쳤지만, 이 엄청난 숙제가 끝나서 기뻤고, 또 혼자서 세계를 다 보고 싶다는 그녀의 소망이 얼마나 헛된 것인지 잘 보여주었다는 점에서 만족스러웠어.

이제 그녀의 흥분은 착 가라앉은 후였지. 내게서 약간 거리를 두고 서서 눈을 내리깔고 생각에 잠겨 있었어. 그러다 내게 다가와 손을 사방으로 흔들며 말했지. "저기 저 산들 너머에는 뭐가 있어요? 저쪽 도시들 그 너머, 세계 너머에는요?"

"물이요. 물밖에 없어요. 내가 말하지 않았나요?" 나는 완강하게 대꾸했지. 물론 내가 방금 파나마 지협을 바닷속에 수장해버렸지만.

"물! 사방에 전부요?" 그녀가 고집스럽게 묻더군.

"네."

"물뿐이고, 그 너머에 아무것도 없다고요? 물만 있어요? 항상 물뿐이에요?"

하지만 나는 이런 터무니없는 거짓말을 계속 고집할 수는 없었어. 그녀는 너무 지적이었고 나는 그녀를 너무 사랑했거든. 일어서면서 나는 저 멀리 산맥과 외따로 솟아 있는 봉우리들을 손으로 가리켰지.

"저 봉우리들을 봐요." 내가 말했어. "세계도 저런 식이에요. 우리가 서 있는 이 세계 말이에요. 세계를 감싸고 있는 거대한 물 너머에는요, 하지만 아주 멀어요. 너무 멀어서 큰 배를 타고 몇 달씩 가야 닿을 수 있는 곳이에요. 거기에는 섬들이 있어요. 작은 섬들도 있고 이 세계만큼 큰 섬들도 있어요. 그렇지만 리마, 그곳은 너무 멀어요. 닿을 수 없는 거리에 있어요. 그러니까 그런 세계에 대해서는 말할 필요도, 생각할 필요도 없어요. 그래봤자 아무 소용 없으니까요. 그런 곳들은 우리에게 해와 달과 별이나 다름없어요. 우리는 그곳으로 날아갈 수 없잖아요. 그러니 이제 내 곁에 앉아서 쉬어요. 이제 당신은 모든 걸 알게 된 거예요."

그녀는 괴로운 눈으로 나를 흘끗 바라보았어.

"나는 아무것도 몰라요. 당신은 내게 아무것도 말해주지 않았어요. 산과 강과 숲은 의미 없다고 말하지 않았나요? 세상 모든 사람의 이야기를 해줘요. 봐요! 저기 쿠스코가 있죠. 세계 그 어느 도시와도 다른 도시. 당신이 그렇게 말했잖아요? 그런데 사람들에 대해서는 아무 말도 하지 않았어요. 그곳 사람들도 세계 그 어떤 사람들과도 다른가요?"

"한 가지 질문에 먼저 답해주면 말해줄게요, 리마."

그녀는 궁금한 마음에 약간 가까이 다가왔지만, 여전히 조용했어.

"꼭 대답해준다고 약속해요." 나는 고집을 피웠고, 그래도 그녀가 말이 없자 또 추궁했지. "그럼 묻지 말까요?"

"말해요." 그녀가 중얼거렸어.

"왜 쿠스코 사람들에 대해서 알고 싶어요?"

그녀는 나를 휙 쏘아보더니 고개를 돌렸어. 몇 초쯤 망설이며 그렇게 서 있었지. 그러다 내게 바짝 다가서서 어깨를 건드리더니 부드럽게 말하더군. "돌아서요. 날 보지 말아요."

나는 순순히 말을 들었지. 너무 바짝 다가서서 목에 그녀의 뜨끈한 숨결이 느껴졌어. 그녀가 속삭여 말했지. "쿠스코 사람들은 나 같아요? 그 사람들은 나를 이해할까요? 당신이 이해 못 하는 것들도? 당신은 알아요?"

떨리는 목소리가 그 흔들리는 마음을 드러내고 있었지. 그리고 그 말들은 나를 이타이오아산 정상으로 데려온 동기를 알려주고, 온 세상에 사는 다양한 사람을 알고자 하는 그 마음을 보여주는 것 같았어. 나를 알게 된 후로, 그녀는 자신의 고립을 깨닫게 된 거야. 자신이 다른 사람과 다르다는 걸 알게 되고, 동시에 세상 사람 모두가 자신과 달라서 신비스러운 언어를 알아듣지 못하고 그녀의 생각과 감정에 들어오지 못하는 건 아닐 거라는 꿈도 꾸게 됐겠지.

"그 질문은 내가 대답할 수 있어요, 리마." 내가 말했어. "아,

아니에요. 불쌍한 리마, 당신 같은 사람은 그곳에 아무도 없어요. 한 사람도, 한 사람도 없어요. 거기 있는 모든 사람 중에, 사제, 군인, 상인, 장인, 백인, 흑인, 홍인, 혼혈, 남자와 여자, 늙은이와 젊은이, 부자와 가난한 사람, 추한 사람과 아름다운 사람을 통틀어 단 한 사람도 당신이 말하는 그 달콤한 언어를 알아듣진 못해요."

리마는 아무 말도 하지 않았어. 주위를 둘러보던 나는 그녀가 이미 멀어져가고 있다는 걸 알았지. 손을 앞으로 모아 깍지를 끼고, 눈길은 아래로 떨구고, 깊이 낙심한 모습이었어. 벌떡 일어나 그녀를 뒤쫓아갔네. "들어봐요!" 내가 그녀 곁에 다가서며 말했어. "당신 같은 사람, 당신 말을 알아들을 사람이 세상에 또 있다고 알고 있는 거예요?"

"오, 당연하죠! 그래요, 엄마가 말해줬어요. 엄마, 엄마가 돌아가실 때 내가 어리긴 했지만, 왜 좀 더 얘기해주지 않은 거예요?"

"하지만 어디에요?"

"오, 내가 알면 그들에게 가지 않았겠어요? 내가 물어보지 않았겠어요?"

"누플로도 알고 있어요?"

그녀는 고개를 젓고는 실의에 빠져 걸어갔지.

"그런데 할아버지에게 물어봤어요?" 나는 다그쳐 물었어.

"안 했겠어요? 물어봤어요!"

갑자기 그녀는 말을 멈췄어. "있잖아요." 그러더니 말했지.

"이제 우리는 다시 과야나에 서 있어요. 그리고 저기 브라질에, 저 위 코르디예라 쪽으로 가면 미지의 땅이 있죠. 거기에도 사람들이 있어요. 어서요. 우리 같이 그곳에서 어머니의 종족을 찾아봐요. 할아버지는 데리고, 하지만 개들은 두고요. 개들은 동물들을 겁주고 짖어대서 독화살로 우리를 죽이려는 잔인한 사람들한테 들키고 말 테니까요."

"오, 리마, 이해가 안 돼요? 너무 멀어요. 그리고 할아버지는, 불쌍한 노인은, 지치고 배고프고 늙어서 낯선 숲에서 죽고 말 거예요."

"죽는다고요, 우리 할아버지가? 그러면 숲속에 야자수 잎으로 덮어주고 가면 돼요. 그때는 할아버지가 아닐 테니까. 할아버지의 육신만 재로 돌아가는 거니까. 할아버지는 멀리, 저멀리 별들과 함께 있게 될 거예요. **우리**는 죽지 않아요. 계속, 계속, 계속 존재하죠."

이 말싸움은 끌어봤자 가망이 없었지. 나는 말없이 내가 들은 이야기를 생각하고 있었네. 저 광활한 녹색의 세계 어딘가에 그녀와 같은 사람들이 더 있다. 너무나 넓은 지대가 불완전하게 알려졌고, 너무나 많은 지역에 아직 백인의 탐사가 닿지 않았다. 사실이었네. 그런 인종 이야기를 들은 여행자가 아무도 없다는 건 이상했지만, 여기 리마가 내 옆에 있었어. 그런 인종이 실제로 존재했다는 산증인이었지. 누플로 역시 말하는 것보다 많이 알고 있었을 테지. 앞에서 얘기했지만, 나는 정당한 방법으로 그로부터 비밀을 캐내는 데 실패했고,

더러운 방법(온갖 고문)을 써서 억지로 쥐어짜 얻어낼 수도 없었네. 인디언들에게 리마는 그저 디디의 딸, 미신적인 두려움의 대상일 뿐이었어. 그리고 그녀의 기원에 대해서는 아무것도 몰랐지. 그리고 불쌍한 리마, 그녀는 어린 시절 어머니에게 들은 몇 마디만 희미하게 기억할 뿐이었지. 그나마 제대로 이해하지 못했을 확률이 높았어.

그러나 이 생각들이 나의 뇌리를 스쳐가는 사이 리마는 줄곧 내 곁에 말없이 서서 기다리고 있었지. 아마도 자기가 한 마지막 말에 내가 답하기를 기다렸겠지. 그러다 허리를 굽히고는 작은 자갈돌을 주워 3~4미터 거리로 던져버렸어.

"어디 떨어졌는지 보여요?" 그녀는 나를 보며 외쳤어. "과야나 경계에 있어요, 그렇죠? 먼저 저기부터 가요."

"리마, 당신 때문에 정말 못 살겠어요! 우리는 거기 못 가요. 다 야만적인 야생의 오지라고요. 사람들에게 알려진 바가 거의 없어요. 지도의 빈 여백이라고요."

"지도? 내가 이해하지 못하는 말은 하지 말아요."

나는 몇 개 안 되는 단어로 내 말뜻을 설명했지. 그보다 더 적은 단어로도 충분했을 거야. 그녀의 이해력은 정말 훌륭했거든.

"여백이라면, 우리 앞길을 막을 장애물도 알지 못한다는 뜻이네요." 리마가 재빨리 대꾸했어. "우리가 헤엄칠 수 없는 강도 없고, 키토가 있는 곳처럼 거대한 산들도 없고."

"하지만 내가 아는 게 있어요, 리마. 늙은 인디언들한테 들은 얘기가 있거든요. 세상 어떤 오지보다 더 접근하기 어려운 곳이라고 했어요. 거기에는 강도 있고요. 지도에는 나와 있지 않지만, 그 강은 장대한 오리노코강과 아마존강보다도 더 건너기 어려울 거라고 했어요. 경계에는 말라리아가 창궐하는 광활한 늪지대도 있는데, 울창한 삼림으로 덮여 있고 야만인과 맹독이 있는 짐승들이 우글거린다고 했어요. 그래서 인디언들마저도 감히 그 근처에는 얼씬도 못 한대요. 게다가 강까지 가기도 전에 같은 이름을 가진 험준한 산맥이 가로막고 있는데…… 바로 지금 당신이 던진 자갈이 떨어진 자리에요. 리올라마산맥이라고……."

그 이름이 내 입술에서 떨어지자마자 전광석화 같은 변화가 그녀의 얼굴에 퍼져갔네. 의혹, 불안, 성마름, 희망, 낙심, 이 모든 감정이 시시각각 강도를 달리하며 스쳐갔어. 그림자처럼 서로 뒤쫓다가 어느 순간 흔적도 없이 다 사라져버렸지. 그리고 그녀는 본능만 남아 영혼에 섬광처럼 번득이며 떠오른 어떤 새롭고 강력한 감정으로 활활 타오르고 있었어.

"리올라마! 리올라마!" 정신없이 빠른 속도로 되풀이하는 그 말투가 너무 날카로워서 뇌 속에서 찔렁거리는 것 같았어. "거기가 내가 찾는 곳이에요! 거기서 우리 엄마가 발견됐어요. 거기 엄마와 나의 종족이 있어요! 그래서 내 이름이 리올라마거든요! 그게 내 이름이에요!"

"리마!" 나는 그만 그 말에 경악해서 외쳤어.

"아니, 아니, 아니, 리올라마. 내가 어렸을 때 신부님한테 세례를 받았는데, 그때 리올라마라는 이름을 얻었어요. 우리 엄마가 발견된 곳이요. 그렇지만 너무 길어서 리마라고 불렀죠."

갑자기 리마는 가만히 서더니 낭랑한 목소리로 울부짖었어.

"하지만 그동안 내내 알고 있었던 거잖아요……. 그 늙은 영감…… 리올라마가 가깝다는 걸 알고 있었어……. 겨우 돌이 떨어진 자리 저기일 뿐인데…… 우리가 갈 수도 있었는데!"

그 말을 하면서 리마는 집 쪽으로 돌아섰어. 손을 치켜들어 가리키면서. 그녀의 모습 전체가 독사한테 물렸던 첫 만남을 연상시켰어. 홍채의 부드러운 붉은 색조가 불길처럼 타올랐고, 보드라운 피부는 강렬한 장밋빛으로 광휘를 발했지. 그리고 마음의 동요로 온몸이 덜덜 떨리자 풀어 헤친 구름 같은 머리칼은 바람에 날린 듯 흔들렸어.

"배신자! 배신자!" 그녀는 계속 집 쪽을 바라보며 빠르고 열정적인 손짓을 섞어 외쳤어. "당신은 다 알고 있었으면서 그 오랜 세월 나를 속였어. 심지어 나, 리마한테까지 그 입술로 거짓말을 했어! 아, 끔찍해! 과야나에 이런 부끄러운 추문이 또 있을까? 어서, 날 따라와요. 우리 당장 리올라마로 가요." 그러더니 내가 따라오는지 아닌지 확인하는 눈길 한번 던지지 않고 다급하게 걸어가버렸어. 그리고 이삼 분도 못 되어 판판한 산마루 끝 너머로 자취를 감춰버렸지.

"리마! 리마! 돌아와서 내 말을 들어요! 아, 당신은 미쳤어. 돌아와요! 돌아와!"

그러나 리마는 돌아오지도, 멈추지도, 내 말을 듣지도 않았어. 눈길로 따라가보니 보드라운 발굽과 한 치의 착오도 없는 본능을 지닌 민첩한 야생동물처럼 바위가 험준한 비탈을 펄쩍펄쩍 뛰어 내려가고 있었어. 그리고 몇 분 안 되어 그녀는 저 아래 낮은 덤불과 나무 사이로 사라져버렸지.

"누플로, 영감." 나는 그의 오두막이 있는 쪽을 바라보며 혼잣말로 읊조렸지. "지금 머리 위에 폭풍우가 터져 쏟아지게 생겼는데, 그 늙은 뼈마디가 쑤시는 통증으로 경고 한번 안 해줬단 말이오?"

그리고 나는 털썩 주저앉아 생각하기 시작했어.

제12장

　조급한 새처럼 언덕을 뛰어 내려가는 리마를 쫓아가는 건 불가능했어. 누플로 영감이 쩔쩔매며 괴로워하는 꼴을 굳이 보고 싶은 생각도 없었네. 두 사람 사이의 시비는 두 사람이 해결하도록 두는 게 최선이었지. 그사이 나는 마음속으로 새롭게 알아낸 사실들이 지난 이삼 주일 동안 추정했던 전체적인 그림에 어떻게 들어맞는지를 파악하고 있었네. 정신을 차려보니 어느새 시간이 흘러 한두 시간 후면 해가 지겠더군. 당장 산에서 내려가기 시작했지. 여기저기 멍이 들고 온몸에 긁힌 상처가 난 후에야 다 내려올 수 있었어. 물이 뚝뚝 떨어지는 검은 바위에 입을 대고 시원하게 해갈한 후 길을 잃지 않도록 숲의 서쪽 경계에 바짝 붙어서 집으로 걸어가기 시작했네. 산 밑에서 누플로의 오두막까지 가는 길의 반쯤 왔을 때 해가 넘어갔어. 저 멀리 내 왼편으로 짖는원숭이들이 저녁의 포효를 터뜨렸고 삼사 분 후쯤 소리가 그쳤지. 그 후로는 정적이 이어졌고, 가끔 저 멀리 나무 사이 둥지로 홰치러 가는 새들의 울음소리 또는 바로 옆에서 나는 숱한 바스락거림, 작은 새, 개구리, 벌레 소리가 침묵을 꿰뚫곤 했네. 서쪽 하늘은 이제 호박빛 불길 같았고, 그 무한하게 아득한 광휘를 등지고 가까운 나뭇가지들과 엉겨 붙은 잎들이 시커멓게 보였어. 그러나 내 왼쪽의 초목은 여전히 고르게 탁한 녹색이더군. 잠시 후 덮쳐온 밤이 모든 색채를 뒤덮어버리고 빛이라고는 배회하는 반딧불밖에 남지 않았어. 외딴곳에서 홀로 걷는 여행자에게는 언제 봐도 반갑지 않은 손님이지. 도깨비불처럼 시야를 교란하고 방향감각을 흩뜨리거든.

점점 더 불안해지는 마음으로 발길을 재촉하는데, 별안간 낮게 으르렁거리는 소리가 내 앞 몇 미터 거리의 수풀에서 흘러나와 난 그 자리에 멈춰 섰지. 잠시 후 그 개들, 수시오와 골로소가 숨어 있던 곳에서 달려 나와 맹렬하게 짖어댔어. 그래도 금세 나를 알아보고 물러서 다시 들어가더군. 노인도 근처 어디에 있을 거라는 생각이 문득 떠올랐어. 대체로 개들은 노인의 곁을 한시도 떠나지 않으니까. 돌아서서 개들이 나타난 자리로 다시 가보았네. 한참 후 어두컴컴하고 누런 형체 하나를 보자마자 개 한 마리가 벌떡 일어나 나를 올려다보았어. 넓게 퍼진 덤불 옆 땅바닥에 누워 있었던 거야. 덤불은 죽어 말라빠졌지만, 넝쿨식물이 넓고 판판한 덤불 위까지 웃자라 식탁 위를 덮은 태피스트리처럼 완전히 뒤덮고 있었어. 끝쪽의 가녀린 줄기와 잎들이 긴 술 장식처럼 테두리에 넘쳐 흘러내리고 있더군. 하지만 그 술 장식은 땅바닥까지 내려오지는 않았고, 덤불 밑 어두운 안쪽으로 다른 개가 보였어. 한참 보다보니 기대 누운 자세의 시커먼 사람 형체도 보이더군. 누플로 영감일 거라고 짐작했네.

"거기서 뭐 하고 계세요, 할아버지?" 외쳐 불렀지. "리마는 어디 있어요? 못 보셨어요? 나오세요."

그러자 그는 몸을 들썩거리더니 천천히 사지로 엎드려 기어 나왔어. 죽은 나뭇가지와 잎을 탈탈 털고는 일어나서 나를 바라보더군. 이상하게 광기 어린 표정이었고, 하얀 수염이 다 헝클어지고 이끼와 죽은 잎들이 들러붙어 있더군. 그 눈이 부엉이처럼 나를 응시하는 사이 입이 벌어졌다 다물었다 하는데, 성난 페커리처럼 딱딱 소리를 내며 이를 부딪고 있었어. 잠시 미친 사람처럼 눈을 부라리고 말없이 나를 노려보다가 결국 폭발하더군. "처음 너를 만난 날을 저주한다, 이 카라카스에서 온 사내야! 너를 물고도 독이 약해 죽이지 못한 그 뱀도 저주한다! 하! 네놈 지금 이타이오아에서 왔지? 거기서 리마와 얘기를 했지? 그런데 호랑이의 굴로 돌아와서 새끼를 잃은 맹수를 놀리다니. 바보 같은 놈, 개들한테 살점을 뜯어 먹히기 싫으면 밤 산책할 때 방향을 잘 잡았어야지!"

이 분노의 폭언이 그리 겁나지도, 또 크게 놀랍지도 않더군. 노인이 그간 내게 언제나 온화하게 경의를 표하는 말투를 써왔는데도 말이야. 공격은 즉흥적으로 보이지 않았네. 격한 태도와 폭력적인 말들이었지만, 어쩐지 미리 연습한 연기를 하는 느낌이었거든. 나는 그냥 화가 나서 한 발짝 앞으로 나아가 노인의 가슴을 주먹으로 아주 매섭게 쳤네. "말조심해, 영감. 지금 당신 윗사람한테 말하고 있잖아."

"지금 나한테 뭐라고 ?" 노인은 씩씩대며 목멘 소리로 악을 쓰더군. 자기 말을 강조하려고 손짓 발짓을 곁들여가면서 말이야. "지금 여기가 카라카스의 포장도로인 줄 알아? 여기엔 네놈을 보호해줄 경찰도 없어. 이 사막에 남자 대 남자로 단둘이 서 있는데, 계급이나 작위 따위 아무것도 아니라고!"

"노인 대 청년이겠지." 내가 대꾸했어. "그리고 내 젊음 덕분에 나는 당신보다 우월해. 내가 당신 목덜미를 잡고 그 버르장머리를 고쳐주길 바라나?"

"뭐라고, 지금 나한테 완력으로 협박하는 건가?" 노인은 버럭 외치더니 즉시 적의를 드러냈어. "네놈이, 내가 목숨을 구해주고, 비바람을 피해 잘 곳을 주고, 먹여주고, 아들처럼 대해준 네놈! 내 평화의 파괴자, 이 정도로 상처를 주고도 모자란 건가? 네놈은 내 손녀의 마음을 내게서 훔쳐 갔어. 천가지 술수를 써서 그 아이를 미치게 했어! 우리 아가, 내 천사, 리마, 내 구원자! 거짓말을 일삼는 네놈의 혀로 그 애가 돌변해 이제 나를 박해해! 네놈이 그러고도 만족하지 못하고 이 헐어빠진 몸에 주먹을 날려 악행을 마무리해야 직성이 풀린다는 거구나! 나는 전부, 모든 걸 잃었어! 원한다면 내 목숨을 가져가라. 지금은 이 무가치한 목숨에 나도 그리 미련이 없으니까!" 그리고 이 지점에서 그는 무릎을 꿇고 앉아 너덜

너덜해진 망토를 찢어발기더니 맨가슴을 내게 드러냈어. "쏴! 쏴!" 고래고래 악을 쓰더군. "무기가 없으면 내 칼을 가져가서 이 슬픈 심장에 꽂아라. 나를 죽게 해줘!" 그리고 칼집에서 자기 칼을 뽑아서는 내 발치에 휙 던졌어.

이 모든 연기는 오로지 내 분노와 경멸에 불을 붙였을 뿐이야. 그러나 나는 뭐라고 대꾸하기도 전에 저 멀리서 우리에게로 다가오는 유령 같은 물체를 보았네. 회색빛에 형체가 없는 무언가가 저공을 비행하는 커다란 부엉이처럼 신속하고 소리 없이 미끄러졌어. 리마였지. 미처 제대로 볼 사이도 없이 리마는 어느새 우리 곁에 와서 누플로 영감을 똑바로 마주보고 있었어. 격한 감정으로 온몸을 덜덜 떨었고 커다랗게 뜬 눈은 그 어둑한 불빛 속에서도 광휘를 발하고 있었어.

"여기 있군요!" 그녀는 감각을 거의 고통스럽게 때리는 재빠르고 낭랑하게 울리는 말투를 썼지. "나한테서 도망칠 생각이었어! 내 눈을 피해 숲속에 숨으려고! 한심하게도! 나는 아직 당신이 필요하다는 걸 몰라요? 아직 볼일이 끝나지 않았다는 걸? 그럼, 가시 돋친 나뭇가지를 든 리올라마에게 매질을 당하고 싶어요? 그 흰 수염을 쥐어 잡혀 그리로 질질 끌려가고 싶어요?"

누플로는 입을 헤벌리고 리마를 바라보고 있었어. 여전히 무릎을 꿇고 마른 손으로 망토를 펼쳐 들고 있었지. "리마! 리마! 자비를 베풀어다오!" 그는 애처롭게 외쳤지. "리올라마에 갈 수는 없어. 너무 멀어. 너무나 멀다고. 늙은 나는 죽음을 만나게 될 거야. 오, 리마, 내가 죽음에서 구해준 여자의 딸, 너는 측은지심도 없니? 나는 죽고 말 거야. 죽고 말 거라고!"

"죽어요? 리올라마로 가는 길을 내게 가르쳐주고 그다음에 죽어야죠. 내 눈으로 리올라마를 보고 나면, 그때는 죽어도 돼요. 당신 죽음에 내가 기뻐할 거예요. 당신이 죽여 잡아먹은 그 모든 동물의 손자 손녀와 친척과 친구 들이 모두 당신의 죽음을 알고 기뻐할 거야. 그 오랜 세월 동안 당신은 나를 거짓으로 속였어. 나마저도. 그런데 살 자격이 어디 있어! 이제 리올라마로 가요! 당장 일어나. 명령이야!"

노인은 일어서는 대신 갑자기 손을 내밀어 땅에 떨어진 칼을 낚아채더군. "그럼 내가 죽길 바라느냐?" 그는 외쳤어. "내가 죽으면 기뻐한다고? 똑똑히 봐라. 네 눈앞에서 죽어줄 테니까. 내 손으로, 리마, 내 심장에 칼을 박아 내 명줄을 끊어주마!"

그 말을 하면서 처절하게 머리 위에서 칼을 휘둘렀지만 나는 꿈쩍도 하지 않았어. 자살할 생각이 전혀 없는 게 확실했지. 아직도 연기하고 있었어. 그러나 그런 기만을 이해할 능력이 없는 리마는 다르게 받아들였어.

"오, 자살하려 하다니." 그녀는 외쳐 말했지. "오, 사악한 인간, 잠깐 기다려요. 죽고 나서 무슨 일을 당하게 될지 알려줄 테니. 다 우리 엄마한테 일러바칠 거야. 내 말을 다 듣고 나서, 죽으려면 그다음에 죽어요."

리마도 땅에 무릎을 꿇고 앉더니 꼭 맞잡은 손을 치켜들고,

원망에 찬 반짝이는 눈을 들어 우듬지 너머로 희미하게 보이는 어둑어둑한 파란 하늘에 시선을 고정하고, 파르르 떨리는 청아한 말투로 빠르게 읊조리기 시작했네. 하늘에 계신 어머니에게 기도하고 있었지. 누플로는 입을 헤벌리고 빨려 들어가듯 그 말을 듣고 있었어. 그러다 칼을 쥔 손을 옆으로 툭 떨어뜨렸지. 나 역시 크나큰 감탄과 숭모의 마음으로 경청했어. 나와 함께 있을 때 수줍고 말수 적던 그녀가 지금은, 내 존재 자체를 잊은 듯 마음 깊은 곳의 비밀을 큰 소리로 털어놓고 있었던 거야.

"아, 어머니, 어머니, 내 말을 들어줘요. 사랑하는 아가 리마의 말을 들어요!" 그녀는 말하기 시작했지. "그 오랜 세월 내내 사악한 할아버지한테 속아왔어요. 누플로, 엄마를 발견한 그 노인 말이에요. 나는 그 영감한테 리올라마 이야기를 자주 했는데, 옛날에 엄마가 온 곳, 엄마의 사람들이 사는 곳, 그곳 이야기를 자주 했는데, 그런 곳은 모른다고 딱 잡아뗐단 말이에요. 어떤 때는 어마어마하게 멀리 있다고 했고, 커다란 나무줄기보다 더 큰 독사들이 우글거리는 거대한 야생의 밀림 속에 있다고, 무서운 악령들과 낯선 사람은 무조건 잡아 죽이는 야만인들이 득시글거리는 곳이라고 했어요. 또 어떤 때는 그런 곳은 아예 세상에 없다고도 했어요. 인디언이 꾸며낸 얘기라고. 그런 거짓된 이야기들을 나한테 했단 말이에요. 리마에게, 엄마 딸한테. 아, 엄마, 이런 악행이 믿어지나요?

그런데 한 이방인이, 베네수엘라에서 온 백인이 숲에 왔어요. 이 사람이 바로 그 독사에 물린 남자, 이름은 아벨이에요!

하지만 나는 그 이름으로 부르지 않지요. 내가 엄마한테 말해 준 다른 이름들로 불러요. 하지만 엄마는 귀담아듣지 않았거나 아예 못 들었을지도 몰라요. 지금처럼 무릎 꿇고 경건하게 말하지 않고 나지막하게 속삭였거든요. 엄마한테 이 말은 꼭 해야겠어요. 엄마, 엄마가 돌아가시고 보아의 신부님이 여러 번 되풀이해 말씀하셨거든요. 엄마한테나 다른 성인들한테, 아니면 천국의 성모님께 기도할 때 내 말을 들어주길 바라면 꼭 가르쳐준 대로 말해야 한다고요. 그게 제일 이상했어요. 엄마는 다르게 가르쳐줬잖아요. 하지만 그때 보아에서 엄마는 살아 있었고, 이제는 천국에 있으니까 엄마가 더 잘 알겠죠. 그러니까 이제 내 말 들어요. 오, 엄마, 내가 하는 말 한마디도 빠짐없이 들으세요.

이 백인이 우리와 며칠 살고 나서 내게 이상한 일이 일어났어요. 내가 달라졌어요. 너무 달라져서 아직 리마이지만, 또 리마가 아니게 됐어요. 이건 너무 이상해요. 그래서 자주 물웅덩이에 가서 내 모습을 보면서 변화를 찾아보려 하지만, 하나도 달라진 걸 모르겠어요. 처음에는 그의 눈에서 내 눈으로 건너와 번개가 해 질 녘 구름을 채우듯 나를 가득 채웠어요. 그 후로는 그것이 그의 눈에만 머물지 않고 내가 그를 볼 때마다 내 안으로 들어왔어요. 아주 멀리서 볼 때도, 그 목소리를 듣기만 해도, 무엇보다도 그가 손으로 나를 만질 때마다 그랬어요. 눈에 보이지 않게 되면 다시 그를 볼 때까지 가만히 쉴 수가 없어요. 그를 보면 기쁘지만, 너무 무섭고 마음이 괴로워서 그로부터 숨어요. 아, 어머니, 말로는 할 수가 없네요. 한번은 그가 내 팔을 잡고 기분이 어떤지 말하라고 했는데, 그는 이해하지 못했어요. 말할 필요도 없었지요. 그때 우리 종족한테만 말할 수 있다는 생각이 들었어요. 그들이라면 이해할 테니까요. 내게 답해줄 테고, 그럴 때 어떻게 해야 하는지 알려줄 테니까요.

그런데요, 오, 엄마, 그다음에 이런 일이 일어난 거예요. 난 할아버지한테 가서 리올라마로 데려가달라고 처음엔 빌다가 나중엔 명령했어요. 하지만 할아버지는 내 말대로 하기는커녕 내 말에 귀를 기울이지도 않았어요. 오히려 내가 말할 때마다 일어나서 황급하게 도망쳐버렸죠. 따라가면 화를 내며 앞뒤가 안 맞는 대답만 하고, 한 입으로 두말을 했어요. 리올라마에 가본 지 너무 오래돼서 어디 있는지도 모른다고 하다가 그런 데는 세상에 존재하지도 않는다고 하고. 어느 말이 참이고 거짓인지 알 수 없었죠. 차라리 아무 대답도 하지 않는 편이 나았을 거예요. 할아버지한테는 아무 도움도 받을 수 없었죠. 이렇게 실패하고 나니 이 이방인밖에 말할 사람이 없었어요. 그래서 그에게 찾아가기로 마음먹었고, 그와 함께 온 세계를 샅샅이 뒤져 우리 종족을 찾아야겠다고 생각했어요. 그런데 엄마, 이 얘기 들으시면 놀랄 거예요. 아, 엄마, 그 사람 앞에서는 두려움이 덮쳐와 보이지 않는 데로 숨어야 하는데, 내 소망이 너무 커서 두려움을 극복했던 거예요. 그래서 숲속에 혼자 앉아 있는 그 사람을 찾아가 이타이오아산 정상으로 데려가서 세상 모든 나라를 보여주려 했어요. 그렇지만 그 사람 앞에서는 내가 떤다는 것도 아셔야 해요. 인디언이나 잔인한 사람들을 무서워하듯 겁나서가 아니에요. 그 사람은 악한 데가 없거든요. 보면 아름답고 말투도 부드럽고, 언제나 내 곁에 있고 싶어 해요. 내가 본 어떤 남자와도 달라요. 내가 오로지 엄마와 같을 뿐 세상 모든 여자와 다르듯이 말이에요. 오, 다정한 우리 엄마.

산 정상에서 그 사람이 세상의 모든 나라를 표시해서 이름을 불러줬어요. 거대한 산, 강, 평야, 숲, 도시. 그리고 사람들 얘기도 해줬어요. 백인과 야만인. 하지만 우리 종족 얘기는 없었어요. 세상이 끝나면 물, 물, 물만 있대요. 그런데 코르디예라 쪽 과야나 경계에 있는 미답의 땅 이야기를 하면서 리올라마산맥의 이름을 말하는 거예요. 그렇게 해서 난 처음 우리 종족이 있는 곳을 알았어요. 그래서 나는 따라오지 않겠다는 사람을 이타이오아산에 혼자 남겨두고 할아버지에게 달려가서 거짓을 추궁했어요. 그런데 할아버지는 내가 다 알았다는 걸 눈치채고는 내게서 도망쳐 숲에 숨었어요. 그래서 여기서 이렇게 이방인과 이야기하고 있는 할아버지를 다시 찾아낸 거예요. 그런데 엄마, 들켜서 두 번은 도망치지 못한다는 걸 알고 할아버지가 칼을 꺼내 자살하겠다고 으러대지 뭐예요. 나를 리올라마로 데려가지 않으려고요. 지금은 내가 하는 말을 다 듣고 죽으려고 기다리고 있어요. 나는 할아버지가 죽고 나서 자기가 어떤 일을 당할지 꼭 알았으면 좋겠거든요.

그러니까, 아, 엄마, 제 말 잘 듣고 꼭 그대로 해주세요. 할아버지가 자살해서 엄마가 계신 그곳으로 가면, 받아 마땅한 벌을 피하지 않고 반드시 받게 해주세요. 잘 보고 계셔야 해요. 워낙 잔꾀가 많고 음흉한 사람이니까 엄마 눈에 띄지 않으려고 안간힘을 쓸 거예요. 그리고 그 사람을 알아보면(인디언처럼 갈색 피부에 흰 수염을 기른 노인이에요) 천사들에게 꼭 그 사람을 지목해서 알려주세요. '이 사람은 누플로, 리마한테 거짓말을 한 나쁜 사람이에요'라고요. 천사들이 데려가서 그의 날개를 불로 지져버리게 해주세요. 그래야 날개로 날아 도망치지 못할 테니까요. 그리고 산 밑 어디 어두운 동굴에 처넣고 장정 백 명이 들어도 옮길 수 없는 거대한 바위로 굴 입구를 막아 어둠 속에서 영원히 혼자 있게 하세요!"

기도를 끝낸 리마는 재빨리 일어났고, 그와 동시에 누플로가 칼을 툭 떨어뜨리더니 리마의 발치에 납작 엎드렸어.

"리마, 우리 아가, 아가, 그것만은 안 돼!" 울부짖는 그의 목소리가 공포로 갈라졌어. 그는 손으로 그녀의 발을 붙잡으려 했지만, 그녀는 혐오스럽다는 듯 발을 움츠렸어. 그래도 그는 사지가 잘린 도롱뇽처럼 기어서 쫓아가서는 용서해달라며 비굴하게 빌었어. 그리고 지금 자기를 원수로 삼으라는 청원을 받은 네 어머니의 목숨을 살린 장본인이 바로 자신이라면서 무슨 일이라도 시키는 대로 다 하겠다고, 너를 섬기다가 기꺼이 죽으라면 죽겠다고 애원하는 거야.

보기 딱한 광경이었어. 나는 재빨리 리마에게 다가가 어깨를 어루만지며 영감을 용서해달라고 부탁했네.

반응은 금세 돌아왔어. 리마는 다시 할아버지를 보더니 말했어. "용서할게요, 할아버지. 그러니까 이제 일어나서 나를 리올라마로 데리고 가세요."

그는 몸을 일으켰지만, 무릎은 여전히 꿇고 있었네. "하지만 네 **어머니**한테 말씀을 안 드렸잖니!" 이제 영감의 원래 목소리가 돌아왔더군. 여전히 불안해하며 엄지로 어깨를 휙휙 털고 있었지만. "우리 아가, 할아버지는 늙어서 틀림없이 가는 길에 죽을 거야. 그러니 좀 배려해다오. 그럴 때 내 영혼은 어떻게 되겠니? 일단 네 엄마에게 다 말했으니 잊지 않을 것 아니냐."

리마는 잠시 아무 말도 없이 물끄러미 바라보더군. 그리고는 조금 떨어져서 다시 무릎을 꿇고, 양손을 치켜든 채 눈은 머리 위 파란 창공에 고정한 후 다시 기도하기 시작했어. 하늘에는 벌써 별들이 흩뿌려져 있었지.

"아, 어머니, 내 말 들어주세요. 이제 새로 말씀드릴 거리가 생겼거든요. 할아버지는 자살하지 않고, 대신 내게 용서를 빌고 내 말에 복종하기로 약속했어요. 아, 어머니, 나는 용서해줬어요. 그리고 그는 이제 날 데리고 리올라마로, 우리 종족에게로 갈 거예요. 그러니까요, 엄마, 리올라마로 가는 길에 그가 죽더라도 아무것도 하지 말고 그냥 두세요. 마지막에 내가 용서했으니까요. 할아버지가 엄마 계신 그곳에 가면 잘 반겨 맞아주세요. 그게 엄마의 딸 리마의 소원이니까요."

이 두 번째 청원이 끝나자 그녀는 다시 일어나 생기 넘치는 모습으로 그와 여행에 대해 의논하기 시작했어. 더는 지체하지 말고 리올라마로 가자고 다그치면서. 반면 누플로는 이제 두려움을 떨치고, 그렇게 중요한 일은 미리 잘 생각하고 준비도 철저히 해야 한다고 달래더군. 여행은 이십 일 정도 걸릴 테고, 식량을 든든히 준비해서 출발하지 않으면 자기는 반도 못 가서 배를 곯기 시작할 테고, 자기가 죽으면 리마의 신세도 그 전보다 훨씬 나빠질 거라고 말했어. 그러고는 칠팔 일 여유를 두지 않으면 떠나지 않겠다고 단언하더군.

나는 이 말싸움을 흥미진진하게 듣고 있다가 다시 영감의 편을 들며 개입했다네. 리마는 간절히 기도하다가 본의 아니게 내가 자신에게 미치는 힘을 폭로하고 말았고, 그 힘을 행사하는 건 기분 좋은 일이었지. 그래서 나는 또다시 그녀의 어깨를 쓰다듬으며 그토록 긴 여행을 준비하는 데 칠팔 일이면 적당한 시간이라고 확언해주었지. 리마는 즉시 순순히 따랐고, 내 얼굴에 한 번 눈길을 던지고는 재빨리 더 짙어진 그늘로 들어가버렸어. 영감 옆에 나만 혼자 두고 말이야.

이제는 심연처럼 컴컴해진 숲을 헤치며 함께 돌아오는 길에 리마와 대화하던 중 어떻게 리올라마 얘기가 나왔는지 영감에게 설명해주었어. 그러자 그도 자기가 그렇게 험한 말을 써서 미안하다고 사과하더군. 우리 사이의 문제가 일단 정리되자 영감은 자기 앞에 놓인 순례 길 이야기를 하기 시작했어. 그리고 자기는 훈연해 건조한 고기를 잔뜩 가방에 챙기고 카사바 빵, 말린 호박, 기타 등등 무해한 먹거리들을 층층이 쌓아 덮어서 리마의 날카로운 눈과 예민한 콧구멍을 피할 거라고 귀띔해주더군. 그리고 마지막으로, 뭐라고 길고 장황한 이야기를 늘어놓기 시작했네. 나는 결국은 리마의 기원을 해명해주고 리마의 종족 이야기를 좀 알려주는 설명으로 이어질 줄 알았지만 부질없는 생각이었네. 장광설은 그저 자기 의견을 피력하려는 의도였지. 누플로 영감은 그 여자애의 머리가 뇌를 갉아 먹는 구더기에 감염된 게 틀림없지만, 그 애는 하늘의 천사들에 관심이 있고, 특히 어머니와 교감한다면서, 그 어머니는 이제 하늘의 천사들 사이에서 아주 중요한 인간이라고, 그러니 리마의 소망은 다 들어주는 편이 좋다고 말했어. 그는 나를 돌아보며 틀림없이 윙크했던 것 같아(다만 어둠 속이라서 내가 그 신호를 놓쳤지). 그러더니 궁정에 친구가 있다는 건 아주 좋은 일이라고 하더군. 혼자 자축하듯 킬킬 웃더니 다른 사람들은 교회의 법령을 준수하고, 헌금을 내고, 미사에 참석하고, 가끔 고해성사를 하고 사면받아야만 했다고 말했어. 그러니 성당도 없고 사면을 내려줄 사제도 없는 야생의 오지로 나온 사람들은 영혼을 걸고 그랬다는 거야. 하지만 자기는 달랐다고 하더군. 마지막에 자신은 연옥의 불길을 피해 곧장 천국으로 올라갈 거라면서 말이야. "이런 일은, 극소수한테만 있는 일이지요"라고 그는 말했어. 누플로 자신은 성인이 아니고, 악행을 저지르고 처벌을 피하고자 아주 젊은 나이에 처음 오지의 거주자가 되었다고 했어.

이 지점에서 나는 갱생의 의지가 없는 사람한테 하늘나라는 어울리지 않는 거주지가 아니냐고 한마디 하고 싶은 유혹을 뿌리칠 수 없었어. 그러자 누플로는 그 점도 생각해봤는데 미래의 두려움은 전혀 없다고 말하더군. 자기는 늙은이고, 하늘에서 지상의 일을 처리하는 정부의 행정을 잘 지켜본 결과 천국이 어떤 곳인지 명확하게 알 수 있었다는 거야. 그 많은 영광스러운 존재 중에서도 자기와 잘 어울리면서 하찮은 오점으로 사람을 낮잡아 보지 않는 이를 만날 수 있을 거라나.

리마가 저승 생활을 편하게 해줄 수 있는 능력을 지녔다는 생각을 처음 어떻게 하게 됐는지 그건 나도 모르겠네. 그 여자아이의 강력한 성격과 무지하고 지극히 미신적인 정신에서 나오는 생생한 믿음의 실행력 덕분이겠지. 천국의 어머니에게 청원의 기도를 올리는 동안은 내가 보기에도 그 모습이 전혀 우스꽝스럽지 않았네. 노인이 날아서 도망치면 안 되니 날개를 태워달라는 이야기를 들으면서도 얼굴에 미소가 떠오르지 않았어. 낭랑하고 열정적인 어조에서 진동하는 치열한 확신, 유혈을 싫어하고 아무리 미물이라 해도 살아 있는 생명이라면 모든 것에 그토록 다정한 그녀가 그토록 찬란한 경멸을 품고 자살을 명령하고는, 자기가 그 기만적인 영혼을 저승까지 쫓아가 어떤 식으로 복수할지 먼저 듣고 죽으라고 하다니. 그 사건의 사실관계를 명확히 나열하고 심장 깊은 곳의 진실까지 폭로하다니 이 모든 것이 내게 이상한 설득력을 발휘하더군. 그녀의 말을 듣던 그때 나는 개화된 무신

론자가 아니었어. 그녀가 초자연에 너무나 가까웠기에 초자연이 내 곁으로 다가온 느낌이었지. 내 안에 잠재하던 규정할 수 없는 감정들이 꿈틀거리며 살아났고, 신성한 광채를 발하며 머리 위 푸른 하늘에 못 박힌 그녀의 시선을 따라가 나 또한 그녀처럼 그곳에서 그녀 같은 또 다른 사람을 보는 느낌이었어. 리마가 천국의 광휘를 두른 듯한 모습의 또 다른 누군가가 창백하고 영적인 얼굴로 지상의 자식의 입에서 나오는 날개 달린 말(言)을 굽어보는 것만 같았지. 그리고 그때, 그 노인의 수다를 듣고 있을 때도, 터무니없는 망상에 시커멓게 물든 마음이라는 걸 알면서도 그 기도의 이상한 효과에서 아직 완전히 자유롭지 못했어. 의심의 여지 없는 미망이었지, 물론. 리마의 어머니가 정말 하늘에서 딸의 기도를 듣고 있었던 건 아닐 테니까. 그래도 뭔가 신비스러운 방식으로, 리마는 내게, 그리고 미신에 찌든 누플로 영감에게마저 우리와 다른 신성한 존재가 되었던 거지. 이 감정이 내 열정과 섞여 들며 맑게 정화하고, 고양된 희열을 선사하고, 무한히 달콤하고 소중한 것으로 벼려주었다네.

우리 사이에 한참 침묵이 흐른 후 내가 말했지. "이봐요, 할아버지, 리마와 그 거창한 말다툼을 한 결과 리올라마로 그녀를 데려가기로 했잖아요. 하지만 내 동행 여부에 대해서는 두 사람 모두 한마디도 하지 않았는데."

누플로는 발길을 뚝 멈추고 나를 물끄러미 바라보더군. 너무 어두워서 얼굴이 보이지 않았지만, 정말로 놀랐다는 건 느껴졌어. "세뇨르!" 그가 버럭 외쳤어. "선생 없이는 못 가요. 우리 손녀 말을 못 들었소? 이 미친 여정을 떠나려는 게 오로지 선생 때문이라는데? 이 일을 함께해주지 않겠다면, 세뇨르, 우리는 여기 남아야 해요. 하지만 그러면 리마가 뭐라고 하겠소?"

"그럼 잘됐고, 난 갈 겁니다. 단 한 가지 조건이 있어요."

"뭡니까?" 갑자기 바뀐 말투는 그가 다시 경계심을 발동했다는 경고였지.

"리마의 기원, 어떻게 리마와 이 외딴곳에서 단둘이 살게 됐는지, 리올라마로 가서 만나겠다는 사람들이 누군지 처음부터 끝까지 빠짐없이 말해주는 거요."

"아, 세뇨르, 그건 긴 이야기지요. 슬프기도 하고. 하지만 다 들려드리겠습니다. 이제 우리의 일원이 되었으니 세뇨르도 들어야지요. 그리고 내가 이 세상을 떠나 그 애를 보호할 수 없게 되면, 그 애는 당신이 맡아야 해요. 그리고 늙은 누플로만큼 잘 해주지는 못하더라도, 어쩌면 그 애는 그걸 더 좋아할지 모르지요. 그리고 세뇨르, 세뇨르는 나보다 죄 없이, 고기를 입에 대지 않고 그 애 곁에서 함께 살 수 있을 거요. 항상 그 귀한 꽃이 옆에서 즐거움을 줄 테니까. 그러나 그 이야기를 하려면 오래 걸릴 겁니다. 리올라마로 여행하면서 다 들을 수 있을 거요. 그 먼 곳까지 걸어가야 하는데 밤에 모닥불가에 둘러앉으면 달리 이야깃거리가 뭐가 있겠소?"

"아니, 안 됩니다. 그런 식으로 미루려 들면 안 돼요. 출발하기 전에 꼭 들어야겠소."

　그러나 노인은 그 이야기를 여행까지 아껴두기로 굳게 마음먹고 있었고, 갑론을박을 좀 더 거친 후에 내가 양보하고 말았네.

제13장

　그날 저녁 모닥불가에서, 최근 들어 그토록 불행해 보이던 누플로 영감은 이제 망상에 빠져 몹시 행복한지 평소와 달리 명랑하고 주책스럽게 말도 많았어. 제때 숙제를 내고, 자칫 받을 뻔했던 심한 벌을 면한 아이 같았다네. 그러나 내 마음의 가벼움은 심지어 그를 능가했어. 아직 오지 않은 하루를 제외하면, 그날 저녁은 내 기억 속에서 평생 가장 행복했던 하루로 빛나고 있네. 리마의 달콤한 비밀을 알게 됐기 때문이었어. 자신이 겪는 감정의 의미를 전혀 몰라 적을 피하듯 내게서 도망쳤다는 사실 덕분에 더 순수하게 즐거웠지.
　이번만큼은 리마도 평소와 달리 소심한 생쥐처럼 제 잠자리로 몰래 숨어들지 않고 그날 저녁을 특별히 빛내주었어. 내가 처음 집 안에서 그녀를 보고 딴판으로 다른 모습에 놀랐던 때처럼 불에서 멀찌감치 떨어진 그늘진 구석에 머물러 앉아 있었지.

그 구석 자리에서 그녀는 모닥불 빛을 환히 받은 내 얼굴을 볼 수 있었어. 그림자 속에 앉아 있는 그녀의 눈이 늘어진 속눈썹에 가려졌지. 거기 앉아 있으니 선명하게 의식되는 행복감이 독하고 맛있는 와인 같았고, 그 효과도 와인 같아서 시상(詩想)이 어쩌나 자유롭게 날개를 달고 유창하게 흘러나오는지, 누플로 영감은 계속해서 내게 시인이라며 칭찬을 아끼지 않았지. 그러면서 전부 운율을 달아 노래로 만들어달라고 하지 뭔가. 즉흥시를 짓는 기술은 터득한 적이 없어서 그를 기쁘게 해줄 수는 없었네. 단어가 짤랑거리며 노래하게 만드는 기술은 우리 고향에서 누플로 계급의 사람들이 너무나 좋아하는 한가로운 술수지. 게다가 그날 저녁 내 감정은 오로지 가장 훌륭한 정신이 영감을 받았을 때 쓰는 숭고한 언어로만 표현할 수 있었단 말이야. 그래서 나는 시를 낭송하기 시작했다네. 그러나 현대나 지난 세기의 시인들 말고, 심지어 좀 더 위대한 17세기 시인들도 아닌, 고대의 로맨스와 발라드만 불렀지. 그 달콤한 옛 노래들은 기쁠 때나 슬플 때나 항상 새의 노래처럼 자연스럽고 즉흥적이며 너무나 소박해서 어린아이라도 이해할 수 있단 말이야.

그날 늦은 시각이 되어서야 내가 기억하고 낭송하고 싶었던 로맨스들이 다 소진되었고, 그제야 리마도 그늘진 구석 자리에서 나와 소리 없이 잠자리로 들어갔다네.

그들과 함께 떠나기로 마음먹었고 누플로를 안심시키기도

했지만, 나는 리마의 입에서 직접 그 요청을 듣고야 말겠다고 작심하고 있었지. 마침 다음 날 아침 누플로가 개들을 데리고 몰래 외출하자 단둘이 만날 기회가 생겼어. 그가 떠난 순간부터 나는 집을 세심하게 지켜보았어. 보고 싶은 새가 숨어든 덤불을 보고 있는 사람처럼 말이지. 한눈을 팔면 새는 언제라도 쏜살같이 날아가 도망칠 수도 있으니.

드디어 리마가 나왔고, 길을 막고 있는 나를 보고는 다시 슬쩍 숨어버리려 했지. 전날 그토록 대담했던 그녀는 내가 말을 걸자 그 어느 때보다 더 수줍어했어.

"리마." 내가 말했어. "언젠가 아침에 나무 밑에서 우리가 처음 함께 이야기했던 날 기억해요? 그때 어머니 얘기를 했잖아요. 어머니가 돌아가셨다고."

"네."

"이제 그 자리에 가서 리마를 기다릴 거예요. 리올라마 여행과 관련해서, 그곳에서 당신과 할 이야기가 있어요." 리마가 계속 말이 없기에 내가 덧붙여 말했어. "거기로 오겠다고 약속해주겠어요?"

그녀는 고개를 저으며 반쯤 몸을 돌리더군.

"우리의 동맹을 잊은 거예요, 리마?"

"아니요." 그녀는 대꾸하더니 갑자기 가까이 다가오며 나직하게 말했어. "당신을 기쁘게 해주러 그곳에 갈게요. 그러니까 당신도 내가 하라는 일을 해야 해요."

"무엇을 원해요, 리마?"

그녀는 더 가까이 다가왔어. "잘 들어요! 내 눈을 쳐다보면 안 돼요. 손으로 나를 만져서도 안 돼요."

"사랑스러운 리마, 당신과 말할 때는 손을 잡아야 해요."

"아니, 아니, 안 돼요." 그녀는 중얼거리며 나로부터 몸을 움츠렸지. 그게 그녀가 원하는 바라는 걸 알고 나 역시 내키지 않지만 물러섰어.

그리 오래 기다리지 않았는데 그녀가 밀회 장소에 나타나 내 앞에 섰어. 그때처럼, 깨끗한 노란 모래가 덮인 바로 그 자리에 서서 마음이 불편한지 손깍지를 꼈다 풀었다 하고 있었지. 하지만 이제 그 마음의 괴로움은 그때와 달랐고, 더 커져서 오히려 더 낯을 가리고 더 말수가 적어진 것이었다네.

"리마, 할아버지가 리올라마로 당신을 데려간다고요. 내가 당신과 함께 가기를 바라나요?"

"오, 그걸 모르는 거예요?" 그녀는 재빨리 내 얼굴을 흘끗 보았어.

"내가 그걸 어떻게 알겠어요?"

그녀의 눈이 불안하게 먼 곳으로 배회했어. "이타이오아산에서 내가 모르는 것 수백 가지를 말해줬잖아요." 그녀는 모호하게 대답하더군. 어쩌면 그런 방대한 지리학적 지식을 갖춘 내가 세상에 모르는 게 있다는 게 놀랍다는 뜻을 전하고 싶었는지도 모르지. 아무리 그녀의 가장 은밀한 생각이라도 말이야.

"말해줘요. 왜 꼭 리올라마로 가야 하는 거예요?"

"들었잖아요. 내 종족과 이야기하려고요."

"그 사람들에게 무슨 말을 하려고요? 나한테 말해줘요."

"당신이 이해 못 하는 말이요. 그런데 어떻게 말해요?"

"에스파냐어로 말해주면 이해할 수 있어요."

"오, 그건 말이 아니에요."

"어젯밤에 어머니한테는 에스파냐어로 말했잖아요. 어머니에게 전부 다 말한 게 아니에요?"

"오, 아니요. 그때는 다 말한 게 아니에요. 전부 다 털어놓을 때는 다른 식으로, 낮은 목소리로 말해요. 무릎 꿇고 기도하는 게 아니라. 밤에, 숲에서, 혼자 있을 때 말해요. 하지만 아마 내 말을 못 듣나봐요. 여기에 없고 저기 있으니까요. 너무나 멀리! 절대 대답하지 않지만 내 종족에게 말하면 그들은 대답해주겠지요."

그러더니 더 할 말이 없다는 듯 돌아서는 거야.

"당신에게서 내가 들을 말이 이것뿐이에요, 리마? 이 몇 마디뿐이에요?" 나는 외쳤지. "할아버지한테는 그렇게 많은 말을 하고, 돌아가신 어머니에게도 그렇게 많은 말을 하면서 내게는 왜 이렇게 말해주는 게 없어요!"

그녀는 다시 돌아섰어. 그리고 눈을 내리깔고 대답했지.

"할아버지는 나를 속였어요. 그 말을 해야만 했어요. 그리고 어머니한테 기도해야 했죠. 하지만 이해도 못 하는 당신한테, 내가 무슨 말을 할 수 있어요? 당신은 할아버지와도 다르고, 보아에서 알았던 모든 사람과 다르다는 말밖에 할 말이 없어요. 너무 달라요. 그리고 똑같아요. 당신은 당신이고, 나는 나죠. 왜 그런지 당신은 알아요?"

"아니요. 네, 알아요. 하지만 당신한테 말해줄 수는 없어요. 당신의 종족을 찾으면 뭘 할 건가요? 나를 버리고 그들에게 갈 건가요? 당신을 잃기 위해서 리올라마까지 그 먼 길을 가야 하는 건가요?"

"내가 있는 곳에, 당신도 있어야만 해요."

"왜요?"

"그 얼굴에 있는 게 내게 안 보이겠어요?" 내 얼굴에 드러난다는 걸 재빠른 손짓으로 가리키며 그녀가 대답했어.

"눈이 예리하네요, 리마. 새처럼 날카로워요! 내 눈은 그렇게 좋지 못해요. 그 아름답고 야성적인 눈을 한 번만 더 들여다보게 해줘요. 그러면 당신이 내 눈에서 보는 만큼 나도 볼 수 있을지 모르잖아요."

"오, 아니, 아니, 그건 안 돼요!" 그녀는 괴로운 마음으로 중얼거리며 내게서 멀어졌어. 그러더니 느닷없이 찬란한 홍조를 섬광처럼 번득이며 울부짖었어.

"동맹을 잊은 거예요? 나한테 한 약속을 잊은 거예요?"

그녀의 말에 나는 부끄러워져서 대답할 수 없었어. 그러나 수치심은 그녀의 아름다운 몸을 내 품에 안고 그 얼굴을 키스로 덮고 싶다는 충동만큼 강력하지는 않았지. 욕망이 병이 되어 나는 돌아섰고, 나무뿌리에 앉아 손으로 얼굴을 감쌌어.

그녀가 가까이 다가왔네. 손가락 사이로 그녀의 그림자가 보였어. 그리고 그녀의 얼굴과 아련하고 연민에 찬 눈.

"용서해줘요, 소중한 리마." 나는 다시 손을 내리며 말했어. "모든 일에 당신을 기쁘게 해주려고 너무나 노력했어요! 당신 손으로 내 얼굴을 어루만져줘요. 그렇게만 해주면, 당신과 리올라마로 가고, 모든 일에서 당신의 말을 따르겠어요."

한참 망설이던 그녀는 내가 볼 수 없을 만큼 재빨리 내 옆으로 비켜섰어. 그러나 나는 그녀가 떠나지 않았고, 바로 내 뒤에 서 있다는 걸 알았지. 그리고 찰나의 기다림이 지난 후 나는 내 피부에 닿는 그녀의 손가락을 느꼈어. 날개가 부드러운 나방이 파닥이듯 부드럽게 떨면서 내 뺨을 훑었지. 그 공기 같은 작은 손길이 사라지자, 그녀 역시 나방처럼 내 곁에서 사라져버렸네.

혼자 숲속에 남겨진 나는 행복하지 않았네. 그 파닥이는, 기분 좋은 손가락 끝의 촉감이 내게는 입말 같았고 언어보다 더 유창했지만, 그 말이 전한 따스한 확신은 완벽한 만족감을 주지 못했지. 그리고 지난밤의 기쁨이 왜 나를 저버리고 사라진 건지 자문해보니(모든 게 내게 창창한 미래를 약속하는데 왜 이런 새삼스러운 슬픔에 감염된 건지 스스로 물으니) 지난 몇 시간 동안 내 열정이 크게 벅차올랐기 때문이라는 걸 알게 되었어. 잠자는 동안에도 그 마음은 점점 커져만 갔고, 이제 그 대상의 매력을(도덕적, 신체적 매력 모두 말일세) 머릿속으로 하염없이 생각하고 앞으로 맺어질 꿈을 꾸는 것만으로는 부족한 지경이 된 거야.

나뿐 아니라 리마를 위해서도 여행을 떠나기 전에 내가 인디언 친구들과 며칠 시간을 보내는 편이 좋겠다는 결론을 내렸지. 그들도 내 오랜 부재를 걱정할 테니까. 따라서 다음 날 아침, 노인에게 잘 있으라고 인사하고 사나흘 내에 돌아오겠노라 약속하고는 리마를 보지 않고 떠났어. 리마는 보통 때보다 일찍 집에서 나갔더군. 숲을 벗어나 뒤를 돌아본 나는 외딴 나무 한 그루 아래 서 있는 그녀를 보았네. 가까운 거리의 옅은 그늘 밑에서 너무나 자주 보았던 그 모호하고 아련한 초록색 모습으로 나를 바라보고 있었지.

"리마!" 그녀에게 말하려고 다급하게 돌아갔지만, 그 자리에 갔을 때 이미 그녀는 사라져버렸더군. 한참 기다렸는데 그녀가 근처에 있다는 기척이 전혀 느껴지지 않아서 나는 다시 걷기 시작했네. 내 상상력이 날 속였다는 생각이 반쯤 들더군.

인디언 친구들은 다시 집에 와 있었는데, 나를 보는 태도가 눈에 띄게 달라져 있었지만 놀랍지는 않았네. 그 정도는 예상했었어. 내가 어디서 누구와 시간을 보냈는지 그들이 아주 잘 안다는 걸 고려하면, 이상한 일도 아니었다. 그날 아침 사바나를 건너오면서 처음으로 내가 어떤 위험을 감수하고 있는지 생각해보았네. 하지만 이 생각은 새로운 정황에 대비하기 위한 것이었지. 이제 와 발길을 돌려 리마 앞에 나타난다는 건 내가 간혹 약속을 잊는 사람일 뿐 아니라 약하고 오락가락하는 마음의 소유자라는 증거가 될 테니 잠시도 고려할 수 없는 선택이었어.

사람들은 나를 조용히 맞이했어. 환영하지는 않았지. 내 오랜 부재에 관해 아무 질문도, 한마디 말도 하지 않았어. 흡사 이방인이 그들 가운데 나타난 것 같았지. 그들이 아는 것이 하나도 없는 사람, 그래서 실제 적의가 아니라도 의혹의 눈길로 대하는 사람 말일세. 나는 그런 변화를 모르는 척했어. 배고픔을 달래려고 아무도 권유하지 않는데 손을 냄비에 담가 먹고, 담배를 피우고 무더위의 시간을 해먹에 누워 졸며 보냈지. 그러다 기타를 들고 남은 시간을 보냈지. 조율도 하고, 손가락 끝으로 현을 건드렸는데, 어쩌나 살짝 퉁겼는지 4미터 밖에 있는 사람의 귀에는 웅얼거림이나 벌레의 날갯짓 소리처럼 들렸을 거야. 그리고 잘 들리지도 않는 반주에 맞춰 역시 낮은 음조로 새 노래들을 불렀다네.

저녁이 되고 모두 지붕 아래 모였지. 나도 식사를 마친 후 다시 악기를 들었네. 반쯤 감은 동물의 눈으로 모두가 나를 은밀히 관찰하고 있었지. 나는 시끄럽게 현을 치며 큰 소리로 노래를 불렀네. 옛날 에스파냐의 단순한 선율을 노래했는데, 그에 맞춰 그들의 언어로 가사를 붙였지. 일상에서 쓰지 않는 단어가 하나도 없는 언어라서 평범함을 넘어서는 감정을 표현하기가 너무나 어려웠어. 오후 내내 목소리를 낮춰 짓고 연습한 노래는 일종의 발라드였네. 식량이 부족한 철에 어린 식구들과 살아가는 가난한 인디언에 관한 노래였지. 하루하루 목소리 없는 숲을 돌아다니지만, 매일 저녁 말라빠지고 시큼

한 베리 몇 알만 손에 들고 집에 돌아와보면, 커다란 눈의 깡마른 아내가 아무것도 굽지 못한 불을 피우고 있고, 아이들이 음식을 달라고 울고 있고, 그 애들 피부 아래 뼈가 날마다 점점 더 뚜렷하게 드러나 보였어. 그리고 기적 같은 일 하나 없어도, 멋진 일 하나 일어나지 않아도, 그 황량함이 지상에서 지나쳐 사라지고, 텃밭이 다시 그들에게 호박과 옥수수, 카사바를 선사해주고, 야생 과일이 익어가고, 새들이 돌아와 숲을 울음소리로 채우지. 그렇게 기나긴 배고픔은 충족되고 아이들은 말끔해져 양지에서 놀고 웃어대지. 그리고 아내는 이제 텅 빈 냄비 앞에서 우울해하지 않고, 실유카로 해먹을 짜서 마코앵무의 파랑과 진홍 깃털로 장식하네. 그새 고된 노동에서 돌아온 인디언은 해먹에서 연거푸 시가를 피우며 휴식을 취했다는 이야기였어.

마침내 노래가 크나큰 기쁨의 음으로 끝을 맺자 어두워지는 방에서 부지불식간에 긴 한숨이 새어 나왔고, 내 노래를 깊은 관심으로 경청하고 있었음을 말해주었지. 건네는 말은 없었지만, 나는 여전히 이방인이고 의심받는 몸이었지만 이 실험은 명백히 성공이었고 당분간 위험은 피한 것 같았네.

나는 내 해먹에 가서 잠을 청했지만, 옷을 벗지는 않았네. 다음 날 아침, 일어나보니 리볼버가 없어지고 권총집이 벨트에서 분리되어 있었어. 내 칼은 뺏기지 않았더군. 아마 내가 해먹에 두고 깔고 잤기 때문인 것 같았어. 내가 따져 묻자 루니가 내 무기를 **빌려** 사냥을 나갔고, 저녁때 돌려줄 거라고 하더군. 나는 서글서글하게 받아들이는 척했지만, 속마음은 심히 불편했네. 얼마 후 나는 루니가 나를 죽이려 했는데 인디언 이야기를 듣고 마음이 약해졌고, 대신 리볼버를 압수함으로써 나를 포로로 잡고 있겠다는 의향을 밝혔다는 결론에 다다랐어. 이어지는 사건들이 이런 의심에 확증을 더했네. 루니는 돌아와서 숲속의 짐승을 사냥하러 갔었다고 설명하더군. 동행인 없이 혼자 가느라고 위험에서 신변을 보호하느라 내 리볼버를 가져갔다는 거였지. 여기서 위험은 초자연적인 의미인 거지. 그런데 불행히도 무슨 짐승을 쫓아가다가 수풀에 떨어뜨렸다는 거야. 나는 발끈해서 루니가 나를 친구로 대접하지 않았다고 말했네. 무기를 달라고 내게 부탁했다면 빌려주었을 거라고. 허락 없이 가져갔으니 대가를 치러야 한다고 했지. 한참 생각에 잠기던 루니는 총을 가져갈 때 내가 정신없이 잠들어 있었다고 하더군. 그리고 잃어버린 게 아니라는 거야. 자기가 그 총을 떨어뜨린 자리에 데리고 갈 테니 함께 찾아보자고 했어.

이제 루니는 내게 겉으로는 훨씬 우호적인 태도를 보였어. 심지어 간밤의 노래를 다시 불러달라는 청도 하더군. 다시 그 연주를 들려줬더니 모두가 만족했지. 그러나 아침이 되자 루니는 숲에 갈 마음이 없어졌다고 말을 바꿨어. 집 안에 먹을 음식이 충분하고, 권총은 떨어진 자리에 하루 정도 그냥 뒤도 나쁠 게 없다는 거야. 다음 날도 똑같은 핑계를 댔어. 그래도 나는 조바심과 의심을 숨기고 그날 저녁 세 번째로 발라드를 불러주며 기다렸네. 그랬더니 루니는 7킬로미터쯤 떨어진 숲으로 나를 이끌고 갔고, 우리는 수풀에서 잃어버린 권총을 수색했네. 나는 희망을 거의 버린 상태였지만, 루니는 새들의 목소리를 귀담아들으며 뭔가 기회가 보이면 내게 일어나거나 누우라고 자주 요청했네.

헛되이 하루를 허비하고 나니 최대한 빨리 루니에게서 벗어나야겠다는 결심이 서더군. 그를 목숨을 노리는 숙적으로 만들고, 무기라고는 사냥칼만 들고 리올라마로 떠나는 위험을 감수하고서라도 도망쳐야 했네. 겉으로는 아닌 척하면서 내가 집 밖으로 나가면 인디언 한두 명이 늘 미행이나 감시를 한다는 걸 눈치채고 있었지. 몹시 신중해야 했어. 다음 날 나는 리볼버 문제를 꺼내며 다시 주인장을 공격했네. 미리 연습한 것처럼 분노를 터뜨리며 찾지 못하면 값을 치르라고 윽박질렀어. 나는 심지어 대가로 요구할 물건의 목록까지 작성했어. 활과 화살, 자라바타나, 창 두 개, 구체적으로 명시할 필요 없는 자잘한 물건들까지 과야나 숲에 사는 오지의 인간이 되기 위한 기초적 준비물을 요구했네. 아내도 덧붙이려 했지만, 이미 신붓감을 제안받은 터라 굳이 필요하지 않은 것 같았어. 루니는 내가 무기에 매긴 가치에 약간 당황한 기색을 보이며 다시 가서 찾아보자고 하더군. 그래서 나는 쿠아코의 날카로운 시력은 믿어 의심치 않으니 그를 데려가게 해달라고 간청했지. 루니는 좋다고 하더니 다음 날 바로 찾으러 가자고 했어. 아주 좋아. 나는 생각했지. 내일이면 이들의 의심이 좀 가라앉을 테고, 내게 기회가 오겠지. 그래서 나는 조잡한 악기를 들고 그들에게 옛 에스파냐 노래를 불러줬어.

그 고통스러운 순간부터

그러나 이런 음악은 그들에게 이미 매력이 사라진 후였지. 그들이 잘 알아듣는 그 민요를 불러달라는 요청을 받았네. 다시 부를 때마다 그 노래에 대한 흥미가 점점 더 커져만 가는 듯했어. 마음은 불안했지만, 클라클라가 부엉이 같은 눈으로 나만 빤히 바라보면서 입술을 들썩거리는 모습을 보면 재미있었지. 내 이야기에는 할멈이 사람들을 재우려고 들려주는 옛이야기처럼 기적 같은 요소는 없었어. 이제쯤은 할멈도 알게 됐을지 모르지. 내 이야기의 일상이 거칠고 평범한 카사바 빵이라면, 그 빵을 그토록 구미 당기게 만든 건 노랫가락이라는 이상한 꿀이었다는 사실을 말이야. 음악과 노래 교습을 청했다면 나는 기꺼이 해줄 준비가 되어 있었지. 그리고 기타는 그녀에게 물려주고 싶다고 유언장을 작성할 의사도 있었어. 그러니까 하얗게 센 머리와 백만 개의 주름에도 불구하고, 그녀는 내가 만난 어느 야만인보다도 폰세 데 레온의 영원한 젊음의 샘물을 마신 듯 젊어 보였지. 불쌍한 늙은 마녀!
다음 날은 내가 리마에게서 떠나온 지 엿새 되는 날이었는데, 그날은 지독한 불안감에 시달려야 했네. 아이들과 놀아주고, 옛날처럼 희극적인 나뭇가지 칼싸움을 하고, 시끄럽게 기타를 치면서 감정을 숨기려 애썼지. 날이 가장 뜨거워지는 오후 시간, 모두가 해먹에 누워 있을 때 나는 쿠아코에게 먹을 감으러 냇물로 가자고 부탁했어. 그럴 줄 알았지만 쿠아코는 거절했어. 그러면서 내게 익숙한 웅덩이에서 먹을 감지 말라고 간절하게 말리더군. 무슨 피라냐가 거기 나타났으니 틀림없이 습격당할 거라면서 말이야. 나는 속없는 소리에 웃어주곤 겉옷을 들고 문을 박차고 나와서 활기찬 곡조의 휘파람을 불었지. 나는 언제나 물에서 나올 때 햇빛과 등에로부터 머리와 어깨를 보호하려고 겉옷을 둘렀기 때문에 그의 의심을 사지 않았고 미행도 없었네. 웅덩이는 집에서 걸어서 십 분 거리였네. 쿵쾅거리는 심장을 안고 거기 도착해서 시냇물이 얕은 끝 쪽으로 돌아가 앉아 몇 초쯤 쉬며 손으로 물을 퍼서 몇 모금 마셨어. 그리고 이윽고 일어나서 시내를 건너 달리기 시작했지. 개울 기슭 근처 낮은 나무들 사이로 바짝 붙어 사바나를 가로질러 한참 뻗어 있는 마른 도랑이 나올 때까지 계속 뛰었어. 그 길로 계속 가면 가야 할 거리가 상당히 늘어났지만, 지름길로 가면 눈에 띄었을 테니 더 위험해졌을 거야. 처음에 너무 속도를 내는 바람에 얼마 지나지 않아 전력 질주와 뜨거운 태양, 여기에 내 뜨거운 흥분감이 더해져서 기진하고 말았네. 내가 도망치는 모습이 눈에 띄지 않기를 바랄 수는 없었지. 무거운 짐이 없어서 몸이 자유로운 인디언들이 벌써 내 뒤에 바짝 붙어 치명적인 창을 내 등짝에 날릴 거라고 상상했어. 절망과 분노로 흐느끼며 나는 마른 냇물 바닥에 얼굴을 처박고 쓰러지고 말았네. 이삼 분 동안 이렇게 녹초가 되어 사내답지 못한 꼴로 엎드려 있는데, 심장이 너무 격하게 뛰어서 온몸이 덜덜 떨렸어. 내 적들이 그때 나를 찾아내 죽이겠다고 작정했다면 나는 내 목숨을 지키기 위해 한 손도 제대로 들지 못했을 걸세. 그러나 몇 분이 지나도 그들은 오지 않았어. 나는 일어나서 계속 걸었네. 이제는 좀 빠른 걸음이었고, 은신처 역할을 해주던 냇물이 끝나자 나는 시내 남쪽에 여기저기 흩어져 있는 시든 소형 덤불들 사이로 허리를 숙인 채 기다가 걷다가 가끔 멈춰 쉬다가 뒤를 돌아보며 나아갔어. 마침내 남쪽 극단의 산마루 경계에 다다랐지. 나머지 길은 비교적 편한 길로, 내리막이었어. 그 기꺼운 초록 숲이 이제 눈앞에 완연히 펼쳐지자 시시각각 내 가슴에 희망이 힘차게 자라나고, 무릎은 떨림을 멈추더군. 나는 다시 달렸네. 이번에는 반가운 그늘에 닿아 자취를 감출 때까지 거의 쉬지도 않았어.

제14장

아, 그토록 불안한 하루를 보내고 나서 리마가 사는 숲으로 돌아왔을 때, 저무는 해가 여전히 뜨겁게 빛났고 초록빛 울창한 삼림의 그늘이 얼마나 감사하던지! 그 서늘함, 안전의 실감이 훤히 모습이 노출된 사바나에서 겪은 신열과 긴장감을 달래주었네. 나는 여유롭게 걷다가 자주 멈춰 서서 새소리를 듣거나 희귀한 곤충 또는 그늘에서 별처럼 반짝이는 기생식물을 보며 감탄했어. 내 안에 이상하게 기분 좋은 감각이 느껴졌지. 나 자신이 땡볕에 나가 놀다가 뭔가 무서운 걸 보고 놀라서 어머니에게로 도망친 아이와 비슷하다고 생각했지. 뺨을 어루만져주는 어머니의 손길을 느끼고 나서야 그 공포의 전율을 잊을 수 있었어. 그런데 이런 식으로 내 느낌을 설명하고 나니 좀 부끄러워져서 웃음이 나더군. 어쨌든 아주 달콤한 기분이었지. 그 순간에는 어머니와 대자연이 조금도 다르지 않은 것 같았어. 숲에서 장애물이 좀 적은 남쪽 끝을 쭉 따라가다보니 뉘엿뉘엿 떨어지는 해의 붉은 불길이 높은 곳을 차지한 나뭇잎들의 짙고 축축한 녹색 사이로 간간이 보였네. 그 빛이 닿는 사물마다 얼마나 새롭고 황홀한 영광을 입었던지! 한 지점에서, 잎이 듬성듬성한 높은 곳, 가녀린 칡넝쿨과 이끼가 죽은 나뭇가지에 달린 끊어진 삭구처럼 늘어져 있는 곳에서, 바로 그곳에서 그 영광을 내리는 빛에 휩싸여 파닥이며 날아가는 새 한 마리를 보고 그 익살을 구경하느라 서 있었지. 가는 나뭇가지에 거꾸로 매달려 날개와 꽁지를 활짝 펴고 있었지. 새는 똑바로 일어서더니 흔들리는 줄에서 줄로 획획 날아다니며 점점 더 아래로 내려왔어. 그리고 곧 6미터 높이까지 솟구쳐 날아가더니 다시 내려앉아 줄기를 획획 뛰어다니고 흔들거리며 땅으로 툭툭 뛰어 내려오기 시작했어. 털에 윤기가 도는 새라서 이쪽저쪽 움직이며 깃털로 장난치는 사이 빛을 받아 순간순간 유리나 광택이 도는 금속처럼 반짝였지. 갑자기 같은 종류의 다른 새가 하늘에서 떨어진 돌멩이처럼 빠르게 똑바로 낙하해 그 새에게로 왔고, 첫 번째 새가 팔딱 뛰어올라 새로 온 새를 반겼어. 잠시 빠르게 서로의 주위를 빙글빙글 돌더니 숲속에서 새된 소리로 우짖으며 함께 멀리 날아가버렸고, 금세 시야에서 사라졌지. 기쁨에 찬 울음소리는 반복될 때마다 점점 희미해졌어.

부러운 건 그들의 날개가 아니었네. 그 순간 내 발밑의 땅이 단단하게 고정된 것 같지 않았거든. 중력에 묶여 있다는 생각도 들지 않았고. 떠다니는 연한 구름, 파랗고 무한한 하늘에 못지않게 나도, 내가 발을 딛고 있는 땅도 하늘하늘하고 자유롭게 느껴졌지. 나무 사이로 슬쩍슬쩍 보이던 오른편 야트막한 돌투성이 언덕들은 이제 고른 햇살을 받아 파랗고 섬세한 빛을 띠었는데, 마치 이 땅이라는 움직이는 구름에 비추어진 파도의 그림자에 불과해 보였어. 번호가 붙여지지 않은 종류의 수목들(거대한 모라나무, 트럼펫나무, 녹심목, 덤불과 고사리, 축축 늘어진 넝쿨식물, 가녀린 줄기에 깃털 같은 잎이 균형을 맞춰 자라는 야자수), 세상 만물은 내 발이 딛고 선 떠다니는 구름의 표면 전체에 수 놓인 환상적인 신기루 같았지. 땅은 구름이 되어 나와 함께 태양 옆에서 떠다니는 것만 같았어.

불길처럼 타오르는 붉은 저녁 빛은 나무 꼭대기에서 사라졌고, 해가 지고 있어 숲에는 어둠이 내리고 나는 도보 여행의 끝에 다다랐지. 내가 문 옆으로 다가가지 않았는데도 안에 있던 사람들은 어떻게든 기척을 느꼈던 모양이야. 서둘러 나와 맞아주었거든. 리마가 앞에, 누플로가 그 뒤에 나오면서 팔을 흔들며 소리를 질렀어. 그러나 내가 가까이 다가가자 소녀는 누플로 뒤로 처져 미동도 없이 서서 나를 바라보고 있었어. 핏기 없는 얼굴에 강렬한 흥분이 떠올라 있었어. 많은 말이 담긴 그 얼굴에서 눈길을 뗄 수 없었지. 안도감과 기쁨이 놀라움과 뒤섞인 데다 왠지 속상한 마음마저 읽을 수 있었어. 아마 내가 갑자기 돌아와서 놀란 것 같았네. 숲에서 그토록 나를 기다렸는데, 하필이면 그녀가 집 안에 있을 때 내가 눈에 띄지 않고 돌아와서 기분이 좀 언짢은 것 같았지.

"선생을 보게 된 이 눈이 행복하구려!" 노인이 떠들썩하게 웃어대며 외쳤어.

"다시 리마를 보는 내 눈이 행복하지요." 나는 대답했어. "오래 자리를 비웠습니다."

"오래라고…… 뭐 그렇게 말할 수도 있지요." 누플로가 대꾸했지. "우리는 선생을 포기했었어요. 리올라마로 가는 여행 생각에 겁이 나서 우리를 버렸다고 생각했지요."

"**우리**가 말했다니!" 리마가 발끈해서 소리쳤어. 창백한 얼굴이 갑자기 빨갛게 달아올랐지. "나는 다르게 말했잖아요."

"그래, 나도 안다, 알아!" 노인은 손사래를 치며 경박하게 말을 넘기더군. "너는 그가 위험에 처했다고, 자기 의지와 상관없이 붙잡혀서 못 돌아오는 거라고 했지. 이제 여기 왔으니 선생의 말을 들어보자꾸나."

"리마 말이 옳아요." 내가 말했어. "아, 누플로, 영감, 그렇게 오래 살아서 경험도 많을 텐데 통찰력은 없군요. 눈보다 더 먼 곳을 보는 마음의 시력 말이지요."

"아, 그건 없지. 무슨 말인지 나도 알아요." 그는 대답하더니 하늘 쪽을 고갯짓으로 가리키며 덧붙여 말했어. "선생이 말하는 앎은 저기서 오는 거니까."

소녀는 우리 둘을 번갈아 바라보며 깊은 관심을 가지고 말을 새겨듣고 있었지. "뭐라고요?" 그녀는 도저히 말을 안 하고는 못 배기겠다는 듯 불쑥 말했어. "할아버지, **엄마**가 말해 주는 거라고 생각해요? 위험이 닥칠 때, 비가 그칠 때, 바람이 불려 할 때도 전부? 내가 밤마다 뜬눈으로 누워서 묻고 답을 기다리는데? 엄마는 언제나 말이 없어요. 별처럼 말이 없다고요."

그때 리마가 손가락으로 나를 가리키며 말을 맺었지.

"**저 사람**은 너무나 많은 걸 알고 있단 말이에요! **저 사람**한테는 누가 말해준대요?"

"하지만 구분해야지, 리마. 위대한 것과 하찮은 것을 구분하지 않고 있잖니." 누플로는 도도하게 말했네. "**우리**는 수천 가지를 알지만, 그런 건 머리가 있는 사람이면 다 배울 수 있는 거야. 파란 하늘에서 오는 앎은 그렇지가 않지. 훨씬 중요하고 기적적이니까. 그렇지 않아요, 세뇨르?" 그는 말을 맺으며 내게 호소하더군.

"그럼, 저한테 결정권이 있는 겁니까?" 나는 소녀를 보고 말했어.

얼굴은 내 쪽으로 돌리고 있으면서도 그녀는 내 눈길을 받아주지 않았고 아무 말도 하지 않았네. 말은 없어도 만족스러운 표정도 아니었지. 여전히 의심하고 있었고, 어쩌면 내 말투에서 그 의심을 강화하는 어떤 점을 발견했는지도 몰라.

누플로 영감은 그 표정을 이해했어. "할아버지 봐라, 리마야." 그는 똑바로 몸을 펴며 말했지. "나는 늙었고, 선생은 젊어. 내가 제일 잘 알잖니? 나는 말을 했고 이미 결심했다."

여전히 그 미심쩍은 표정이었다가 다음 순간 그녀의 얼굴이 기대감을 품고 내 쪽을 보았네.

"내가 결정할까요?" 내가 다시 물었지.

"안 그러면 누가 해요?" 리마가 드디어 말했지. 목소리가 아니라 차라리 중얼거리는 소리였네. 하지만 말투에 원망이 담겨 있었지. 흡사 내가 폭군처럼 강제해서 자기가 어쩔 수 없이 이런 장황한 연설을 했다는 투였어.

"그럼, 내가 결정하죠." 내가 말했어. "모든 종류의 동물도, 작은 새들과 벌레들도, 모든 종류의 식물도 우리 모두에게는 각자 뭔가 특별한 자질이 있게 마련이지요. 향기, 선율, 특별한 본능, 기술, 지식, 다른 것에는 없는 특징 말입니다. 그런데 리마는 먼 곳의 동향을 가늠하는 예리한 정신과 힘을 받은 거예요. 벌새가 기민함과 우아함과 변덕스럽고 화려한 원색을 갖췄듯이 리마도 저 파란 하늘에 사는 사람의 지시 따위는 필요 없는 거예요."

노인은 얼굴을 찌푸리며 고개를 저었어. 리마는 재빨리, 수줍게 내 얼굴을 흘끗 보더니 그 섬세한 입술에 미소 비슷한 표정을 스치듯 띄우고는 돌아서서 다시 집으로 들어갔다네.

나는 헤어질 때 그 표정을 보고 그녀가 내 말을 알아들었다고 확신했네. 내 말들이 어떤 식으로든 그녀를 안심시켰을 거라고 믿게 되었어. 리마는 초자연을 굳게 믿었지만, 탈출구가 보이기만 하면 언제든 도망칠 준비가 된 것 같았거든. 집 안에서 후줄근한 면 원피스를 입고 절제된 태도로 사는 것만 봐도 알 수 있었지. 종교와 면 원피스는 분명히 어린 시절 보아 정착지에서 받은 교육의 잔재였지.

누플로 영감은, 이상한 말이지만 말보다 행동이 더 믿음직했네. 나는 그가 출발을 늦추려고 새로운 핑계를 꾸며낼 거라고 상상했는데, 오히려 여행 준비는 거의 다 끝났다면서 내가 돌아오기만 기다렸다고 말하지 뭔가.

리마는 곧 평소와 다름없이 우리만 두고 먼저 들어갔고, 나는 모닥불가에서 이야기를 나누다가 인디언들에게 붙잡혀 리볼버를 잃어버린 사연을 말해주었지. 나는 굉장히 심각한 문제라고 생각했네.

"그런데 별로 대단치 않게 생각하는군요." 몹시 침착하게 받아들이는 그의 모습을 보고 내가 말했지. "이제 습격당하면 어떻게 내 몸을 보호해야 할지 모르겠습니다."

"공격 같은 건 하나도 두렵지 않아요." 그가 대답했어. "내가 보기엔 리볼버 한 정이 있건 여러 정이 있건 미늘창과 장검이 있건 아예 무기가 없건 다 똑같아요. 리마가 우리와 함께 있기만 하면, 우리가 그 애의 일을 해주는 한 하늘의 보호를 받게 되어 있어요. 여러 천사가 밤낮으로 우리를 지켜줄 테니까요. 그런데 무기가 무슨 소용이 있습니까? 먹잇감을 잡을 때밖에 쓸 일이 없잖아요."

"왜 천사들은 식량까지 챙겨주지 않는 겁니까?"

"아니, 아니, 그거는 다른 문제고." 누플로 영감이 대꾸했지. "그건 작고 낮은 일이잖소. 모든 만물에 공통적인 필수 욕구니까 우리 모두 충족하는 법을 알아야 하는 거고. 천사한테 모기떼를 쫓아주거나 몸에 붙은 덤불진드기를 떼어주길 기대하지는 않을 거잖아요. 그럼요, 선생, 선생은 천부적 재능 운운하면서 리마에게 자기는 원래 그런 존재라고, 벌새나 특별한 향기가 나는 꽃처럼 처음부터 그렇게 창조되었다고, 그래서 아는 거라고 믿게 만들려 하지 않소. 세뇨르, 그건 잘못이에요. 이런 말을 해서 미안하지만, 그런 터무니없는 소리를 꾸며내서 아이 머릿속에 집어넣는 건 선생한테 어울리지 않아요."

나는 미소를 띠고 대답했어. "할아버지의 믿음은 리마 자신이 믿지 않는 것 같던데요."

"하지만 세뇨르, 리마 같은 무지한 여자애한테 뭘 기대하세요? 아무것도 몰라요. 아니, 아는 게 별로 없어요. 그리고 이성에 귀 기울이지 않는단 말이오. 꽃이니 새니 나비니 그런 비실체적인 것들을 좇으면서 뛰어다니지 말고, 머리를 땋고 조용히 집 안에만 있으면서 기도하고 교리문답이나 외우면 우리 둘에게 훨씬 좋을 거요."

"어떤 면에서요, 할아버지?"

"아니, 아이가 저를 둘러싼 사람들과 친분을 더 쌓고(성인이 된 어머니가 아이한테 보내는 사람들 말이에요) 만물을 다스릴 준비가 되면 이곳을 우리한테 훨씬 안전하게 만들어줄 수 있어요. 이를테면 루니와 그 종족이 있지 않소. 우리를 끝없이 위협하는 사람들이 그렇게 가까운 데 살아야 할 이유가 있나요? 천연두나 뭐 그런 전염성 열병을 보내면 싹 다 죽일 수 있을 텐데?"

"그런 제안을 손녀에게 해본 적이 한 번이라도 있나요?"

그는 그 질문에 놀라더니 깊이 한탄했어. "물론이죠. 여러 번 했어요, 세뇨르." 그가 말했어. "그 얘기를 안 했다면 형편 없는 기독교인이었겠지요. 그러나 말을 꺼내면 아이가 노려 보며 가버렸고, 그날은 온종일 얼굴을 볼 수 없었어요. 혹시 보게 되더라도 내 말에 대꾸도 하지 않고. 그렇게 심사가 꼬 이고 바보 같아진다오. 그 무지한 아이가. 직접 보셔서 알겠 지만, 뭐가 중요한지 분별도 걱정도 하지 않아요. 아무 목적 도 없이 온종일 이리저리 휙휙 날아다니는 작은 파리나 다를 게 없다니까."

제15장

　다음 날 우리는 아침 일찍 일을 시작했지. 누플로는 이미
텃밭 채소의 상당량을 수확해 말려서 비밀 장소에 옮겨두었
더군. 우리가 없는 사이 숲을 돌아다니던 야만인 무리가 집
에 찾아올 수도 있는 만큼 하나도 빼앗기지 않겠다는 의지가
결연했어. 이웃의 방문은 두렵지 않다고 하더군. 어차피 그
와 리마가 숲에 없다는 걸 알 리 없다면서. 커다란 토기 항아
리 몇 개에 담긴 껍질 벗긴 옥수수, 콩, 햇볕에 말린 호박고지
는 아직 처리해야 했지. 누플로는 항아리 하나를 들더니 내
게도 하나 들고 따라오라고 하고는 숲속으로 출발했어. 우리
는 400~500미터 거리를 걸었고, 숲 서쪽 경계 근처의 아주
가파른 내리막으로 내려갔지. 밑으로 내려가서 강기슭을 따
라 좀 더 걸었고, 그제야 나는 우리가 있는 벼랑 아래가 폭풍
우 치던 날 독사에 물리고 절망에 빠져 몸을 던졌던 바로 그
곳이라는 걸 깨달았네. 누플로는 앞장서서 소리 없이 부드럽

게 덤불숲을 헤치고 나아가고 있었어. 이 지점에 접근하는 그 신중함과 은밀함이 흡사 숨겨둔 둥지에 알을 낳으러 들어가는 현명한 늙은 암탉 같더군. 그리고 여기 그 둥지가 있었어. 가장 은밀한 보물 창고, 아마 이곳을 내게 알려주기까지 날카로운 내적 갈등을 겪었을 거야. 우리의 운명이 이제 하나로 얽혀 있는데도 말이지. 강기슭 아래쪽은 암반이었어. 땅에서 3~4미터 높이지만 밑에서는 쉽게 접근할 수 있는 지점에 누플로가 휴대할 수 있는 재산을 전부 갖다놓고도 남을 커다란 자연 동굴이 하나 있더군. 누플로는 여기에 이미 식량뿐 아니라 다량의 말린 담뱃잎, 조잡한 무기들, 조리 도구, 밧줄, 깔개, 기타 살림을 갖다두었어. 남은 항아리들을 다 옮기느라 두세 번 더 왔다 갔다 한 다음 납작한 사암 석판을 끌어다 입구를 막았네. 입구가 좁아서 다행이었지. 그리고 틈새를 이끼로 꼼꼼히 덮어 우리 작업의 흔적을 모두 지웠어.

저녁 무렵, 긴 낮잠으로 원기를 회복한 후, 누플로는 어디다른 은닉처에서 자루 두 개를 꺼내 왔어. 하나는 무게가 9킬로그램쯤 되었고 훈연한 고기, 불쏘시개로 쓸 기름과 나무 진액, 그 외 몇 가지 작은 물건들이 들어 있더군. 이 자루가 누플로의 짐이었고, 바싹 말린 옥수수와 생콩이 든 좀 작은 다른 자루는 내가 들어야 했지.

노인은 일거수일투족이 신중했고, 언제나 보이지 않는 첩자들에게 포위된 것처럼 행동했어. 그래서 출발 시각도 어둠이 내리고 한 시간 후로 정했지. 때가 되자 숲 서쪽에 바짝 붙어서, 이타이오아산을 우측에 두고서 오로지 별빛만 바라보며 험하고 힘든 땅을 헤쳐나갔지. 그러고 나서 방황하는 달이 뜨더니 머지않아 동이 트더군. 우리 여정은 처음에 북동쪽을 향했어. 이제는 동쪽으로 가고 있어서 넓고 건조한 사바나와 탁 트인 숲 지대가 시선 닿는 끝까지 펼쳐져 있었어. 그 첫날 밤의 도보 여행은 따분하고 피로했고, 첫날 낮에 뜨겁고 기나긴 시간 동안 그늘에 앉아 작은 등에들에게 시달리며 대기하는 일도 따분하고 피로했지. 그 이후로 이어진 밤과 낮 들은 훨씬 더 나빴네. 강렬한 땡볕은 물론 지독한 폭우가 무섭게 쏟아져서 날씨가 나빠졌기 때문이지. 내가 바랐던 단 하나의 보상, 우리가 겪은 극도의 불편을 능가하고도 남았을 보상은 끝내 내게 주어지지 않았네. 리마는 이제 나와 함께 있어주지도 않았고, 옛날 자기 숲에 살던 그때 모든 덤불과 줄기와 뒤엉킨 넝쿨이나 고사리가 다 같이 힘을 합쳐 내 눈길로부터 그녀를 보호하던 당시와 하나도 다를 바 없었지. 낮에 드문드문 눈에 띌 때가 있기는 했어. 가끔은 말을 섞을 수 있을 만큼 가까운 거리였고, 그럴 때면 몇 마디 말을 건네곤 했지만, 동행한다는 실감은 전혀 나지 않았네. 우리가 함께 길을 떠난 여행자였다면, 그건 흡사 같은 방향으로 각자 날아가는 독립적인 새들 같은 사이였어. 그렇게 멀리 떨어진 새들 말고, 가끔 서로 소리를 듣고 모습을 보며 날아가는 새들 말일세. 사막의 순례자를 가끔 새가 돌봐준다고 하지. 새는 움직임이 더 자유로우니 순례자를 떠나 5킬로미터쯤 뒤에서 따라와 마치 그를 놓친 듯 보이지만, 항상 돌아와 그 모습을 보여준다고 하더군. 사막을 천천히 수고스럽게 횡단하는 여행자에게서 눈을 떼지도 않고 잊지도 않는다는 거야. 리마는 그런 괴팍한 방식으로 우리와 동행했다네. 누플로가 말 한마디, 신호 한 번만 하면 리마는 어느 방향으로 가야 할지 알았어. 우리가 근처로 통과해야 할 머나먼 숲이나 더 까마득하게 먼 산을 한눈에 파악했지. 재빨리 앞서가서 우리 시야에서 사라졌지만, 앞에 숲이 있으면 미리 탐사하고 그늘에서 쉬고 자기가 먹을 것을 찾곤 했어. 그러나 쉼터나 야영지에는 어김없이 우리보다 먼저 와 있었지.

여행길에는 인디언 마을들도 보였는데, 그때마다 길을 피해 다녔네. 이와 비슷하게 멀리 여행하거나 야영하는 인디언들이 보이면 경로를 바꾸거나 눈에 띄지 않게 몸을 숨겼어. 딱 한 번, 출발하고 이틀 후에 어쩔 수 없이 낯선 사람들과 말을 섞어야 하는 상황이 생겼네. 언덕을 돌아가던 중 불쑥 반대 방향에서 오던 세 사람과 맞닥뜨린 거야. 남자 둘에 여자 하나였는데, 이상한 숙명인지 리마가 하필이면 그 순간에 우리와 함께 있었네. 우리는 잠시 서서 이들과 이야기를 나눴는데, 그들은 우리 외양에 놀란 눈치였고 우리의 정체를 알고 싶어 했지. 하지만 그네들의 언어를 원주민처럼 유창하게 하는 누플로가 교활한 기지를 발휘해 진짜 대답은 하나도 해주지 않았어. 그들은 오히려 우리에게 차니에 사는 친척을 만나러 갔다 오는 길이라고 말해주었지. 차니는 우리가 사흘쯤 더 가면 보게 될 강의 이름이었네. 지금은 파라우아리에서 이틀 쯤 더 가면 있는 바일라바일라의 자기네 마을로 돌아가고 있다더군. 그날 그들과 헤어진 후 누플로는 내내 기분이 언짢아 보였어. 그 사람들이 십중팔구 파라우아리 마을에서 쉬게 될 텐데, 그러면 틀림없이 우리 인상착의를 말해줄 테고, 결국 우리의 이웃 아닌 이웃 루니에게 우리가 이타이오아를 떠났다는 사실을 알게 해줄 것이라고 했지.

길고 따분한 여정에서 겪은 다른 일들은 굳이 말할 필요가 없다네. 다만 무더운 날 푹푹 찌는 그늘에 앉아 있는데, 리마는 말해도 들을 수 없는 곳에 있을 때나 밤에 모닥불을 피워놓고 둘러앉아 있을 때면, 노인은 조금씩 조금씩, 주로 종교적인 주제로 쓸데없는 이야기를 굉장히 많이 섞어가며 소녀의 기원에 관한 이상한 이야기를 털어놓았지.

약 17년 전(누플로에게는 확실한 시간관념이 없었다네) 이미 노년으로 접어들던 그는 아홉 명으로 구성된 패거리의 일원으로, 바로 지금 우리가 여행하고 있는 과야나 지역을 떠돌며 방랑자의 삶을 살았다고 하네. 다른 구성원들은 그보다 훨씬 젊었고, 모두 베네수엘라의 법을 어기고 법망을 벗어난 도망자들이었다고 해. 누플로는 이 갱단의 두목이었는데, 어쩌다 보니 인생의 대부분을 문명의 울타리 밖에서 살아 인디언 언어에도 유창하고 과야나의 이 지역을 속속들이 알았기 때문이었어. 그러나 자기 말로는 다른 사람들과 잘 어울리지 못했다더군. 그들은 대담무쌍하고 자포자기한 인간들이었어. 또 지금까지 자신들이 저지른 악행에 점점 더 맛이 들어 악마의 본능이 더욱 날카롭게 일깨워졌고. 반면 누플로는 열정도 시드는 나이였고, 과거의 숱한 악행을 돌아보며 어린 시절 배웠던 모든 가르침의 진실을 생생하게 확신하게 되었다고 하네. 하긴 누플로에게서 종교를 빼면 시체니까. 그래서 마음도 약해지고 천국과 화해하고 싶은 욕망이 커지던 참이었어. 이런 마음가짐의 차이 때문에 누플로는 우울해졌고 일행과 다툼도 잦았네. 그의 말로는, 자기가 그토록 여러모로 쓸모 있지 않았다면 그들은 아마 일말의 회한도 없이 자신을 살해했을 거라더군. 그 무리가 가장 좋아하는 계획은 작고 외딴 정착지 인근에서 어슬렁거리며 망을 보다가 대다수 남자 정착민이 자리를 비웠을 때를 틈타 마음대로 약탈하는 것이었어. 그런데 이런 약탈 행각을 하고 얼마 되지 않아 잡아 온 여자 한 명이 일행의 짐이 되었고, 악어 밥으로 강물에 던져지는 일이 생겼어. 그런데 물가로 질질 끌려가던 여자가 눈을 치뜨고는 쩌렁쩌렁한 목소리로, 반드시 살인범들에게 복수해달라며 신에게 청원 기도를 올린 거지. 누플로는 이 시커먼 악행에 전혀 연루되지 않았다고 장담하더군. 그런데도 여자가 죽어가며 하늘에 올린 간원이 그의 마음을 잠식하며 괴롭혔어. 하늘이 그 기도를 듣고 결국 '누군가를' 선임해 복수를 집행할지 모른다는 생각이 들었어. 평소와 다름없는 나날을 보내다가는 **"같이 어울리는 사람들이 누군지 말해다오. 그러면 당신이 어떤 인간인지 말해줄 테니"**라는 옛 속담의 원칙에 따라 죄

인들과 함께 무고한 사람(그러니까 본인 말일세)까지 벌받게 될
수도 있다는 두려움이 생긴 거지. 그러나 이렇게 영혼의 문제
로 불안해하면서도 아직 일행을 떠날 엄두가 나지 않았네. 시
간을 끄는 게 최선이라고 생각했고, 한동안은 다른 기독교 정
착지를 습격하지 않는 게 안전에 좋겠다고 무리를 설득하는
데 성공했어. 그사이에는 인디언들에게 집중하면, 얻을 건 크
게 없더라도 재미는 볼 수 있지 않겠냐고 말이야. 누플로는
불경한 이교도가 하느님의 숙적이니 기독교인에게는 마땅한
사냥감이라고 말하더군. 긴 이야기를 짧게 정리하자면, 누플
로의 기독교 강도 떼는 모험에서 몇 번 성공을 거두었지만,
갑작스레 상황이 반전되었고 아홉이었던 숫자가 다섯으로
줄었어. 적으로부터 도망치던 그들은 리올라마에 숨어 안전
을 도모했지. 사람이 살지 않는 오지라서 풍부한 사냥감과 야
생 과일을 먹으며 몇 주일은 버틸 수 있다고 판단했던 거야.

　어느 날 한낮에 정상 너머의 지대를 조망하려고 리올라마
산맥 남단의 산을 오르던 중 누플로와 일행은 동굴을 하나
발견했어. 물기도 없고 동물이 사는 흔적도 없고 바닥도 평평
해서 즉시 그곳을 한 철 숙소로 삼기로 했네. 불을 피울 땔감
과 물은 근처에서 구할 수 있었고, 하루 이틀 전에 맥 한 마리
를 잡아서 살점을 훈연해두었기 때문에 식량도 충분했어. 그
래서 한동안은 편안한 은신처에 숨어 휴식을 취할 수 있었지.
그들은 동굴에서 가까운 곳 바위 위에 불을 피우고 저녁거리
로 고기를 굽고 있었네. 그러던 중 갑자기 한 사내가 놀라 비

명을 질렀고, 눈길을 들었을 때 누플로는 세상에서 가장 기적
적인 모습의 여인을 보았던 거야. 그 여자는 근처에 서서 휘
둥그레 뜬 눈에 놀라움과 공포를 담아 그들을 바라보고 있었
지. 몸에 걸친 얇은 옷 한 장은 실크 같았고 거대한 산 정상의
만년설처럼 희었네. 그것도 저무는 석양이 닿아 불처럼 섬세
하게 색깔이 변화하는 만년설의 빛깔이었다. 구름 같은 검은
머리에서 내다보는 얼굴, 머리에는 성인 같은, 아니 훨씬 아
름다운 후광이 둘려 있었네. 누플로 말에 따르면, 그림은 그
림이고, 그 여인은 현실이었으니 얼마나 아름다웠겠냐고 하
더군. 그녀를 보자마자 누플로는 무릎을 꿇고 성호를 그었어.
그러는 내내 놀라움을 담은 그 여인의 눈은 너무나 이상한
빛을 발하고 있어 감히 쳐다볼 수도 없었다지. 그녀는 다른
사람들이 아니라 오로지 그를 똑바로 바라보고 있었다네. 누
플로는 신과 전쟁을 벌이는 속속들이 나쁜 놈들과 어울리다
지옥 길로 떨어지고 있는 자기 영혼을 구원하러 온 사람이라
고 느꼈어.

　그러나 이 순간 경악해 넋을 잃었던 동료들은 정신을 차리
고 벌떡 일어났고, 천국의 여인은 사라졌어. 그녀가 서 있던
곳 바로 뒤에, 그들에게서 4미터도 떨어지지 않은 거리에 거
대한 산이 갈라진 틈새가 있었고, 협곡의 험준한 벼랑 양쪽은
가시덤불이 뒤덮고 있었지. 사내들은 이제 그 여자가 저쪽으
로 도망쳤다고 고래고래 소리를 지르고 법석을 떨며 그녀를
뒤쫓기 시작했어.

누플로는 그들의 등 뒤에 대고 방금 본 사람은 성인이니 마음에 악한 생각을 품으면 반드시 끔찍한 천벌을 받을 거라고 소리쳤네. 그러나 사내들은 그의 말에 코웃음을 쳤고 금세 소리가 들리지 않는 곳으로 사라져버렸어. 누플로는 공포에 떨면서 방금 나타나 그토록 이상한 눈길로 자신을 바라보았던 그 여인에게 기도했다네. 다른 이의 죄 때문에 자기까지 벌하지 말아달라고 말이야.

머지않아 사내들은 낙심해 뿌루퉁해져서 돌아왔네. 여자를 찾는 데 실패했던 거지. 어쩌면 누플로의 경고 때문에 지나치게 빨리 수색을 포기했을 수도 있고. 아무튼 사내들은 심기가 불편해 보였고, 동굴을 포기하고 떠나기로 했어. 얼른 동굴을 떠나 산에서 상당히 멀리 떨어진 곳에서 야영하게 되었지. 그러나 그들은 만족하지 못했어. 이제 두려움은 극복했지만, 사악한 욕망의 흥분에서 벗어나진 못했던 거지. 그래서 자기네끼리 의견을 교환하더니 겁쟁이 누플로 때문에 엄청난 포상을 놓쳤다는 결론에 다다랐다네. 누플로는 그들이 달력의 모든 성인을 욕보이고 있다며 악을 썼고, 일행은 폭력을 행사하겠다고 그를 윽박질렀지. 그는 하느님을 몰라보는 이런 악인들과 계속 함께 있는 게 두려워 그들이 잠들 때까지만 기다렸다가 신중하게 일어나서 식량을 거의 다 챙겨서는 도망쳤네. 안내자를 잃은 그들이 속히 죽어 없어지기만을 경건하게 기도하면서 말이야.

이제 혼자가 되어 일거수일투족을 스스로 책임져야 하는

신세가 된 누플로는 끔찍한 번뇌에 시달렸네. 그의 심장은 말 못 할 공포에 휩싸여 있는 와중에도 다시 산으로 돌아가 그 앞에 나타났다가 짐승 같은 동행에 쫓겨 모습을 감춘 그 성스러운 여인을 찾으라고 고압적으로 명령하고 있었기 때문이야. 그 마음의 소리에 따른다면 구원받을 것이고, 그 목소리를 뿌리친다면 그에게서 희망이 사라질 터였지. 여자를 악어들에게 던졌던 그들과 함께 영원히 나락에 떨어지고 말 테니. 마침내 다음 날이 되자 그는 발길을 돌렸어. 공포와 전율을 떨칠 수는 없었지만 돌아가서 전날 맥 고기를 구웠던 그 바위에 걸터앉았지. 하지만 아무리 기다려도 허사였어. 결국 지금까지 그가 따랐던 마음의 목소리가 여인이 그의 동행들을 피해 도망쳐 내려간 저 계곡 같은 틈새로 내려가서 그녀를 찾아보라고 종용하기 시작했네. 그래서 순순히 일어나 조심스럽게, 천천히, 톱니처럼 위태로운 부서진 바위들을 밟고 빽빽하게 뭉쳐 자라는 가시덤불과 넝쿨을 헤치며 내려갔어. 협곡 바닥에는 맑은 급류가 하얀 물거품을 만들며 졸졸 소리 내 바위 위로 흐르고 있었지. 그러나 냇물에 닿기 전에, 아직 저 아래까지 20미터가 남은 지점에서, 수풀 사이에서 나는 나지막한 신음에 그만 소스라치고 말았어. 원인을 찾아 주위를 둘러보던 그는 그 기적의 여인을 찾았지. 그의 표현으로는 '구원자'를. 그녀는 이제 서 있지 않았고 서 있을 수도 없었어. 거친 돌들 사이에 반쯤 몸을 기대고 누워 있었는데, 울퉁불퉁한 벼랑을 정신없이 뛰어내리다가 삔 한쪽 발이 바위 사이에 꼼짝달싹 못 하게 끼어 있었네. 이 고통스러운 자세로 전날 정오부터 내내 포로처럼 붙들려 있었던 거야. 여자가 자신을 찾아온 사내를 바라보는 표정에는 소리 없는 경악이 서려 있었지. 하지만 그는 땅에 납작 엎드려 용서를 구했고 제발 그녀의 뜻을 알려달라고 빌었어. 그러나 여자는 아무 답도 하지 않았지. 힘이 없어 움직이지 못한다는 걸 깨달은 누플로는 인간의 숭배를 받는 성인이라 해도 지상에 머무는 동안은 육신을 가지고 있으니 사고를 당할 수 있다는 결론을 내렸지. 그녀가 당한 사고는 저 하늘의 신이 그를 시험하려고 특별히 설계한 것인지도 모른다는 생각도 들었다더군. 여자의 극심한 고통을 무릅쓰고 한참 심하게 고생한 끝에 그 위치에서 여자를 끌어내는 데 성공했지. 그러나 다친 발이 반쯤 짓이겨져 퍼렇게 멍 들고 부어올라 두 팔로 안아 들고 냇물까지 데려가야 했네. 거기서 넓은 초록 잎으로 컵을 만들어 물을 건넸더니 여자는 반갑게 마셨지. 그는 다친 발목을 찬 냇물로 씻어주고 갓 딴 수생식물 잎을 붕대 삼아 발목을 동여매주었어. 마지막으로 부드러운 이끼와 마른 풀로 잠자리를 만들어 그녀를 눕혀주었지. 그날 밤은 내내 여자를 간호하며 보냈고 가끔 염증의 열기로 젖은 잎이 말라 시들면 새로 발목을 묶어주었네.

그가 해준 이 모든 일로 여자가 품었던 공포심이 점점 엷어졌어. 다음 날 여자가 기운을 차리는 듯 보이자 누플로는 손짓으로 비가 올지도 모르니까 몸을 피할 저 위쪽의 동굴로 옮겨주겠다고 했지. 여자는 말뜻을 알아듣는 듯했고, 그 품에 순순히 안겨 힘겹게 협곡 위까지 올라갔어. 동굴에서도 그는 여자에게 두 번째 잠자리를 마련해주고 열심히 시중을 들었지. 바닥에 불을 피우고 밤새 꺼지지 않게 보살폈고, 마실 물을 주고 발을 묶은 잎을 새로 갈아주었다네. 더는 해줄 만한 일이 없었지. 그래서 제일 맛있고 좋은 부위를 골라 구운 맥고기 한 점을 권했더니 여자는 혐오감을 드러내며 고개를 돌려버렸어. 작은 카사바 빵 한 조각을 물에 적셔줬더니 그건 받아먹었지만 좋아하지는 않는 것 같았어. 시간이 지나서는 여자가 굶어 죽을까 걱정이 되어 야생 과일, 식용 뿌리채소와 나무 진액을 찾으러 다녔고, 여자는 사막에서 함께 지내는 내내 이런 작은 것들만 먹고 목숨을 부지했지.

평생 불구가 되긴 했지만, 여자는 이제 부축받지 않고도 절뚝거리며 주위를 돌아다닐 만큼 기력을 회복했고, 매일 일정 시간은 산속 바위와 나무들 사이에서 보냈어. 누플로는 처음에는 그녀가 떠나버릴까봐 두려워했지만, 곧 그럴 생각은 없다는 걸 알아차렸어. 그러나 여자는 심히 불행했다네. 비밀스러운 슬픔을 생각하듯 고개를 푹 숙이고 반쯤 감은 눈으로 굵은 눈물을 뚝뚝 흘리며 바위에 앉아 있는 여자의 모습을 보는 게 다반사였지.

처음부터 누플로는 그녀가 머지않아 어머니가 될 거라고 짐작했었어. 그가 감히 보살펴주는 특권을 누리고 그 대가로 구원을 얻은 천국의 존재라는 정황은 이 사실과 전혀 어울리

지 않는 것 같았지만, 누플로는 그 점에 대해서 일말의 의심
도 없었어. 그래서 자신이 알아낸 그 몸 상태 때문에 그녀가
그토록 끝없는 슬픔과 불안에 야위어간다고 상상했지. 그 말
없는 손짓의 언어로 두 사람은 대화를 조금 나눌 수 있었고,
누플로는 산에서 멀리 떨어진 곳으로 가면 그녀 같은 존재들,
여자들, 아이들을 둔 어머니들이 있다고, 그들이 그녀를 위로
해주고 다정하게 돌봐줄 수 있을 거라고 말했네. 그녀는 이해
했고, 기뻐하며 그 먼 곳까지 함께 갈 의향을 보였어. 그래서
그 바위의 은신처와 리올라마산맥을 등지고 떠났지. 그러나
며칠에 걸쳐 천천히 평야를 가로지르는 내내 여자는 간간이
절뚝이는 발걸음을 멈추고 파란 산봉우리들을 바라보며 눈
물을 줄줄 흘리곤 했네.

그들은 리올라마에서 가장 가까운 기독교인 정착지인 보아
마을로 향했는데, 강과 같은 이름을 가진 이 마을을 누플로는
다행히 아주 잘 알고 있었어. 예전에 그곳에서 살았던 적이
있었고, 특히 좋은 점은 주민들이 그의 참혹한 범죄 행각을
모른다는 사실이었지. 아니, 그만의 우회적인 화법을 빌리면,
자신의 공범자들이 저질렀던 범죄라고 해야 하나. 몇 주를 여
행하던 누플로가 드디어 동행과 함께 도착했을 때 마을 사람
들이 크게 환영해주었지. 그러나 입을 헤벌리고 쳐다보는 열
등한 인간들에게는 진실을, 아니 일말의 진실도 말해줄 생각
이 없었어. 이들에게는 기발한 거짓말이 최선이었지. 오로지
신부님에게만 모든 걸 털어놓았어. 자기가 그녀를 어떻게 구

해서 돌봤는지 아주 상세한 설명을 곁들여서 말이지. 하느님의 사제는 그 모든 일을 칭찬해주었고, 여자가 기독교인이 아닐지 모른다는 두려움에 제일 먼저 그녀에게 세례부터 주었다네. 그러나 누플로는 기특하게도 이 일에 반대했다는 이야기를 꼭 밝혀두지. 그녀는 이미 성인의 증거인 후광을 두르고 있었는데, 사제의 세례를 받아야 한다면 성인이 될 수 없는 게 아니냐고 따졌다는 거야. 게다가 좀 짓궂게 킬킬 웃으면서 덧붙이기를, 그 신부는 술도 자주 마시고 카드 게임에서 사기도 치고 승리를 보장받으려고 쌈닭의 며느리발톱에 독을 바른 혐의마저 있다고 하더군. 그래도 인간성이 아예 없지는 않아서 그 불행한 이방인이 보아에 머무른 7년 내내 삶을 견딜 만하게 해주려고 힘닿는 한껏 노력했다고 해. 도착하고 몇 주일 후 그녀는 여자아이를 낳았고, 신부가 아이에게 리올라마라는 이름을 지어주었지. 그곳에서 어머니를 발견한 이상한 이야기를 기리기 위해서 말이야.

리마의 어머니에게는 에스파냐어도 인디언 말도 가르칠 수 없었다고 하네. 그녀는 자기 입에서 나오는 그 신비롭고 노래 같은 소리를 아무도 못 알아듣는다는 걸 알고는 아예 입을 다물어버렸고, 함께 사는 사람들 가운데서 끝까지 침묵을 지켰어. 그러나 다른 사람들이 있을 때는 혐오인지 공포인지 모르지만 움츠러들었고, 누플로와 신부만 예외였지. 두 사람의 친절한 의도는 이해하고 고마워하는 눈치였어. 지금까지 마을에서 그녀의 삶은 적막하고 슬펐지. 그러나 아이가 생긴 후

로는 달라졌다네. 날씨가 축축하지 않으면 날마다 아이의 손
을 잡고, 고통스럽게 절뚝거리며 숲으로 나갔어. 그리고 숲에
서 두 사람은 그 기적 같은 언어로 시시각각 소통하곤 했네.

그러나 한 주 한 주 지날수록 그녀는 눈에 띄게 창백하고
쇠약해졌어. 급기야 더는 숲으로 나갈 수 없게 되어 무덥고
어두컴컴한 방 안에 앉거나 기댄 자세로 죽음이 고통에서 자
유롭게 해줄 날만 기다렸어. 동시에 언제나 몸이 약했던 어
린 리마도 어머니와 공감하듯 점점 야위어 유령처럼 변해갔
지. 어머니가 죽은 후에는 리마도 오래 살지 못할 것 같았어.
어머니에게 죽음은 천천히 찾아왔고, 드디어 죽음이 임박하
자 누플로와 신부는 그녀 곁에서 임종을 기다렸어. 바로 그
때, 아기 때부터 에스파냐어를 배웠던 리마가 어머니가 속삭
여 말하던 소파 곁에서 일어나더니 힘겹게 죽어가는 여자의
마음을 대변해주기 시작했다네. 여자는 자기 딸이 계속 그 뜨
겁고 습한 곳에 살아서는 안 된다고, 산이 있고 시원한 공기
가 있는 먼 곳으로 데려가면 죽지 않고 다시 강해질 거라고
말했다고 해.

이 말을 들은 누플로 영감은 아이가 절대 죽지 않게 할 거
라고 장담했다네. 자기가 직접 파라우아리로, 산과 건조한 평
원과 하늘이 보이는 숲이 있는 먼 곳으로 데려가겠다고, 자기
가 직접 지켜보면서 리올라마에서 어머니를 돌봤던 것처럼
아이를 돌봐주겠다고 약속했네.

이 말이 리마를 거쳐 죽어가는 여인에게 전해지자 며칠 동

안 한 번도 일어난 적이 없던 그녀가 갑자기 소파에서 일어나 바닥에 똑바로 내려섰네. 그 초췌한 얼굴이 기쁨으로 빛나고 있었지. 그때 누플로는 신의 천사들이 그녀를 데리러 왔다는 걸 알았다네. 그래서 그녀가 땅에 쓰러지지 않도록 팔을 뻗었지. 그가 안고 있는 사이 그 얼굴에서 돌연 광채가 사라지고 안색은 다 타버린 재처럼 생기 없는 흰색으로 바뀌었어. 뭔가 부드럽고 노래 같은 소리를 나직하게 읊조리며 그녀의 영혼은 떠나버렸네.

누플로는 다시 방랑자가 되었어. 이제는 연약해 보이는 어린 리마를 동행 삼아서. 그녀는 성스러운 어머니에게서 중재자의 역할을 물려받은 성스러운 아이였지. 누플로의 미신에 신부도 감염되었는지 두 사람이 보아를 빈손으로 떠나지 않도록 신경을 많이 써주었고, 앞으로 아주 여러 날 인디언들의 환대를 받고 필요한 생필품을 살 수 있도록 옥양목을 최대한 많이 싸주었어.

마침내 안전하게 도착한 파라우아리에서는 한동안 마을에서 살았네. 그러나 아이가 본능적으로 모든 야만인을 싫어했는데, 아마 그 감정은 어머니한테서 물려받은 것인지 몰라. 일찌감치 보아에서도 조짐이 보여서 아이는 인디언 말을 끝까지 배우려 들지 않았거든. 그래서 결국 누플로는 그들을 떠나서 따로 살아야 했지. 직접 집을 짓고 텃밭을 가꾼 이타이오아 숲에서. 그러나 인디언들은 여전히 그를 우호적으로 대했고 자주 찾아오기도 했어. 그러나 리마가 자라나면서 내가 처음 보았던 그 신비로운 숲의 소녀가 되자 인디언들은 의심스러워하고 결국 위험하리만큼 적대적인 감정을 키우게 되었지. 가엾은 리마가 인디언들을 싫어한 이유는 사랑하는 벗인 야생동물들과 끝없는 전쟁을 벌이기 때문이었어. 그래서 그들이 그 독화살을 자기 쪽으로 돌릴 생각을 품고 있는 줄도 모른 채 겁도 없이 계속 사냥을 방해했던 거야. 동물들도 그녀와 합심해 위험이 닥치면 경고를 알아듣고 숨어버렸어. 인디언들의 증오와 공포는 커져만 갔고, 급기야 그녀를 없애버리기로 작정하는 지경에 이르렀어. 어느 날 그들은 오랫동안 숙고해 만든 계획을 실행에 옮기려고 숲으로 가서 둘씩 짝지어 흩어졌네. 각 쌍은 함께 다니는 게 아니라 40~50미터 거리를 두고 떨어져서 이동하거나 몸을 숨기고 있었어. 그래야 그녀를 놓치지 않을 테니까 말이지. 바람총으로 무장한 야만인 둘이 마을에 가장 가까운 쪽 숲 경계로 다가왔고, 나뭇잎 사이에서 움직임을 감지한 한 사람이 적을 보려고 그리로 조심스럽게, 재빨리 달려갔네. 정말 그곳에서 그녀가 보였지. 그녀는 거기 서서 그와 동행을 내려다보고 있었어. 그는 그녀를 겨냥해 바람총을 불었지만, 오히려 자기가 화살을 맞았고 심장 바로 위 살을 깊이 찔리고 말았네. 치명적인 촉이 살에 박힌 채로 한참을 뛰어가서 동료를 만났는데, 그 동료가 리마라고 착각해 그를 쏘았던 거였어. 부상자는 쓰러져 죽었는데, 죽으면서 나무에 쭈그리고 앉아 있는 여자한테 화살을 쐈더니 날아오는 화살을 맨손으로 잡아 괴력과 정확성을 발휘해 즉시 되던졌고, 심장 바로 위를 맞혔다고 이야기했어. 사고로 동료를 죽인 야만인은, 죽은 야만인이 직접 봤다고 장담한 그 이야기를 그대로 믿고 다른 사람들한테 퍼뜨린 거지. 리마는 한 야만인이 다른 야만인을 쏘는 장면을 보았다고 할아버지한테 말해준 거고. 누플로는 사고라고 말했지만, 어째서 화살을 쏘게 됐는지 파악할 수 있었지.

그 후로 인디언들은 그 숲에서 사냥하지 않았어. 그러던 어느 날, 누플로는 자기가 누군지 모르는 인디언을 만나 한참 이야기하게 됐지. 그리고 화살에 대한 이상한 이야기를 들었어. 쏴 죽일 수 없는 신비의 소녀는 노인을 사랑하게 된 디디의 딸이라고. 디디는 노인에게 싫증을 내고 자기 강으로 돌아갔지만, 반인인 아이는 남아 숲에서 사악한 장난질을 치고 있다고 말이야.

그러니까 이게 누플로의 사연이었어. 누플로의 방식으로 말하지는 않았지만 말이지. 정말 밑도 끝도 없이 장황하거든. 그렇다고 해서 내 마음을 흔들지 못했다고 생각지는 말게. 아무리 이기적인 동기라지만, 그가 한 일을 내가 축복하지 않았다고도 생각지 말고.

제16장

　우리는 십팔 일째 리올라마를 향해 여행했는데, 마지막 이 틀 동안은 거의 앞으로 나아가지 못했네. 끝도 없이 비가 내 렸거든. 그래서 우리는 차마 말로 형용할 수 없이 비참했다 네. 다행히 개들이 커다란 개미핥기를 한 마리 찾아냈고, 누 플로가 잡아서 훌륭한 고기로 배불리 먹고 원기를 회복할 수 있었지. 우리는 리올라마산맥 속에 있었고, 리마는 우리 곁을 지켰어. 뭔가 대단한 것을 기대하는 눈치였지. 나는 아무것도 기대하지 않았네. 그 이유는 나중에 말해주도록 하지. 나는 우리에게 뭔가 닥쳐온다면, 그건 굶어 죽는 운명일 거라는 믿음 하나뿐이었어.

　마지막 날 오후는 아주 긴 산의 둘레길에서 다 허비했네. 산 남쪽 봉우리에는 길고 웅크린 몸뚱어리에 달린 스핑크스 의 머리처럼 보이는 거대한 바위가 있었는데, 그 꼭대기는 주 변의 땅보다 300미터 더 높았어. 늦은 시각이었고 다시 폭우가 빠르게 쏟아졌지만, 노인은 평소와 달리 계속 힘겹게 나아가고 있었어. 여느 때 같으면 낮이 저무는 마지막 시각은 땔감을 모으고 몸을 피할 곳을 만드는 데 쓸 텐데 말이지. 봉우리 밑에 거의 다다르자 산을 오르기 시작했네. 이쪽의 경사는 완만했고, 식물도 갈라진 바위틈에 뿌리를 박은 키 작은 가시나무가 대부분이라 오르는 데 방해가 되지는 않았어. 그러나 누플로는 등정이 힘든 사람처럼 어슷하게 올라가며 자주 발을 멈추고 숨을 몰아쉬며 주위를 돌아보더군. 그러다 우리는 협곡처럼 산의 측면을 가르는 깊은 틈에 다다랐지. 우리 머리 위 협곡은 점점 더 깊고 좁아졌어. 그러나 아래쪽은 점점 넓어져 완연한 계곡이 되더군. 내려다보니 가파른 쪽은 빽빽한 가시투성이 식물을 옷처럼 걸치고 있었고, 저 아래쪽에서는 숨은 급류의 둔탁한 소리가 우리 귀에 들려왔어. 누플로는 이 협곡의 경계를 따라서 힘든 등정을 시작했고, 드디어 우리를 산비탈의 돌 많은 평지로 이끌고 나왔지. 여기서 잠시 멈춰 선 누플로는 돌아서서 눈빛에 만족스러운 악의를 담고 우리를 바라보았어. 그리고 이제 여행의 끝에 다다랐고, 저 황량한 산비탈의 풍경이 지난 십팔 일 동안 우리가 감내해야 했던 온갖 불편의 보상이라고 말했지.

나는 초연하게 그의 이야기를 들었어. 이미 그가 이야기 속에서 정확히 묘사했기 때문에 그 장소를 알아보았거든. 크고 황량한 야산. 그러나 리마는 대체 무엇을 기대했기에 그 얼굴에 그토록 텅 빈 놀람과 고통의 표정을 떠올렸던 걸까? "어머니가 할아버지 앞에 나타났던 곳이 여기예요?" 그러더니 갑자기 외쳤지. "바로 그곳이에요. 여기가!" 또 덧붙여 말했어. "어머니를 간호해준 동굴, 그 동굴은 어디예요?"

"저 위에." 누플로는 좁은 평지 건너편을 손으로 가리켰네. 유독 키 작은 나무와 덤불이 우거진 부분이 바위벽에서 끝나고 있었지. 절벽은 거의 수직이었고 대략 12미터 높이로 보였네.

이 벼랑으로 다가갈 때도 동굴은 아예 보이지 않았지만, 누플로가 뒤엉킨 덤불을 두세 그루 잘라버리자 그 뒤로 입구가 보였네. 보통 집의 문과 비교해 높이는 절반이고 너비는 두 배쯤 되었지.

다음에 할 일은 횃불을 밝히는 일이었고, 우리는 그 빛에 의지해 더듬더듬 동굴 속으로 들어가 안쪽을 살펴보았네. 동굴은 15미터 깊이였고 점점 좁아져 끝 쪽에서는 아예 작은 구멍이 되더군. 그러나 앞쪽 부분은 타원형의 방을 이루고 있었어. 건조한 바닥에 천장도 아주 높았지. 횃불이 그냥 타오르게 두고, 우리는 덤불을 잘라 밤새 버틸 땔감을 마련했네. 누플로, 그 가엾은 영감은 활활 타오르는 큰 모닥불을 진심으로 사랑했지. 큰 모닥불과 기름진 고기(냄새가 고약할수록 더 좋아했지)가 인간이 바랄 수 있는 가장 큰 축복이었거든. 나 역시 기운을 북돋아줄 모닥불 생각에 새삼 활력을 찾았고, 빗속에서도 열심히 일했다네. 비가 점점 거세지더니 나중에는 완전히 쏟아붓는 폭우로 변했어. 그 무렵 나는 마지막 짐을 끌어 안에 들여놓았고, 누플로도 모닥불을 잘 피워놓고 어마어마하게 호사스럽게 땔감을 쌓아놓았더군. "오늘 밤엔 집에 불이 나서 무너질 일은 없을 테니까." 그는 한마디 하면서 킬킬 웃었지. 이렇게 묘사할 만한 소리가 그 입에서 나온 건 아주 오랜만이었어.

배고픔을 달래고 담배 한두 대를 피우고 나니 낯선 온기와 건조함, 모닥불의 효과로 졸음이 덮쳐왔고, 아마 나는 꽤 한참 꾸벅꾸벅 졸았던 것 같아. 그런데 문득 소스라쳐 잠을 깨어보니 리마가 없었네. 노인은 아직 모닥불가에 앉아 있었지만 잠든 것 같았어. 나는 일어나서 비를 막아줄 겉옷을 꼭 여미며 둘러쓰고 서둘러 밖으로 나갔네. 그런데 동굴에서 나가보니 얼굴에 건조하고 싱그러운 바람이 불어닥쳤으니 얼마나 놀랐겠나. 눈앞에 까마득히 펼쳐진 사막이 보름달의 휘황한 백색 광휘에 젖어 있었어! 비는 오래전에 그친 게 분명했고, 얇은 흰 구름 몇 점만 저 높이 천국의 광활하고 푸르른 창공 위로 빠르게 흘러가고 있었지. 반가운 변화였지만 놀람과 기쁨의 충격은 잠시, 곧 리마를 잃어버렸을지 모른다는 미칠 듯한 공포가 덮쳐왔어. 리마는 저 밑 어디에도 보이지 않았어. 가시덤불에서 벗어나려고 작은 평지 끝까지 달려가던 나는 눈을 들어 정상을 바라보았는데, 바로 거기, 내 머리 위 저 높은 곳에 리마가 가만히 서서 위를 바라보고 있는 모습을 보았지. 나는 빠르게 그녀 곁으로 올라가서 이름을 부르며 다가갔어. 그러나 그녀는 반쯤 몸을 돌려 나를 바라보았을 뿐 아무 대답도 하지 않았지.

"리마, 왜 여기로 올라왔어요? 정말로 이 밤늦은 시간에 산을 오르기라도 할 생각이에요?"

"네, 왜 안 돼요?" 그녀는 한두 발자국 내게서 물러나며 말했어.

"리마, 다정한 리마, 내 말 좀 들어줄래요?"

"지금요? 아, 아니요. 왜 그런 부탁을 해요? 여기로 출발하기 전에 숲속에서 내가 당신 말을 귀담아듣지 않았나요? 그리고 내가 원하는 일을 해준다고 약속하지 않았나요? 봐요, 비가 그치고 달이 환하게 빛나고 있어요. 내가 왜 기다려야 해요? 정상에 올라가서 보면 우리 종족의 땅이 보일지도 모르잖아요. 이제 우리는 근처에 온 거 아니에요?"

"아, 리마, 대체 뭘 보게 될 거라고 기대하는 거예요? 들어봐요. 내 말을 들어야 해요. 내가 제일 잘 아니까요. 저 정상에 당신이 올라가서 보게 될 풍경은 광활하고 어두운 사막, 산, 숲, 산과 숲이 전부예요. 그 속에 들어가면 당신은 몇 년 동안 헤매다 굶주림이나 열병에 죽거나, 아니면 맹수나 야만인에게 죽임을 당할 수도 있어요. 그렇지만 아, 리마, 절대로, 절대로, 절대로 당신의 종족은 찾을 수 없을 거예요. 그들은 세상에 없으니까요. 당신은 땡볕이 하얗게 내리쬘 때 사바나의 신기루가 만드는 가짜 물을 본 거예요. 그 물을 쫓아가면 입술을 축일 한 방울 물도 없이 결국 쓰러져 죽게 되죠. 그런데 리마, 당신의 희망은, 여기까지 이 먼 길을 오게 만든, 당신의 종족을 찾겠다는 희망은 신기루예요. 착각이에요. 버리지 않으면 당신을 파멸로 이끌 거예요."

그녀는 눈빛을 번득이며 나를 돌아보았어. "당신이 제일 잘 안다고 했잖아요!" 그러더니 소리치더군. "제일 잘 안다면서 그런 말을 하나요? 지금 이 순간까지 당신은 한 번도 틀린 말을 하지 않았어요. 오, 왜 나한테, 이 리올라마를 딴 이름을 가진 내게 그런 얘기들을 한 거예요? 나도 당신이 말한 그 가짜 물 같은 건가요? 신성한 리마도, 다정한 리마도 없나요? 우리 엄마는 엄마가 없었나요? 그 엄마의 엄마도 없었나요? 보아에 있을 때, 죽기 전의 엄마를 기억해요. 이 손은 진짜처럼 보이잖아요. 당신 손처럼. 당신이 그 손을 잡아도 되냐고 했잖아요. 하지만 내게 말하는 사람은 그 사람이 아니네요. 이타이오아산에서 온 세상을 보여준 그 사람이 아니에요. 아, 당신은 빌린 망토로 몸을 감싸고 있어요, 당신이야말로 늙은 회색 수염을 두고 왔잖아요! 동굴로 돌아가서 그거나 찾아요. 나는 혼자서 내 종족을 찾게 놔두고!"

또다시, 그날 숲속에서 독사를 죽이려던 나를 막던 그때처럼, 이타이오아산에 함께 있다가 누플로를 만나러 가던 그때처럼 리마는 변모해 뜨거운 원망을 뿜어내고 있었네. 아름다운 인간 말벌, 말 한마디 한마디가 독침이었어.

"리마." 나는 울부짖었어. "내게 그런 말을 하다니 정말 잔인하고 부당해요. 내가 한 번도 당신을 속인 적이 없다는 걸 안다면, 조금이라도 알아줘요. 당신은 착각이 아니에요. 신기루도 아니고요. 지상의 다른 존재처럼 리마일 뿐이에요. 그렇게 정직하고 순수할 수는 없겠지만, 당신을 거짓으로 오도하느니 이 바위에 쓰러져 죽겠어요. 그리고 당신과 우리를 비추는 이 상냥한 달빛을 영원히 잃어버리겠어요."

열정적인 내 말을 듣던 그녀는 차츰 낯빛이 파리해지더니 손을 맞잡고 깍지를 끼었네. "내가 뭐라고 했는데요? 내가 뭐라고 했는데요?" 그녀는 고통이 가득한 낮은 목소리로 말하다가 갑자기 가까이 다가왔고, 작은 흐느낌을 뱉으며 내 발밑에 털썩 주저앉아 집 근처 숲에서 길 잃은 나를 발견했던 때처럼 그녀만의 신비로운 언어로 다정하고 구슬픈 표현을 읊조리더군. 하지만 내가 그녀를 품에 안기 전에 재빨리 벌떡 일어나서는 나와 거리를 조금 두고 물러섰어.

"아, 아니, 아니, 당신이 제일 잘 안다니 그럴 리는 없어요!" 또 시작이었지. "하지만 당신이 나를 속이려고 든 적이 한 번도 없다는 건 알아요. 그런데 이제 죄 없는 당신을 비난했으니 당신 없이 저기 올라갈 수는 없게 됐네요." 정상을 가리키며 말했어. "그냥 가만히 서서 당신 말을 끝까지 들어보겠어요."

"있잖아요, 리마. 할아버지가 내게 당신의 이야기를 다 들려주었어요. 이 장소에서 어떻게 어머니를 발견했고, 어떻게 보아로 모셨고, 그곳에서 어떻게 당신이 태어났는지. 하지만 어머니의 종족에 대해서는 아무것도 몰라요. 그러니 여기서부터는 할아버지가 데려가줄 수 없는 거죠."

"아, 그렇게 생각하는군요! 할아버지가 지금은 그렇게 말하죠. 하지만 그 오랜 세월 나를 속였는데, 과거에도 거짓말을 했다면 지금도 거짓말하고 있지는 않을까요? 리올라마를 모른다고 시치미를 뗐던 것처럼 내 종족에 대해 아무것도 모른다고 하는 건 아닐까요?"

"할아버지가 거짓말도 하지만 참말도 해요, 리마. 그리고 둘은 분간이 되지 않지요. 그래서 드디어 진실을 털어놓고 우리를 여기로 데려왔잖아요. 이 이상은 길을 인도해줄 수 없어요."

"맞아요. 나 혼자 가야 해요."

"그게 아니에요, 리마. 리마가 어디로 가든 우리도 가야 해요. 당신만 우리를 이끌 수 있어요. 당신이 이끌면 우리는 따라가지만, 우리의 탐사는 결국 죽음이 아니면 실망으로 끝날 수밖에 없다고 믿고 있어요."

"그렇게 믿으면서도 따라온다니! 오, 안 돼요! 아무것도 바라지 않고 할아버지가 왜 여기까지 우리를 데리고 오겠다고 한 건데요?"

"당신이 강요했던 건 기억나지 않아요? 할아버지의 신앙을 알잖아요. 그는 늙었고 두려운 마음으로 죽음을 봐요. 자기가 저지른 악행을 기억하니까요. 그리고 당신과 어머니의 중재만이 지옥으로 떨어지는 운명을 면하게 해준다고 믿지요. 생각해봐요, 리마. 할아버지는 거절할 수 없었어요. 그러면 당신이 더 화가 나서 유일한 희망을 앗아 갈 테니까요."

내 말에 리마는 괴로워하는 눈치였지만, 금세 다시 생기를 되찾고 말하기 시작하더군. "내 종족이 존재한다면, 왜 실망하고 죽음까지 맞아야 해요? 할아버지는 모르지만, 어머니가 여기로 그를 찾아왔어요. 안 그랬나요? 다른 사람들은 여기 없었지만, 그리 멀지 않은 곳에 있었을지 몰라요. 어서요. 우리 같이 꼭대기로 올라가서 우리 발밑의 사막을 봐요. 산과 숲, 산과 숲. 거기 어딘가에 있겠죠! 내가 먼 곳의 일을 아는 능력이 있다고 당신이 말했잖아요. 그런데 어느 산인지, 어느 숲인지 내가 모르겠어요?"

"저런! 아니에요, 리마. 당신이 멀리 내다보는 데도 한계가 있어요. 그리고 그 능력이 정말 당신 생각대로 그렇게 대단하다고 해도 아무 소용이 없을 거예요. 당신 종족들의 거주지에 드리운 그늘에는 산도 없고 숲도 없으니까요."

그녀는 잠시 말이 없었지만, 눈과 깍지 낀 손가락은 불안해 보였고 마음의 동요를 드러내더군. 마음 깊은 곳을 탐색하며 내 주장에 반박할 논증을 찾는 것 같았어. 그러다 나지막하게, 원망이 조금 섞인, 거의 실의에 빠진 목소리로 말했지. "다시 돌아가려고 우리가 여기까지 왔나요? 당신은 누플로가 아니니 내 중재가 필요하지도 않을 텐데, 그래도 왔잖아요."

"당신이 있는 곳에 나도 있어야 해요. 당신이 그렇게 말했잖아요. 게다가 출발할 때는 당신의 종족을 찾을 수 있다는 희망이 조금은 있었어요. 하지만 누플로의 이야기를 듣고 더 잘 알게 됐어요. 지금은 당신의 희망이 헛되다는 걸 알아요."

"왜요? 왜요? 여기서 엄마가 발견되었잖아요. 그럼 다른 사람들은 어디 있는데요?"

"그래요, 어머니는 여기서 발견되었어요. 혼자서요. 어머니가 자기 종족 이야기를 당신한테 한 적이 있나요? 어딘가 존재하는 것처럼, 언젠가는 반갑게 맞아줄 것처럼 말이에요."

"아니요, 왜 그런 말을 하겠어요? 당신은 알아요? 말해줄 수 있어요?"

"이유를 짐작할 수는 있어요, 리마. 아주 슬픈 이유예요. 너무 슬퍼서 말하기도 힘들어요. 누플로가 동굴에서 어머니를 간호하던 때, 그토록 받들어 모시며 원하는 대로 뭐든 다 해주고 손짓으로 대화도 나눴는데, 어머니는 자기 종족에게 돌아가고 싶다는 뜻을 한 번도 내비치지 않았어요. 그리고 그녀가 알아듣게 먼 곳으로 데려가겠다고 할 때도, 낯선 사람들 사이에서, 누플로 같은 사람들과 함께 살아야 한다는 걸 알면서도 어머니는 기꺼이 좋다고 했고, 고통을 참으며 보아까지 그 긴 여행을 했어요. 당신 같으면, 리마, 당신 같으면 그렇게 했겠어요? 사랑하는 사람들로부터 그렇게 멀리 갔겠어요? 돌아오지도 못하고, 다시는 소식을 듣지도 못하고, 이야기를 나눌 수도 없는데? 아니요, 그럴 리 없잖아요. 어머니도 자기 종족이 존재했다면 그러지 않았겠지요. 그러나 자기만 살아남았다는 걸 아니까, 뭔가 엄청난 재앙이 닥쳐 그들이 죽었다는 걸 아니까 그런 거예요. 아마 숫자가 적었을 테고, 적대적인 부족들한테 사방으로 둘러싸였지만 무기도 없고 전쟁을 하지도 않았을 거예요. 그동안 종족을 보존할 수 있었던 이유는 외딴곳에 살았기 때문이겠죠. 웅장한 산들, 침투할 수 없는 삼림, 늪지로 에워싸인 곳, 어딘가 깊은 계곡에서. 그런데 마침내 잔인한 야만인들이 그 은신처로 쳐들어가 그들을 사냥했고, 몇몇 도주자만 빼고 몰살했을 거예요. 홀로 도망친 어머니 같은 사람들, 도망쳐 먼 곳에 혼자 숨은 사람들만 살았을 거예요."

이야기를 듣는 과정에서 그녀 얼굴에 떠오른 불안한 표정은 점점 깊어져 괴로움과 절망으로 변했어. 그리고 내가 결론을 내리기 직전에 그녀는 갑자기 양손을 들어 머리에 대고, 낮은 흐느낌을 뱉더니 그대로 쓰러져서 내가 재빨리 그 몸을 받아 안지 않았다면 바위에 엎어질 뻔했지. 드디어 다시 내 품에, 마땅히 있어야 할 자리에 그녀가 있었네! 하지만 이제 그 찬란한 생명은 남김없이 빠져나간 듯했어. 그녀의 머리가 내 어깨에 축 늘어졌고, 가끔 나지막이 헐떡이듯 울음을 뱉으며 몸이 미미하게 전율할 때를 빼면 움직임도 전혀 없었네. 한참 후에야 흐느낌이 멈추고, 눈이 감기고, 얼굴은 고요하고 죽은 듯 새하얗게 변했지. 끔찍한 불안감이 심장을 짓누르는 가운데, 나는 그녀를 안아 들고 아래 동굴로 옮겼다네.

제17장

나의 짐을 안아 들고 다시 동굴로 들어가니 누플로가 일어나 앉아 눈에 두려움을 가득 담아 바라보더군. 나는 겉옷을 벗어 깔고 리마를 눕힌 뒤 짧게 무슨 일이 있었는지 설명해주었어.

누플로는 가까이 다가와 그녀를 살펴보더니 자기 손을 그녀 심장에 얹어보더군. "죽었어! 이 아이가 죽었어!"

나도 불안했던 참이라 그 말에 비이성적으로 분노가 폭발했네. "늙은 바보 같으니라고! 기절했을 뿐이오." 그리고 되받아쳤지. "물 좀 가져다줘요. 빨리!"

그러나 물로도 그녀의 의식은 돌아오지 않았고, 그 하얗고 고요한 얼굴을 응시하는 사이 불안감은 짙어져갔네. 아, 왜 나는 준비도 없이 내가 상상한 슬픈 비극을 함부로 이야기했을까? 내 이야기는 목적을 너무나도 훌륭하게 달성했고, 나는 그녀의 헛된 희망과 동시에 그녀마저 죽인 걸세.

노인은 여전히 그녀를 굽어보며 다시 말했어. "아니, 아직 죽었다고는 믿지 않을 거요. 하지만 선생, 이 아이가 죽지 않았다고 해도 이제 곧 죽을 거예요."

그 말을 들은 나는 하마터면 노인을 때릴 뻔했네. "그럼 내 품 안에서 죽게 할 겁니다." 나는 거칠게 그를 밀치고 그녀와 함께 밑에 깔았던 겉옷까지 안아 들었네.

그녀의 머리를 내 팔로 받치고 그리 안고 있으면서 그 이상 하리만큼 하얀 얼굴을 바라보는데 말로는 형용할 수 없이 마음이 괴로웠어. 미친 사람처럼 그녀를 돌려달라고 하늘에 빌었다네. 그런데 누플로가 그녀 앞에 무릎을 꿇더니 고개를 푹 숙인 채 손을 모으고 간절히 탄원하기 시작했어.

"리마! 우리 손녀!" 떨리는 목소리에서 그의 불안이 드러나더군. "아직은 죽지 말아라. 죽으면 안 돼. 완전히 죽어버리면 안 돼. 죽기 전에 내가 너한테 할 말을 다 들어줘야 해. 말로 대답해달라고 부탁하지는 않으마. 이미 그럴 수 있는 상태가 아니고, 나도 비합리적인 사람은 아니니까. 단지 내 청원이 끝나면 신호해다오. 한숨을 쉬거나 눈꺼풀을 움직이거나 입술을 달싹여도 좋아. 입가를 아주 조금만 움직여도 괜찮다. 그 이상은 필요 없어. 내 말을 들었다는 표시만 해주면 만족하마. 내가 네 보호자로 살았던 그 오랜 세월을 꼭 기억해다오. 그리고 너를 위해 시작한 이 기나긴 여행도 잊지 말아야한다. 그리고 물론 보아에서 네 어머니를 위해 내가 했던 모든 일도 기억하고. 네 어머니는 성인의 반열에 올랐고, 하늘

나라의 여왕님을 모시는 이들 중 가장 중요한 사람이 되었지. 그래서 여왕님께 청을 올릴 때도 반 마디면 족할 거야. 그러니 마지막에 내가 네 소원을 들어주려고 안전히 리올라마로 데려왔다는 사실을 망각 속에 묻어버리지는 말아라. 자잘한 문제들에서 너를 속인 건 사실이야. 그러나 그건 마음에 담아두면 안 돼. 그런 하찮은 일들은 네가 나한테 신세 진 것들과 비교하면 아무것도 아니잖니. 리마야, 네 손에 모든 걸 맡긴다. 네가 한 약속들과 내 봉사만 믿을게. 다만 기우의 말 한마디만 할게. 네가 이제 들어가려는 그곳의 화려함이나 새로운 풍경과 화려한 색채, 외침 소리, 악기와 트럼펫 소리, 이런건 신경도 쓰지 말아라. 성인과 천사들에게 에워싸여 스스로 초라하다고 생각하거나 무안해하지도 말고. 색색의 그 사람들을 처음 보면 그렇게 생각하기 어렵겠지만, 너도 무엇 하나 꿀릴 것이 없단다. 세간에서는 그 사람들이 태양처럼 빛난다고들 하더구나. 잊지 않도록 손가락에 끈을 묶어달라고는 부탁하지 않으마. 그저 네 기억을 믿을 뿐이다. 네 기억력은 언제나 좋아서 작은 일 하나 잊는 법이 없었지. 그리고 당연히 그렇겠지만 네 소원이 무엇이냐 질문을 받으면, 다른 무엇보다 먼저 이 할애비와 할애비가 네게 해준 일들을 생각해다오. 또 네 천사 같은 어머니에게도 내가 겸손하게 안부를 전한다고 말해다오."

여느 때라면 듣고 웃음을 터뜨렸을 청원이었지만 지금은 짜증스럽기만 했어. 그런데 그때 겉보기에는 생기가 없던 소녀에게 미묘하게 희망적인 변화가 생겼지. 내 손에 잡힌 작은 손이 그리 얼음처럼 차지 않았고, 아직 얼굴에 핏기는 전혀 돌아오지 않았지만, 밀랍 같은 죽음의 파리한 기운은 조금 가셨더군. 이제 꼭 다물었던 입술도 약간 부드러워져 벌어질 준비를 마친 것 같았고. 손끝을 그녀의 심장에 대어보니 희미한 파닥거림이 느껴졌어. 아니, 느껴지는 것 같았어. 이윽고 그 심장이 정말로 뛰고 있다는 확신을 품게 되었네.

나는 노인을 돌아보았어. 노인은 아직도 엎드려서 그녀에게 청한 신호를 간절히 기다리고 있더군. 하지만 그 지독하게 저속한 이기주의를 향했던 내 분노와 혐오는 이미 사라지고 없었지. "하느님께 감사합시다, 노인장." 기쁨의 눈물에 반쯤 목이 메어 말이 잘 나오지 않더군. "살아 있어요. 발작에서 깨어나고 있다고요."

노인은 뒤로 물러나더니 무릎을 꿇고 머리를 푹 숙이고는 하늘에 감사 기도를 올렸지.

우리는 함께 반 시간 더 그녀의 얼굴을 바라보았네. 나는 여전히 두 팔로 그녀를 안고 생기가 회복되는 더 확실한 징후를 찾고 있었지. 그 달콤한 짐은 영원히 짊어진다고 해도 피곤하지 않을 것 같았어. 이제 그녀는 끝내 죽음으로 빠져들 수밖에 없는, 죽음 같은 긴 잠에 빠진 사람처럼 보였네. 그러나 한 시간 전 그녀의 얼굴을 기억하면, 이상하게 느리긴 하지만 회복하고 있는 건 틀림없어 보였지. 이 죽음에서 삶으로의 이행이 너무나 느리고, 너무나 점진적이어서, 우리는 어느

새 벌어진, 아니 거의 벌어진 그 입술이 더는 흰색이 아니고, 그 파리하고 투명한 피부 아래 희미하게 푸른 장밋빛 색조가 이제 확연히 눈에 띈다는 걸 알아차렸을 때조차 두려움을 거두지 못했어. 그리고 위험은 지났지만, 회복이 느리다는 걸 확인하고 나서 늙은 누플로는 다시 모닥불가로 돌아가 모랫바닥에 사지를 쭉 뻗고 누워 금세 깊은 잠에 빠졌네.

이글거리는 잉걸불과 춤추는 불꽃의 강렬한 불빛을 받으며 그가 그렇게 내 앞에 누워 있지 않았다면, 나는 리마와 함께 있으면서 이보다 더 외로울 수는 없다고 느꼈을 거야. 그 까마득한 산중에서, 그 비밀스러운 동굴 속에서 회색 바위 천장에 빛과 그림자가 춤을 추었지. 그 심오한 정적과 고독 속에, 그 고요한 얼굴의 신비로운 사랑스러움을 하염없이 들여다보았어. 의식은 없으나 생기가 보이기 시작하는 그 얼굴이 내 안에 이상한 감정을, 묘사하기 어려운, 아니 묘사할 수 없는 감정을 자아냈어.

언젠가 케네베타산맥의 숲이 우거진 험준한 바위 지형을 힘겹게 넘던 길에, 예전에 한 번도 본 적 없는, 내게는 새로운 흰 꽃 한 송이를 본 적이 있었지. 오래도록 그 꽃을 바라보다가 지나쳐 갔는데, 그 완벽한 꽃의 심상이 지워지지 않고 끈질기게 마음에 남아 결국 다음 날 다시 가보았네. 아직 시들지 않았기를 바라면서. 변함없이 그대로더군. 이번에는 훨씬 더 긴 시간을 들여 바라보고, 세상의 다른 모든 꽃을 능가하는, 기적같이 아름다운 형상을 감상했어. 꽃잎이 두꺼워서 첫인상은 마치 조화 같았어. 신의 영감을 받은 어느 예술가가 미지의 보석을 깎아 만든 듯한 그 꽃은 커다란 오렌지 크기에 우유보다 희었지. 하지만 불투명한 유백색인데도 표면이 크리스털처럼 오색으로 은은히 빛났네. 다음 날 나는 다시 갔지만, 아직 시들지 않았으리라는 희망은 거의 품지 않았지. 하지만 방금 핀 듯 싱싱하더군. 그 후로 나는 자주 그 꽃을 찾았네. 가끔은 며칠씩 간격을 두고 갔는데도 희미한 변화의 기미조차 없었어. 또렷하고 정교한 선은 여전히 흐려지지 않았고, 순수함과 광택도 처음 봤을 때 그대로였지. 나는 자주 문곤 했어. 이 신비의 꽃은 왜 다른 꽃처럼 시들어 죽지 않는 걸까? 인공적인 꽃 같다는 첫인상은 곧 지워졌네. 그건 정말로 꽃이었고, 다른 꽃처럼 살아서 자라났어. 다만 그 초월적인 아름다움으로 그 생명의 종류가 달랐을 뿐이지. 의식은 없지만, 더 고도의 생명체였어. 어쩌면 불멸할지도 모르지. 내가 마지막으로 보았을 때까지 계속 피어 있었다네. 바람과 비와 햇볕에도 그 신성한 순수는 결코 얼룩지거나 변색되는 법이 없었어. 꽃을 보고 감탄하는 법이 없는 야만인도 이 꽃을 보면 얼굴을 가리고 돌아섰고, 우당탕퉁탕 숲속을 뛰어다니던 짐승도 그 이상하게 영화로운 꽃을 맞닥뜨리면 해치지 않고 길을 돌아갔지. 나중에 어떤 인디언에게 그 꽃을 설명했더니 하타라는 이름의 꽃이라고 말해주더군. 그 꽃에 대한 미신도 있다고 했어. 이상한 믿음이었어. 그들은 온 세상에 오직 한 송이의 하타꽃이 존재한다고 믿었지. 그 꽃은 달의 주기 한

번에 걸쳐 한 군데에서 피고, 하늘에서 달이 사라지면 하타도 그 자리에서 사라지고 어딘가 다른 머나먼 숲, 어딘가 다른 장소에서 다시 피어난다는 거야. 그리고 숲에서 하타꽃을 발견한 사람은 적을 모두 물리치고 소원을 성취하며 다른 사람들보다 훨씬 장수를 누린다고 하네. 그러나 앞에서 말했듯이 이런 얘기는 훗날 들은 것이고, 이와 별개로 내 마음속에서는 이미 이 꽃에 대한 반쯤 미신적인 감정이 커져 있었어. 움직임도 의식도 없으나 생명은 있는 그 고요한 얼굴을 바라보는데, 그때 느낀 감정이 마음속에 되살아나더군. 그 생명은 그 꽃의 비범하고 순수한 아름다움에 비길 만큼 고고한 종류였으니까. 그 숲의 꽃처럼 이 상태 이 모양으로 영원히 남을 거라고 했다면 나는 아마 믿을 수도 있었을 거야. 그대로 영원히 머물며 주위의 모든 사물에 그 불멸성을 나눠줄 것도 같았지. 두 팔로 그녀를 끌어안고, 검고 윤기 나는 구름 같은 머리카락에 표구된 창백한 얼굴을 하염없이 바라보던 내게, 침침한 돌벽에 시시각각 변화하는 빛을 던지던 그 타오르는 불길에, 바닥에 널브러져 영원히 깨어나지 못할 잠에 빠져 있는 늙은 누플로와 두 마리 개에게도 말이야.

내 마음은 이런 느낌에 너무 단단히 사로잡혀 한동안 나 또한 안고 있는 그 몸처럼 미동도 없이 앉아 있었네. 그 힘에서 풀려난 건 지켜보던 얼굴에서 더 깊은 변화를, 의식이 있는 삶에 한층 가까워졌음을 알아차린 후였어. 색조인지 의심조차 할 수 없을 만큼 흐릿했던 그 홍조가 눈에 띄게 짙어져 있었어. 눈꺼풀도 살짝 들려 그 아래 수정 같은 안구를 설핏 보여주었고, 입술도 조금 벌어졌더군.

나는 숨결을 느끼려고 고개를 더 깊이 숙였다가 그 아름답고 달콤한 입술을 도저히 더는 뿌리칠 수 없어 내 입술을 갖다 대고 말았네. 한번 그 달콤한 맛과 향기를 맛보고 나니 다시, 또다시 입술을 대지 않을 수 없더군. 그녀는 의식이 없었어. 의식이 있었다면 어떻게 내 애무를 받으면서도 움츠리지 않았겠나? 그러나 왠지 미심쩍은 마음이 들어 뒤로 물러나 다시 그 얼굴을 응시했지. 새롭고 이상한 광채가 그 얼굴에 번져 있었어. 아니, 저 붉은 모닥불이 피부에 비쳐 만들어낸 착시일까? 나는 손을 펼쳐 그녀 얼굴에 그늘을 드리워봤지만 창백한 안색은 가시고 뺨에 장밋빛 불꽃이 되살아나 있었네. 그녀의 빛나는 눈이, 반쯤 뜬 채로 내 눈을 가만히 바라보고 있었어. 오, 의식이 돌아온 게 틀림없었지! 몰래 훔친 키스들을 알고 있었을까? 나는 떨면서 머리를 숙여 다시 그녀의 입술에 닿았네. 가볍게, 하지만 지그시 머물며, 또 한 번 더. 그리고 물러서 그녀의 얼굴을 보자 그 장밋빛 불길은 더 환해져 있었고, 훨씬 더 크게 뜬 눈도 여전히 내 눈을 보고 있었지. 정신이 들어 뜬 눈으로 바라보는 그녀를 보니 우리 사이에 머무르던 그림자가 드디어 걷히고, 우리 둘이 완벽한 사랑과 자신감으로 하나가 되었고, 말은 쓸모없는 덤에 불과한 것만 같았어. 내가 말하기 시작했을 때는 의심과 망설임이 없지 않았네. 그 말 없는 순간의 우리 행복이 너무 완벽했기에 말하면 오히려 덜할 것만 같았거든!

"내 사랑, 내 목숨, 내 달콤한 리마, 이제는 예전과 달리 당신이 나를 이해하리라는 걸 알아요. 그 어두운 밤 기억하나요, 리마? 숲속에서 내가 당신을 품에 안았을 때를? 그때도 당신에게 솔직하게 말하는 일이 내 심장을 뼈아프게 찔렀지요. 오늘 밤 산에서, 집을 떠나 여기까지 이 먼 길을 참고 견디게 해준 희망을 꺼뜨렸을 때도 마찬가지였어요. 하지만 이제 괴로움은 끝났어요. 나를 보고 있는 아름다운 두 눈에서 그늘이 걷혔네요. 그건 나를 사랑하기 때문이에요. 사랑이 무엇인지 알고, 얼마나 나를 사랑하는지, 이제는 그런 문제로 다른 존재에게 말할 필요가 없다는 걸 알아서 그런 거죠? 말하고, 보여주고, 내게만 그러면 이제 충분해요. 그렇지 않아요, 리마? 처음에는 당신이 나를 겁내며 움츠러드는 게 얼마나 이상했는지! 하지만 나중에 당신이 어머니에게 큰 소리로 기도하며 심장 깊은 곳의 비밀을 모두 털어놓는 것을 들었을 때, 나는 이해했어요. 숲속에서 그토록 외롭고 고립된 삶을 살아가면서 당신은 사랑에 관한 이야기를 들은 적이 없겠죠. 심장을 지배하는 사랑의 힘도, 무한한 달콤함도 몰랐을 거예요. 마침내 사랑이 찾아왔을 때는 사랑이 새롭고 불가해한 무엇이었겠죠. 그래서 마음이 불길한 예감과 폭풍처럼 요동치는 생각들로 가득 찼고, 당신은 무서워서 그 원인으로부터 도망쳤어요. 얼마 전 우리가 산에서 겪었던 그 밤처럼 별과 창백한 달뿐 아무 빛도 없는 밤이면 항상 그 전율이 느껴졌겠지요. 그러다 어느새 동이 트고 동쪽 하늘에 기이한, 들어본 적도 없는 장밋빛과 보랏빛 불길이 타올라 아침이 임박했음을 예고했을 거예요. 그 풍경은 밤이 보여준 그 무엇보다도 아름다워 보였겠지만, 당신은 여전히 떨림을 느꼈을 테고 그 낯선 풍경에 심장이 빠르게 뛰었을 거예요. 그 의미를 말해줄 수 있는 사람들에게 날아가고 싶었겠죠. 그 광경이 예언하는 달콤한 일들이 정말로 다가올 것인지도 알고 싶을 테고요. 그래서 당신의 종족을 찾고 싶었고, 리올라마로 그들을 찾으러 온 거죠. 그런데 내 잔인한 말로, 그들을 영영 찾을 수 없다는 걸 깨닫곤 당신 심장의 그 이상한 감정이 영원히 비밀로 남아야 한다고 생각한 거예요. 그러자 외로운 당신의 처지가 견딜 수 없어져버린 거죠. 그렇게 빨리 기절하지 않았다면, 지금 내가 꼭 해주고 싶은 이 이야기를 들려줬을 텐데. 그들은, 리마, 당신의 종족은 사라졌지만 나는 당신과 함께 있어요. 당신은 형용할 말이 없다고 해도 나는 그 감정이 어떤지 알아요. 그런데 말이 무슨 소용인가요? 당신 눈에서 빛나고 당신 얼굴에서 불길처럼 활활 타오르는데요. 나도 당신 손에서 느낄 수 있어요. 당신도 내 얼굴에서 볼 수 있지 않나요? 내가 당신에게 느끼는 모든 것, 나를 행복하게 하는 사랑을요? 이것이 사랑이기 때문이에요, 리마. 삶의 꽃이자 선율, 가장 달콤한 것, 우리 두 영혼을 하나로 묶어주는 가장 달콤한 기적이지요."

그녀는 그렇게 쉬는 게 기쁘다는 듯이 여전히 내 팔에 기대

쉬면서 내 눈을 응시하고 있었네. 내 말을 한마디도 남김없이 알아듣는 게 분명해 보였어. 그래서 그때 나는 한 점의 의혹도 두려움도 없이 내 입술이 그녀 입술에 닿을 때까지 고개를 숙였지. 그 보드라운 입술에 키스하는 것과 그녀 얼굴을 빤히 들여다보는 것, 두 가지 행복 중 무엇이 더 큰지 알 수 없어 다시 떨어졌을 때, 그녀가 갑자기 내 목에 팔을 두르고 일어나 내 무릎에 앉았네.

"아벨, 이제 언제까지나 아벨이라고 부를까요?" 그녀가 여전히 내 목에 팔을 두르고 말했어. "아, 당신은 왜 내가 리올라마로 오게 해줬어요? 나는 오고 싶었어요! 할아버지는 내가 억지로 오게 만들었어요. 저기서 잠든 늙은 할아버지. 할아버지는 그렇다지만 당신은요, 당신은요! 그런데 내가 알고 싶었던 모든 건 거기 있었어요. 당신 안에요. 아, 너무나 달콤해요! 하지만 바로 얼마 전만 해도 얼마나 고통스러웠는지! 당신이 내게 말해준 산에 올라섰을 때, 당신이 가장 잘 안다는 걸 알면서도 알지 않으려고 노력하고 또 노력했어요. 마침내 더는 애쓸 수 없게 됐어요. 그들은 모두 어머니처럼 죽었어요. 나는 사바나의 가짜 물을 따라온 거예요. 나는 '아, 나도 죽게 해줘'라고 빌었죠. 그 고통을 견딜 수 없었거든요. 그런데 나중에 여기 동굴에서, 내가 잠든 것 같았는데, 깨어나보니 정말로 깨어난 게 아니었어요. 눈을 뜨고 보라고 빛이 간질이며 장난치는 아침 같았어요. 아직은 아니야, 빛아. 조금만 더, 가만히 누워 있는 게 너무 좋아. 그러나 빛이 나를 떠나지 않고, 작고 반짝이는 진딧물처럼 나를 간질였지요. 나를 놀리며 장난치기에 나도 눈꺼풀을 조금 열어봤어요. 아침이 아니라 모닥불이었고, 나는 내 작은 침대가 아니라 당신의 팔에 안겨 있었죠. 당신 눈이 내 눈을, 내 눈을 들여다보고 있었어요. 그러나 내가 당신 눈을 더 잘 볼 수 있었어요. 그때 모든 게 기억났어요. 언젠가 당신이 당신 눈을 보라고 했었죠. 너무나 많은 것이 기억났어요. 아, 정말 많은 것이!"

"얼마나 많이 기억했어요, 리마?"

"들어봐요, 아벨. 마른 이끼에 똑바로 누워서 바로 위 나무를 보고 천 장의 나뭇잎을 세어본 적이 있나요?"

"아니요, 내 사랑, 그럴 수는 없어요. 너무 많아서 셀 수가 없거든요. 천 장이 얼마나 많은지 알아요?"

"오, 그럼요! 벌새가 내 얼굴에 가까이 날아와서 벌처럼 윙윙거리며 공기 중에 정지했다가 날아가면, 그 짧은 시간에 나는 그 목덜미에 있는 작고 동그랗고 반짝이는 깃털 백 개를 셀 수 있어요. 그건 백 개밖에 안 되니까 천 장은 더 많죠. 열배나. 위를 올려다보고 나는 천 장의 잎을 세어요. 그리고 그만 세요. 처음 천 장 다음에 또 천 장이 있고, 또 천 장이 있으니까요. 다 한데 뭉쳐져 있어서 셀 수가 없어요. 당신 팔에 안겨서 당신 얼굴을 올려다보는 게 그랬어요. 내가 기억했던 것들을 셀 수가 없었어요. 당신이 숲에 있을 때 그곳에서, 또 그전에도, 그리고 아주, 아주 오래전 보아에서 어머니와 있을 때까지."

"기억했던 것들을 좀 말해봐요, 리마."

"그래요, 하나. 지금은 하나만요. 우리가 집에서 나와 숲으로 갈 때마다 천천히, 천천히 걸어갔어요. 엄마는 나무에 앉아 있고 나는 주위를 뛰어다니며 놀았어요. 그리고 엄마에게 돌아올 때마다 엄마는 너무 창백하고, 너무 슬퍼 보이고, 울고 있었어요. 울었어요. 그러면 나는 숨었다가 엄마가 내 발소리를 듣지 못하도록 부드럽게 돌아오곤 했어요. '아, 엄마, 왜 울고 있어요? 절뚝이는 발이 아파서 그래요?' 그러다 어느 날, 엄마는 나를 품에 안고 엄마가 우는 진짜 이유를 말해줬어요."

리마는 말을 멈췄지만, 나를 보는 두 눈에 이상한, 처음 보는 빛이 서려 있었어.

"왜 울었는데요, 내 사랑?"

"오, 아벨, 당신 이해할 수 있군요. 이제야, 드디어!" 그러더니 입술을 내 귀에 바짝 대고는, 내게는 아무 의미도 없는, 부드러운 노랫가락 같은 소리를 중얼거리기 시작했지. 그리고 다시 머리를 떼고는 나를 보았어. 그 눈은 눈물이 어려 반짝거렸고, 상냥하고 아련한 미소가 걸린 입술이 반쯤 벌어져 있었지.

아, 불쌍한 아이! 그간 했던 모든 말, 그간 벌어진 모든 일에도 불구하고 리마는 내가 자신의 말을 알아들을 수 있다는 옛날의 환상으로 돌아간 걸세. 나는 그 눈길을 되돌려줄 수밖에 없었어. 슬픔에 차서, 아무 말도 못 하고.

그녀의 얼굴이 실망감에 흐려지더니 말투에 간절한 애원이 배어들었어. "봐요, 우리는 이제 헤어져 있지 않아요. 나는 숲에 숨어 있고, 당신이 찾아다니는 게 아니라 함께 있으면서 같은 말을 해요. 당신의 언어로. 당신의 말이고 이제는 내 말인 언어로. 그러나 당신이 오기 전에 나는 아무것도 몰랐어요. 아무것도. 말 상대가 할아버지뿐이었으니까요. 하루에 몇 마디, 똑같은 말만 되풀이했어요. 당신 말이 내 말이라면, 내 말도 당신의 말이 되어야 해요. 오, 내 언어가 훨씬 낫다는 걸 모르겠어요?"

"알아요. 더 훌륭하죠. 하지만 안타깝게도, 리마, 나는 당신의 그 달콤한 말을 이해할 수 있다는 꿈조차 꿀 수 없어요. 그러니 어떻게 말하겠어요. 지저귀고 짹짹거릴 줄만 아는 새가 풍금새처럼 노래할 수는 없잖아요."

리마는 울면서 내 목에 얼굴을 묻고, 흐느낌 사이로 간간이 중얼거렸어. "안 돼요, 안 돼!"

얼마나 이상해 보였는지, 그 기쁨의 순간에 그런 격정의 눈물이라니, 그런 실의의 말들이라니!

몇 분간 나는 슬픈 침묵을 지켰고, 드디어 처음으로 깨달았어. 그런 걸 깨닫는다는 게 가능한 한도 내에서지만 말이야. 나는 그녀의 비밀 언어를 내가 알아듣지 못한다는 게 무슨 의미인지 가늠할 수 있을 것 같았네. 그녀는 훨씬 섬세한 그 언어로만 그 빠른 생각과 생생한 감정들을 표현할 수 있었던 거지. 내 언어로도 자신의 의사를 수월하게, 잘 말할 수 있는 듯 보여도 자기가 느끼기에는 그저 말 더듬는 소리에 불과했을 거야. 언젠가 에스파냐어로 말해보라고 부탁했을 때 그녀 스스로 그렇게 말했거든. "그건 말이 아니에요"라고. 그러니 그녀의 정신을 반영하는 우월한 언어로 나와 소통할 수 없다면, 그녀가 그토록 열렬하게 바라는 영혼의 완벽한 결합은 있을 수 없었어.

시간이 흐르자 그녀는 차분해졌고, 나는 우리 둘 모두에게 위로가 될 만한 말을 찾고 있었지. "어여쁜 리마, 내가 당신의 방식으로 대화를 나누는 일을 감히 바랄 수도 없는 게 너무 슬퍼요. 그러나 우리 사랑보다 더 위대한 사랑은 결코 느낄 수 없을 테고, 사랑이 우리를 행복하게 해줄 거예요. 한 가지 슬픔이 있을지라도 형용할 수 없으리만큼 크나큰 행복을 줄 거예요. 그리고 어쩌면, 한참 후에는 당신도 나의 언어로 하고 싶은 말을 마음껏 하게 될지도 모르고요. 조금 전에 당신도 말했듯 나의 언어는 당신의 언어이기도 하니까요. 다시 우리가 사랑하는 숲으로 돌아가서 우리가 처음 이야기를 나눴던 그 나무, 그 늙은 모라나무 밑에서, 당신이 처음 몸을 숨기고 내게 나뭇잎들을 던졌던 그곳, 당신이 작은 거미를 잡아서 옷을 지어 입는 법을 보여줬던 그곳, 그곳에서 우리가 한 번 더 대화할 수 있다면, 당신의 그 달콤한 언어로 내게 말하고, 나의 언어로 똑같은 말을 해봐요……. 그러면 언젠가는, 어쩌면 당신 생각처럼 불가능하지 않다는 걸 알게 될지도 모르잖아요."

그녀는 눈물 속에 미소를 머금고 고개를 약간 가로젓더군.

"내가 들은 얘기 기억하죠? 어머니가 돌아가시기 전에 당신이 누플로와 신부에게 어머니의 마지막 소원을 전해줄 수 있었다고. 똑같은 방식으로, 어머니가 왜 우셨는지 말해줄 수는 없나요?"

"말해줄 수는 있어요. 하지만 그건 당신한테 말해주는 게 아닐 거예요."

"이해해요. 밋밋한 사실만 전달해줄 수 있는 거겠죠. 내가 그 이상을 상상할 수 있어요. 나머지는 잃어버려야 하겠지만. 말해줘요, 리마."

그녀의 얼굴에 고뇌가 서렸어. 그녀의 눈길이 멀어지더니 어둑어둑한, 모닥불로 밝혀진 동굴 속을 멍하니 배회하더군. 그러더니 다시 내 눈으로 돌아와 응시했어.

"있잖아요" 하고 그녀가 말했어. "할아버지가 저기 불가에 누워 있지만, 우리와는 너무나 멀어요. 아, 너무 멀리 있어요! 하지만 우리가 동굴에서 나간다고 해도, 태양의 도시가 있는 거대한 산맥까지 계속, 계속해서 간다고 해도, 마침내 무수한 군중 가운데 선다고 해도, 그 사람들이 모두 우리를 바라보고 우리에게 말을 건다고 해도, 그래도 똑같을 거예요. 그 사람들은 나무와 바위와 동굴과 같을 거예요. 우리와는 멀고 멀겠죠! 그 많은 사람은 우리와 함께 있지 않을 테고 우리도 그들과 함께 있지 않을 거예요. 우리는 어디에서나 단둘이 함께 있어요. 외따로, 우리 둘이서만요. 그게 사랑이에요. 이제 나도 알아요. 하지만 엄마가 해준 말을 잊고 있었기 때문에 전에는 그걸 몰랐어요. 왜 우냐고 물었을 때 엄마가 해준 말을 내가 당신에게 말해줄 수 있다고 생각해요? 아, 아니요! 이것뿐이었어요. 엄마와 다른 누군가가, 항상, 세상 다른 것들과 따로 떨어져, 단둘이서 하나였다고. 그런데 뭔가가 왔대요. 무슨 일이 닥쳤어요! 오, 아벨, 그게 당신이 산에서 말한 그 무엇일까요? 그래서 엄마는 그 다른 누군가를 영원히 잃었고, 세계의 숲과 산을 방황하게 되었대요. 오, 왜 우리는 잃어버린 것 때문에 우나요? 왜 빨리 잊고 다시 기쁨을 느끼지 못하나요? 사랑하는 엄마, 엄마가 가만히 앉아 울 때 어떤 기분이었는지 아는 사람은 이제 나 혼자예요. 그때 나는 뛰어다니며 놀고 웃어댔는데! 아, 불쌍한 엄마! 얼마나 고통이 컸을까!" 그러더니 다시 내 목덜미에 얼굴을 묻고 흐느꼈지.

내가 보기에도 사랑과 연민 때문에 흘리는 눈물 같았네. 그러나 내가 다정하게 위로의 말을 건네며 어루만져준 덕분에 그녀는 슬픈 과거에서 깨어나 현재로 돌아왔지. 그러더니 처음에는 개어놓은 내 겉옷을 베고 누워 있다가, 감싸 안은 내 팔과 우리가 기대앉은 바위에 반씩 몸을 걸쳐 앉게 되었네. 반쯤 감긴 그녀의 눈이 내 눈을 응시하며 상냥한 행복의 확신을 표현하더군. 비 온 뒤 햇살처럼 한풀 꺾인 기쁨, 휘발해 맑아진 열정을 담은 부드럽고 달콤한 나른함.

"말해줘요, 리마." 나는 고개 숙여 그녀를 내려다보며 말했지. "숲에서 나와 함께 있던 그 괴로웠던 나날에 행복한 순간은 없었어요? 당신이 사랑이 무엇인지 알게 되기 전에 당신 심장의 무언가가 사랑은 달콤한 일이라고 말해주지는 않던 가요?"

"있었어요. 한 번. 오, 아벨, 그날 밤 기억나요? 이타이오아 산에서 돌아와서 당신이 늦은 밤까지 모닥불가에서 말할 때 나는 그늘에 앉아서 단 한 번도 들썩거리지 않고, 귀 기울여 듣고, 듣고, 또 들었어요. 그때 당신은 얼굴에 모닥불 빛을 받으며 이상한 얘기들을 너무나 많이 했었지요? 그때 나는 행복했어요. 아, 얼마나 행복했는지 몰라요! 새카만 밤이고 비가 내렸는데, 나는 어둠 속에서 자라는 식물처럼 달콤한 빗물이 내 잎새에 떨어지고, 또 떨어지는 걸 느꼈죠. 오, 곧 아침이 되고 내 젖은 잎새에 해가 비추리라 생각하니 기뻐서 행복감에 몸이 떨렸어요. 그런데 갑자기 벼락이 쳤어요. 너무나 밝은 번개. 두려움에 몸을 떨며 다시 어두워지기를 바랐죠. 그때가 당신이 그늘에 앉아 있는 나를 봤을 때예요. 나는 재빨리 눈길을 돌릴 수도 없었고 당신의 눈길을 마주 받을 수도 없었죠. 그래서 나는 두려움에 몸을 떨었어요."

"그런데 이제는 두려움이 없잖아요. 그늘도 없죠. 이제 당신은 완벽하게 행복해요?"

"아, 너무나 행복해요! 숲으로 돌아가는 길이 더 길어도, 열배 더 길어도, 머리에 흰 눈을 얹은 거대한 산맥이 사이에 있어도, 거대한 검은 숲과 오리노코강보다 더 넓은 강들이 있어도, 그래도 두려움 없이 혼자 갈 거예요. 당신이 나를 뒤따라

올 테니까, 숲에서 나를 만날 테니까, 마침내, 그리고 언제까지나 나와 함께 있을 테니까요."

"하지만 당신을 혼자 가게 할 수는 없어요, 리마. 당신의 외로운 시절은 이제 끝났다고요."

그녀는 눈을 더 휘둥그렇게 뜨고는 내 얼굴을 뚫어지게 들여다보더군. "꼭 혼자 돌아가야 해요, 아벨." 그녀가 말했어. "낮이 오기 전에 당신을 두고 가야 해요. 할아버지와 함께 여기서 며칠 밤과 낮 동안 쉬어요. 그리고 나를 따라와요."

나는 그 말을 듣고 정말 너무나 놀랐다네. "그럴 수는 없어요, 리마." 나는 울부짖다시피 말했어. "뭐라고요? 이제 당신은 나의 것인데, 당신 혼자 떠나서 그 먼 거리를 가게 두라고요? 그 야생의 땅을 헤쳐 가다가 당신이 길을 잃고 혼자 죽을 수도 있는데? 아, 생각도 하지 말아요!"

내 말을 듣던 그녀는 살짝 괴로운 눈빛으로 나를 보았지만 동시에 희미한 미소도 머금고 있었어. 작은 손이 내 팔을 쓸며 올라와 내 뺨을 어루만졌지. 그리고 우리 입술이 맞닿을 때까지 내 얼굴을 자기 얼굴 쪽으로 끌어당겼어. 그러나 다시 그녀의 눈을 본 나는 그녀가 내 소원을 들어주지 않으리라는 걸 알았지. "이제 가는 길은 다 알아요." 그녀가 말했어. "산, 강, 숲, 다 알아요. 그런데 어떻게 길을 잃겠어요? 그리고 빨리 돌아가야 해요. 한 발 한 발이 아니라 걷고 쉬고, 쉬고 걷고, 요리하고 먹느라 멈추고, 땔감 모으느라 멈추고, 잘 곳을 만드느라 또 멈추고, 할 일이 너무 많잖아요! 아, 그 절반의 시간이면 돌아갈 거예요. 그리고 나는 해야 할 일이 너무 많아요."

"당신이 무슨 일을 해야 하는데요? 우리가 숲에 함께 있을 때 일을 다 해도 되잖아요."

대답하는 그녀의 얼굴에 환한 미소와 함께 짓궂게 놀리는 듯한 표정이 살짝 스치더군. "오, 당신이 못 하는 일이 있다고 말해야 하나요? 봐요, 아벨." 그러더니 그녀는 입고 있던 얇은 옷을 손으로 가리켰어. 이제는 처음보다 옷감이 얇아지고 해와 바람과 비에 오래 노출되어 색도 탁해졌지.

나는 그녀에게 명령할 수 없었고, 설득할 힘도 없다고 느꼈네. 그러나 아직은 포기하지 않고, 갖은 논리를 동원해 그녀를 회유하려 했지. 내가 말을 다 마치자 그녀는 내 목에 팔을 감고 한 번 더 끌어당겼어. "오, 아벨, 얼마나 행복할까요!" 내가 했던 말은 아예 듣지도 않고 말하더군. "몇 날 며칠을 혼자서, 숲에서 당신을 기다리며 보내는 나를 생각해봐요. 내내 일하면서 말하겠죠. '빨리 와요, 아벨. 천천히 와요, 아벨. 오, 아벨, 왜 이렇게 오래 걸리나요! 오, 내 일이 끝날 때까지는 오지 말아요!' 그러다 일이 끝나고 당신이 오면 날 찾겠죠. 하지만 금방은 아닐 거예요. 먼저 집 안에서 나를 찾아보고, 그다음엔 숲에서 '리마! 리마!' 부르며 찾겠죠. 그러면 리마가 나무에 숨어서 듣고 있을 거예요. 당신 품에 안기길 바라면서, 당신 입술을 원하면서. 아, 너무 기쁘지만, 모습을 드러내는 게 겁이 나기도 하겠죠. 왜 그런지 아세요? 할아버지가 말했죠? 아닌가요? 처음 엄마를 봤을 때 머리부터 발끝까지 새하얀 모습으로 서 있었다고요. 산봉우리에 쌓인 눈이 해질 녘 석양에 장밋빛과 보랏빛으로 물든 듯한 드레스를 입고 있었다고요. 나도 그런 모습일 거예요. 나무 사이에 숨어서 말하고 있을 거예요. '나는 다른 사람인가? 리마답지 않은가? 그이가 날 알까? 나를 똑같이 사랑할까?' 오, 당신은 기뻐하며 날 사랑하고 내게 아름답다고 말해줄 거라는 걸 내가 모를까요? 들어봐요! 들어요." 돌연 고개를 들며, 그녀는 탄성을 내질렀지.

동굴 입구에서 멀지 않은 덤불숲에서 작은 새 한 마리가 노래를 부르기 시작했지. 낭랑하고 가녀린 선율에 곧 훨씬 멀리 있는 다른 새들도 동참했어.

"금세 아침이 될 거예요." 그녀는 말하더니 또 나를 두 팔로 꼭 껴안았어. 오랫동안, 열정적으로. 그러고는 내 품에서 스르르 빠져나가더니 잠자는 노인에게 재빨리 시선을 던지고는 동굴 밖으로 나가버렸지.

나는 몇 초쯤 더 가만히 앉아 있었어. 그녀가 나를 떠났다는 사실을 미처 실감하지 못했지. 너무 급작스럽고도 신속하게 내 팔과 내 시선이 닿는 범위를 벗어나버렸어. 이윽고 정신을 차린 나는 벌떡 일어나 그녀를 따라잡겠다는 희망을 품고 황급히 뛰어나가보았네.

아직 동이 트지 않았지만, 이제는 수풀 우거진 고원 너머로 진 보름달의 빛이 꽤 남아 있었네. 수풀이 웃자란 고원 끝으로 달려가서 험준한 사면을 샅샅이 살펴도 그녀의 모습은 보이지 않았고, 그래서 이름을 불렀네. "리마! 리마!"

부드럽게 지저귀는 소리지만 세상 그 어떤 새도 내지 않은 소리가 까마득한 저 아래 그늘진 수풀에서 들려왔네. 나는 그 방향으로 계속 달렸지. 그리고 쉬었다가 또 불렀어. 그 달콤한 소리는 한 번 더 반복되었지만, 이제는 훨씬 더 밑에서 났고, 그나마 너무 희미해서 잘 들리지도 않았네. 나는 계속 나아가며 그 이름을 부르고 또 불렀지만, 답은 없었어. 그래서 그녀가 정말로 그 긴 여정에 혼자 올랐다는 걸 알았지.

제18장

누플로가 드디어 눈을 뜨고 나를 보았을 때, 나는 헛된 추적에서 막 돌아와 실의에 빠진 채 모닥불가에 혼자 앉아 있었어. 산 사면에서 지독한 안개에 발이 묶여 온몸이 흠뻑 젖은 데다 피로와 졸음에 무겁게 가라앉고 있었네. 전날 고생스럽게 행군한 데다 밤새도록 간호한 결과였지. 그러나 감히 휴식을 생각할 수는 없었네. **그녀**가 내게서 떠나갔는데 막지 못했어. 그녀가 내 품에서 빠져나가서 그 길고 위험한 여행을 혼자 떠나는데도 가만히 두고 볼 수밖에 없었다는 생각은, 내가 동의한 것 못지않게 견디기 힘들었어.

리마가 느닷없이 떠났다는 이야기에 누플로도 처음에는 놀랐지만, 곧 내 두려움을 비웃으며 리마는 일단 땅에 내려가면 절대로 길을 잃을 리 없다고 장담했어. 인디언들은 어김없이 멀리서 보고 미리 피하기 때문에 리마에게 위협이 될 수 없고, 야생 짐승, 독사, 온갖 나쁜 생물도 그녀를 해칠 수는 없다고. 그녀가 먹고사는 데 필요한 소량의 음식은 어디서든 찾을 수 있고, 나아가 비와 더위도 그녀에게는 아무 영향이 없으니 악천후에 발이 묶이는 일도 없을 거라고. 그러더니 리마가 우리를 두고 떠났다는 사실에 결국 몹시 흡족해하더군. 리마가 숲속에 있는 한 인디언들이 감히 발도 못 들일 테니 집과 텃밭과 숨겨둔 비축 식량과 농기구는 안전할 거라면서. 그자신감에 나도 마음이 놓였고, 동굴의 모랫바닥에 몸을 누이고 깊은 잠에 빠져들어 저녁까지 깨지 않았지. 그리고 잠시일어나 노인과 함께 식사를 하고 다시 잠들어 이튿날까지 계속 잤어.

누플로는 아직 출발할 채비를 하지 않았더군. 마른 잠자리와 바람에 이리저리 휘날리지도 않고, 빗방울이 들이쳐 피식피식 소리도 내지 않는 모닥불이라는 낯선 호사가 너무 좋았던 모양이야. 그래서 그는 여기서 적어도 이틀을 더 보내고 나서야 돌아가는 길에 오르겠다고 우겼고, 아마 나를 설득할 수 있었다면 리올라마에서의 체류는 일주일로 늘어졌을 거야.

출발할 때는 날씨가 좋았네. 그러나 머지않아 구름이 끼었고, 거의 이 주 내내 습하고 폭풍우가 내리쳤지. 진행에 방해를 받아 십팔 일이면 끝났을 여행이 이십삼 일 걸렸네. 이 기나긴 고행길에서 우리가 맞닥뜨린 모험과 우리가 겪은 고통은 굳이 말할 필요가 없겠지. 하지만 무엇보다 괴로웠던 건 굶주림이었고, 굶어 죽기 일보 직전으로 내몰린 게 한두 번이 아니었다네. 두 번인가 인디언 마을에서 먹을 것을 구걸하는 신세가 되었는데, 우리가 가진 게 없어 음식도 거의 못 받았네. 낚싯바늘이나 못, 옥양목이 없어도 야만인들의 환대를 살 방법이 없지는 않았지만, 이번에는 처음 파라우아리로 올 때 그토록 큰 도움이 되어주었던 교환거래용 실물이 내게 하나도 없었어. 이번에는 내가 약하고 비참하고 잔꾀도 없었지. 물론 개 두 마리를 줬다면 카사바 빵과 옥수수를 받을 수 있었을 거야. 그러나 그랬다면 상황은 오히려 더 나빠졌을 걸세. 개들이 가끔 물어 오는 사냥감이 우리를 구해줬거든. 미처 흙을 파고 숨지 못해서 드러났을 때 급습해 잡은 아르마딜로라든가 날카로운 후각으로 은신처까지 쫓아가서 잡은 이구아나, 주머니쥐, 파카• 같은 것들. 그러면 누플로가 기뻐하면서 만찬을 벌이고 개들에게는 가죽, 뼈, 내장을 보상으로 주었지. 그러다 개 한 마리가 다리를 절게 되었어. 배를 곯던 누플로는 그걸 핑계로 놈을 잡아먹었다네. 불쌍한 짐승이 그토록 충성을 바쳤는데도 일말의 거리낌이나 죄책감을 찾아볼 수 없었어. 개를 해체해서 살점을 훈연해 먹었지. 견딜 수 없는 배고픔에 나도 어쩔 수 없이 그 혐오스러운 음식을 나눠 먹었다네. 우리는 못 할 짓을 했을 뿐 아니라 도축업자 역할을 해준 충실한 하인을 잡아먹는 식인종이 된 것 같았어. '하지만 무슨 상관이야?' 나는 나 자신과 논쟁을 벌였지. '깨

• 중앙아메리카 지역에 서식하는 큰 설치 동물.

끗하건 더럽건 남의 살점은 똑같이 혐오스러운 음식이고, 동물을 죽이는 건 일종의 살인이야. 하지만 지금 내가 내몰린 궁지에서는 좋은 결과를 위해서 이런 사악한 짓을 하지 않을 수 없어. 오로지 살기 위해서 지금 이걸 먹는 거야. 이 증오스러운 음식을 먹어야 기운을 내서 리마를 만나러 갈 수 있어. 그러면 더 순수하고 좋은 삶을 누릴 수 있어'라면서.

우리가 말없이 먼 길을 고생스럽게 전진할 때, 밤마다 피우는 모닥불가에 말없이 앉아 있을 때 숱한 생각이 들곤 했지. 그러나 확실히 연을 끊은 나의 과거는 뇌리에 없었네. 아직도 리마가 내 모든 생각의 근원이고 중심이었어. 생각들은 그녀로부터 샘솟아 그녀에게로 돌아갔다네. 생각하고, 소망하고, 꿈꾸는 일이 고통과 박탈의 그 어두운 밤과 낮을 버티게 해주었어. 상상력이 빵이 되어 내게 원기를 불어넣었고 포도주가 되어 내게 활기를 주었지. 늙은 누플로에게 마음의 양식이 무엇이었는지는 모르겠어. 십중팔구 그 마음은 번데기처럼 잠들어 먹을 것 없이도 잘 버텼을 거야. 언젠가는 천사들의 우렁찬 나팔 소리와 악기들의 시끄러운 소리가 울려 퍼져 그 따분하고 오염된 본성 속 어딘가 관짝에 묻혀 깊이 잠든, 날개 달린 찬란한 영혼을 깨워 살아나게 할 테지만.

사랑하는 그 옛 숲에 드디어 다시 돌아왔네! 오랜 전쟁에 자원해 싸우다가 지쳐 돌아온 스위스인의 눈에 비친 산중 계곡 고향 마을의 풍경도 내 굶주린 시선에 비친 지평선의 파란 구름과(나의 신부, 나의 아름다운 연인 리마가 사는 숲) 어두운 원뿔형의 이타이오오아산만큼 아름답지는 못했을 걸세. 드디어 얼마나 가까워졌는지. 얼마나 가까웠는지! 그런데 그사이에 가로놓인 10~15킬로미터를 한 발 한 발 걷는 게 어쩌나 느리게만 느껴졌는지 모르네. 그 거리가 얼마나 한없이 멀었는지! 머나먼 리올라마에서 처음 출발할 때도 내 사랑과 그토록 먼 느낌이 들지는 않았다네. 이 미칠 듯한 조바심이 얼마 남지 않은 내 기력에 부담이 되어 오히려 발걸음을 방해했어. 달릴 수도 없고 하다못해 빨리 걸을 수도 없었네. 누플로 영감은 느려도 정신이 말짱했고 오히려 심장을 갉아 먹는 열정도 없어서 나중에는 나를 훌쩍 앞섰고, 뒤처지지 않고 따라가는 게 나로서는 최선이었어.

목적지에 다다른 영감은 조용하고 신중해졌어. 먼저 숲의 남단에 걸친 야트막한 언덕 줄기를 통해 이어지는 좁고 긴 숲 지대로 들어섰지. 1킬로미터 이상 우리는 그늘에서 터벅터벅 걸었네. 그러다 익숙한 땅, 우리가 걷거나 앉았던 늙은 나무들이 눈에 들어왔어. 이제 100미터 정도만 더 가면 야자수 이엉 지붕을 드디어 보게 되리라는 걸 알았지. 그러자 쇠약한 체력 따위는 단숨에 떨치게 되더군. 나는 열렬한 갈망과 기쁨으로 나지막한 탄성을 뱉으며 앞으로 달려갔다네. 그러나 아무리 눈을 크게 뜨고 찾아도 그 달콤한 안식처의 모습은 보이지 않네. 덤불, 넝쿨, 나무들, 온 세상을 덮은 녹음의 일색 속에서 연한 노란색은 흔적도 보이지 않았어. 나무 뒤에 또 나무들이 있고, 우뚝 솟은 거목 너머로 또 거목이 있었지.

몇 초쯤 나는 깨닫지 못했어. 아니, 내가 틀림없이 실수했을 거라고, 그 집이 있던 자리가 아닐 거라고, 조금만 더 가면 눈앞에 나타나리라고 생각했지. 불안하게 몇 걸음 내딛다 다시 가만히 멈춰 섰어. 머리가 어지럽게 핑핑 돌고, 심장은 괴로움에 부풀다못해 터질 것만 같았어. 손을 지그시 가슴에 대고 미동도 없이 서 있는데, 누플로가 나를 따라잡았네. "어디 있어요, 집은?" 나는 손으로 가리키며 말을 더듬었어. 노인의 무신경함도 일순 사라져버렸네. 그 역시 소리 없이 입술을 달싹이며 몸을 덜덜 떨고 있었어. 드디어 그가 말했네. "저들이 온 거야. 지옥의 아이들이 여기 왔었어. 모든 걸 다 파괴해버렸어!"

"리마! 리마는 어떻게 됐지?" 나는 울부짖었지만, 누플로는 대꾸도 없이 계속 걸어갔고, 나도 뒤를 따랐어.

우리는 곧 알게 되었네. 그 집은 불타버린 거야. 막대기 하나 남지 않았어. 집이 서 있던 자리에는 검은 잿더미만 남아 땅을 덮고 있었네. 아무것도 없었어. 그러나 아무리 둘러봐도 최근에 이곳을 다녀간 사람의 흔적은 보이지 않았어. 한때 깨끗하던 집터 주변 공간에는 엉망진창으로 잡풀들이 웃자라 있었지. 그리고 잿더미는 적어도 한 달 이상 거기 있었던 것 같았어. 리마가 어떻게 되었을지, 노인은 차마 한마디도 입에 담지 못했어. 그 끔찍한 재앙에 압도되어 그 자리에 주저앉아 있었을 뿐이지. 루니의 종족이 왔던 게 틀림없다고, 의심의 여지가 없다고, 그는 말했어. 그들은 반드시 다시 올 테고, 이제 그들 손에 죽을 일만 남았다고 하더군. 리마가 죽었다는 생각, 그녀를 잃었다는 생각은 차마 견딜 수 없더군. 그럴 리가 없었어! 우리가 없는 사이 인디언들이 와서 집을 태운 건 확실했지. 그러나 그녀는 그 전에 돌아왔고, 그들은 돌아간 후 다시 오지 않았어. 그녀는 숲 어딘가에 있을 거야. 아마 그리 멀지 않은 데서 조바심치며 우리가 돌아오기를 기다리고 있겠지. 노인은 내가 그런 말을 하는 동안 물끄러미 쳐다보고만 있었어. 일종의 마비 상태에 빠진 얼굴로 아무 대답도 하지 않았지. 그래서 결국 땅바닥에 앉아 있는 노인은 그냥 두고 나 혼자 리마를 찾으러 숲속으로 갔네.

숲으로 걸어가면서, 나는 때때로 멈춰 서서 그늘진 협곡이나 동굴 입구를 들여다보며 귀를 기울였네. 내가 찾는 그녀의 이름을 큰 소리로 외쳐 부르고 싶은 충동이 자꾸자꾸 나를 유혹했지만, 그랬다가는 뭔가 숨어 있는 위험을 자초하게될까봐, 행여 그녀가 위험해질까봐 두려워 입을 다물었지. 숲에는 이상한 우울감이 감돌고 있었네. 멀리서 들리는 새 울음에도 깨지지 않는 고요가 맴돌았어. 나는 스스로에게 물었네. 이렇게 조용히, 신중하게 돌아다녀서야 이 너른 숲속에서 그녀를 어떻게 찾는단 말인가? 내게 하나 남은 희망은 그녀가나를 찾아주는 것이었지. 문득 우리 둘 다 아는 곳, 우리가 함께 이야기를 나누고 자주 찾던 곳에 가야 그녀를 찾을 확률이 가장 클 거라는 생각이 떠올랐어. 그녀가 나를 피해 숨었던 모라나무가 제일 먼저 생각나서 그쪽으로 발길을 돌렸지.

그 나무 근처에서, 그 그늘 밑에서 한 시간 이상을 떠나지 못하고 머물렀다. 그러다 마침내 눈을 들어 어마어마하게 크고 어두운 초록과 보랏빛 잎새를 바라보며 부드럽게 불러봤어. "리마, 리마, 나를 봤다면, 그런데도 당신만의 은신처에 숨었다면, 제발 부탁이니 대답 좀 해줘요. 제발 지금 내게로 내려와요!" 그러나 리마는 대답이 없었고, 나를 놀리려 붉게 반짝이는 낙엽을 우수수 떨어뜨리지도 않았어. 저 높은 곳에서 오로지 바람만, 나뭇잎 무리 속에서 뭔가 낮고 서글픈 말을 속삭일 뿐이었지. 그래서 나는 돌아섰고, 정처 없이 배회하며 더 깊은 그림자 속으로 파고들었다네.

이윽고 야생의 조류가 길고 찌르는 울음소리를 내는 바람에 나는 소스라쳤네. 정적 속에서 이상하게 우렁차게 울려 퍼지는 거야. 그런데 대기가 다시 고적해지자마자 그런 울음소리를 내는 새는 없다는 생각이 뇌리를 스쳤어. 인디언은 동물 소리를 훌륭하게 흉내 내지만, 나는 훈련을 통해 진짜 새소리와 가짜 새소리를 구분할 수 있었다네. 나는 어찌해야 할 바를 몰라 일이 분쯤 그대로 가만히 서 있다가 한층 더 신중하게 다시 이동하기 시작했네. 거의 숨도 쉬지 않고, 그늘진 심연을 꿰뚫어 보려고 눈을 부릅떴지. 그러다 갑자기 크게 놀라고 말았네. 바로 내 앞, 나무 아래 짙은 그림자가 드리운 돌출된 뿌리에 어둡고 움직임이 없는 인간의 형상이 앉아 있었어. 나는 가만히 서서 한참 지켜보았지만, 그것이 나를 보았는지 아직 알 수 없었지. 하지만 그 형상이 일어나서 의도적으로 내게 다가오는 모습을 보았을 때 모든 의혹은 도망쳐버렸네. 손에 자라바타나를 든 벌거벗은 인디언이었지. 그가 깊은 그늘에서 나오자 나는 정체를 알아보았네. 내 친구 쿠아코의 형인 피아케였어.

숲속에서 그를 만난 건 엄청난 충격이었지만, 그때는 그런 생각을 할 겨를이 없었어. 그저 그와 그 종족의 심기를 내가 심하게 거슬렀던 기억이 났지. 저들은 나를 적으로 여기고 있을 테니 얼마든지 별생각 없이 내 목숨을 빼앗을 수 있었어. 도망치기엔 이미 너무 늦었네. 나는 긴 여행과 그간 겪은 궁핍으로 기진해 있었고, 그는 치명적인 무기를 손에 들고 온전한 체력으로 거기 서 있었으니까.

남은 방도가 없었네. 그저 대담한 표정을 하고 우호적인 태도로 그에게 인사하는 수밖에. 그리고 비밀리에 마을을 떠난 내 행동을 설명할 그럴싸한 이야기를 꾸며내야 했어.

피아케는 이제 조용히 서서 말없이 나를 바라보고 있었지. 주위를 훑어보던 나는 그가 혼자가 아니라는 걸 깨달았네. 내 오른쪽으로 약 40미터 거리에 어슴푸레한 형상 두 개가 더 나타나 깊은 그늘 속에서 나를 지켜보고 있었어.

"피아케!" 나는 서너 발짝 앞으로 다가서며 외쳤네.

"돌아왔군." 그는 대답했지만 움직이지 않았어. "어디서 왔나?"

"리올라마."

그는 고개를 젓더니 그게 어디냐고 물었어.

"지는 해를 향해 이십 일." 나는 말했네. 그가 여전히 말이 없기에 내가 덧붙였지. "그쪽 산속에서 금을 찾을 수 있다는 얘기를 들었어. 어떤 노인이 말해주기에 금을 찾으러 같이 갔었다네."

"무엇을 찾았나?"

"아무것도."

"아!"

그렇게 우리 대화는 끝난 것 같았어. 그러나 야만인들이 혹시 리마에 대해 아는 것이 있는지 알아보고 싶은 강렬한 욕망에 나는 위험을 무릅쓰고 질문하고 말았지.

"지금은 여기 숲에 사는 건가?"

피아케는 머리를 흔들더니 잠시 후 말했어. "우리는 동물을 죽이러 왔어."

"이제 너도 나와 같군." 내가 재빨리 말했네. "아무것도 두려워하지 않아."

그는 불신의 눈빛으로 나를 바라보다가 조금 더 가까이 다가와 말했지.

"너는 아주 용감해. 나라면 무기도 없이 노인 한 사람만 데리고 이십 일 동안 여행을 떠나지는 못했을 거야. 무슨 무기를 들고 갔지?"

나는 그가 나를 두려워한다는 걸 알고는 내가 그에게 해를 끼칠 힘이 없다는 걸 확실히 보여주고 싶었어. "내 칼 말고 무기는 없었어." 짐짓 초연한 척 대답했지. 그러면서 겉옷을 치켜들고 한 바퀴 돌면서 그가 자기 눈으로 직접 보게 해줬지. 그리고 물었어. "내 권총은 찾았나?"

피아케는 고개를 저었지만 이제 의심은 누그러졌는지 내게로 가까이 다가오더군. "먹을 것은 어떻게 구했지? 어디로 가고 있나?"

나는 대담하게 대답했어. "음식! 난 굶어 죽을 지경이야. 마을로 가서 여자들이 냄비에 끓이는 고기가 있나 보고, 루니를 만나 그간 내가 무슨 일을 했는지 말해줘야겠어."

그는 나를 날카롭게 바라보았어. 아마도 내 자신감에 약간 놀랐던 모양인지 자기도 나와 함께 돌아가겠다고 하더군. 다른 사내 한 명이 바람총을 들고 앞으로 나와 우리와 합류했고, 우리는 함께 숲에서 나가 사바나를 가로질러 걷기 시작했다네.

리마를 만나리라 기대했던 숲의 그림자를 등지고 그 사바나를 다시 건너는 건 끔찍하게 싫은 일이었지. 그러나 내겐 아무 힘도 없었어. 다시 포로가 되었던 거지. 체포되었으나 용서받지 못한 탈주범, 아마 영영 용서받지 못할 죄인. 내 목숨을 구할 길은 오로지 나의 잔꾀뿐이었어. 그리고 불쌍한 영감 누플로는 자기 살길을 찾아야 했지.

우리는 그 황량한 땅을 밟고 또 밟았고, 산마루에 올라섰을 때 나는 가만히 서서 숨을 돌려야만 했어. 피아케에게는 지난 사흘간 밤낮으로 여행하면서 고기를 입에도 대지 못했고, 그래서 기력이 다 빠졌다고 설명했지. 이건 과장이었지만, 걷는 동안 내가 느꼈던 어지럼증을 어느 정도 해명하기 위해서는 꼭 필요했어. 사실 그 현기증은 피로와 영양실조보다는 괴로운 마음 때문이었지만.

이따금 피아케에게 말을 걸고 공동체 다른 성원들의 이름을 낱낱이 거명하며 안부를 물었지. 오로지 리마만을 생각하며. 드디어 그의 종족 외에 다른 사람이 숲에 오거나 살았던 적이 있냐는 질문을 던졌어.

그런 적 없다고, 그가 대답했네.

"옛날에는 디디의 딸이 있었잖나. 자네들 모두 두려워하던 젊은 여자. 그 여자는 지금도 거기 있나?"

그는 수상쩍다는 듯 나를 보더니 고개를 저었네. 감히 더는 따져 묻지 못하겠더군. 하지만 잠시 후 그가 솔직하게 말했네. "그 여자는 이제 거기 없어."

그리고 나는 그를 믿는 수밖에 없었지. 리마가 숲에 있다면 **그들**이 거기 없었을 테니까. 그녀는 거기 없었어. 내가 알아낸 사실은 그뿐이었지. 그렇다면 길을 잃은 걸까, 아니면 리올라마에서 돌아오는 먼 길에서 죽어버린 걸까? 아니면 돌아왔는데 보람도 없이 잔인한 숙적의 손아귀에 붙잡힌 걸까? 내 심장은 무거웠어. 그러나 인간의 형상을 한 이 악마들이 말해준 것보다 더 많은 걸 안다면, 나는 불안감을 숨기고 참을성 있게 기다려서 반드시 알아내고 말 터였네. 내 목숨을 걸어야 한다고 해도 말이야. 그리고 저들이 나를 살려두고 나와 하나로 엮인 그 신성한 목숨을 빼앗았다면, 저들이 깨달을 때가 반드시 올 테지. 그들이 가슴으로 받아주고 품은 인간은 그들보다 훨씬 더 무서운 악마라는 걸. 그때는 이미 아주 늦어버린 후겠지만.

제19장

　내가 마을에 도착하자 다들 약간 흥분했지만, 이제 아무도
나를 친구나 가족으로 여기지 않는다는 사실은 확실했네. 루
니는 자리를 비웠고, 나는 적잖이 두려움을 품고 그가 돌아오
기를 기다렸네. 내 운명을 좌우할 사람은 분명히 루니였으니
까. 쿠아코도 어딘가 가고 없더군. 다른 사람들은 커다란 방
안에 앉거나 서서 침묵 속에 내 얼굴을 바라보고 있었네. 나
는 크게 개의치 않고 그저 먹을 것을 달라고만 했지. 그리고
내 해먹도 달라고 해서 예전 내 자리에 건 후 누워서 꾸벅꾸
벅 졸기 시작했어. 루니는 어스름이 내릴 무렵 등장했네. 나
는 일어나 인사를 건넸지만, 루니는 아무 말도 하지 않았고,
자기 해먹에 누울 때까지 내 존재를 무시하며 뾰루퉁하게 침
묵을 지켰네.

　위기는 이튿날 찾아왔어. 우리는 다시 큰 방에 모였네. 어
디 원정을 나갔다는 쿠아코와 다른 사내 하나만 예외였지. 그

리고 무려 반 시간 동안 아무도 아무 말도 하지 않았어. 뭔가 벌어지길 기다리고 있는 게 틀림없었지. 심지어 아이들도 이상하게 조용했고, 작고 애처로운 울음소리를 내며 길을 잃고 열린 문으로 들어온 가금을 내쫓을 때도 아무 소리를 내지 않았지. 드디어 루니가 자리에서 일어나 내게 시선을 고정했어. 그러고는 목청을 가다듬고 낭랑하고 우렁차고 단조로운 읊조림으로 장광설을 늘어놓기 시작했는데, 사안이 몹시 중요하다는 뜻임을 나는 너무나 잘 알고 있었지. 그리고 그런 경우 늘 그렇듯 똑같은 생각과 표현이 거듭거듭, 또 거듭 반복되며 따분한, 분노의 주장을 강조했지. 과야나의 웅변가가 깊은 인상을 남기려면 아무리 할 말이 없어도 말이 길어야 한다네. 이상해 보일 수도 있는데, 나는 그의 낮은 지능을 경멸하는 마음에서 비판적으로 듣고 있었지. 그러나 이제 마음은 한층 가벼웠네. 내게 그런 장광설을 늘어놓는다는 사실만으로도 내 목숨을 빼앗고 싶지 않아 한다는 걸 확신할 수 있었거든. 내가 배신 혐의를 벗기만 한다면, 죽이지 않을 작정이었던 거야.

나는 백인이고 자기네는 인디언이라고 루니는 말했지. 그래도 나를 잘 대해주었다. 음식을 주고 비바람을 막아주었다. 나를 위해 엄청나게 많은 일을 해주었다. 자라바타나 사용법을 알려주고 아무 보답도 바라지 않고 내 것을 하나 만들어주겠다고도 약속했다. 또 아내도 약속했다. 그런데 내가 그들을 어떻게 대접했는가? 그들을 저버리고 몰래 먼 길을 떠났으니 의도를 의심할 수밖에 없다. 내가 왜 떠났는지, 어디로 떠났는지 어떻게 안단 말인가? 그들에게는 적이 있다. 마나가가 그의 이름이다. 그 적은 그들 부족에게 나쁜 일이 있기를 바란다. 나는 마나가를 어디서 찾아야 하는지 안다. 그들이 말해줬기 때문이다. 그게 내가 떠났을 때 했던 생각이었다. 그런데 내가 이제 돌아와서는 리올라마에 다녀왔다고 말한다. 리올라마에 가본 적은 없어도 그게 어디 있는지는 안다. 너무나 멀다. 그런데 나는 왜 리올라마에 갔는가? 그곳은 나쁜 곳이다. 그곳에는 인디언이 몇 명 있다. 그러나 파라우아리의 인디언처럼 선하지 않고 백인을 죽이려 든다. 나는 **그곳에** 갔었는가? 왜 그곳에 갔었는가?

드디어 루니가 연설을 마치고 내가 말할 차례가 왔네. 이미 내게 시간적 여유가 많았으므로 할 말은 준비하고 있었지. "나는 당신의 말을 들었다." 나는 말했네. "당신의 말은 좋은 말이다. 친구의 말이다. '나는 백인의 친구다'라고 당신은 말한다. '그 백인은 나의 친구인가? 그는 아무 말도 없이 몰래 떠났다. 왜 그는 그토록 잘해준 친구들에게 아무 말도 없이 갔는가? 나의 숙적 마나가를 찾아간 것인가? 혹시 그는 내적의 친구인가? 그는 어디에 갔다 왔는가?' 나는 이제 이 질문들에 답하고, 친구에게 참된 말을 해야 한다. 당신은 인디언이고, 나는 백인이다. 당신은 백인의 생각을 모두 알지 못한다. 내가 하고 싶은 말들은 이러하다. 세상에는 인간이 바랄 수 있는 모든 것을 가진 부자들이 있다. 그들은 좋은 물건,

좋은 옷, 좋은 무기, 좋은 장신구가 가득한 돌로 지은 집들을 가졌다. 또 그들은 말, 소, 양, 개, 원하는 모든 것을 가졌다. 금을 가졌기 때문이다. 그런 백인은 금으로 모든 걸 산다. 다른 부류의 백인은 가난하다. 금도 없고 아무것도 사거나 가질 수 없다. 그들은 부자들을 위해 일하고 그들이 조금 주는 음식을 먹고 벌거벗은 몸을 누더기로 가리고 산다. 그러지 않으면 집 밖에서 비를 맞으며 누워야 한다. 여기서 백날 걸리는 내 고향에서 나는 황금을 많이 가진 위대한 족장의 아들이었다. 아버지가 죽자 모두 내 것이 되었고 나는 부자였다. 그러나 내겐 적이 있었다. 마나가보다 더 나쁜 적이다. 그는 부자고 부하가 많았다. 전쟁에서 그의 종족이 우리 종족을 제압했고, 그가 내 금과 내가 가진 모든 것을 빼앗아 나를 가난하게 만들었다. 인디언은 적을 죽이지만 백인은 적의 황금을 빼앗고, 그것은 죽음보다 더 나쁘다. 그래서 나는 말했다. 나는 부자였고 이제는 가난하다. 그래서 부자를 위해 개처럼 일하고, 하루 일이 끝나면 부자가 던져주는 음식 부스러기를 먹으며 살아야 한다. 싫다. 그럴 수는 없다! 나는 떠나서 인디언들과 함께 살겠다. 부자였던 나를 보았던 사람들한테 주인을 위해 개처럼 일하는 모습을 보여주고, 그들의 야유와 조롱을 받지 않겠다. 인디언은 백인과 다르기 때문이다. 그들에게는 금이 없다. 그들은 부유하거나 가난하지 않다. 그들은 모두 똑같다. 한 지붕이 그들을 덮고 비와 햇빛을 막아준다. 그들이 만든 무기를 모두가 갖는다. 모두가 숲에서 새를 잡고 강에서 물고기를 낚는다. 그리고 여자들은 고기를 굽고 모두 한 냄비에서 밥을 먹는다. 그러니 인디언과 함께 살며 인디언이 될 것이고, 숲에서 사냥하고 그들과 함께 먹고 마실 것이다. 그래서 나는 내 고향을 떠나 여기 와 루니 당신과 함께 살았고 훌륭한 대접을 받았다. 그런데 이제 내가 왜 떠났냐고? 이제 그 이야기를 하겠다. 여기서 어느 정도 시간을 보낸 후 나는 저곳 숲에 갔다. 당신은 그곳에 사는 악한 것, 디디의 딸 때문에 내가 가지 않기를 바랐다. 그러나 나는 아무것도 무섭지 않았고, 그래서 갔다. 그곳에서 나는 한 노인을 만났고, 그는 내게 백인의 언어로 말을 걸었다. 많은 곳을 여행하고 많은 것을 본 노인은 내게 이상한 이야기를 하나 했다. 리올라마의 어느 산 위에서 한 사람이 간신히 옮길 만큼 엄청난 큰 금덩어리를 보았다고 했다. 그 이야기를 듣고 나는 말했다. '그 금을 가지면 내 고향으로 돌아가서 나와 내 종족 모두를 위한 무기를 사서 적과 전쟁을 하고 모든 재산을 빼앗고 내가 당한 대로 돌려줄 수 있을 텐데'라고. 나는 노인에게 리올라마로 데려가달라고 부탁했다. 그가 동의하자 나는 방해받고 싶지 않아 아무 말도 없이 이곳을 떠났다. 리올라마까지는 멀었고 내게는 무기가 없었다. 그러나 나는 아무것도 두렵지 않았다. 나는 말했다. '싸워야 한다면 싸우고, 죽임을 당해야 한다면 죽어야 한다.' 그러나 리올라마에 갔을 때 나는 금을 찾지 못했다. 노인이 금이라고 착각한 노란 돌덩어리뿐이었다. 그 돌은 금처럼 노란색이지만 아무것도 사지 못한다. 그러므로 나는 다시 파라우아리로, 내 친구에게로 돌아왔다. 내가 미리 말하지 않고 떠난 일로 그가 아직 내게 화나 있다면 이렇게 말하게 하라. '가서 다른 곳에서 친구를 찾아보라. 나는 이제 네 친구가 아니다'라고."

나는 이렇게 대담하게 마무리했네. 음험한 계략을 염두에 두고 있다고 내가 루니를 의심하거나 우리의 말다툼을 심각하게 받아들이는 내색을 들키고 싶지 않았거든. 내가 말을 끝내자 루니는 인정이나 부정을 표현하는 소리 없이 내 말을 들었다는 사실만 표시하더군. 그러나 나는 만족했네. 그 표정이 호의적으로 변했거든. 아까보다 덜 음침했어. 한참 후 그는 특유의 표정을 지으며 입가를 씰룩거렸는데, 어쩌면 미소로 발전했을지도 모르겠어. "백인은 금을 얻기 위해 많은 것을 무릅쓰는군. 당신은 이십 일이나 걸어서 아무것도 사지 못하는 노란 돌을 보러 갔다." 그가 이 설명을 받아들인 건 다행이었네. 인디언의 본성을 추켜세우고, 터무니없이 우스꽝스러운 면이 감각에 맞았던 모양이야. 어찌 되었든 루니는 내 이야기를 불신하는 말을 하지 않았고, 다른 사람들도 모두 초미의 관심을 보이며 들었지.

그때부터는 암묵적으로 지나간 일은 지나간 일로 묻자는 합의가 형성되었어. 내 목숨을 위협한 그 위험천만한 분위기가 누그러지는 것이 보였고, 예전에 나와 함께 있을 때의 즐거움이 다시 돌아왔지. 그러나 그들을 향한 내 감정은 변하지 않았네. 리마와 관련된 그 시커멓고 끔찍한 의심이 내 심장에

도사리고 있는 한 변할 수도 없었고. 나는 과거의 우호적 관계에 금이 간 적이 아예 없다는 듯이 다시 그들과 거리낌 없이 이야기를 나눴네. 내가 밖에 나갈 때마다 몰래 바라보는 시선이 느껴지면 그냥 모르는 체했지. 내가 없는 사이에 부서진 내 조잡한 기타를 수리하기 시작했고, 그들에게는 신중하게 명랑한 표정만 보여주었네. 그러나 그들의 눈길에서 벗어나 혼자 있을 때나 해먹에 누워 자유로이 내 심장을 들여다볼 때면 새롭고 이상한 무언가가 내 삶에 들어왔음을 의식했지. 시커멓고 인정사정없는 새로운 본성이 과거의 본성을 대체했네. 가끔은 내 안에서 불타오르는 이 분노를 은폐하기 힘들었어. 가끔은 호랑이처럼 인디언 하나를 덮쳐 찍어 누르고 목을 조르며 내가 알고 싶은 진실이 그 입에서 새어 나올 때까지 추궁한 다음 뇌가 튀어나올 때까지 돌에 머리를 짓이기고 싶은 충동을 느꼈어. 그러나 인디언은 다수였고 내가 그들보다 우월한 계책으로 이기려면 신중하게 참을성을 다지는 수밖에 없었네.

마을에 도착하고 사흘째 되던 날 쿠아코가 동행과 함께 돌아왔네. 나는 겉으로는 그저 온화하게 인사했지만, 사실은 그가 돌아온 것이 뛸 듯이 기뻤다네. 리마에 대해 인디언들이 아는 게 있다면, 그들을 통틀어 내게 말해줄 확률이 가장 큰 사람이었기 때문이지.

쿠아코는 뭔가 중요한 소식을 가져온 모양인지 루니를 비롯한 다른 사람들과 의논하더군. 다음 날 보니 원정을 준비하고 있더군. 창과 화살과 활은 있었지만 바람총은 없었어. 그래서 사냥을 위한 원정이 아니라는 걸 알았네. 그 밖에도 원정대가 네 명밖에 되지 않는다는 걸 알아낸 나는 쿠아코를 따로 불러 같이 가게 해달라고 간청했지. 그 제안에 쿠아코는 몹시 기분이 좋아 보였고, 즉시 루니에게 내 말을 전하더군. 루니는 잠시 생각해보더니 좋다고 했어.

그러더니 곧 자기 활을 만지작거리며 이렇게 말하더군. "당신은 우리 무기로 싸우지 못할 텐데, 적을 만나면 어떻게 할거요?"

나는 미소를 지으며 절대 도망가지 않겠다고 응수했지. 내가 보여주려는 건 그의 적이 내 적이고, 나는 친구들을 위해 싸울 채비가 되었다는 것뿐이었어.

그는 내 말이 마음에 드는 눈치였고, 더는 뭐라 말하지 않았고 무기도 주지 않았네. 그러나 이튿날 동트기 전 출발하면서 나는 그가 허리춤에 내 리볼버를 묶어 차고 있다는 걸 알았지. 몸에 걸친 단순한 옷 한 장 밑에 조심스럽게 숨겼지만, 살짝 불룩하게 튀어나와 비밀을 들키고 만 거야. 나는 그가 권총을 잃어버렸다고 생각한 적이 없었네. 그리고 이제는 적을 만나면 최후의 순간에 내 손에 쥐여주려는 목적으로 그걸 챙겼다고 확신했지.

우리는 마을에서 북서쪽으로 걸었고, 정오가 되기 전에 소형 나무 덤불숲에 야영지를 만들었지. 해가 낮아질 때까지 거기 머무르다가 상당히 황량한 땅을 헤치고 계속 걸었어. 밤에는 다시 수심이 몇 센티미터 되지 않는 작은 시냇물 근처에 야영지를 마련했지. 훈연한 고기와 바싹 구운 옥수수로 식사를 하고 이튿날 새벽까지 자려고 준비했네.

모닥불가에 앉아서 나는 쿠아코로부터 리마에 대해 아는 게 있는지 끌어내려는 시도를 처음 해보았네. 다른 사람들이 누울 때 눕지 않고 계속 앉아 있었지. 내 보호자도 역시 앉아 있더군. 내가 먼저 눕기를 기다리는 게 틀림없었어. 이윽고 나는 그에게 더 가까이 다가가 낮은 목소리로 대화를 시작했네. 다른 사내들의 주의를 끌지 않으려고 조심해야 했지.

"언젠가 오알라바를 내 아내로 줄 수도 있다고 했지." 내가 말을 시작했어. "언젠가는 나도 아내가 필요할 테니까 말이야."

쿠아코는 고개를 끄덕였고, 아내를 소유하고 싶은 욕망은 모든 남자의 공통점이라고 허세를 부리며 말하더군.

"나한테 남은 게 뭐지?" 나는 실의에 빠진 척 손을 벌려 보였다네. "내 권총은 사라졌고, 부싯깃 통도 루니에게 주었고, 수탉이 새겨진 작은 상자는 자네한테 주지 않았나? 내게는 돌아온 게 없어. 심지어 바람총도 받지 못했지. 그런데 어떻게 내가 아내를 얻는단 말이지?"

다른 이들도 그랬지만 쿠아코 역시 어리석은 야만인이었으니 나는 자기네처럼 교활하고 이중적인 술수를 쓸 줄 모른다고 믿었어. 나는 자기네처럼 초록색 나뭇잎들 사이에 꼼짝 않고 앉아 있는 초록 앵무새를 볼 수 없고, 자기네처럼 초자연적으로 날카로운 시력도 없으며, 거짓과 가증스러운 겉치레로 속이는 것 역시 내겐 없는, 자기네만의 특별한 능력이라고 여겼던 거야. 그래서 쿠아코는 쉽게 함정에 빠졌어. 내가 실용적인 화두로 돌아오니 기분이 좋아졌지. 내게 가난해도 오알라바를 아내로 맞을 수 있다는 희망을 버리지 말라더군. 꼭 물건이 있어야 아내를 얻는 건 아니라면서 먹여 살릴 능력이면 충분하다고. 나도 언젠가는 그들의 일원이 되어 동물을 죽이고 물고기를 낚을 수 있게 될 거라고. 게다가 루니도 여러 다른 이유로 나를 데리고 있길 원하지 않냐고 했어. 나도 할 수 있는 일이 많다면서. 노래도 부르고 음악도 만들고, 용감하고 아무것도 두려워하지 않고, 아이들에게 싸우는 법을 가르쳐주기도 하지 않냐고.

그러나 자기 정도 나이에 성취를 이룬 사람도 나한테 배울 게 있다는 말은 하지 않았네.

나는 과분한 칭찬이라고 말하고, 그들도 나만큼이나 용감하다고 했지. 날마다 디디의 딸이 사는 그 숲으로 사냥을 나가는 것으로 나와 맞먹는 용기를 보여주지 않았냐고.

나는 두려움과 떨림으로 이 이야기를 꺼냈으나, 쿠아코는 차분하게 받아들였어. 그는 고개를 가로젓더니 갑자기 그들이 처음 그곳으로 사냥하러 가게 된 이야기를 늘어놓더군. 내가 몰래 사라지고 며칠 후, 친척을 방문하러 멀리까지 여행을 다녀왔다는 두 남자와 한 여자가 마을에 들러 쉬고 갔다는 거야. 이 여행자들은 이타이오아에서 이틀 걸리는 곳에서 반대 방향으로 가던 세 사람을 만났다고 하더군. 하얀 수염의 노인 한 명, 뒤따라오는 개 두 마리, 검은 케이프를 걸친 젊은 남자, 그리고 이상한 외모의 젊은 여자. 그래서 내가 그 노인과 디디의 딸과 함께 숲을 떠났다는 걸 모두가 알게 된 거였네. 그들에게는 아주 좋은 소식이었어. 우리가 돌아올 생각이 없다는 걸 그들은 몰랐으니 당장 숲속으로 나가 사냥을 시작했고, 날마다 그곳에 가서 새, 원숭이, 다른 짐승들을 떼로 학살했다네.

쿠아코의 말에 내 마음이 크게 흥분하기 시작했지만, 겉으로는 냉정을 유지하고 더 이야기를 끌어내기 위해 약간의 관심만 보였어.

"그런데 우리가 돌아왔지." 내가 마침내 말했어. "하지만 우리 둘뿐이었고, 다 함께가 아니었어. 나는 노인과 길에서 헤어졌고, **그 여자**는 리올라마에서 우리를 떠났거든. 우리를 떠나 산속으로 갔다니까. 어디로 갔는지 그 행방을 누가 알겠나!"

"하지만 그 여자가 돌아왔어요!" 쿠아코가 대답했지. 그 눈에 번득이는 악마 같은 만족감에 내 피가 싸늘하게 굳어버렸네.

침착을 가장하기도 어려웠고, 이야기를 더 끌어낼 수도 없었어. 그 입에서 나오는 말이 나를 미쳐버리게 할 테니! "아니, 아니야." 나는 쿠아코의 말을 잘 생각해본 후 대답했네. "그 여자는 돌아가는 게 무섭다고 했어. 리올라마 너머 거대한 산맥에 숨겠다고 멀리 가버렸어. 돌아올 수 없었을 거야."

"하지만 돌아왔어요!" 쿠아코는 우겼어. 다시 한번 눈에 득의양양한 빛이 번득이더군. 나는 케이프 밑으로 칼 손잡이를 꽉 움켜쥐었고, 그 칼을 꺼내 번개 같은 동작으로 그 저주받은 목에 찔러 넣고 싶은 맹렬한, 미칠 듯한 충동을 억누르느라 사투를 벌여야 했네.

쿠아코는 계속 말했어. "돌아오시기 이레 전에 우리가 숲에서 그 여자를 봤어요. 우리는 언제나 예상하고, 망을 보면서, 항상 두려워하니까요. 그래서 거기서 사냥할 때는 늘 서넛이 함께 짝지어서 하지요. 그날 나와 같이 있던 세 명이 그 여자를 봤어요. 나무들이 띄엄띄엄 크고 넓게 자라는 공터였어요. 우리는 벌떡 일어나 그 여자를 쫓았고, 여자는 도망쳤지만, 막상 화살을 쏘려니 두려웠어요. 그런데 어느 순간 여자가 작은 나무에 올라갔고, 다음에는 원숭이처럼 제일 높은 가지에서 큰 나무로 넘어갔지요. 우리 눈에는 그 여자가 보이지 않았지만, 거기 있었어요. 근처에 다른 나무가 없었거든요. 도망갈 길이 없었어요. 우리 셋이 엎드려 망을 봤고 다른 하나가 마을로 돌아갔어요. 그는 오랫동안 돌아오지 않았어요. 여자가 해코지할까봐 두려워 우리가 막 그 나무를 그냥 두고 떠나려는데 그가 돌아왔어요. 그리고 마을 사람들이 모두 따라왔어요. 남자, 여자, 아이들까지. 다들 도끼와 칼을 들고 왔지요. 그때 루니가 말했어요. '여자를 맞히겠다고 나무 속으로 화살을 쏘는 사람은 아무도 없도록 한다. 화살은 그 여자 손에 잡혀 그에게로 되돌아올 테니까. 여자를 둔 채로 나무를 통째로 태워버려야 한다. 그 여자를 죽이는 방법은 불밖에 없

녹색의 장원 | 315

어.' 우리는 나무 주위를 빙빙 돌면서 위를 보았지만, 아무것
도 보이지 않았어요. 그러자 누가 말했지요. '여자는 나무에
서 새처럼 날아서 도망친 거야'라고. 그러나 루니가 불을 붙
여보면 알 거라고 대답했어요. 그래서 우리는 작은 나무를 베
서 나뭇가지를 싹둑싹둑 잘라 커다란 줄기 둘레에 산더미처
럼 쌓았지요. 그리고 멀리서 작은 나무 열 그루를 더 베어 왔
고, 나중에는 훨씬 더 멀리 가서 열 그루를 더 베어 왔고, 또
다른 나무들까지 가져와서 빙빙 돌려 쌓았지요. 나무를 쌓고
또 쌓고, 장작더미가 줄기에서 저기까지 멀리 닿을 정도로."
그러더니 그는 우리가 앉아 있던 곳에서 40~50미터 거리에
있는 덤불을 가리키더군.

　이야기를 듣고 있던 내 감정은 이제 견딜 수 없을 지경이
되어버렸네. 식은땀이 강물처럼 흘러내렸어. 학질에 걸린 사
람처럼 오한에 덜덜 떨면서 이가 딱딱 부딪지 않도록 악물었
네. "물을 좀 마셔야겠어." 나는 그의 말허리를 끊고 벌떡 일
어났네. 그 역시 일어났지만, 나를 따라오지는 않았고, 나는
비틀비틀 불안한 발걸음으로 10~12미터 떨어진 물가로 갔
네. 가슴을 대고 납작 엎드린 자세로 맑은 찬물을 한참 들이
켰지. 그리고 몇 초쯤 얼굴을 물살에 담그고 있었네. 차가운
물이 온몸의 오한을 내쫓고, 축축한 피부가 마르자 나는 그
추악한 서사의 결말 부분을 들을 각오를 다질 수 있었지. 천
천히 불 옆에 돌아가 다시 앉자 쿠아코가 내 옆의 익숙한 자
리를 차지했네.

"그래서 나무를 태웠군." 내가 말했어. "이제 이야기를 마치고 나 잠 좀 자게 해줘. 눈이 무거워."

"네, 남자들이 나무를 베어 가져오면 여자와 아이들이 숲의 마른 잎들을 모아 두 팔에 잔뜩 안고 와서 빙 둘러 쌓았지요. 그리고 사방에 불을 붙이며 웃고 소리를 질렀어요. '타라, 타 올라라, 디디의 딸!' 드디어 거목의 아래쪽 나뭇가지들에 모두 불이 붙었고, 줄기에도 불이 붙었지만, 저 위쪽은 여전히 초록색이었고, 우리 눈에는 아무것도 보이지 않았지요. 그러나 불길은 엄청나게 시끄러운 소리를 내면서 점점 높이 올라갔어요. 그리고 마침내 나무 꼭대기의 초록색 잎 속에서 굉장한 울음소리가, 새소리 같은 울음소리가 울려 퍼졌지요. '아벨! 아벨!' 그래서 봤더니 뭔가 떨어지는 모습이 보였어요. 잎사귀와 연기와 불길을 헤치고 화살에 맞아 죽은 거대한 흰 새처럼 추락해 땅으로 떨어졌고, 그 아래 불길로 들어갔지요. 그게 디디의 딸이었는데, 불붙은 나방처럼 타서 하얀 재로 변했고, 그 후로는 그 여자를 보거나 소리를 들은 사람이 아무도 없어요."

그가 빨리 말하고 이야기를 금세 끝낸 건 내게 다행이었지. 그가 이야기를 마무리하기도 전에 나는 케이프를 얼굴로 끌어 올리고 뒤로 쭉 누워버렸어. 그 역시 금세 나를 따라 누웠겠지만, 그때는 바깥의 소리도 뭣도 보거나 들을 수 없었어. 심장은 이제 격렬하게 뛰지 않았네. 오히려 파닥파닥 희미하게 뛰다 점점 더 약해지는 것 같았지. 귀에서 둔탁하게 흐르는 소리가 났던 게 기억나고, 헐떡거리며 숨을 쉬려 애썼고, 내 목숨이 서서히 몸에서 빠져나가는 느낌이 들었던 기억이 있네. 이 끔찍한 감각들이 지나가고 나서도, 나는 반 시간쯤 조용히 그대로 있었어. 그동안 그 증오스러운 비극의 종막이 마음속에서 점점 더 뚜렷하게 그려져 급기야 실제로 눈앞에서 보고 있는 듯 느껴지더니 쉭쉭거리고 타닥타닥 타들어가는 불 소리, 야만인들의 함성, 무엇보다 불타는 나뭇잎들의 구름에서 들려온 '아벨! 아벨!'이라는 꿰어 찌르는 울부짖음이 내 귀를 가득 채우더군. 더는 참을 수가 없어 벌떡 일어났어. 2~3미터 거리의 쿠아코를 흘끗 바라보았는데, 다른 사람들과 마찬가지로 깊은 잠에 빠져든 것 같더군. 하늘을 보고 똑바로 누워 있었고, 불빛을 받은 검은 얼굴이 석상의 얼굴처럼 고요하고 의식이 없어 보였네. 지금이 내가 도망칠 기회였지. 내가 원하는 게 도주였다면 말이야. 그래, 이제 원하던 정보를 얻었으니 이 살인적인 적들과 계속 같이 있어서 좋을 것이 없었지. 그리고 내게 천운이었던 건 그들이 나를 마나가가 사는 다섯 언덕의 장소로 가는 길까지 데리고 왔다는 사실이었지. 마나가, 파라우아리로 돌아온 후로는 그 이름이 내 뇌리에 자주 스치곤 했거든. 여전히 돌 같은 쿠아코의 얼굴에서 시선을 거두고, 나는 루니에게 숙적이 사는 곳이 어디냐고 물었을 때 그가 가리켰던 창백하고 외로운 별이 북서쪽 하늘에 낮게 떠 있는 것을 보았어. 마을을 떠난 후로 우리는 줄곧 그 방향으로 가고 있었지. 밤새 걸으면 내일 마나가의 사냥터에 닿을 수 있을 테고, 안전해질 테고, 내가 들은 이야기와 앞으로 해야 할 일을 곰곰이 생각해볼 수 있을 터였어.

나는 몇 발짝 부드럽게 물러섰다가 창을 하나 들고 가는 게 좋겠다는 생각에 돌아섰는데, 쿠아코가 그사이 움직였다는 사실을 깨닫고 소스라쳐 놀랐지. 옆으로 돌아누웠고, 눈이 내 쪽을 향하고 있었어. 눈은 감고 있는 듯했지만 잠든 척 시늉만 하고 있을 수도 있어서 차마 돌아가서 창을 들 수가 없었어. 잠시 망설이다가 나는 다시 걸음을 옮겼고, 잠시 뒤를 흘끗 쳐다보고는 그가 기척을 내지 않는 걸 확인한 후 조심스럽게 냇물을 헤쳐 건넜고, 20~30미터는 소리 죽여 걷다가 뛰기 시작했네. 가끔 발을 멈추고 잠시 주위 소리를 듣곤 했지. 이윽고 내 뒤를 빠르게 탁탁 따라오는 발소리가 들렸네. 즉시 쿠아코가 내내 잠들지 않고 깨어 내 움직임을 관찰했다는 결론을 내렸지. 이제 그가 나를 미행하고 있었네. 나는 전속력으로 달렸고, 이렇게 뛰는 동안은 아무 소리도 분간할 수 없었어. 하늘에는 별이 총총했지만, 그래도 아주 캄캄했으므로, 그가 나를 놓치기만 바랄 수밖에 없었지. 칼 말고는 무기가 없었으니 그가 날 따라잡으면 내가 이길 확률은 지극히 적었어. 게다가 뛰쳐나오기 전에 다른 사람들을 깨웠을 테니 다들 바로 뒤에 바짝 따라오고 있겠지. 그곳에는 몸을 숨기고 그들이 지나치기를 기다릴 만한 덤불숲도 없었네. 그리고 설상가상으로 흙의 성분이 바뀌었고, 이제 나는 평평한 진흙 같은 땅을 달리고 있었는데, 소금 백태가 끼어 어찌나 하얗던지 어두운 물체가 그 위를 달리면 멀리서도 뚜렷하게 눈에 띄었어. 여기서 나는 잠시 멈춰 서서 뒤를 돌아보았네. 그때 뚜렷하게 발소리가 들렸고, 다음 순간 창을 치켜들고 빠르게 다가오는 인디언의 흐릿한 형체를 알아볼 수 있었어. 내가 잠시 멈춘 사이에 그는 창을 던질 만한 거리까지 접근했네. 다시 돌아선 나는 도망치기 수월하도록 겉옷을 벗어 던지고 속도를 냈네. 다음에 뒤를 돌아보았을 때 쿠아코는 여전히 시야에 머물러 있었지만 그렇게 가깝지는 않았어. 그는 걸음을 멈추고 내 겉옷을 주워 들더군. 이젠 그의 것이 된 거지. 그래서 나는 약간 득을 보았네. 나는 계속해서 도망쳤고, 50미터쯤 달렸을 때 갑자기 어떤 물체가 나를 스쳐 날아가며, 어깨에 가까운 왼팔의 살을 찢었네. 그렇게 심하게 다쳤다는 사실도 몰랐고, 추적자가 얼마나 가까이 있는지도 알 수 없었어. 급기야 절박한 마음에 그와 대적하려 돌아섰을 때, 25미터 거리에서 뭔가 반짝이는 걸 들고 나를 향해 달려오는 그가 보였네. 쿠아코였어. 창으로 내게 상처를 입혔으니 이제 칼로 끝장을 내려던 것이지. 아, 그 어린 야만인은 참 운이 좋기도 했지. 그런 승리를 거두고, 트로피 겸 겉옷으로 쓸 귀한 파란 케이프까지 챙겼으니 얼마나 대단한 명성과 행복을 누리게 되겠는가! 번개처럼 빠른 변화가, 느닷없는 희열감이 나를 덮쳐왔네. 나는 다친 몸이었지만 오른손은 멀쩡했고, 적의 칼보다 못할 게 없는 칼을 손에 쥐고 있었으니 우리는 대등했어. 차분하게 그를 기다렸네. 허약함, 슬픔, 절망은 사라졌고, 그의 저주받은 피를 쏟고야 말겠다는, 그 끔찍하게 날뛰는 욕망 외에 어떤 감정도 남지 않았지. 머리는 맑았고 신경 줄은 강철처럼 튼튼했네. 그리고 옛날 우리가 목검으로 대련하며 즐거워했던 기억이 떠오르자 웃음 같은 게 터져 나오더군. 아, 그건 그저 소꿉놀이, 아이들 장난에 불과했어. 이건 현실이었지. '아주 먼 적을 죽일 수 있는, 위험천만한 무기를 빼앗긴 백인이 결의에 찬 야만인을 손 대 손, 발 대 발로 맞붙어서 원시적인 옛 무기로 죽일 수 있을까?' 하고 그는 생각하겠지. 불쌍한 아이 같으니라고! 이 망상으로 네 녀석은 값비싼 대가를 치르게 될 것이다! 그가 제 몸을 던져 나를 공격했을 때, 야만인의 힘과 용기만 믿고 나의 기술에 맞섰을 때 그건 대등한 싸움이라고 할 수 없었지. 몇 초 후, 그는 내 발밑에 누워 하얗고 목마른 평원에 생명의 피를 쏟아내고 있었어. 널브러진 그 몸을 등지고 나는 돌아섰네. 붉게 젖은 칼을 손에 들고, 다른 이들을 대적하러. 여전히 그들이 뒤따라오고 있고, 바짝 붙어 있다고 믿었거든. 그들이 따라오지도 않는데 쿠아코는 뭐 하러 허리를 굽히고 겉옷을 주웠단 말인가? 옷을 잃어버릴까 걱정된 것도 아닌데 왜? 나는 그들의 창들을 기꺼이 맞을 각오로, 죽으려면 얼굴을 똑바로 보고 죽어야겠다는 마음으로 돌아섰던 거였어. 죽는다는 생각이 그렇게 끔찍하지도 않았다네. 처음 나를 공격한 자를 죽였으니 이제 차분한 마음으로 죽을 수 있지. 그러나 정말로 내가 그를 죽였던가? 그 입술에서 신음 같은 소리가 비어져 나오는 걸 들으니 묻게 되더군. 재빨리 허리를 굽히고 다시 한번 그 널브러진 몸에 내 무기를 손잡이까지 꾹 찔러 넣었어. 그가 깊은 한숨을 쉬고 온몸을 부르르 떨자 새삼스레 피가 솟구쳤고, 나는 야만적인 희열을 경험했네. 그러나 여전히 다급하게 달려오는 발소리는 바짝 세운 내 귓전에 들려오지 않았고, 어둠 속에서 희미한 형상들도 나타나지 않았어. 나는 쿠아코가 잠든 이들을 깨우지 않았거나 그들이 옳은 방향으로 따라오지 못했다는 결론을 내렸네. 겉옷을 주워 들고 가려는데, 그가 내게 던진 창이 몇 미터 앞에 떨어져 있더군. 그 창도 챙기고 다시 출발했네. 여전히 길을 안내하는 별을 앞에 두고서.

제20장

  그 후련한 싸움은 와인을 벌컥벌컥 마신 듯한 느낌이었고, 한동안은 상실감과 상처의 아픔조차 까맣게 잊었다네. 그러나 희열의 광휘와 감정은 오래가지 않았어. 찢어진 살이 욱신거렸네. 피가 빠져 기운이 없었고, 피로감에 짓눌리고 있었지. 적들이 그 현장에 나타났다면 나를 쉽게 제압할 수 있었을 걸세. 그러나 그들은 오지 않았고, 나는 계속 걸었네. 느리고 고통스럽게, 자주 멈춰 서서 쉬면서.

  마침내 어지러운 상태가 다소 나아지고 따라잡힐지 모른다는 두려움이 모두 사라지자 내 슬픔이 전력으로 되살아났고, 상념이 돌아와 나를 미칠 듯 괴롭혔네.

  아! 그 찬란한 존재가, 신성한 찬란함으로 그 누구와도 다른 특별한 존재가, 피어나는 데 그토록 오랜 시간이 걸렸던 그 존재가 이제 죽은 낙엽 한 장, 하찮은 흙먼지와 다를 바 없이 소실되어 영원히 잊혔다니. 아, 얼마나 무정한지! 얼마나 잔인한지!

그러나 이 모든 걸 나는 이미 알고 있었네. 이 자연과 필연의 법칙에는 아무리 저항해봐야 무위일 뿐이지. 그 기억은 자주 돌아와 나를 잡히지 않는 우울로 채우곤 했지. 이제는 모든 잔인무도함을 넘어서는 잔인성으로 보이는군.

도구인 자연이 아니라, 피 흘리는 조직을 끊는 장검이 아니라 그 검을 휘두르는 손 말일세. 그 보이지도 않고 알려지지도 않은 무언가, 그 어떤 사람, 자연의 무시무시한 작동 방식을 통해 드러나는 그 존재 말일세.

"당신은 알았나요, 내 사랑? 마지막에, 그 견딜 수 없는 열기 속에서, 궁극의 고통에 빠진 그 순간에 **신**은 듣고 있지 않다는 사실을? 별처럼 도움이 되지 않다는 걸? 그래서 당신은 그를 소리쳐 부르지 않은 건가요? 당신의 울부짖음은 나를 향했죠. 그러나 당신의 이 불쌍한, 연약한 동족은 그곳에 있어 당신을 구원하지도 못하고, 당신을 구하는 데 실패하고 불길에 몸을 던져 신을 증오하며 당신과 함께 죽지도 못했어요."

도저히 견딜 수 없는 고통 속에서 나는 큰 소리로 말했네. 그 외로운 곳에서 홀로, 캄캄한 밤에 피 흘리는 도망자로, 별을 올려다보며 나를 만든 조물주를 저주하고 생명이라는 혐오스러운 선물을 다시 거둬가라고 악을 썼지.

그러나 내 철학에 따르면 얼마나 헛된 짓이었는가! 내 원한과 증오와 반항심은 온순한 숭배자의 탄원만큼이나 공허하고 아무 효력도 없었으며 철저히 무의미했다네. 나뭇잎의 속삭임, 붕붕거리는 벌레의 날갯짓 소리나 다를 바 없었지. 그토록 달콤하고 신비로운 선율을 들은 그곳으로 나를 인도한 그때처럼 만물과 만사를 관장하는 그를 내가 사랑하든 지금처럼 증오하고 반항하든 그 모든 건 어차피 그에게서 오는 것이지. 사랑과 증오, 선과 악.

그러나 나는 그때도 알았고 지금도 알고 있네. 내 철학이 한 가지 면에서 거짓이라는 걸 말일세. 그것이 진실의 전모가 아니라는 걸. 내 울부짖음이 그의 마음을 움직이지도, 하다못해 근처에 닿지도 못한다고 해도 나는 여전히 상처받으리라는 거지. 그리고 부당한 운명에 분노한 수인이 시퍼렇게 멍이들고 피 흘리며 바닥에 쓰러질 때까지 감방 돌벽에 제 머리를 쿵쿵 찧어대듯 나 역시 일부러 내 영혼을 멍들게 했고, 내가 스스로 입힌 그 상처는 낫지 않으리라는 걸 나는 알고 있어.

그날 밤, 내 삶의 가장 시커먼 시기가 시작된 그날 밤 이야기는 더 하지 않겠네. 그리고 이후에 있었던 일들도 빠르게 넘어가도록 하지.

아침에 정신을 차려보니 인디언과 결투를 벌인 현장에서 몇 킬로미터 거리에 있는, 사바나와 듬성듬성한 숲이 다채롭게 뒤섞인 언덕 지대까지 와 있었네. 긴 행군으로 마지막 체력이 거의 바닥나서 몇 시간 내로 음식을 구하지 못하면 정말로 절망적이라는 느낌이 들었지. 힘겹게 약 100미터 높이의 언덕마루까지 간신히 기어 올라가서 주변 지형을 살펴보니 다섯 언덕 중 하나라는 걸 알았지. 이것이 우리타이의 다섯 언덕이라면 나는 마나가의 마을 근처에 다다랐다고 추정할 수 있지. 언덕을 내려와서 나는 훨씬 높은 다음 언덕을 향해 걷기 시작했어. 그런데 그 언덕에 다다르기 전에 언덕들을 가르는 좁은 계곡을 따라 흐르는 시내를 만났어. 그 기슭을 따라 시내를 건널 만한 지점을 찾고 있는데, 내가 찾던 바로 그 정착지의 전경이 갑자기 눈에 들어오더군. 내가 접근하자 사람들이 다급하게 이리저리 허둥지둥 움직였어. 내가 느리고 고통스럽게 걸어 간신히 마을에 도착했을 즈음에는 일고여덟 명의 사내가 마을 앞에 서 있었네. 몇 명은 손에 창을 들고 있었고, 여자와 아이 들이 그 뒤에 서서 모두 호기심 가득한 얼굴로 나를 보았지. 가까이 다가가서 나는 다소 힘없는 목소리로 마나가를 찾고 있다고 말했네. 그러자 회색 머리의 남자가 창을 들고 앞으로 나오더니 자기가 마나가인데, 자신을 찾는 이유를 말하라고 요구하더군. 나는 사건의 내용 일부를 이야기해주었네. 내가 루니와 목숨을 건 다툼에 휘말렸고 그의 종족 한 사람을 죽인 후 도망쳤다고.

그들은 나를 안으로 안내해주고 내게 음식을 주더군. 상처도 살펴보고 묶어주었어. 그러더니 누워서 잠을 자도 된다고 하더군. 그사이 마나가는 자기 종족 여섯 명을 데리고 쿠아코와 내가 싸움을 벌인 현장으로 급히 출발했지. 내 이야기의 진위를 확인하려는 의도도 있었겠지만, 루니를 만나려는 마음도 있었을 거야. 이튿날 아침이 되어서야 그를 다시 볼 수 있었네. 그는 내가 따라잡힌 현장을 발견했고, 사망자는 다른 이들이 발견해서 파라우아리로 데리고 갔다고 알려주었어. 꽤 멀리까지 자취를 추적했다면서 애초에 루니가 자기를 염탐하겠다는 의도만으로 이렇게 멀리 왔다는 사실에 만족하더군.

나와 내가 가져온 이상한 소식이 마을을 뒤흔들어 일대 혼란에 빠뜨렸어. 그 무렵부터 마나가는 오랜 숙적이 돌연 공격을 감행할까봐 늘 공포에 떨며 살게 되었지. 누가 봐도 확실했어. 그래서 나는 몹시 만족스러웠네. 그 감정에 불을 붙이고 계속 살려놓는 동인이 바로 내 교묘한 계략이었거든. 그뿐 아니라 원수가 비밀리에 그를 살해할 의도를 품고 있다는 실마리를 끊임없이 흘려서 마나가를 공포와 분노가 뒤섞인 광증으로 몰아넣었지. 의심이 많고 다소 잔인한 성정인 마나가는 어느 날 태도를 바꾸며 갑자기 나를 비난했네. 자신의 이런 비참한 상태를 초래한 직접적인 원인이 나라고 하더군. 아마 내가 자신을 도구로 이용하고 있다는 의심도 했던 것 같아. 하지만 그 무렵 나는 이상하게 대담하고 위험을 개의치 않았기에 그의 분노에 그저 비웃음을 던지며 응수했을 따름이야. 그리고 말했지. 나는 당신이 무섭지 않아. 당신의 철천지원수이자 나의 숙적인 루니가 두려워하는 상대는 당신이 아니라 나야. 루니는 내가 어디로 피신했는지 정확히 알고 있고, 내가 당신 마을에 머무는 동안은 머릿속으로 오래 숙고한 공격을 감행하지 않고 내가 떠날 때까지 기다릴 거야. "날 죽여, 마나가." 나는 그를 마주 보고 서서 가슴을 쿵쿵 쳤어. "나를 죽여. 그 결과는 놈이 몰래 당신을 습격해 모두를 죽이는 꼴이 될 거야. 어차피 조만간 그럴 결심을 세우고 있으니까." 그 얘기를 듣고 나더니 마나가는 말없이 나를 노려보다가 울컥 솟구친 분노를 못 이겨 집어 든 창을 내던지고 집에서 나가 휘적휘적 숲으로 가버렸네. 그러나 머지않아 다시 돌아와서 자기 자리에 앉더니 밤처럼 검은 얼굴로 내가 한 말을 곱씹어보더군.

내 인생에서 그 어두운 비밀의 장을 다시 들춰보는 건 괴로운 일이야. 도덕적 광기의 시기였지. 그러나 의식적으로나 무의식적으로나 위선자가 되고 싶지는 않네. 정신이 나갔었다는 핑계로 나 자신이나 다른 사람을 기만하고 싶지 않아. 그때 내 정신은 아주 맑았다네. 과거와 현재도 또렷했지. 그중에서도 미래가 가장 또렷했어. 내 행동의 범위를 가늠하고 미래에 미칠 영향을 추정할 수 있었으며, 옳고 그름에 대한 감각도, 개인의 책임감도 내 삶의 어떤 시기보다 더 생생하게 살아 있었어. 하물며 열정에 눈이 멀었다고 말할 수 있을까? 열정이 그토록 집요하게 밀어붙일 힘을 주었을 수는 있어. 그러나 눈이 멀었던 건 확실히 아니었어. 인격이든 아니든, 자연의 배후에 있는 그 미지의 존재, 내가 믿는 그 존재를 향한 나의 맹렬한 반항에는 아무런 반응이나 항복도 돌아오지 않았거든. 나는 여전히 반항하고 있었네. **그**를 증오하고 싶었고, 자연이라는 거울을 통해 우리 눈에 비친 **그**의 모습을 닮음으로써 내 증오를 보여주고 싶었지. 옳고 그름의 감각이나 다정한 인간성 같은 훌륭한 선물들을 내게 내려주었을까? 그로 인해 내 안에서 자라나게 된 그 아름답고 신성한 꽃을 나는 무자비하게 짓이겨버릴 생각이었지. 그 아름다움과 향기와 우아함을 영원히 죽여 없앨 생각이었다네. 그 사악하고 잔인한 행위 중에서 내 본성에 어긋나는 건 없었네. 그러니 그모든 죄는 내 것이었고, 나는 그 죄를 화려하게 만끽했지. 며칠 머무르다 스쳐가는 변덕스러운 기분이 아니었네. 마나가의 마을에서 두 달 가까이 머물렀지만, 내 심장이 결행하기로 작심한 그 최악의 야만적인 행위에 인디언들을 끌어들이려던 공작을 한 번도 후회하거나 단념한 적이 없거든.

결국은 성공했네. 안 그랬다면 이상하겠지. 소름 끼치게 끔찍한 상세한 내용을 일일이 다 말할 필요는 없을 거야. 마나가는 원수를 기다리지 않고 해가 저물고 한 시간 뒤 불시에 마을을 공격했네. 내가 그 두 달 동안 정말로 미쳤었고, 미혹을 당해 제정신이 아니었고, 그래서 악마의 힘에 질질 끌려갔던 거라면, 그 지옥의 계략을 완수한 순간 미혹과 광기의 굴레가 끊어져 흔적도 없이 사라져버렸네. 습격당해 쓰러진 자리에 널브러져 누워 있는 한 늙은 여자를 보았던 거야. 타오르는 집의 불빛이 크게 치뜬 그녀의 번들거리는 눈알과 피에 물든 백발을 훤히 비추었고, 그때 갑자기 기적처럼 내 뇌에 변화가 일어났어. 드디어 그들이 다 죽어버린 거지. 남자와 여자, 아이와 노인 가릴 것 없이 리마가 도망친 거대한 초록색 나무에 불을 지르고 빙글빙글 돌면서 춤추고 "타버려! 타버려!" 소리를 질렀던 그들은 이제 모두 죽어버린 거야.

그 널브러진 형체에 눈길이 닿은 순간, 나는 그 자리에 멈춰 섰어. 저도 모르게 생의 마지막 순간이 닥쳐왔음을 깨달은 사람이 별안간 심장을 찌르는 아픔을 느끼듯 몸을 덜덜 떨었어. 한참 후 나는 거대한 불빛의 원에서 슬그머니 빠져나와 저 너머의 짙은 암흑으로 들어갔지. 본능적으로 사바나 너머의 숲으로 향했어. 다시 나의 숲으로. 소음과 불길의 현장을 피해 도망치다 정신을 차려보니 어느새 검은 나무 그늘 속이었지. 더욱 깊은 안쪽의 어둠으로는 감히 들어갈 엄두가 나지 않더군. 숲 경계에서 발길을 멈추고 어두운 밤에 거기서 혼자 뭘 하는 건지 자문했어. 밤과 숲 그늘보다 더 효과적으로 가리려는 듯 얼굴을 손으로 감쌌지. 내게 대체 어떤 무서운 일이, 어떤 재앙이 덮쳐왔기에 내 영혼이 두려워 차마 생각조차 못 하는 걸까? 그 섬뜩한 혐오의 감정, 형용할 수 없는 공포, 회한은 내가 도저히 견뎌낼 수 있는 게 아니었어. 그때 그 순간에서 도망칠 수만 있다면 단말마의 비명을 지르며 박차고 일어나 차라리 내 손으로 내 목숨을 거두고 싶었지. 그러나 자연이 언제나 철저히 잔인한 것만은 아니더군. 이번에는 나를 도우러 달려왔으니. 의식이 나를 저버렸고, 나는 이른 아침의 빛이 동쪽을 밝힐 때까지 산 사람이 아니었네. 일어나보니 젖은 풀밭에 누워 있더군. 바로 얼마 전 내린 비에 온몸이 젖어 있었어. 이제는 육체적 고통이 너무 커서 전날 보았던 광경을 곱씹어 생각할 수 없었지. 이런 점에서도 자연은 자비로웠지. 인디언들이 아직도 근처에 있어 숲으로 찾아올지 모른다는 생각에 숨어야 한다는 사실만 기억했네. 천천히, 고통스럽게, 더 먼 숲속으로 살금살금 숨어들어 넋이 반쯤 나간 상태로 아무 생각도 하지 않고 몇 시간 동안 그냥 앉아 있었지. 정오가 되자 밖에서 햇살이 비춰 숲을 말렸네. 굶주림은 느껴지지 않았고, 그저 막연하게 몸이 불편할 뿐이었어. 그와 함께 은신처를 떠나면 인간의 형상을 맞닥뜨리게 될지 모른다는 공포가 닥쳤지. 이 두려움 때문에 황혼이 덮일 때까지 꿈쩍도 하지 않다가 몰래 숲 경계로 이동해 거기서 밤을 보냈네. 이 어두운 밤에 잠이 나를 찾아왔는가 하면, 뭐라고 말하기가 곤란해. 밤과 낮의 내 상태가 똑같은 것 같았거든. 그저 영혼과 육체를 똑같이 괴롭히는 철저한 불행의 둔탁한 감각만 느껴졌지. 게다가 무슨 일이든 맑은 정신으로 몇 초 이상 뚜렷한 생각을 이어나가는 게 불가능했어. 의지력이 잠들면 꿈을 꾸듯 내가 주연을 맡은 장면들이 눈앞에 떠올랐다 사라졌지. 어떤 때는 악마처럼 기발하고 집요하게 마나가의 정신을 조작하고 있었고, 다음에는 숲속에 가만히 서서 달콤하고 신비로운 선율에 귀를 기울이고 있었고, 경악에 빠져 클라클라 할멈의 부릅뜬 유리알 같은 눈과 피에 젖은 백발을 바라보고 있기도 했지. 그러다 느닷없이, 리올라마의 동굴에서 리마의 고요한 얼굴에 서서히 돌아오는 생명과 홍조를 다정하게 바라보고 있기도 했어.

다시 아침이 왔을 때는 어찌나 힘이 없는지, 그 자리에 쓰러져 굶어 죽을지 모른다는 막막한 공포에 사로잡혔지. 그 생각이 마침내 나를 일으켜 음식을 찾으러 나가게 했지. 움직임은 느리고 눈은 침침해서 잘 보이지 않았지만, 작은 요깃거리들을 어디서 찾아야 하는지 나는 너무나 잘 알고 있었다네. 작은 식용 뿌리들과 잎줄기, 베리, 나무 진액 방울이 굳은 것. 그 풍요로운 숲에서 내 배고픔을 달랠 것을 하나도 찾지 못했다면 그게 이상한 일이었을 거야. 양은 적었지만 그날 하루를 버틸 정도로는 충분했지. 이번에도 자연이 내게 자비를 베풀어주었어. 엉겨 붙은 잎사귀들을 헤치며 부지런히 식량을 찾다보니 생각이 끼어들 겨를이 없었거든. 우연히 찾은 한 입 거리가 찰나의 기쁨을 주었고, 탐색이 길어질수록 내 발걸음도 확고해지고 침침한 시야도 밝아졌지. 나는 나 자신을 더 잊었고 더 열심히 찾아다녔네. 즉자적 욕구 말고는 아무 생각도 감정도 없는 야생동물처럼 말이야. 드디어 피로가 덮쳤고, 어둠이 내 부지런한 배회에 막을 내리자마자 잠들어서 또 동이 틀 때까지 깨지 않았네.

이제 굶주림은 극한으로 치달았어. 작은 새 한 쌍이 끈질기게 내 주위를 획획 날아다니며 우는 소리를 내거나 부리를 헤벌리고 흥분에 날개를 달달 떠는 모습을 보니 이제 짝짓기 때가 왔다는 생각이 떠올랐지. 그리고 리마에게서 작은 새의 둥지를 찾는 법을 배운 기억도 되살아났어. 리마는 그 장면을 보며 눈을 즐겁게 할 생각에 찾았을 뿐이지만, 내게는 먹을 것이 될 수밖에 없었지. 흰색, 파랑, 빨간 얼룩이 있는 보석 같은 껍질 속에 든 수정처럼 맑거나 노란색 액체가 내가 목숨을 부지하도록 도와줄 테고. 나는 온종일 사냥했네. 새소리와 울음소리를 한 음절도 놓치지 않고 귀 기울여 들었고, 날개 달린 모든 것의 움직임을 빠짐없이 관찰했고, 나무 진액과 과일 외에도 알이 든 둥지를 스무 개도 넘게 찾아냈다네. 대체로 작은 새 둥지였는데, 말도 못 하게 고생스럽고 여기저기 생채기도 많이 생겼지만, 결과는 몹시 만족스러웠지.

　며칠 후 비축해둘 만한 로그우드 수액을 찾았고, 나무에서 열심히 채취하기 시작했지. 쓸 수는 없었지만 환한 빛을 생각만 해도 마음에 힘이 샘솟는 기분이라 기계적으로 전부 채취해버렸지. 밤이 다시 사위를 포위하고 나를 조여들 무렵, 로그우드 수액을 갖고 있으니 오히려 인위적으로 피운 불이 더 절실해지더군. 그 어느 때보다 어둠을 견디기 어려워졌어. 나는 반딧불의 천연적 빛을 부러워했고, 어스름이 내릴 녘에 뛰어다니며 몇 마리 잡아 오목한 손안에 쥐고 그 차갑고 깜박이는 빛을 보았지. 이튿날에는 원시적인 방법으로 마른나무에 불을 피우려고 두세 시간 노력하다가 그만 실패해 많은 시간을 허비하는 바람에 결과적으로 여느 때보다 심한 배고픔에 시달려야 했어. 그러나 만물에 불이 있었지. 칼로 딱딱한 나무를 내려칠 때마저 불꽃이 튀겼거든. 열과 빛을 발산하는 그 기적 같은 불꽃들을 붙잡을 수만 있다면! 그런데 별안간, 마치 막 새롭고 환상적인 진실을 우연히 발견한 사람처럼 내 강철 사냥 칼과 부싯돌만 있으면 불을 피울 수도 있겠다는 생각이 들었어. 당장 마른 이끼, 썩은 나무, 야생 목화를 모아 불쏘시개를 준비했지. 그리고 짧은 시간 내에 바라마지 않던 불을 얻었고, 마른나무와 푸릇한 나무를 가릴 것 없이 쌓아 올려 불길을 크게 키웠지. 불을 잘 쏘삭거려서 그 밤은 불가에서 보냈다네. 모닥불은 쓰러진 통나무의 썩은 부분에서 발견한 거대한 흰색 구더기 몇 마리를 구워 먹는 데도 쓸모가 있었어. 전에는 엄청나게 큰 구더기들의 모습을 보기만 해도 구역질이 났는데, 지금은 맛도 있고 굶주림을 달래주기도 했어. 야생의 먹거리에서 바라는 건 그 두 가지가 전부였지.

오랫동안 뭐라 딱 짚어 말할 수 없는 감정이 누플로의 불탄 오두막 근처로 가려는 발길을 붙잡아 세우곤 했지. 그러나 드디어 그곳에 가보았다네. 내가 처음 한 일은 그 죽음의 현장을 샅샅이 둘러보며 독사가 숨어 있을까 두려운 사람처럼 썩은 풀밭을 조심스럽게 헤쳐 들여다보는 것이었어. 마침내 시커멓게 그을린 더미에서 상당히 떨어진 곳에서 인간의 유골을 발견했고, 보자마자 누플로라는 걸 알았지. 누플로는 생전에 대단한 아르마딜로 사냥꾼이었는데, 이 기괴한 시체 처리 동물이 제 나름대로 복수한 모양이야. 야만인들의 손에 죽임을 당한 누플로를 발견하고는 살점을 다 뜯어 먹어버린 걸 보면.

수많은 추억이 서린 이 장소로 돌아오니 다시 떠날 수가 없더군. 야생의 숲에 사는 한 나의 소굴은 여기에 마련해야 했고, 그러려면 저 비통한 유골을 땅 위에 저대로 내버려둘 수 없었지. 고생스럽게 구덩이를 파서 시체를 묻었어. 그 자리에 이미 넝쿨을 뻗고 자라기 시작한 활엽 식물을 베거나 상처 입히지 않으려고 조심했지. 그리고 구덩이를 다시 메운 후 길게 늘어진 줄기들을 봉분 위로 끌어 덮었어.

"잘 자요, 영감." 일을 마치고 내가 말했어. 비난도 칭찬도 암시하지 않는 이 몇 마디가 늙은 누플로가 내게서 받은 장례 의식의 전부였지.

그런 다음에 그 노인이 리올라마로 떠나기 전에 내 도움을 받아 비축 식량과 물품을 숨겨둔 장소를 찾아갔어. 인디언들이 미처 그곳을 찾지 못했다는 걸 알고 기분이 좋아졌지. 담뱃잎, 옥수수, 호박, 감자, 카사바 빵과 조리 도구 외의 여러 가지 물건 사이에서 큰 칼을 하나 찾았지. 굉장한 전리품이었어. 그게 있으면 작은 야자수와 대나무를 베어 오두막을 지을 수 있었으니까.

비축 식량을 손에 넣자 여러 가지 일을 할 시간이 생기더군. 먼저 내가 살 곳을 마련할 시간, 그다음에는 늘 그렇고 그런 일들이 당연히 순리대로 진척되겠지. 생필품에 사치품이 더해지고, 사고와 행동이 혼합된 건강하고 풍요로운 삶, 마지막으로 평화롭고 사색적인 노년.

나는 재와 쓰레기를 싹 치우고 리마가 별도의 거처로 삼았던 바로 그 자리를 내 숙소로 삼았네. 숙소는 아담하게 지을 생각이었거든. 닷새 만에 일은 마무리되었네. 다음에는 불을 피우고, 이끼와 나뭇잎으로 마련한 마른 잠자리에 누워 있자니 흡사 득의양양한 감정이 들더군. 이제 폭우가 쏟아져 반딧불 빛이 꺼져도 좋았지. 바람과 천둥이 포효하고, 굉음을 내고, 벼락이 참을 수 없는 빛을 발하며 지구를 때려 흠뻑 젖은 잎사귀 보금자리에 있는 불쌍한 원숭이들을 깜짝 놀라게 해도 상관없었네. 마른 야자수 이엉 아래 마른 잠자리에 누워 있는 데다 영광스러운 불길이 함께 있어주고 내 오랜 숙적인 어둠으로부터 나를 보호해주니 신경 쓸 필요도 별로 없었지.

지붕 아래서 처음 잠든 날은 개운한 기분으로 일어났고, 굶주림의 잔인한 박차에 내몰려 축축한 숲으로 달려가지 않아도 되었지. 바라던 시간이 생긴 거지. 노동에서 해방되어 휴식할 시간, 생각할 여유. 그녀가 밤마다 환상 속의 엄마를 품에 안고, 환상 속의 귀에 가없이 다정한 말을 속삭이며 쉬던 이곳에서 쉬면서 나 역시 그녀를, 환상 속의 리마를 꼭 품에 안았네. 불을 다시 발견하기 전, 거처도 없던 밤은 얼마나 다른 모습이었는지! 어떻게 그 밤을 견뎠던 걸까? 기괴한 형체가 무수히 가득 찬 밤의 숲에는 이상하게 유령 같은 어둠이 깃든다네. 고요하고 어둡지만, 가끔 그 사이로 움직이는 무언가가 보이지. 역시 컴컴하고 흐릿하고 이상하지. 부엉이, 어쩌면 박쥐, 아니면 커다란 날개가 달린 나방, 그것도 아니면 쏙독새. 그때는 숲의 밤소리를 듣는 것 말고는 다른 선택의 여지도 없었지. 밤은 낮의 소리만큼 다양하고, 희미한 혀짤배기소리부터 한없이 부드러운 지저귐을 거쳐 깊고 우렁찬 울림과 폐부를 찌르는 비명에 이르기까지 모든 낮의 소리에 상응하는 유사한 소리가 있어. 그 음조에는 항상 밤에 적절한,

뭔가 신비롭고 비현실적인 분위기가 감돌지. 그건 죽은 동물들이 내뱉는 유령의 소리였다네. 그 소리는 번갈아가며 백여 가지 다른 무엇이 되었고, 언제나 그 안에 의미를 담고 있었어. 나는 헛되이 그 의미를 파악하려 애썼지. 우리 안에 존재하는, 잠자는 능력으로만 해석할 수 있는 의미를. 선잠을 자다가 이제, 이제 막 깨어나려 하는 능력으로만 말이지!

이제 그 음울함과 수수께끼는 차단해버렸어. 이제 나는 내게 즐거움의 장소였던, 즐거움 이상을 주었던 건물이 서 있던 자리에 있었네. 이제는 잠을 이루지 못하고 뜬눈으로 누워 있는 것이 슬픈 황홀경이었어. 나는 잠과 망각을 바라지 않았고, 낮의 햇살이 끝내 찾아와 내 환상을 덮어버리고 쫓아내리라는 생각만 해도 싫었지. 다시 리마와 함께 있었어. 잃어버린 나의 리마를 되찾았어. 드디어 내 것, 내 것이 되었어! 이제 지긋지긋한 의혹은 없었어. "당신은 당신이고 나는 나예요"라든가 "왜 그래요?"라든가. 우리 영혼이 나란히 놓인 빗물 두 방울처럼 불가항력으로 서로에게 가까이, 더 가까이 이끌리던 그때 던졌던 그 질문들. 이제 빗물 두 방울은 서로 닿아 둘이 아니라 변화를 넘어 결정화된, 도저히 둘로 나뉠 수 없는 한 방울이 되었어. 시간이 해체할 수도 없고, 죽음의 타격이 부술 수도 없고, 어떤 연금술로도 용해되지 않을 단 하나의 물방울이 된 거야.

밤마다 어김없이 찾아와주는 이 환각과 환상적인 불의 언어로 내게 말을 건네며 춤추던 환한 모닥불 불길 외에도 다른 존재가 나와 함께해주었어. 자러 들어갈 때는 문을 꼭 닫는 게 내 습관이었네. 어쩌면 슬픔 때문에 피가 차갑게 식었는지도 모르겠네. 그 무렵에는 추위보다 더위를 덜 탔고 밤새도록 불이 고맙게 느껴졌으니까. 게다가 날개가 달렸거나 바닥을 기어 다니는 작은 방랑자들을 최대한 들이지 않으려고 노심초사했어. 그러나 완전히 막는 건 불가능했지. 열 군데쯤 나 있는 보이지 않는 틈새로 결국 나를 찾아 들어오곤 했어. 몇 마리는 낮에 들어와서 밤이 될 때까지 납작 엎드려 숨어 있곤 했지. 괴물처럼 털이 난 은둔자 거미가 이엉 아래 오두막의 으슥한 한구석에서 보금자리를 찾았고, 날마다 낮에는 거기서 꼼짝하지 않고 도사리고 있었어. 그러나 어두워지면 어김없이 사라지곤 했지. 어떤 살기 넘치는 일을 저지르러 가는지 누가 알겠나! 바탕색은 죽은 나뭇잎 같은 진한 노랑이었고 야생 고양이에게서 빌려 온 듯한 검은색과 회색 무늬가 져 있었지. 납작한 원반 모양의 몸통에서 사방으로 뻗어나온 털이 북슬북슬한 긴 다리가 어찌나 컸는지 남자의 펼친 손바닥을 다 덮고도 남았을 거야. 내 좁은 실내에서는 거미를 쉽게 볼 수 있었지. 밤이 되면 내 눈길은 절로 거미가 있는 귀퉁이로 향하곤 했지만, 그 이상한 털북숭이 생물은 한번도 보이지 않았어. 하지만 낮의 햇살이 비치면 어김없이 나오곤 했지. 거미 때문에 마음이 영 불편했다네. 그러나 이제는 리마를 위해서, 굶주림이라는 동기가 없이는 살아 있는 생물을 죽일 수 없었어. 그래서 거미에게 상처를 입혀야겠다고 생각했지. 어차피 워낙 많아서 크게 아쉽지도 않을 테니 다리 하나를 잘라버리면 멀리 가서 이렇게 매정한 곳에 다시는 안 돌아오겠지. 그러나 도저히 용기가 나지 않았어. 밤에 몰래 돌아와 그 길고 일그러진 어금니를 내 목에 박아 피에 독을 주입하고 신열과 섬망과 시커먼 죽음으로 내몰지도 모르니까. 그래서 나는 거미를 그냥 두었어. 그리고 은밀하게, 두려움에 휩싸여 흘끔흘끔 살피며 이상한 마음을 먹지 않았기를 바랐지. 우리는 전혀 사교적이지 않은 관계로 함께 살았다네. 더 우호적이지만 여전히 불편한 사이라면 바닥을 기어 다니거나 뛰어다니는 커다란 벌레들이 있었지. 귀뚜라미, 딱정벌레, 또 다른 것들. 날렵하고 까맣고 반들거리는 그 벌레들은 말(馬) 없이도 알아서 움직이는 지능형 마차처럼 바닥 여기저기를 활보했다네. 그러다 가끔 멈춰 서서 움직이지 않는 눈을 내게 고정하고는 나의 존재를 보거나 어떤 신비한 방식으로 파악하곤 했어. 그럴 때는 유연한 뿔을 위아래로 흔들곤 했는데, 마치 공기를 시험하는 도구 같았어. 지네와 노래기도 수십 마리씩 몰려오곤 했는데, 반가운 손님은 아니었어. 그들의 독이 두렵지는 않았지만, 보기만 해도 지긋지긋했지. 살아 있는 생물이 아니라 죽은 뱀과 장어와 길고 미끄러운 물고기의 바싹 마른 척추뼈가 자연의 교묘한 기술을 통해 되살아나 벽과 바닥에서 기계적으로 움직이는 것 같았거든. 나는 잘 휘어지는 초록색 나뭇가지 한 쌍으로 그것들을 집어 바깥의 암흑으로 던져버리는 기술을 능숙하게 구사하게 되었지.

어느 날 밤, 나방 한 마리가 파닥파닥 날아들어 불가에 앉은 내 손에 내려앉았어. 그래서 나는 숨을 죽이고 나방을 바라보았지. 앞날개는 연회색 바탕에 밝고 어두운 그림자가 세밀한 글씨로 황혼의 신비나 전설을 써 넣고 있었어. 그러나 둥근 아래쪽 날개들은 투명한 호박빛 노랑이었지. 잎사귀처럼 붉고, 보랏빛 혈관들이 뻗어 있었어. 그토록 기가 막히게 정결한 아름다움을 지닌 존재라니 보자마자 갑작스러운 쾌감의 충격을 받았지. 나방은 금세 날아올랐고, 주위를 빙글빙글 돌다가 마침내 불 바로 위에 있는 야자 잎 이엉에 앉더군. '열기 때문에 곧 더 먼 곳으로 날아가겠구나.' 나는 생각했어. 그리고 일어나면서 나방이 서늘하고 어둡고 꽃이 만발한 자기 세계로 돌아가는 길을 찾을 수 있도록 문을 열어주었어. 나는 열린 문 옆에 서서 나방을 돌아보고 말했지. "창백하고 아름다운 날개를 지닌 밤의 방랑자여, 어서 나가시오. 혹시라도 그녀가 즐겨 찾던 곳을 다시 방문해 깊은 그림자의 세계에서 우연히라도 그녀를 만나게 되면, 내 전령이 되어다오……." 여기까지 말했는데 그 여린 생물이 스르르 아귀의 힘을 풀더니 파닥거림 한번 없이 밑에서 하얗게 타오르는 불길로 빠르게 직하해 추락하고 말았어. 나는 비명을 지르며 벌떡 일어나서 그대로 그 불길 속을 뚫어지도록 바라보았지. 내 온몸이 별안간 끔찍한 감정에 사로잡혀 덜덜 떨리고 있었네. 리마도 이렇게 떨어졌겠지. 가장 높은 곳에서 떨어졌겠지. 떨어지자마자 불길이 그 아름다운 살결과 찬란한 영혼을 태워버렸을 테고! 아, 잔인한 자연이여!

　불길에 휩싸여 타죽은 나방 한 마리, 분간할 수 없는 희미한 소리, 밤의 꿈, 어둑어둑한 숲 어스름 속에서 안개처럼 움직이는 유령 같은 형체들. 별안간 생생한 추억, 해묵은 번뇌가 되살아나 그 시기의 고요함을 한동안 흐트러뜨리고 말았지. 그때는 폭풍우가 지나가고 고요해져 있었거든. 그러나 내 건강은 날로 쇠약해지고 있었다네. 작은 거울 같은 연인의 동공보다 훨씬 더 아름답게 수면에 비치던 제 모습을 들여다보던 리마가 없는 지금, 유리처럼 반들거리는 시커먼 숲 웅덩이를 내려다보면 엉망으로 얽히고설킨 머리칼을 어깨까지 늘어뜨린, 야위고 만신창이가 된 남자가 보였지. 죽은 사람 같은, 햇살에 바싹 탄 피부를 통해 얼굴뼈가 다 보였고, 푹 꺼진 눈은 광기 같은 번득임을 담고 있었네.

　물에 비친 그런 모습을 보면 이상하게 마음이 동요하곤 했다네. 나를 괴롭히는 목소리가 귓전에 속삭였어. "그래, 너는 미쳐가고 있는 게 틀림없어. 조금 있으면 울부짖으며 숲속을 뛰어다니게 될 테고, 결국 쓰러져 죽게 되겠지. 어떤 사람도 **네** 유골을 찾아 묻어주지 않을 거야. 차라리 먼저 죽은 누플로 영감이 운이 좋았지."

　"거짓말을 지껄이는 목소리 같으니라고!" 나는 울컥 화가 치솟아 대꾸했네. "내 감각과 정신이 지금보다 더 또렷했던 적은 없어. 과일이 익고 있으면 내가 반드시 찾아내지. 작은 새가 부리에 깃털이나 지푸라기를 물고 가면 날아가는 궤적을 눈여겨봐. 끝내 내게 둥지를 들키지 않는다면 그건 새가 운이 좋은 거고. 이 숲에서 태어난 야만인이 나보다 더 잘해낼 것 같아? 놈이 굶어 죽는 곳에서 나는 식량을 찾아낼 거야!"

"아, 그래, 하지만 거기엔 훌륭하거나 멋진 구석이 하나도 없잖아." 그 목소리가 응수했지. "날이 가장 뜨거울 때는, 다른 기후를 겪어보지 못한 인디언보다 추운 나라에서 온 이방인이 무더위를 훨씬 잘 참지. 그러나 그 결과를 봐! 이방인은 죽지만 인디언은 땀을 흘리고 헐떡거리면서도 살아남아. 마찬가지로 인간적 유대와 단절되었을 때, 어리석은 야만인은 끝까지 능력을 유지하지만, 훨씬 더 세련된 네 두뇌는 너를 자멸로 이끌 거야."

나는 고래 뼈처럼 튼튼하고 시커먼, 길고 뭉툭한 나무 가시들을 수십 개 잘라내서, 미리 태워 구멍을 내어둔 나무 조각에 박아서 빗을 만들었고, 그 빗으로 길고 헝클어진 머리를 빗어 외모를 조금 더 단정하게 가꾸었지.

"머리가 산발인 게 문제가 아니야." 그 목소리가 끈질기게 우겼어. "차라리 광기에 가까운, 야성적이고 기이한 표정을 띤 네 눈이 문제지. 아무리 머리를 곱게 빗어도, 네 등 뒤 덤불에 걸려 있는 진홍빛 별 모양의 꽃으로 늙은 클라클라 할멈한테 씌워줬던 것 같은 화환을 만들어 쓴다고 해도 그 미친 표정은 전혀 바뀌지 않을 거야."

더는 대꾸할 말이 없어지자 분노와 절망에 내몰린 나는 그 증오스러운 목소리의 예언이 진실일 따름임을 스스로 입증해버리고 말았다네. 내 눈에 보이는 저 수면의 반영을 박살 내려고 돌덩어리를 주워 들어 물에 던져버린 거야. 흡사 그 이미지는 나 자신의 충실한 반영이 아니라 에나멜을 칠한 찰 흙이나 다른 재료로 교묘하게 빚어낸 졸렬한 모사품이고, 내 게 원한을 품은 어떤 적수가 나를 놀리기 위해 거기 갖다놓 았다는 듯이 말이지.

제21장

　오두막을 지은 후로 여러 날이 지났네. 막대 표시를 해놓
지도 않고 매듭을 묶지도 않았기에 정확히 며칠이 지났는지
는 알 수 없었지만 말이야. 그렇지만 숲속을 아무리 배회해
도, 불길이 그 끔찍한 짓을 저지른 쓸쓸한 잿더미는 한 번도
보지 못했지. 일부러 찾지도 않았어. 반대로 내 소원은 영원
히 그 잿더미를 보지 않는 것이었고, 행여 우연히라도 맞닥
뜨릴까봐 일부러 친숙한 옛길로만 다녔지. 그러나 결국, 어느
밤에, 리마의 무서운 종말을 생각조차 하지 않고 있다가 문득
한 가지 생각이 떠올랐다네. 내 손으로 새하얀 사바나에 붉
은 피를 뿌린 증오스러운 야만인은 그 참혹하고 불쌍한 이야
기를 내게 해줄 때 어쩌면 타고난 기만의 재능을 갈고닦으며
연습하고 있었을지도 모른다고. 정말 그렇다면, 내 질문에 답
해주려고 리마의 죽음을 둘러싼 이야기를 꾸며냈던 거라면
리마는 여전히 세상에 존재할 수도 있었어. 어쩌면 길을 잃었

을지도 모르지. 머나먼 곳에서 밤낮으로 위험에 노출된 채 돌아올 길을 찾지 못해 헤매고 있을지는 모르지만, 그래도 살아 있을지도 몰라! 살아 있다니! 나와 다시 만날 희망으로 활활 타오르는 심장을 안고, 측량할 수도 없이 너른 숲의 웃자란 풀숲을 헤치며 힘겹게 돌아 돌아 신중한 발걸음을 옮기고 있을지도 몰라. 아득히 먼 마을들의 동태를 몰래 살피고 모든 인간의 눈길을 피해 몸을 숨기고 있겠지. 숨는 법을 너무나 잘 아는 그녀니까. 먼 산들의 윤곽선을 찬찬히 뜯어보다가 드디어 익숙한 이정표를 알아보면, 다시 옛 숲으로 돌아오겠지! 이렇게 앉아 하릴없는 상념에 빠져 있는 지금도 그녀는 숲 어딘가에, 어딘가 가까운 곳에 있을지도 몰라. 하지만 오랜 부재 끝에 근심이 가득해 어딘가 숨어서 내일의 빛이 보여줄 세상을 기다리고 있겠지.

자리를 박차고 일어나 덜덜 떨리는 손으로 불에 땔감을 더 넣고 문을 활짝 열어 환영의 마음이 저 숲으로 흘러나가게 했네. 그러나 리마는 이 정도로 그치지 않았어. 무자비한 태풍 속에서도 캄캄한 숲으로 나가서 나를 찾아 집으로 데리고 왔지. 내가 그보다 못해서야 되겠나! 나는 재빨리 숲의 그늘로 들어갔네. 내 심장이 이렇게 미친 듯 뛰는데, 그저 희망 때문만은 아니지 않겠나! 그녀가 살아 있고 근처에 온 게 아니라면, 내가 이토록 이상하리만큼 급작스럽고, 도저히 뿌리칠 수 없는 강렬한 감정에 사로잡힐 리 없지 않은가? 설마, 설마 우리가 다시 만날 수 있는 걸까? 당신의 신성한 눈을 다시 들여다볼 수 있는 걸까? 드디어, 당신을 내 품에 다시 안을 수 있을까? 나는 너무나 변했어. 딴판으로 변해버렸어! 하지만 옛사랑은 남아 있어. 당신이 없는 동안 수많은 일이 일어났지만, 당신에게는 아무 이야기도 하지 않을 거야. 한마디도 하지 않을 거야. 이제 모두 잊힐 거야. 고생도, 광기도, 범죄도, 회한도! 그 무엇도 다시는 당신의 마음을 불편하게 하지 않을 거야. 날마다 당신의 심기를 거스른 누플로도 없어. 이제 죽어버렸거든. 살해당했지만, 그 말은 당신에게 하지 않을 거야. 내가 그 불쌍한 늙은이의 죄 많은 유골을 땅에 묻어줬어. 우리 단둘이 우리 숲에서 살아. 이제 **우리** 숲이야! 옛날 그 달콤하던 나날이 다시 돌아올 거야. 당신은 무엇 하나 달라지길 바라지 않으리라는 걸 알아. 나도 그래.

그렇게 나는 마음속으로 혼잣말을 뇌까렸어. 곧 손에 넣게 될 기쁨을 생각하며 미쳐가고 있었지. 간간이 가만히 서서 온 숲이 메아리치도록 그녀를 불렀어. "리마! 리마!" 다시 부르고 또 불렀어. 그리고 뭔가 응답이 오기를 기다렸지. 그러나 들리는 건 오로지 친숙한 밤의 소리였어. 벌레와 새와 짤랑거리는 청개구리 소리, 밑에서는 느낄 수 없는 숨결처럼 가벼운 바람에 흔들려 나지막하게 중얼거리는 제일 높은 우듬지의 낮은 중얼거림. 이슬에 온몸이 흠뻑 젖고 어둠 속에서 넘어져 멍 들었으며 바위와 가시와 거친 나뭇가지에 찢겨 피를 흘렸으나 아무 느낌도 없었네. 흥분은 서서히 혼자 타다 전소해 꺼져버렸지. 고함을 치다 목이 쉬고 피로에 지쳐 쓰러지기 직전이었으며 희망은 죽어 사라져버렸네. 마침내 나는 엉금엉금 기어서 내 오두막으로 돌아왔고, 풀 침대에 벌러덩 쓰러져 답답하고 비참하고 기운 빠지는 마비 상태로 빠져들었어.

그러나 이튿날 아침에도 다시 한번 밖으로 나갔다네. 숲을 샅샅이 찾아보겠다는 의지가 결연했지. 쿠아코가 내게 말해준 큰 화재의 증거가 존재하지 않는다면 내게 한 말은 거짓말이고 리마는 살아 있다고 아직 믿을 수 있을 테니까. 종일 찾았지만 허사였지. 그러나 그 지역은 드넓었고, 철저히 수색하려면 여러 날이 필요했어.

사흘째 되는 날 나는 그 죽음의 장소를 발견했고, 다시는 살아 있는 리마를 볼 수 없다는 걸 알았네. 내 마지막 희망은 정말로 헛되고 헛된 것이었어. 착각의 여지가 없었지. 인디언이 내게 말해준 대로 탁 트인 지형이 여기 있었고, 거대한 나무들이 드문드문 거리를 두고 서 있었다네. 하지만 한 그루는 새카맣게 불에 타 죽어 있었고, 그 둘레에 어마어마하게 큰 더미가 60~70미터 너비로 쌓여 있었네. 시커멓게 탄 통나무들이 널브러져 있었고 재가 쌓여 있었지. 여기저기 가녀린 식물들이 잿더미를 뚫고 싹을 틔웠고, 어디에나 있는 작은 잎 넝쿨식물이 시커멓게 변한 등걸에 연한 초록색 자수를 수놓기 시작했어. 나는 적어도 15미터 반경의 나뭇가지와 잎새를 떠받치고 배의 돛대처럼 곧게 뻗어 꼭대기가 지면에서 대략 50미터 높이에 달하는 그 장례의 나무를 오래도록 바라보았네. 얼마나 높은 데서 추락한 걸까. 불타는 잎사귀와 연기를 뚫고, 독화살에 맞아 낙하하는 흰 새처럼 저 아래 불길의 바다로 빠르게 똑바로 떨어졌겠지! 깃털 같은 푸른 잎새와 자수를 놓는 넝쿨이 있는데도, 잔인한 상상력은 그 쓸쓸한 잿더미를 삽시간에 포효하며 펄떡펄떡 뛰어오르는 화염으로 바꾸어버렸어. 그 죽은 야만인들, 남자와 여자와 아이, 심지어 내가 놀아주던 어린아이들이 나를 둘러싸고 "불타라! 불타버려!" 하고 소리 지르는 것까지 눈앞에 선하게 보여주었어. 아, 아니야, 이 저주받은 장소에서 그녀가 최후의 안식을 취하고 있을 리 없어! 화염이 그녀를 완전히 태워버리지 않았다면, 여린 살과 함께 뼈까지 태워버리지 않았다면, 연약한 흰 날개나방처럼 그녀를 쭈그러뜨려 곱고 흰 재로 만들어 줄기와 잎이 탄 재와 구분할 수 없이 섞여버리지 않았다면 그녀의 잔해가 무엇이든 내가 모두 간직해 다른 곳으로 데려가서 나와 함께 살다가 결국에는 재가 된 나의 유골과 섞이도록 하겠어.

잿더미 전체를 거르는 한이 있어도 찾고야 말겠다고 작정했고, 즉시 작업에 착수했네. 그녀가 한가운데 제일 높은 나뭇가지로 올라갔다가 똑바로 낙하했다면 뿌리에서 그리 멀지 않은 불길로 떨어졌을 터였어. 그러니 먼저 줄기까지 길을 내고 시작했지. 어둠이 나를 따라잡았을 때는 이미 나무를 빙 둘러 3~4미터 반경까지 샅샅이 뒤졌지만, 유골은 찾지 못했지. 이튿날 한낮이 되어서야 해골을 찾았어. 아니, 어쨌든 큰 뼈들은 찾을 수 있었지. 맹렬한 고열에 한없이 약해져서 손만 닿아도 바스러지더군. 그러나 나는 조심했네. 정말 얼마나 조심했는지 몰라! 이제 내게 남은 리마의 전부를, 그 최후의 성스러운 유골을 어떻게든 구해내려고. 하얀 조각 하나하나를 들어 키스하고, 그 재들을 받으려고 펼쳐뒀던 내 낡은 겉옷으로 고이 싸맸지. 아주 작은 유골까지 남김없이 수습했을 때, 내 보물을 들고 집으로 돌아갔다네.

또 다른 폭풍이 내 영혼을 휩쓸고 지나간 뒤 두 번째 고요함이 찾아왔고, 이번에는 첫 번째보다 훨씬 완전한 그 상태가 오래 지속될 조짐이 보였지. 하지만 무기력한 고요함은 아니었어. 내 뇌는 평소보다 훨씬 활동적이었으니까. 그래서 곧 내 손이 할 일들을 찾아주었다네. 야만적인 그 땅의 다른 숲속 은둔자들, 동포에게서 도망친 배신자들로부터 나를 구별해줄 일들 말일세. 내가 수습해 온 유해는 그동안 누플로가 곡식과 다른 것들을 담는 데 썼던 커다랗고 우악스럽게 생긴 반쯤 탄 점토 항아리 하나에 담아두었어. 숯 빛깔의 항아리였지. 장례식에서 쓸, 조금 더 도자기다운 것을 스스로 만들어야겠다는 생각이 들어 누플로가 항아리를 빚을 때 썼던 특정한 고운 점토를 찾다가 포기한 다음에는, 그냥 항아리의 표면을 장식하기 시작했다네. 매일 어느 정도의 시간을 이 예술적인 행위에 쏟았어. 가시 돋친 줄기와 구부러진 잎을 가진 덩굴과 서로 뒤얽힌 덩굴손 무늬로 항아리 표면이 뒤덮이자 다음에는 색깔을 얹었네. 짙은 색깔 베리 즙의 보라와 검정만 사용했고 색이나 채도, 선이 만족스럽지 않으면 지우고 다시 그렸는데, 이런 식으로 계속 반복되어 작업이 제자리걸음을 하는 바람에 결국 끝마칠 수 없었어. 완성했다면 마치 늙은 조각가들의 자부심에 찬 겸손한 영혼을 흉내 내듯 이렇게 적었을지도 모르지. **"아벨이 이것을 행하였노라."** 내 이상적인 아름다움은 그들의 것과 같고, 내 예술이 해낼 수 있는 한계는 미완성된 복제품이자 거친 스케치에 불과했을 테니까. 항아리의 낮은 부분에는 뱀을 그려 넣었다네. 낮은 채도의 몸통 위로 불규칙한 검은색 점과 얼룩이 늘어서 있었지. 그리고 이 점들을 누군가가 주의 깊게 관찰한다면 그 모든 것이 삐뚤빼뚤하게 쓰인 글자임을 알 수 있었을 것이네. 정확하게 나누어 보면 그 글자들은 다음 문장을 구성하도록 되어 있었지.

그대가 없이, 그리고 신과 나도 없이

낯설거나 심지어 화려하다못해 미친 소리라고 치부될 그 말들은 누군가에겐 어떤 잊힌 고대 시인의 것처럼 보이겠지. 혹은 이미 오래전에 그 열정이 재가 되어버린 사랑에 빠진 기사의 좌우명으로 보였을지도 모르지. 하지만 어떤 움직임도 소리도 없이 영원히 계속되는 황혼 속에서, 드넓은 바위 평원에서 혼자 살아가는 나에게는 특별히 이상하거나 광적으로 보이지 않았어. 다만 모든 것이, 심지어 나무와 양치식물과 잔디까지도 전부 돌로 되어 있었어. 그리고 그 장소에서 나는 몸을 세우고 돌 같은 손가락으로 무릎을 감싼 채 이마를 무릎에 대고 몇천 년을 가만히 있었다네. 그렇게 움직이지 않은 채, 움직일 수 없는 상태로, 그곳에 앉아 다가올 몇천 년을 그대로 있었지. 더는 나 자신이 아닌 내가 그녀는 없고 신마저도 없는 우주에 있었다네.

시간은 흘러가며 다른 사람들에게는 무리 지어 주와 달을 만들어주었지만, 나에게는 그저 나날일 뿐이었네. 토요일이나 일요일, 월요일과 같은 날들이 아닌 이름 없는 날들이었지. 무수한 날이 있었고 그걸 전부 더하면 너무나 광대했기 때문에 이 고독 이전에 지나간 내 삶의 해들이 마치 광막한 무명의 나날들 사이에 아스라이 머나먼 곳에 있는 조그만 섬처럼 보였다네.

준비해둔 식량이 바닥난 지 오래였기에 나는 콩과 옥수수, 호박과 자주색 고구마의 향미를 잊어갔어. 야만인들은 누플로가 일군 작은 밭을 줄기나 뿌리 하나 남기지 않고 완전히 파괴해버렸고, 나는 마치 자신의 비탄에 심취한 자, 혹은 자기 예술밖에 모르는 예술가처럼 앞날을 전혀 생각하지 않으면서 땅에 심을 씨앗 일부분을 남겨둘 생각조차 못 하고 전부 써버린 채였지. 굉장한 노력을 들이고 상처를 많이 입은 다음에야 아주 적은 분량의 야생 식자재만 구할 수 있었다네. 새들은 내게 비명을 지르고 야단쳤으며, 나뭇가지들은 날멍 들게 하고 가시들이 날 긁어댔지. 더욱 끔찍한 것은 분노로 이글거리는 구름 같은, 파리보다 작은 크기의 말벌 떼였어. 윙윙거리고, 침을 쏘고 또 쏘아댔지! 뱀의 이빨도 나를 죽이지 못한 터, 전리품으로 애벌레와 꿀을 얻을 수만 있다면 너희가 쏘아대는 작고 타오르는 독 방울들이 무슨 소용이랴!
그것이 바로 나의 흰 빵과 붉은 포도주인 것을! 나는 세련되
게 표현된 세련된 생각에 기쁨을 느꼈다네. 책을 읽으며 조심
스레 그것을 추구하곤 했지. 이제는 그저 이 저열한 육체의
허기, 벌레와 꿀을 찾아 헤매는 갈망, 조그만 존재들과의 야
비한 전쟁만 남았을 뿐이었어!

　나는 더 큰 사냥감들 앞에서는 재능 없는 사냥꾼이었다네.
수많은 밤을 뜬눈으로 지새우며 생각해내고 수많은 낮을 들
여 만들어낸 덫을 새와 짐승 들이 경멸하며 지나쳐갔지. 한
번은 높은 나무들 위로 한 무리의 원숭이가 지나가는 걸 보
고는 오랜 시간 동안 그들을 따라가며 지켜본 적이 있었다
네. 그들 중 하나가 알 수 없는 수상한 사고로 나무에서 떨어
져 움직이지 못한 채 나의 몫이 된다면 내가 얼마나 훌륭한
만찬을 즐길 수 있을지 상상하고 있었지. 하지만 불가능한 일
은 일어나지 않았고, 내게 남은 고기는 없었다네. 가끔 죽은
채로 둥지에 있던 어린 새나 도마뱀, 혹은 그 연둣빛 덕에 나
무껍질 사이에서 찾아낼 수 있었던 나무개구리를 빼면 고기
라곤 입에 대본 적이 없었지! 나는 그 조그만 음유시인을 숯
에 구워버리고 싶었네. 감탄하며 들어주는 귀 하나 없는데 뭐
하러 만돌린을 튕기고 공기로 된 심벌즈를 부딪치며 살아가
야겠나? 한번은 평소 먹던 것과 조금 다른 이상한 종류의 고
기를 먹게 됐는데 굶주린 배 때문인지 비위가 상하지 않더군.
내가 걷던 길에 있는 작은 빈터에 똬리를 튼 뱀이 있길래 나

는 긴 막대기로 무장한 다음 그를 낮잠에서 깨워 무자비하게 죽여버렸다네. 내 심장에서 분노를 뽑아 던져 그 사악한 목숨을 살려줄 리마는 그곳에 없었지. 그건 말벌처럼 화려한 색의 줄무늬를 두르고 점점 가늘어지는 얇은 몸을 가진 산호뱀이 아니었다네. 놈은 두껍고 둔한 몸뚱이에 검은 반점이 있는 번쩍거리는 비늘을 갖고 있었어. 게다가 넓적한 위협적인 머리에는 돌처럼 차갑고 희멀건 푸른 눈이 박혀 있었지. 마치 바위에 새겨진, 희생자의 혈관 속 피를 얼어붙게 만들어 정지한 채로 앉아서, 날렵하면서도 너무나 오래 걸리는 것처럼 느껴지는, 날카롭고 피할 수 없는 마지막 한 방을 날리려 기다리는 커다란 눈의 생명체 같았지. "오, 저 얼음처럼 차가운, 사람 같기도 하고 또 악마 같기도 한 눈이 박힌 끔찍하게 납작한 머리 같으니! 널 도려내서 던져버려야겠군!" 나는 양심의 가책을 느끼지 않을 만큼 먼 곳으로 그것을 던져버렸어. 하지만 그것이 떨어진 어딘가의 습기 있는 검은 흙 아래서 그 모든 빽빽하고 가시 돋친 뒤엉킴과 수천수만의 덩굴 잎사귀를 지나서 그 눈꺼풀 없이 살아 있는 희멀건 눈이 나를 여전히 따라오고 있고, 내가 숲속에서 오가거나 헤매는 그 모든 곳에 계속해서 따라올 것이라는 망상에 빠진 채 집으로 걸어왔다네. 하지만 놀랄 일도 아니지 않은가? 이 무시무시한 고독 속에 나와 뱀, 곧 먼지가 될 존재들이 다른 가축들에서 홀로 떨어져 저주받은 채 함께 있다는 사실이 말이야. **그 녀석**은 나를 해치지 않았겠지만, **나**는(신의 없는 식인종 같으니!) 그를 죽이고 말았네. 저주받은 환영은 사라지지 않고 내 마음의 모든 틈 속에 비집고 들어갔지. 잘라버린 머리는 밤이 되면 점점 더 커져서 괴물 같은 무언가가 되었고, 지옥에서 튀어나온 듯이 허옇게 뜬 눈은 두 개의 보름달처럼 차올랐다네. "살인자! 살인자!" 그들이 말했지. "처음에는 네 동포들을 죽였지. 그건 작은 죄였어. 하지만 신은, 우리의 적은, 그들을 자신과 닮게 창조한 바 있고, 그래서 그는 네게 저주를 내렸지! 그리고 너와 나는 따로 떨어져 있었지만 함께였어! 너와 나는 살인자야! 너도 나도 살인자라고!"

나는 다른 것들을 생각하면서 그 가혹한 망상을 별것 아닌 것처럼 여긴 다음 벗어나려고 했어. "굶주려서 피가 부족한 뇌가 괴상한 상상에 빠졌군." 내가 읊조렸지. 수중에 있는 검고 두껍고 둔한 사체를 살펴보기 시작했어. 그리고 곧 그 검푸른 광이 나는 비늘로 덮인 표면이 어떤 빛을 받으면 사랑스러운 무지갯빛의 향연을 보인다는 걸 깨달았다네. 나는 시적인 기분이 되어 이렇게 말했어. "날아가는 먹구름에 걸린 무지개를 야생의 서풍이 깨뜨려 지면 위로 흩뿌렸을 때, 그 조각이 이 뱀 위로 떨어져 부드럽고 신성한 빛깔을 남겼군! 분명 자연은 자기 자식들을 고루 사랑하기에 모든 존재에게 작든 크든 아름다움을 나눠주기 때문이겠지. 그저 자연이 미워하는 의붓자식인 나에게만 아름다움도 고귀함도 주지 않는 것일 테야. 하지만 생각해보면 내가 자연을 욕보인 것이 아닐까? 하지만 그 어떤 존재보다도 아름다운 리마는 나를 사랑해주지 않았나? 그녀가 나를 두고 아름답다고 말하지 않았던가?"

"아, 그렇지. 오래전 일이지만." 헝클어진 머리를 빗는 내 옆의 연못에서 나를 비웃는 목소리가 들렸어. "아주 오래전, 네 눈을 통해 보이는 영혼이 지금처럼 저주받지 않았을 적 이야기지. **지금은** 네 영혼의 광경이 리마를 놀라게 할 거야. 그 광기 어린 표정이 두려워서 달아나버릴 테지."

"악의 가득한 목소리 같으니. 내가 이 갈라진 혀와 점박이 무늬를 가진 음식에 다신 입맛마저도 망쳐놔야겠어? 낮에는 네가, 밤에는 리마가 나를 괴롭히니 나는 어떻게 해야 할까? 어떻게 해야 하지?"

이쯤 되자 내 하루의 끝에는 잠과 꿈이 아닌 뜬눈으로 보는 환각들이 찾아오기 시작했지. 밤이면 밤마다 나는 건초 침대에서 누플로가 특유의 고꾸라진 자세로 그의 커다란 갈색 발을 하얀 잿더미 근처에 둔 채 조용히 비참하게 앉아 있는 것을 보곤 했네. 나는 그를 동정했고 그에게 친절을 베풀었지만, 그곳에 있어야 한다는 것 자체가 그에게는 용납할 수 없는 일처럼 보였어. 차라리 눈을 감는 것이 나았다네. 그러면 리마의 팔이 내 목을 감싸고, 비단으로 된 안개 같은 그녀의 머리카락이 내 얼굴에 닿고, 그녀의 향기로운 숨이 내 숨과 섞일 테니까. 그녀의 얼굴이 어쩌나 선명하게 빛나던지! 눈을 감은 채로도 나는 그녀를 또렷하게 볼 수 있었어. 반투명한 피부 아래 피어난 빛나는 장미를, 어두운 눈썹 아래 보

랏빛 와인처럼 깊은, 영혼의 열정이 담긴 광채 나는 눈을. 그
러다보면 눈이 크게 떠지곤 했지. 내 품 안에 리마가 없다니!
하지만 바로 저곳에, 불이 있는 곳에서 조금 뒤쪽에, 몇 분 전
까지 늙은 누플로가 음울하게 앉아 있던 자리 너머에 조용하
게 미동도 없는 채로 창백한 리마가 슬프게 서 있곤 했네. 그
녀는 왜 바깥의 어둠으로부터 찾아와 그곳에 서서 내게 말을
걸면서도 애절한 그 눈을 단 한 번도 내게 맞추지 않은 것일
까? "믿지 마세요, 아벨. 그건 단지 당신의 뇌가 만들어낸 유
령일 뿐이에요. 당신이 너무나 잘 기억하는, 나였던 무언가일
뿐이죠. 그녀는 내가 오면 사라지는, 아무것도 아닌 존재인
게 보이지 않나요? 아니에요, 묻지 말아요. 언젠가 내가 당신
눈을 바라보길 거부한 적이 있었다는 걸 나도 알아요. 그 후
에 리올라마의 동굴에서 길게 들여다보았고 나는 행복했죠.
너무나 행복했어요! 하지만 지금은, 오, 당신이 내게 무얼 바
라는 건지 당신은 몰라요. 내 몫이 된 슬픔에 대해 당신은 모
르죠. 당신이 한 번이라도 그것을 마주하게 된다면 그 비참함
으로 인해 죽게 될 거예요. 하지만 당신은 살아야 하죠. 그래
도 나는 인내하며 기다릴 것이고, 마지막에 우리는 가식 없이
서로를 바라보며 함께하게 될 거예요. 그 무엇도 우릴 갈라놓
을 수 없겠죠. 다만 그것이 빨리 오길 바라지는 말아요. 죽음
이 당신의 고통을 잠재워줄 거라고 생각하지 말고, 죽음을 찾
지도 마세요. 금욕? 선행? 기도? 그것들은 모두 보이지 않고,
들리지도 않고, 차라리 안 하는 게 나을 정도인 데다 중재는

존재하지도 않죠. 그때 나는 몰랐지만, 당신은 알고 있었어
요. 당신 삶은 당신 몫이었으니까. 당신은 구원받지도 않을뿐
더러 심판받지도 않겠죠! 스스로를 용서해보시죠. 천국마저
도 돌이킬 수 없는 일을, 당신이 저지른 일을 돌이켜 없애보
세요. 천국은 아무 말도 하지 않을 것이고, 나 또한 그럴 거예
요. 당신은 못 해요, 아벨. 할 수 없어요. 당신이 저지른 일은
저질러진 것이고, 형벌도 비탄도 당신의 것이에요. 당신과 나
의 것, 당신과 나의 것, 당신과 나의 것."

이 역시도 환각이었다네. 언제나 그 모습을 바꾸는 후회와
광기의 검은 증기가 내 마음속의 리마로 변한 것이었지. 그녀
의 모든 애처로운 말은 내 뇌가 엮어낸 것이었어. 나는 그걸
모를 정도로 미친 것은 아니었네. 그건 그저 환영이자 환각일
뿐이었지만, 현실보다도 더 현실적이었어. 나의 죄와 무의미
한 회한, 곧 찾아올 죽음만큼이나 사실적이었지. 그래, 리마
는 그녀의 가장 잔인한 적들보다도 그녀를 사랑했던 내가 그
녀에게 훨씬 잔인했음을 말해주기 위해 돌아온 것이 틀림없
었다네. 그들은 그녀의 육체를 고문하고 불로 파괴해버렸지
만, 나는 그녀의 영혼에 그림자를 드리웠으니까. 모든 슬픔을
초월하는, 죽음보다 어둡고 달래지지 않는 영원한 슬픔을.

그저 고통 없이, 날이 갈수록 나약해지는 육신과 흐려지는
감각으로 서서히 꺼져 결국은 잠에 빠져들 수 있었다면! 하
지만 그럴 수는 없었다네. 낮에는 비웃는 목소리, 밤에는 환
각과 함께 내 머릿속의 열병은 계속되었다네. 결국 나는 이

숲을 빠져나가지 않으면 죽음이 끔찍한 모습으로 내게 찾아오리라 생각하게 되었지. 하지만 이 허약한 상태로 아무런 대비 없이 파라우아리 마을을 벗어나는 건 불가능한 일이었어. 루니 같은 부족 인디언들을 피해 가야만 한다는 생각이 들었으니까. 한때는 루니의 손님이었고, 이후로는 확실한 적이 되어버린 백인이니 나를 알아볼 터였어. 약해진 몸과 병든 마음을 위해서라도 야생에서 내 빈약한 존재를 근근이 이어가며 기다려야만 했지.

어느 날 나는 쓰러진 지 오래되어 두껍게 자란 덩굴과 양치식물 아래 파묻힌 통나무를 발견했네. 나무는 대부분이 썩은 것처럼 보였고, 칼로 찔러 들어보니 실제로 그렇더군. 당연히 유충들로 가득 차 있을 터였어. 그 커다란 나무좀들은 내 식단의 중요한 부분이 되어 있었지. 다음 날 나는 통나무를 가르기 위해 도끼와 쐐기 한 묶음을 가지고 그곳으로 돌아갔네. 그러나 작업을 시작하자마자 내 도끼질에 놀란 동물 하나가 나로부터 몇 미터 떨어진 죽은 나무 아래 있는 도피처에서 서두르듯이 꿈틀대기 시작했네. 동그란 머리와 짧은 다리를 가진 강건한 생명체였네. 덩치 있는 고양이 정도 크기에 초록빛이 도는 갈색의 두꺼운 털을 갖고 있었지. 주변 땅은 양치식물과 수풀과 죽은 지 오래된 나뭇가지를 서로 얽은 덩굴들로 뒤덮여 있었네. 그 혼란스러운 뒤엉킴 속에서 그것은 힘겹게 밀치며 굉장한 힘을 들여 찢어내고 있었지만, 실제로는 매우 작은 진척만 있을 뿐이었네. 어느 순간 갑자기 그것이 나무늬보라는 생각이 스쳤지. 흔한 동물이지만 땅에서 발견하기는 어려운 동물이었고 주위에 몸을 맡길 나무가 없는 것 같았네. 이 발견이 내게 준 기쁨의 충격이 너무 커서 나는 불안해졌고, 한동안 숨조차 쉬지 못한 채 떨면서 그곳에 서 있었네. 그리고 충격이 가시자 나는 곧장 그것에게로 달려가 그 동그란 머리를 도끼로 때려 기절시켰네.

"불쌍한 나무늘보!" 그것 위로 선 채 나는 말했네. "불쌍한 늙은 게으름뱅이 같으니! 리마가 사랑스럽다는 듯 나뭇가지를 끌어안고 잠든 너를 발견한 적이 한 번이라도 있었나? 그녀의 작은 손으로 너의 인간을 닮은 둥근 머리를 쓰다듬고, 네 졸린 듯 뜬 눈 속에 담긴 당황함에 비웃듯 웃음을 터뜨리고, 네 오랫동안 기른 손톱과 못생긴 외양을 다정하게 꾸짖은 적이 있냔 말이야. 게으름뱅이여, 네 죽음은 복수였다네. 오, 이 신성한 곳에서, 이 숲에서 나갈 수 있다면, 살육이 살인이 아닌 곳으로 갈 수만 있다면!"

그러자 나는 곧 이 숲을 나갈 수 있을 만큼의 식량이 내 손에 들어왔다는 사실을 상기했네. 숭고한 사냥이었지! 길을 잃고 철 따라 이동하는 노새가 갈팡질팡하다 숲으로 들어와 나를 발견하고, 나는 그를 발견한 것만 같았지. 이제는 나 스스로 노새가 될 것이었네. 발굽처럼 굳은살 박인 맨발로 참을성 있게 긴 시간 고통받으며 먼 거리를 걷고, 등에는 태양에 불탄 초원의 마르고 쓸쓸한 잡초들에 기댈 필요 없도록 해줄 여물 꾸러미를 진 채로.

여행을 떠나겠다고 결심했기에 그날 밤과 다음 날 아침, 일부분은 생나무로 피운 연기 위로 살점을 말리고 그것을 담기 위한 튼튼한 주머니를 만들며 보냈어. 리마의 귀중한 유해를 어떻게 수송할 것인지가 나를 매우 걱정스럽고 불안하게 만들었지. 애정과 비애를 담은 노동을 쏟아부은 점토 그릇은 들고 가기엔 너무 크고 무거워서 두고 가야만 했네. 결국은 얇은 주머니 안에 잔해들을 넣어야 했고, 가는 길에 만날 사람들의 의심을 피할 목적으로 유해 위에 뿌리와 알뿌리를 한 층 넣어 덮었다네. 백인 의사만 아는 약효가 있는 뿌리들이라서 기독교 마을에 가면 그걸 팔아 받은 돈으로 새 생활을 시작할 옷가지를 살 것이라고 둘러댈 생각이었지.

그다음 날에 수많은 추억이 담긴 그 숲에 작별을 고할 예정이었네. 내 여정은 동쪽을 향할 것이었어. 십몇 킬로미터가 유럽에서의 백 킬로미터처럼 느껴지는 산과 강과 숲으로 가득한 야생의 원시적인 땅, 그러나 이방인에게 그리 불친절하지는 않은 부족들이 거주하는 땅을 거쳐서 말이네. 그리고 아마도 운이 좋다면 쉬운 길을 알고 동쪽으로 이동하는 인디언들을 만날 수도 있을 터였지. 또 가끔은 어떤 인도적인 여행자가 내게 카누를 빌려줘서 영국 혹은 네덜란드령 기아나를 흐르는 커다란 강에 닿을 때까지 가야 하는 먼 거리를 피로 없이 극복할 수도 있을 것이었어. 그리고 그렇게 조금씩, 아주 조금씩, 가끔은 느려지고 가끔은 빨라지면서, 아마도 적은 식량과 수많은 노력과 고통으로, 뜨거운 태양과 폭풍을 거쳐

서 결국은 대서양의 기독교인들이 사는 마을에 닿을 터였지.

그날 저녁 모든 준비를 마친 뒤에 나무늘보의 남은 부분으로 식사를 해결했다네. 고기가 저장하기에 알맞지 않아서 숯에 지방 덩어리들을 굽고 머리와 뼈는 끓여서 국물을 냈지. 국물을 삼킨 뒤 나는 마치 굶주린 한 마리 육식동물처럼 뼈를 씹고 골수를 빨아 먹었다네.

바닥에 흩어진 잔해를 보며 나는 늙은 누플로를 떠올렸어. 자기만의 비밀 장소에서 악취 나는 긴코너구리로 만찬을 즐기던 영감을 내가 놀랜 적이 있었지. "누플로, 내 오랜 이웃이여." 내가 말했다네. "노란 꽃들로 장식된 그 녹색 침대보 아래 당신은 어찌나 조용한지! 그 잠에 거짓된 것은 없겠지요, 할아버지. 나도 알아요. 이 기이한 행위, 언젠가 신성했던 이 장소에서 살점으로 만찬을 벌이는 행위의 감각이 작은 나방처럼 당신의 곰팡이 핀 빈 두개골 속으로 날아 들어간다면, 당신은 그 늙은 코를 불쑥 내밀어 지방이 구워지는 냄새를 맡으려 할지도 모르겠군요."

그 순간 내 안에서는 폭소를 터뜨리고 싶은 충동이 일었네. 물론 허사가 되긴 했지만, 내게 이상한 영향을 끼치고 있었어. 마치 소년 시절 이후로 경험하지 못한 충동처럼 익숙하면서도 새로웠지. 이웃에게 밤 인사를 한 뒤 나는 동물처럼 지푸라기 속에 숨어들어 깊이 잠들었네. 그날 밤에는 환각과 환영이 찾아오지 않았어. 눈꺼풀 없이 허여멀건, 도저히 피할 수 없을 것만 같은 절단된 뱀 머리의 눈도 결국 먼지로 돌아갔고, 난데없는 꿈속의 빛이 늙은 클라클라의 주름지고 창백한 죽은 얼굴을 비추지도 않았으며, 누플로 노인은 그의 녹색 침대보 아래 가만히 있었지. 그리고 나의 애처로운 유령 신부도 나를 찾아와 내가 불멸에 관한 생각으로 실신하도록 만들지 않았다네.

하지만 새벽이 다시 찾아왔을 때, 나는 리마, 그러니까 진짜 그녀와 환각 속의 그녀 모두와 자주 대화하던 그 자리를 영영 떠나버릴 생각에 쓸쓸해졌다네. 하늘에는 구름 한 점 없었고 숲은 비가 온 듯 젖어 있었지만 실은 그저 짙은 이슬이 내려서 나뭇잎들이 새벽빛에 창백하게 보이는 것뿐이었지. 나는 숲속을 걸었고 동이 트자 속삭이는 바람이 일기 시작했어. 깃털 같은 양치식물 잎과 잔디, 늘어선 목초들 위로 빠르게 증발하는 습기는 마치 꽃이 피어나는 모양처럼 보였고, 더 위쪽에 있는 나뭇잎들은 희미한 무지갯빛의 안개처럼 나무의 테두리를 둘러 빛나고 있었다네. 다시 모든 곳에 영원한 자연의 아름다움과 싱그러움이 돌아오고 있었네. 끔찍한 열정과 슬픔이 시야를 가리기 전에는 자주 환희와 경배를 담아 바라보던 광경이었지. 그리고 마지막 인사를 건네며 그렇게 걷는 동안 고인 눈물 때문에 또다시 눈이 흐려지기 시작하더군.

제22장

　희망은 없는 거나 다름없던 해안으로의 여정이 반쯤 마무리되기 전 나는 앓기 시작했네. 병세가 너무 심해 나를 본 누구라도 내 순례의 끝이 다가왔다고 생각했을 정도였지. 그게 바로 내가 두려워한 것이었어. 며칠간 나는 깊은 실의에 빠져 있었네. 그러다가 어느 행복한 순간에 나는 내가 뱀에 물려 피할 수 없는 죽음이 가까이 다가왔을 때 도움을 청하려 미친 듯이 숲을 달렸던 것을 기억해냈어. 어떻게 폭풍과 어둠 속에서 몇 시간씩 길을 잃고 헤맸는지, 아마도 그 광적인 노력의 덕으로 종국에는 죽음에서 탈출할 수 있었는지를. 그 기억이 나에게 간절한 용기를 새로이 심어주었다네. 나를 열병에 빠지게 했던 그 인디언 마을에 작별을 고하고 나는 한 번 더 희망 없어 보이는 모험을 시작했네. 그래, 그처럼 약해진 상태에선 더욱이 희망이 없어 보였어. 뜨거운 태양과 추적추적 내리는 비가 병으로 예민해진 피부를 불과 얼음처럼 쏘아

대고, 걸음을 내디딜 때마다 다리가 떨렸지.

며칠간 너무나 심한 고통에 시달려서 나는 내가 그토록 탈출하고 싶어 했던 숲의 비교적 온화한 연옥으로 돌아가길 바라곤 했어. 지도에서 내 경로를 되짚어가다보면 여기서 휴지가 생기곤 하지. 뒤숭숭한 꿈에서 들은 듯한 몇 가지 말고는 강과 산의 이름들이 내 마음속에 아무런 인상도 불러일으키지 못하는 도표의 공백 말이네. 병든 기간에 자연이 내게 남긴 인상은 흐릿하거나 혹은 지속해서 나를 괴롭히는 불안과 반 정도 환각적인 밤의 섬망이 뒤섞여 너무나 다채롭게 과장되어 있다네. 그래서 나는 그 땅을 땀 흘리고 추위에 떨면서도 상상할 수 있는 모든 장애물과 싸워가면서 그 누구도 겪어본 적 없던 고역을 겪어야 하는 지상의 지옥으로밖에 생각할 수 없어. 뜨겁고 춥고, 춥고 뜨겁고, 중간은 없지. 맑디맑은 물과 커다랗고 촉촉한 잎 아래의 녹색 그림자들, 이슬을 머금은 시원한 바람이 부는 밤들…… 이들 모두 열을 식혀주었을지언정 내 생기를 되찾아주진 못했어. 달콤하고 기분 좋은 것이라고는 없는 지역이었네. 삼림의 황혼에 드리운 이테야자나무와 산 나팔꽃, 공중 착생식물 꽃들마저도 그 우아함과 아름다움을 잃고, 지상과 천국의 모든 화려한 색이 지독한 태양처럼 내 시야를 가리고 뇌를 태우는 것 같았지. 물론 원주민들에게서 도움을 받긴 했다네. 그렇지 않았다면 이 여정을 계속할 수는 없었을 테니. 하지만 내 마음속에 흐릿하게 남은 그 시절의 기억 속에서 나는 적의로 가득 찬 야만인들에게 끊임없이 괴롭힘당하곤 해. 그들은 어두운 숲 사이를 유령처럼 헤치고 다니며 나를 둘러싸고 퇴로를 막아버리네. 나는 그들 사이를 뚫고 그들의 손 사이를 빠져나가 어떤 넓고 벌거벗은 평원으로 달려가고, 그들이 새된 비명을 지르며 나를 뒤쫓으면, 곧이어 그들이 쏜 독화살이 내 살갗을 찌르는 게 느껴지지.

나는 이것을 어수선한 마음속 회한과 계속해서 내 귓가에서 윙윙거리면서 작고 불타는 침으로 나를 쏘아대던 독성 곤충 떼가 만들어낸 환상으로 기록하도록 하겠네.

환각 속에서 야만인들에게 쫓기고 화살에 쏘이는 것으로 모자라 인디언들의 상상 속 피조물들이 자연의 그 무엇보다도 현실적으로 내게 다가왔네. 숲의 수호자여야 할 그 초인적인 식인 괴물이 나를 핍박했어. 그는 어둡고 조용한 장소에 엎드려 나를 기다리지. 확신 없이 내딛는 내 느린 발걸음 소리가 들리면 그는 갑자기 내 경로에 끼어들어 숲속에서 포효하던 짖는원숭이보다 더 시끄러운 굉음을 질러대고, 나는 혈관 속 피가 굳는 것을 느끼며 마비된 채 서 있다네. 그의 거대한 털북숭이 팔이 나를 감싸고, 그의 더럽고 뜨거운 숨이 내 피부에 닿고, 그는 자신의 분노에 찬 허기를 달래기 위해 커다란 녹색 이빨로 내 간을 뜯어내려고 하지. 하지만, 아, 그는 나를 해칠 수 없네! 그 어떤 게걸스러운 짐승도, 그 모든 냉혹한 독성의 존재도, 반은 짐승이고 반은 악마이며, 사랑받고 찬양받던 리마와 숲을 공유했던 끔찍한 쿠루피라마저도, 내가 져야 했던 그 슬픈 짐인 그녀의 유해마저도 나에게는 나를 지켜주는 부적이었으니까. 반인간인 그 괴물은 애처로운 야생의 울음소리를 뱉어내며 나를 떠나 깊고 어두운 숲으로 급히 떠나고, 그렇게 공포는 비탄으로 변하지. 그리고 나 역시 처음으로 리마를 애도하네. 그 모든 신비한 기품과 상상을 넘어서는 사랑스러운 행복의 기억이 너무나 갑작스럽게 극심한 고통으로 내 마음속의 불씨를 꺼뜨려서 나는 땅에 쓰러진 채로 핏방울 같은 눈물을 흘릴 수밖에 없다네.

상상 속 괴물들과 환각의 군단들이 살아 숨 쉬지 않아도 자연의 장해들과 고통, 허기, 목마름, 계속되는 피로만으로 충분히 끔찍했던 이 지역이 기아나의 야만적인 중심이었는지는 알 수 없다네. 또 내가 내 경로에서 얼마나 북쪽 혹은 남쪽으로 벗어났던 것인지도 가늠할 수 없어. 습지들이 절망의 구렁텅이 같았다는 것, 마르고 젖은 초원들이 서로 교차하던 것, 끝나지 않을 것처럼 펼쳐지던, 도저히 통과할 수 없을 것만 같던 숲들, 지옥의 강처럼 검고 들여다볼 때마다 공포스러웠던, 연약한 나무껍질 카누를 집어삼키고 조각조각으로 부숴버리려고 위협하던 날카로운 바위 사이로 끓던 강줄기들, 돌아가거나 넘어야만 했던 수많은 이름 없는 산, 이런 것들이 기억날 뿐이라네. 정신이 흐릿했던 그 기간에 로라이마를 본 것 같기도 하네. 너머로 나아가려는 모든 시도를 막는 듯한, 끝없이 이어지는 거대한 돌로 된 벽을 말일세. 달빛을 받아 빛나는 돌로 된 암벽이 끝없이 치솟아 있고, 구불구불한 하얀 안개 밧줄이 그 정상으로부터 드리워져 있어서 마치 산을 지키는 수호자 아나콘다가 그 장대한 바위 탁자로부터 기나긴 유령 같은 몸을 풀어 내려 경솔한 침입자를 쫓아내려는 것처럼 보였지.

달빛을 받은 이 유령 아나콘다는 나를 괴롭혔던 수많은 뱀의 환각 중 하나였네. 가장 심한 경우 며칠 동안이나 나를 따라다닌 다른 하나였지. 머리 위로 태양이 뜨겁게 내리쬐는 평원 지대를 지나고 있을 때였네. 내 옆을 나란히 따라오는 무언가가 보이더군. 30~60센티미터 정도 길이의 작은 뱀이었네. 아니, 작은 뱀이라기보다는 4~5미터 정도 되는 커다란 뱀의 머리에 있는 줄 같은 무늬였고, 그것은 의도적으로 내 옆을 따라 움직이고 있었지. 구름이 태양을 가린다거나 시원한 바람이 불면 그 끔찍한 머리가 사라지고 뚜렷한 무늬는 땅의 얼룩으로 변해 녹아들곤 했어. 하지만 시간이 지나면서 햇빛이 갈수록 뜨겁고 쨍쨍하게 변할 때면 번쩍이는 비늘과 대칭적인 무늬를 가진 어마어마한 뱀의 머리가 내게 더더욱 사실적으로 보이기 시작했고, 나는 그것을 밟지 않으려고 더더욱 주의를 기울여야 했지. 그러다 뒤를 돌아보면 뱀이 튼 기나긴 똬리가 평원 위를 끝없이 가로지르는 것이 보이곤 했어. 높은 언덕 위에 올라가 뒤를 보았을 때도 하염없이 긴 그 똬리가 숲과 강과 넓은 초원과 골짜기와 산을 모두 지나 저 멀리 무한한 푸른색 속으로 사라지는 것을 볼 수 있었네.

언제 혹은 어떻게 이 괴물이 나를 떠났는지(아마도 차가운

비에 씻겨 내려갔겠지만) 나는 알 수가 없네. 어쩌면 그 뱀은 그저 다른 모양으로 둔갑한 것일 수도 있어. 그 기나긴 똬리는 내가 만난 것으로 기억하는 창백한 얼굴을 한 사람들의 끝없는 행렬과 무리로 바뀌었던 걸지도 모르지. 돌고 도는 방랑 중 나는 미발견된 위대한 화이트 호수의 기슭에 다다랐고, 야생의 신비로운 도시인 마노아의 기나긴 거리를 거쳐 갔어. 그곳에 있는 나 자신을 아직도 눈앞에 선히 떠올릴 수 있어. 어떤 축제가 열린 넓은 도로를 한쪽 끝에서 다른 끝까지 메우고 있는 화사하게 차려입은 사람들이 한 가엾은 순례자가 지나가도록 길을 비켜선 채 그의 열과 허기로 얼룩진 모습과 이질적인 해진 천 옷, 그가 진 이질적인 짐을 지켜보는 모습을.

속죄할 수 없는 죄로 저주받은, 그럼에도 어떤 위대한 사명을 위해 살아가는 이 시대의 크세르크세스로.

하지만 크세르크세스는 언제나 죽음을 달라고 기도했고 마침내 죽음이 찾아왔을 때 그를 맞이하러 달려 나갔지만, 나는 내 남은 힘을 다해 죽음과 싸우고 있었지. 아주 가끔 그림자들이 걷히고 안도가 찾아올 때면 나는 죽음에게 조금만 더 시간을 달라고 기도하곤 했고, 다시 그림자가 드리우고 희망이 완전한 우울 속에 가라앉은 것처럼 보일 때면 나는 죽음을 저주하며 그 힘에 저항하곤 했다네.

이 모든 일을 겪으며 나는 내 의지가 승리할 것이며 목적을 이룰 때까지 막강한 적으로부터 피로로 고통받는 나의 육체를 지켜줄 것이라는 믿음에 악착같이 매달렸네. 모두 끝난 뒤, 그때는 싸우길 멈추고 죽음을 맞이할 것이라고 말이야. 열에 시달린 상상력이 내게 닿아오는 것마다 부패시키고 악의가 서린 새로운 형상들을 부여하지만 않았더라면 이 믿음에 안식이 있었을지도 모르지. 의지가 승리하리라는 이 신념 또한 곧 가공할 정도로 괴물 같은 환상의 모체로 변해버릴 터였으니까. 가장 지독했던 것은 내가 실제로 느껴지는 고통이 아닌 육체와 영혼의 설명할 수 없는 피로만 느낄 때, 다리와 발이 감각을 잃어 내가 밟고 있는 것이 뜨겁게 달아오른 바위인지 혹은 미끌미끌한 점액질인지도 분간할 수 없을 때, 내 육체는 이미 죽었다는, 아마도 죽은 지 며칠 되었다는 환각 속에서만 그 철옹성 같은 의지가 살아남아 죽은 몸이 그 소명을 다하도록 만들었다는 사실이었다네.

나를 구한 것이 정말 약재 중의 약재보다도 강력하고 의원들보다도 현명한 의지였는지, 혹은 그저 의지마저도 제 기능을 하지 못할 때 나약한 우리를 도와주는 자연의 회복력이었는지는 알 수 없다네. 하지만 내가 점차 육체와 정신의 건강을 회복하여 비교적 성공적으로 해안에 다다른 것만은 확실했지. 비록 누더기를 걸치고 반쯤 굶은 채 한 푼도 없이 조지타운의 거리를 처음 걷게 되었을 때 내 마음은 여전히 우울과 낙담 속에 빠져 있었지만.

하지만 결국 내 몸이 살아 있을 뿐만 아니라 상당히 강건한 상태에 있다는 것을 자각한 한참 뒤에도 내 순례 길의 가장 어두운 시간 속에서 태어난 생각, 즉 내가 죽어야만 한다는 생각이 내 마음을 떠나지 않았다네. 나는 내 인생에 단 하나 남은 목적을 이루기 위해 웬만한 사람들은 견디지 못하고 죽어갔을 만한 일들을 견뎌냈지. 드디어 그 목적을 이룬 것이었어. 무한한 노력으로 수많은 위험을 뚫고 먼 길을 걸어 가져온 신성한 유해는 드디어 안전한 곳에 있었고, 마지막으로는 나의 것과 섞이게 될 터였지. 그것을 사랑하거나 그것의 닳은 사슬에 나를 묶어 포로로 만드는 것, 그 외에 내 삶의 의미는 없었네. 이렇게 다가온 죽음에 대한 예감은 시간이 지날수록 사그라들었어. 삶에 대한 사랑이 다시 나를 찾아왔고 지상 모든 것이 그 영원불멸한 싱그러움과 아름다움을 되찾았지만 리마의 유해에 관한 이 감정만은 변치 않았고 지금에 와서도 그때처럼 강렬하다네. 병적이라고 해도 좋고 미신이라고 불러도 좋아. 하지만 내가 아는 한 모든 것에는 언제나 고려할 만한 가장 강력한 동기가, 또 이에 맞춰 만들어야 할 생의 철학이 존재한다네. 아니면 하나의 상징으로 받아들여도 좋네. 끝내 상징이 가리키는 대상과 하나가 될 터이니. 숲에서의 암담한 기간에 그녀가 나를 찾아온 적이 있네. 내 마음이 만들어낸 리마, 그녀의 말들은 내 비탄을 거울처럼 비추고 있었지. 그러나 당시에도 나는 완전히 희망을 잃은 건 아니었어. 그녀는 말했네. 천국마저도 내가 한 일을 돌이킬 순 없다고. 또 내가 나를 용서하더라도 천국은 아무 대답도 하지 않을 것이고, 그녀 또한 어떤 말도 하지 않을 것이라고. 지금까지도 그것이 나의 철학으로 남아 있네. 기도도 금욕도 선행도 전부 아무 소용 없고, 중재 또한 존재하지 않으며, 영혼의 바깥에는 죄를 사하는 천국도, 죄로 가득한 지상도 존재하지 않는다는 것. 그럼에도 모든 영혼에게는 자기 자신을 위해 찾아낼 수 있는 길이 있다네. 아무리 불온하고 죄로 얼룩지고 회한으로 고통받는 영혼일지라도 말이야. 그렇게 나는 걸어왔어. 그리고 이렇게 스스로를 용서하고 면죄한 나에게 그녀가 한 번 더 돌아와 모습을 나타내리라는 걸 알아. 그녀의 유해가 있는 이곳에라도. 그녀의 신성한 눈도 이제는 내 눈을 들여다보기를 거부하지 않으리라는 걸 알지. 영원히 사라지지 않고 남아 똑바로 마주 보면 나를 죽일 것만 같던 그 슬픔이 이제 그 안에 없음을 알 테니까.

존 골즈워디의 서문

서문을 쓰려고 펜을 드는 마음에 두려움이 인다. 훌륭한 글 감에 값하는 글을 쓰지 못하리라는 걸 이미 알기 때문이다. 《녹색의 장원》이나 《보랏빛 땅》을 비롯해 내게는 크나큰 의미 가 있는 작품을 여럿 써낸 분이 읽기에 불쾌한 단어를 하나라 도 써서는 안 된다는 마음에 손까지 떨린다. 톨스토이가 별세 한 지금, 내가 가장 잃고 싶지 않은 작가가 바로 W. H. 허드 슨이다. 왜 허드슨의 글을 그렇게 좋아하냐고? 내가 읽는 작 가들을 통틀어 가장 귀한 영혼이고, 그 영혼의 본질을 누구보 다 명료하게 전달하는 재능을 지니고 있다고 생각하기 때문 이다. 독자에게 작가란 새로이 탐험을 나서는 작은 세상이다. 그리고 문학의 영토를 여행하는 사람들은 누구나 가장 좋아 하는 사냥터가 하나쯤 반드시 있기 마련이다. 좋은 마음으로, 혹은 그저 자신의 이익을 위해 다른 이들과 나누고 싶어지는 그런 곳 말이다.

우리 작가들의 고질적인 불행은 이중의 고역이다. 하나의 세계로서 우리는, 독자들이 편하게 밟고 다니는 땅, 온순한 영토다. 그러나 그 땅의 안내자이자 통역으로서는 명확한 표현을 할 수 없기에 겉핥기에 그칠 수밖에 없다. 사실 안내자나 통역으로서 작가는 사람들을 진짜 비밀로 인도하거나 그 땅의 영혼을 보여줄 수 없다.

　　그런데 《녹색의 장원》 같은 순수한 로맨스에서도, 《보랏빛 땅》 같은 낭만적인 리얼리즘 소설에서도, 《파타고니아에서의 나날》, 《잉글랜드를 걷다》, 《땅의 끝》, 《새들과 함께한 모험》, 《양치기의 삶》 같은 책들이나 인간, 새, 짐승, 자연과 교감한 온갖 다른 유랑의 기록에서도 자신이 보는 사물은 물론이고 풍광의 영혼마저 보여주는 허드슨의 숭고한 재능이 드러난다. 그는 그다지 노력하지도 않고 희귀하고 자유로운 자연의 세계로 우리를 데려가고, 우리는 그와 여행을 떠날 때마다 상쾌한 기분이 되고 힘이 솟고 마음이 넓어진다.

　　허드슨은 물론 뛰어난 박물학자다. 살아 있는 자연을 누구보다 날카롭게, 넓은 마음으로, 깊은 이해심으로 관찰하는 작가다. 인간을 서류철에 넣고 딱지를 붙이는 요즘 같은 상세 분류의 시대에 '박물학자'라는 이름표는 독자에겐 안타까운 불행이었다. 독자들은 이 이름표를 보곤 책을 그냥 스쳐 지나가고 바로 옆의 소설을 집어 든다. 허드슨은 물론 재능도 있고 학식도 갖춘 박물학자였으나, 작가로서 진정한 값어치와 관심사를 따질 때 이는 극히 미미한 일부에 불과하다. 허드슨처럼 정말로 위대한 작가는 한 단어로 구속할 수 없다. 아메리카를 뉴욕으로 설명하려는 것이나 마찬가지다. 허드슨의 전문가적인 자연 지식은 모든 작품에 척추뼈를 곧추세우고 확실성의 근육을 붙였으며, 미적감각에 내밀한 현실성을 더했다. 그러나 참된 탁월함과 비범한 매력은 허드슨의 영혼과 철학에서 나온다. 그의 글을 읽으면 다른 이들에 비해 자연에 가까운 사람의 느낌이 풍긴다. 경쟁적인 도시의 문화, 우리가 분주하게 몸에 두르는 기기묘묘한 최신 유행은 어울리지 않는다. 그의 작품《햄프셔에서의 나날들》의 한 대목이 나보다 훨씬 그를 잘 설명해줄 것 같다. "푸른 하늘, 갈색 토양, 그 아래 풀, 나무, 동물, 바람, 비, 별 들은 내게 하나도 낯설지 않다. 나는 그들 안에 있고 그들 가운데 있고 그들과 함께 있기 때문이다. 내 살과 흙은 하나이고, 내 피와 햇살의 열기는 하나이고, 바람과 폭풍우와 뜨거운 내 열정은 하나다. 내가 '낯섦'을 느끼는 건 오로지 나와 같은 인간들에게서다. 특히 도시의 인간들이 낯설다. 그들이 살아가는 조건은 내게 낯설지만, 그네들에게는 익숙하다……. 그런 순간에는 간혹 죽은 사람들과 유대를 느끼거나 그들에게 이상하리만큼 이끌릴 때가 있다. 오래, 아주 오래전에 죽은 사람들, 도시에서의 삶을 알지 못했던, 태양과 바람과 비에서 어떤 이질감도 느끼지 못했던 사람들." 이처럼 때 묻지 않은, 자연과의 교감은 그의 모든 글에 배어들어 있다. 초조한 안달과 흙먼지와 치졸함으로 점철된 도시의 삶에서 멀리 떨어져 있다. 크고 직접적이고 자유롭다. 단순성이라 표현하기는 어렵다. 작가의 정신은 오묘하고 까다롭고, 자연과 인간의 삶이 움직이는 모양 하나 하나를 예민하게 감지하기 때문이다. 그러나 그 예민함은 우리처럼 실내에 앉아 감정의 그늘에 펜을 적시는 여타 작가와는 어쩐지 다르고, 차라리 정반대에 가깝다. 허드슨의 상상력은 그가 그토록 각별하게 사랑했던 새들의 비상과 닮았다. 한번도 집에서 길러진 적 없는, 태어날 때부터 비바람을 맞으며, 나무와 풀을 찾아다니며, 공중을 배회하는 새의 비상 같다. 나는 윤회를 믿지 않고, 솔직히 싫어한다. 제대로 이해했는지는 모르겠지만, 윤회를 믿는다는 건 창조적 충동을 부정하는 관습과 안일의 극치 같다. 윤회의 세상에 새로운 건 없다. 새로운 것이 하나도 없다. 아기의 영혼마저 새롭지 않다니 말이다. 그러니 그 새가 아득한 옛날 허드슨의 현신이었으리라는 종작없는 생각을 할 마음은 없다. 그러나 우아한 날갯짓, 재빠른 눈매, 자연스럽고 다정한 노래의 힘, 허드슨은 흡사 초능력이 있는 새 같다. 이것은 사실 무서운 심상이다.

그러다 새삼스레 생각이 났다. 어쨌든 이 글은 《녹색의 장원》에 부치는 서문이었다. 새 소녀 리마의 로맨스. 현실적이면서도 판타지인 이야기, 인간이 심장에 품은, 모든 아름다운 것에 대한 격정적인 사랑을 불멸의 반열에 올리는 이야기. 어디선가 허드슨은 이런 말을 했다. "아름다움의 감각은 신이 인간의 영혼에 내린 최고의 선물"이라고. 정말 그렇다. 이처럼 정교한 표현으로 구현된 선물을 다른 이에게 전하는 일은

《녹색의 장원》을 쓴 작가에게도 분명 행복이었으리라. 형식과 정신 양면에서 이 책은 독창적이다. 단순한 낭만적 서사가 순수한 아름다움의 빛으로 은은히 채색되어 산문시로 승화되었다. 이 이야기는 질적인 품격에서 한 번도 이탈하지 않으면서, 이승에서 완벽한 사랑과 아름다움을 얻고자 하는 인간 영혼의 갈망을 상징적으로 표현한다. 결국은 우리 모두 불가능한 완벽함이 새 소녀 리마처럼 높은 나뭇가지에서 떨어져 불길 속에 활활 타버리는 모습을 바라보는 법을 배워야 한다. 그러나 우리는 그녀의 곱고 하얀 재를 그러모은다. 우리 또한 죽음이라는 체념의 불에 타 정제될 그 언젠가, 우리의 재와 섞어주기를 바라며. 이 책은 그런 이상한 아름다움에 흠뻑, 흠뻑 젖어 있다. 이 책에 대한 찬사를 끝없이 노래할 생각은 없다. 굳이 독자를 설득하려 애쓰지도 않겠다. 작가에 대해 다른 할 말이 있기 때문이다.

우리는 도시의 삶과 문화가 정말로 중요한 것들과 얼마나 까마득히 멀어졌는지 알고 있는가? 문명을 자유의 시녀로 삼기는커녕 문명의 발굽에 우리 목줄을 짓밟혀 날마다 죽어가고 있지 않나? 이 사실을 알든 모르든 허드슨은 이제 문명을 대체하는 신앙의 깃발을 높이 든 선두 기수가 되었다. 그리하여 그는 《보랏빛 땅》에서 이렇게 말한다. "아, 그래요, 우리 모두 잘못된 방식으로, 헛되이 행복을 좇고 있지요. 한때 행복은 우리 곁에 있었고, 우리 것이었어요. 그러나 우리는 행복을 멸시했답니다. 자연이 모든 자식에게 골고루 나눠준 구식의 흔한 행복이었거든요. 그래서 우리는 더 크고 웅장한 꿈을 찾아 나섰어요. 베이컨인가 뭔가 하는 몽상가가 우리에게 그 꿈을 꼭 찾아야 한다고 힘주어 말했거든요. 자연을 정복하기만 하면 된다고요. 그래서 자연의 비밀을 찾아내서 자연을 우리에게 순종하는 노예로 만들면 된다고요. 그러면 지구는 에덴이 되고 모든 남자와 여자는 아담과 이브가 될 거라고 했죠. 우리는 아직도 용감하게 행진하며 자연을 정복하고 있어요! 하지만 얼마나 기운 없고 슬픈 존재가 되어가고 있나요! 소박한 삶의 기쁨과 심장에서 느끼는 환희는 사라져버렸어요. 물론 우리는 가끔 기나긴 강제 행진의 발길을 잠시 멈추고 몇 초쯤, 중단 없는 움직임을 추구하는 창백한 기계 기술자의 힘겨운 노동을 지켜보지요. 그리고 그를 비웃으며 메마른 목으로 킬킬거리는 웃음을 뱉어요."

그리고 이렇게도 말했다.

"여기서는, 북적이는 도시에서 시들어가거나 수치스러운 얼굴로 어두침침한 교회로 몰래 들어가 숨는 종교가 크게 번창해 경건한 기쁨으로 영혼을 가득 채운답니다. 어스름이 내릴 무렵 저 망망한 언덕 위에서 자연과 얼굴을 마주 보면, 눈에 보이지 않는 존재와 더 가까워진 느낌이 들지 않을 사람이 있을까요?"

"그 심장 속 하느님은 스쳐 지나가지 않으리
주님의 심상이 풀잎 하나하나에 찍혀 있네."

허드슨의 모든 책은 도시와 기계의 노예가 되어버린 우리의 이 새로운 처지에 반항하는 정신을 호흡한다. 이토록 끔찍하게 "창백한 기계 기술자"들에게 모든 걸 양도한 시대에 참된 오아시스였다.

그러나 허드슨은 톨스토이와 달리 의식 있는 예언자였다. 그 영혼은 더 자유롭고 고집 세고 변덕이 심했다. (거의 변태적이라 할 만큼) 아름다움을 사랑하는 마음에 흠뻑 젖어 있었다. 허드슨을 예언자라고 부르면 항의의 뜻으로 발을 구를 것이다. 지금 내가 쓰고 있는 이 말들을 보면 또 내게 발을 굴러댈 테고. 하지만, 그래도 그 목소리는 예언자처럼 광야에서 울부짖고 있다. 부름에 화답해 광야 여기저기 장미꽃이 피어나고 달콤한 향기가 나는 풀이 자랄 것이다. 나는 영국의 모든 남자와 여자, 아이가 의무적으로 허드슨을 읽기를 바란다. 그리고 이 글을 읽는 미국의 독자 여러분도 그를 진심으로 사랑하기를 바란다. 허드슨은 원기 회복제다. 이상하고 근사한 맛이 나는 깊고 청량한 음료다. 새로운 관심사들과 본능적으로 올바른 사고방식의 보고다. 소박한 이야기꾼으로서 그를 능가할 작가는 거의 없다. 스타일리스트로서 보아도 살아 있는 작가 중 그보다 뛰어난 이는 혹여 있다고 해도 극소수다. 그리고 그의 모든 작품에서는 이득을 좇는 사유에서 철저히 해방된, 뭐라 규정할 수 없는 자유가 배어난다. 심지어 그는 독자들이 자기 책을 읽으면 좋겠다는 욕망에서조차 자유롭다. 자기가 보고 느끼는 것들을 글로 적는다. 오로지 바라보는 대상에 대한 순전한 사랑, 그로부터 느껴지는 감정으로 쓴다. 퀴퀴한 등잔불 냄새가 밴 책장은 단 한 장도 없다. 잘 쓰려면, 아니 하다못해 명료한 글을 쓰려면 오랫동안 배워야 하고, 배우기도 어렵고, 골치 아프고 힘든 작업이고, 세상에 천사가 내려준 재능 같은 건 없다는 걸 잘 아는 우리 같은 사람들이 보기에는 이것만도 기적이나 다름없다. 스타일은 작가와 독자 사이를 가로막으면 안 된다. 스타일은 주인이 아니라 섬기는 하인이어야 한다. 진정성 있고 소박한 어휘를 써서 마음에서 마음으로 전달되는 사유와 감정이 물처럼 막힘없이 흐르게 하고, 단어와 소리 배치를 통해 수용자의 감정과 만족감을 이어가는 것, 이것이 바로 스타일의 본질이다. 허드슨의 글은 이 두 겹의 자질을 뚜렷하게 가지고 있다. 아무 책장이나 들추어보아도 좋은 예를 찾아볼 수 있다. 다른 멋진 사례를 천 개는 더 찾을 수 있지만, 일단 평범한 한 예를 들어본다. 바닷가의 두 소녀를 묘사한 대목이다. "진홍색 블라우스에 검은색 얇은 코트를 입고 있어서 아름답고 작은 얼굴들이 돋보였다. 아이들의 눈동자는 검은 다이아몬드처럼 빛났고, 늘어뜨린 머리칼의 아름다움에 경탄이 절로 나왔다. 머리와 목에 두른 고운 고서머● 천은 검은 안개나 구름 같았다. 칠흑보다 검고 유리로 뽑은 실처럼 반짝였다. 아름다운 황무지 같은 머리카락은 빗이나 솔이 닿아 길들인 적이 한 번도 없는 듯 보였다.

● 가는 견사로 짠 얇고 투명한 견직물. 베일 등에 많이 쓰인다.

그런 야성적이고 기쁨 넘치고 장난기 넘치는 영혼이, 그토록 우아하고 거침없다니, 인간들에게서는 찾아볼 수 없고 오로지 새들이나 새처럼 작고 민첩한 일부 포유류인 다람쥐, 열대의 거미원숭이, 황량한 산등성이의 친칠라에서나 볼 수 있는 자질이었다. 가장 빠르고, 가장 야생 그대로의, 가장 어여쁘고, 가장 가볍고, 가장 또렷하게 자기표현을 하는 작은 아름다움들." 또 은근한 표현의 본질을 보여주는 이런 대목도 있다. "그 후 마누엘이 말에 오르더니 떠나가버렸다. 시커멓고 비가 내렸지만, 원래 그는 밤에 원하는 걸 찾아내기 위해 달빛이나 등불에 의지하는 사람이 아니었다. 자기 집이든 살 오른 소 한 마리든. 그 소도 자기 것일 수도 있겠다, 어쩌면." 이처럼 이 작가의 글은 영원히, 끝도 없이 인용할 수 있다. 먹물 때 묻지 않은 깨끗한 손가락으로 심금의 모든 현을 연주하는 것 같다. 그리고 그 힘의 비밀은 "생명은 다른 모든 것보다 내게 더 중요하다"는 그의 말이 투철한 진실이라는 데 있다.

나는 소박한 사람과 소박한 사물에 대한 허드슨의 사랑, 약자를 우대하는 태도를 굳이 소리 높여 찬양하지 않으련다. 인간이든 새든 아니면 짐승이든 생명을 우리에 가두고 학대하는 행태에 대한 반감은 그냥 부지불식간에 뿜어 나오는 듯하다. 허드슨을 생명철학이나 신앙을 지닌 작가로 설명하고 나니, 세계가 괜한 곳에 정신이 팔려 그의 진정한 값어치를 보지 못할까 걱정된다. 허드슨의 작품은 자연의 아름다움과 원래 인간이 살아가야 할 삶의 비전이다. 태양과 바람과 비에 활기와 자양분을 얻으며, 다른 모든 생명체와 연대를 맺고 살아가야 한다. 우리에게 내린, 세상 그 무엇보다 참된 비전이다. 그 어느 세대보다 절실하게 우리 세대에게 필요한 비전이다. 아주 훌륭한 작가, 그리고 나의 생각이지만, 우리 시대가 품은 가장 귀한 작가의 비전이다.

두 겹의 이야기

—사랑과 모험이라는 꿈의 표층, 기실 아득한 악몽의 심층

    윌리엄 허드슨은 지난 50년간 '잊힌' 작가였다.《녹색의 장원》은 절판되고 나서 한동안 재출간되지 않았다. 오드리 헵번이 리마로 출연했던 할리우드 영화(흥행으로나 예술성으로 보나 처참한 대실패작이었다)를 어렴풋이 기억하는 이들이 중고서점 한구석에 꽂힌 책을 가끔 들춰볼 뿐, 20세기 중후반에는 비평적 언급도 손에 꼽을 정도로 드물었다.

    한때는 어니스트 헤밍웨이와 D. H. 로런스가 숭모하고 사랑했던 작가, 포드 매덕스 포드로부터 "독자를 풍경에 완벽하게 침잠하도록 만드는" 문장의 마술사라는 찬사를 받았고, 조지프 콘래드로부터는 "선한 신이 푸르른 풀을 자라게 하듯" 신비하리만큼 자연스럽게 글을 쓰는 작가라는 최상급의 칭찬을 한 몸에 받은 작가. 보르헤스와 마르케스의 마술적 리얼리즘에 문학적 자양분을 주어 남미 문학의 정체성을 다진 작가, 미국 출판계의 거물 앨프리드 A. 크노프가 너무나 사랑한

나머지 '오로지 그의 책을 미국에 출판하고자' 출판사를 설립하게 했던 작가였는데. 대체 무슨 연유로 윌리엄 허드슨은 이토록 철저히 문학적 담론에서 소외되고 대중의 사랑도 받지 못한 채, 이상하리만큼 오랜 시간 중고 책방의 서가 한구석에서 먼지를 덮어쓰고 잠들어 있었던 걸까.

그리고 아마도 더 중요한 질문일 텐데, 왜 우리는 이제 다시 그를 '읽게' 된 걸까. 나는 우리의 시대가 이 이야기의 심층을 재발견하기 때문이라고 생각한다. 아니면 지난 시대가 이 이야기의 표층밖에 읽지 못했거나.

1

19세기 유럽인의 시각에서 본 낭만화된 자연. 오염되지 않은 순수의 상징이 백인 여자라는 설정은 터무니없이 우스꽝스럽고 장르의 관습에 부합한다. 남아메리카 원주민에 대한 태도는 서글프게 구시대적이지만 《젠다성의 포로》에 맞먹는 오락성을 자랑한다.

1989년 《LA 타임스》에 실린 짧은 서평은 20세기 후반 윌리엄 허드슨을 둘러싼 세간의 정평을 요약한다. 인종주의와 제국주의로 점철된 편협한 빅토리아인의 관점을 버리지 못했지만, 도피성의 '읽는 재미'만큼은 보장한다는 요지였다.

이 서평에서 1904년 출판된《녹색의 장원》은 빅토리아 시대 큰 인기를 끌었던 대중적 판타지로 간편히 분류되고 문학적으로는 오락성 외에는 논할 가치도 없는 작품으로 치부된다. 심지어 비교 대상이 가상의 역사 속 가상의 왕국을 배경으로 한 로맨스《젠다성의 포로》라는 건 의미심장하다.《녹색의 장원》을 철저히 현실과 동떨어진 이국적 로맨스로만 읽었다는 뜻이기 때문이다.

  비슷한 맥락에서《녹색의 장원》을 빅토리아 시대에 엄청난 유행을 구가한 모험소설의 전통으로 읽기도 한다. 영국이 산업혁명을 가장 먼저 이룩하고 제국으로서도 최전성기를 구가했던 19세기 말~20세기 초, 대중의 집단적 판타지는 스모그에 오염되지 않은 대자연을 정복하는 모험을 갈구했다. 이 장르에서 상상으로 채색된 가상의 오지로 떠난 유럽의 모험가들은 황금이나 다이아몬드를 발견하거나, 문명에 오염되지 않으나 도덕적으로 우월한 '고귀한 야만인'들을 만나고 '계몽'했다. 러디어드 키플링의《정글 북》(1894), 헨리 라이더 해거드의《솔로몬 왕의 금광》(1885), 아서 코넌 도일의《잃어버린 세계》(1912), 에드거 라이스 버로스의《타잔》(1912)이 노골적인 제국주의와 오리엔탈리즘에서 태어났고 이런 이데올로기를 강고히 재확산한 대표 주자들이다.《녹색의 장원》에서 번연히 드러나는 아벨의 인종적 우월감과 귀족주의, 엘도라도의 꿈은 분명히 그 시대, 그리고 장르의 의식을 분명히 반영한다.

하지만 그뿐이었다. 20세기의 문단은 이렇게 이 소설의 표층에서 고찰을 멈춰버렸다. 흥미로운 이국적 로맨스, 낭만적 오지라는 제국주의적 판타지. 정치적 불공정성은 시대와 장르의 한계. 그뿐이었으니 더 할 말도 없었다.

2

하지만 21세기로 들어서면서 탈식민주의와 디아스포라, 생태주의가 시대의 화두로 떠오르고, 이에 따라 새로운 읽기의 관점이 정립되자 윌리엄 허드슨이라는 작가의 특수한 심층은 새삼스레 재발견의 대상이 된다. 텍스트가 아니라 읽는 관점이, 인식의 각도가 달라졌다. 그리고 다시 살펴보니 작가의 이력부터가 도무지 범상치 않다.

윌리엄 허드슨은 아르헨티나에서 태어났으나 셰익스피어를 인용하는 미국인 부모의 밑에서 성장했다. 이민자였던 부모는 부에노스아이레스 남서쪽의 팜파스에서 양을 치는 농가를 운영했다. 그는 광활한 팜파스에서 새와 야생동물을 관찰하며 자라났고 꼼꼼하게 박물지를 기록했다. 아르헨티나의 자연을 누구보다 사랑하고 속속들이 잘 알았기에 상상으로 부풀려진 판타지의 허상을 창조하는 법이 없었던 자연주의자로서 그의 생태 문학은, 소설보다도 높은 평가를 받았다. 이중 언어를 구사하며 살았던 그였지만 작가로서의 모국어는 영어였던 모양이다. 부에노스아이레스에서도 이방인으로 겉돌던 허드슨은 서른 살 즈음 과학과 문학의 중심에 가까이 가고자 영국 런던으로 떠난다. 하지만 허드슨의 부모는 세상을 떠나고 가족은 뿔뿔이 흩어진다. 허드슨은 가난에 찌들어 수염을 길게 기르고 옷도 제대로 걸치지 못한 몰골로 일부러 비바람을 찾아 맞으며 콘월의 해안가를 배회하며 기인으로 살았다. 열두 살 연상의 하숙집 여주인과 결혼하면서 비로소 안정을 되찾고 본격적인 집필을 시작한다. 우루과이를 돌아다니며 모험하는 영국 청년을 주인공으로 한 《보랏빛 땅》이 1885년에, 《녹색의 장원》이 1904년 출판되었으나 처음에는 문단의 관심을 받지 못했다.

  자연사 저술로 소정의 연금을 받게 되면서부터 윌리엄 허드슨은 서서히 영국 문단에서 작가로서 정착해 조지프 콘래드와 포드 매덕스 포드 같은 작가들과도 교류한다. 그러나 유년기를 보낸 아르헨티나의 자연에 대한 깊은 향수는 끝내 버리지 못했다. 애마였던 검은 무스탕에 '팜파'라는 이름을 붙였고, 말을 어루만지며 자기 삶은 남미를 떠나는 순간 끝장이 났다고 울었다고 한다. 깊은 향수병은 결국 문학으로 승화된다. 허드슨은 75세가 되던 1916년 심장병으로 병상에 눕게 되면서 평생의 걸작인 회고록 《오래전 먼 곳에서》를 탈고한다. 이 회고록은 이제는 사라진 시간과 공간을 환상적이고 영화적인 기법으로 재현한 장대한 시간 여행의 오디세이아이며, 아르헨티나의 '기예르모 엔리케 후드손'(아르헨티나에서 불린 허드슨의 이름)이 팜파스에서 만났던 야생동물과 자연, 고고한 긍지를 지닌 가우초 문화까지, 다양한 남아메리카의 삶을 남아메리카 문학을 대표하는 마술적 리얼리즘에 가까운 문체로 그려냈다는 평을 받는다. 이 때문에 아르헨티나에서도 그를 자국의 중요한 문인으로 우대하고 있다.

그러므로 허드슨은 미국인이었고 아르헨티나인이었고 또한 영국인이었지만, 미국인도 아르헨티나인도 영국인도 아니었다. 구대륙과 신대륙 모두에 있었으나 그 어디에도 없었다. 자연 속에서는 문명을 동경했고, 문명 속에서는 자연을 그리워했다. 한 작가의 말에 따르면 평생을 "반쯤 길든 매"처럼 살았다. 그를 말끔하게 포착할 수 있는 틀은 없다. 시대적으로 빅토리아 시대의 작가라고 할 수도 없고, 모더니스트 작가라고 할 수도 없었다. 그 자체로 '문제'였다. 이런 작가의 면면을 살펴보고 나면, 20세기 후반의 세평대로 그가 과연 "전형적인 빅토리아 시대 유럽인의 시각"을 대변하는 작가일지 의문을 품을 수밖에 없다. 그러나 이러한 의문이 《녹색의 장원》을 단순히 현실도피적인 로맨스 판타지나 모험소설 장르로만 읽을 때 애써 무시해야 했던 균열과 틈새를 비로소 제대로 들여다보게 해준다. 의미는 균열과 틈새에서 드러난다. 작가의 의식적 의도와 어쩌면 무관하게.

3

다시 읽는 《녹색의 장원》은 대중소설의 장르 관습이 자연과 자연 속에 사는 사람들을 '소유'하고 '정복'하겠다는 파괴적 욕구를 자성 없이 드러내는 지점들을 오히려 뒤틀고 폭로한다. 표층적으로는 여전히 이국적 로맨스와 오지의 모험이라는 빅토리아 대중소설의 장르 관습에 완벽히 부합하는 듯 보인다. 하지만 표면의 서사를 한 꺼풀만 벗기고 자세히 살펴보면, 미묘하게 모든 장르 관습이 일그러진 거울상처럼 왜곡된다. 로맨스나 모험소설의 주인공·영웅이 품은 꿈은 안락하게 실현되기는커녕 끝없이 좌절되면서 바닥없는 수렁 같은 악몽으로 빠져든다. 한 청년이 이국적 열대우림 속에서 환상적인 소녀를 만나고 비극적 사랑을 나누는 표층의 이야기 아래 자연과 문명, 환경과 인간, 제국과 식민지의 불편한 갈등, 그 본질에 대한 무서운 통찰이 섬뜩한 저류로 깊은 심층에서 흐른다.

주인공 아벨의 정체성부터 심상치 않다. 베네수엘라의 몰락한 귀족으로 기아나에 이방인으로 정착한 무국적자인 아벨은 사실 '19세기 유럽인'의 정의에 들어맞지 않기 때문이다. 그러나 기독교 문명에서 추방당한 카인이 아니라 '아벨'이라는 이름에서도 볼 수 있듯 그는 기존 문명의 대변자다. 스스로 시와 음악을 사랑하고 교양 있는 사회를 사랑한다고 공언하며, 오지의 원주민이나 추방자인 누플로를 대할 때도 신대륙의 특권층인 백인으로서 19세기 유럽인의 특권 의식을 내면화하고 있음을 드러낸다. 권력 지향적이고 정치적인 인간이며 물욕이나 명예욕도 강하다. 그는 사실 냉정하게 바라볼 때, 주류의 의식을 내면화한 주변인에 불과하고, 이 때문에 그가 집착하는 그 '특권 의식'의 허위성은 오히려 더 선명하게 떠오른다.

그래서인지 아마존 열대우림에서 구대륙의 제국주의자답게 무엇이든 착취하고 '얻어내려는' 아벨의 전형적인 꿈은 계속해서 좌절된다. 아벨은 베네수엘라에서 권력을 장악하려다 실패하고 과야나의 오지로 도망친다. 이 모험의 1기는 비글호를 타고 미답의 땅을 항해한 경험을 기록해 명성을 얻은 다윈처럼 "고향에 돌아가게 되면, 아니 어쩌면 유럽에서도, 내게 명성을 가져다줄" 일기를 쓰는 일로 흘러간다. 그러나 이 일기는 허망하게 찢겨 사라지고, "두 번째 시기"에서는 콜럼버스와 피사로를 비롯한 모험가들의 공통된 꿈, 엘도라도의 꿈에 사로잡힌다. 그러나 야생의 밀림 속에서 목숨을 걸고 모험을 감행한 대가로 금과 다이아몬드를 얻었던 아서 코넌 도일의 《잃어버린 세계》나 헨리 라이더 해거드의 《솔로몬 왕의 금광》과 달리, 《녹색의 장원》의 아벨은 황금을 찾아 헤매었으나 빈털터리로 아무것도 얻지 못한다.

이미 여러 번 자신의 목숨을 구해준 아마존 열대우림과 원주민의 호의에 보답하기는커녕 착취하려는 아벨의 욕망은 주류의 것이 아니라 '주류에 끼고자' 하는 욕망이기에 더 추레하고, 노골적이다못해 비참하다. 의외로 정복과 착취의 실행은 쉽지 않았기에 여러 차례의 시도가 다 꺾여나간 지점에서 아벨은 리마를 만난다. 좌절과 박탈감으로 만신창이가 된 아벨을 유혹하는 것은 몸이 없는 소리다. 세이렌의 노래처럼 육신이 없는 노래다. 그 노래는 원주민들이 '악'이라고 규정한 금기의 공간에서 들려온다. "알지 못하는 것, 신비로운 것의 매력"을 표상하는 이 노래는 아벨의 의식 근저의 결핍을 건드리고 절대적 타자의 매혹, 에로스에 대한 욕망을 자극한다. 이것은 자연을 이상화하던 19세기 낭만주의 시인들의 욕망이다. 문명이 잃어버린 삶의 '시'를 낭만화된 자연에서 찾으려는 욕망 말이다. 하지만 '사랑'이라는 이름을 가졌던 이 욕망이야말로 오히려 자연을 철저히 타자화하는 데 봉사한 욕구가 아니던가.

소설 초반에 화자는 아벨을 만나 친구가 된 계기로 '시'에 대한 사랑을 든다. 리마(rima)는 에스파냐어로 '운율'을 뜻한다('흰색 영양'이라는 뜻도 있다. 두 가지 뜻이 모두 의미 있게 느껴진다). 그렇다면 리마는 자연이 안겨주는, 이해할 수는 없으나 시처럼 아름다운 낭만적이고 초월적인 순간들을 표상할지 모른다. 허드슨의 문학은 그런 순간들을 흡사 심장처럼 뜨겁게 품는다. 예를 들어, 《오래전 먼 곳에서》에서는 여섯 살의 허드슨이 처음 플라밍고를 본 초월적 순간이 시처럼 묘사된다. "세 마리의 흰색과 장밋빛 새"를 본 허드슨은 놀라움에 넋을 잃었고 강렬한 매혹을 느낀다. 고개를 높이 들고 기품 있게 서 있던 무리의 지도자가 "화려한 진홍빛" 날개를 활짝 펼

쳤을 때, 그 모습은 그에게 "지상에서 가장 천사에 가까운" 존재로 보인다. 시의 감흥이 흘러넘치는 이 회고록의 자연묘사는 아벨이 처음 리마를 숲속에서 보았던 순간을 자연스럽게 떠올리게 한다. 리마의 미묘한 피부색, 그러니까 흰 피부 아래 비치는 장밋빛 색깔, 누플로를 참회시켰듯 자연스레 종교적 감흥을 불러일으키는 초월적 아름다움은 어쩌면 《LA 타임스》가 주장하듯 코카시아 인종 여성의 색채가 아니라 플라밍고의 색깔이 아니었을까?

아벨이 리마를 '사랑'하는 것은 너무나 당연하다. 사악한 숲에서 아벨이 발견한 것은 그를 구성하는 모든 것에 대척점으로서 존재하는, 절대적 타자성의 매혹이기 때문이다. '리마'는 장소도 없고 언어로 포착할 수도 없는 기의다. 롤랑 바르트의 표현대로 "언어를 뒤흔드는" 아토포스적 타자, "모든 수식어를 틀리고 고통스럽고 서툴고 민망하게" 만드는 타자다. 결핍자인 아벨은 열렬하게 사랑하고 욕망한다. 그러나 아벨의 언어는 끝까지 리마의 언어에 닿지 못한다. 아벨과 함께 독자 역시 끝내 리마를 이해하지 못한다. 아벨은 누플로와 달리 숭배하는 데 그치지 않고 리마를 정복하고 소유하려 든다. 아벨은 자신이 알고 있는 연애의 문법, 상대가 안달 나도록 새침하게 구는 사교계의 연애 기술도 여러 번 쓰면서 사랑의 관계에서조차 계책을 구사한다. 연인으로 다가갈 때마다 리마는 붙잡힐 듯 붙잡힐 듯 붙잡히지 않는다. 그리고 연인의 키스와 포옹이 이루어지고 서로의 마음을 고백한 순간, 아벨의 욕망이 드디어 충족될 것만 같은 그 순간에, 리마는 정말로 영원히 그의 곁을 떠나 사라진다. 로맨스의 카타르시스는 끝내 주어지지 않는다.《녹색의 장원》은 대중적 장르의 서사 욕망을 놀리듯 저버린다.

4

　사랑과 모험의 꿈이 리마와 함께 전소되고 하얀 재가 되어 버린 후, 아벨의 내부에 내내 도사리고 있었던, 파괴를 불러오는 가해자의 의식, 악몽 같은 나르시시즘의 후폭풍이 서서히 떠오른다. 아벨이 원주민에게 뒤집어씌웠던 모든 혐의, 즉 표리부동하고 권모술수에 능하다는 비난, 잔인하고 야만적이라는 비난, 그 모든 비난이 아벨의 학살 행각 속에서 고스란히 부메랑이 되어 그에게로 되돌아온다. 아벨은 원주민과 누플로에게 우월감을 느꼈던 모든 면에서 고스란히 실패한다. 몰래 육식을 하는 누플로를 멸시하면서 자신도 고기를 먹고, 그러면서 자기는 다르다며 합리화하는 논리가 얼마나 얄팍했는지도 밝혀진다. 무해한 나무늘보를 학살한 순간, 리마를 태워 죽인 원주민에 대한 도덕적 우위는 완전히 사라진다. 그리고 무엇보다, 이제 돌이켜보면 아벨이 리마에게 잉카 제국의 흥망성쇠에 대해 '의식적으로' 언급을 피한 이유를 짐작할 수 있다. 원주민들이 구원자로 떠받든 백인이 파멸의 사신이 되는 과정은 피사로의 잉카 제국 정복사를 떠올릴 수밖에 없게 만든다.

원주민 여인 클라클라는 리마의 대척점에서 아벨의 사랑을 받는 '숙녀'다. 아벨이 클라클라에게 불러주는 노래는 15세기의 저명한 에스파냐 시인 후안 데 메나의 시 〈어느 숙녀에게〉이다. 아벨은 클라클라에게 구애하고 클라클라를 즐겁게 해주고 클라클라와 춤을 춘다. 그 과정에서 아벨은 기사를 자칭한다. 숙녀를 섬기는 기사로서 낭만적인 모험의 여정을 떠났다는 환상에 젖는다. 클라클라의 참혹한 죽음이 그 환상을 박살 낸다. 에덴에 숨어든 뱀처럼 세 치 혀로 전쟁을 일으키고 죽음을 불러온 그는 스스로 알고 있듯 원주민들보다도 더욱 무서운 '악마'다. 그렇게 두 겹의 서사가 완성된다. 표층에는 사랑과 모험으로 (말 그대로) 새하얗게 불태운 청춘의 이야기가 있고, 그 이야기를 벗겨내면 신대륙 원주민의 종족 학살과 무차별한 생태계 착취를 불러온 가해자의 악마 같은 심리가 드러난다.

이 소설의 액자 구성은 완성되지 않는다. 처음에 이야기를 시작했던 '친구'는 마지막에 아무런 논평도 하지 않는다. 아벨은 종족 학살자인 자신을 용서하고 삶과 화해한다. 리마를 향한 지독한 소유욕은 재가 된 리마의 유해와 죽어서라도 섞이겠다는 집착으로 여전히 살아남는다. '친구'는 아벨의 이 이야기를 듣고 어떤 생각을 했을까. 친구의 진면모에 진저리를 쳤을까, 아니면 굉장한 모험과 사랑으로 청춘을 소진한 친구를 우러러보았을까. 허드슨이 액자를 닫지 않은 이유를 어쩐지 알 것 같다.

5

휴머니스트 세계문학의 두 번째 시즌은 '이국의 사랑'을 주제로 하고 있다. 성공 여부를 떠나서, 옳고 그름을 떠나서, 낯선 장소, 생경한 존재와의 조우와 사랑.

이 책을 번역하면서 새삼 우리가 외국 문학을 읽는 이유를 생각해보게 되었다. 영어로는 'Foreign Literature'. Foreign, 다른 시대와 다른 장소의 산물, 이질적인 것. 감정도 사고도 우리와 달라서 쉽게 이해하기 어렵고, 때로는 동의하기도 어려운, 여러모로 낯설고 불편한데, 우리는 왜 외국 문학을 읽는 걸까. 어쩌면 힘겹게 만나는 타자만이 우리를 동질성의 감옥에서, 나르시시즘의 악몽에서 해방해줄 수 있기 때문은 아닐까.

마지막으로 '녹색의 장원'이라는 제목은 새 번역과 함께 새롭게 붙일까 고민해보았지만, 고전 영화와 문고판의 추억을 환기하기도 하고, 또 무엇보다 아벨이 리마의 숲을 자신의 영지, 자신의 '장원'으로 바라본다는 사실 자체가 의미심장하게 느껴져 그대로 쓰기로 했다.

김선형

휴머니스트 세계문학 008

녹색의 장원

1판 1쇄 발행일 2022년 6월 20일

지은이 윌리엄 허드슨
옮긴이 김선형

발행인 김학원
발행처 (주)휴머니스트출판그룹
출판등록 제313-2007-000007호(2007년 1월 5일)
주소 (03991) 서울시 마포구 동교로23길 76(연남동)
전화 02-335-4422 **팩스** 02-334-3427
저자·독자 서비스 humanist@humanistbooks.com
홈페이지 www.humanistbooks.com
유튜브 youtube.com/user/humanistma **포스트** post.naver.com/hmcv
페이스북 facebook.com/hmcv2001 **인스타그램** @boooook.h

편집주간 황서현 **편집** 이은서 이성근 김선경 **디자인** 김태형
조판 이희수com. **용지** 화인페이퍼 **인쇄** 청아디앤피 **제본** 민성사

ISBN 979-11-6080-414-0 04840
      979-11-6080-785-1 (세트)